MATAR A UN
Ruiseñor

MATAR A UN Ruiseñor

UNA NOVELA DE HARPER LEE

HarperCollins *Español*

Editora en Jefe: *Graciela Lelli*
Traducción: *Belmonte traductores*
Edición: *Juan Carlos Martin Cobano*
Adaptación del diseño al español: *Grupo Nivel Uno*

ISBN: 978-0-71807-637-5

Impreso en Estados Unidos de América
24 25 26 27 28 LBC 16 15 14 13 12

Al señor Lee y a Alice
en testimonio de amor y cariño

Los abogados, supongo, también fueron niños alguna vez.
—*Charles Lamb*

Primera Parte

1

Cuando tenía casi trece años, mi hermano Jem sufrió una grave fractura en el brazo, a la altura del codo. Después de curarse y de que por fin se disiparan sus temores de que nunca podría volver a jugar al fútbol, rara vez volvía a acordarse de aquella lesión. El brazo izquierdo le quedó algo más corto que el derecho; cuando se ponía en pie o andaba, el dorso de la mano le quedaba casi en ángulo recto con el cuerpo, y llevaba el pulgar paralelo a los muslos. Bien poco le importaba, con tal de poder pasar y chutar el balón.

Una vez pasado el suficiente número de años como para poder verlos en retrospectiva, hablábamos a veces de los acontecimientos que habían llevado hasta su accidente. Yo sostengo que los Ewell fueron quienes lo comenzaron todo, pero Jem, que era cuatro años mayor que yo, decía que había empezado mucho antes. Según él, había comenzado el verano en que Dill vino a vernos, cuando nos hizo concebir por primera vez la idea de hacer salir a Boo Radley.

Yo le contestaba que, puestos a mirar con tan amplia perspectiva, todo tendría en realidad su origen en Andrew Jackson. Si el general Jackson no hubiera perseguido a los indios creek río arriba, Simon Finch nunca habría llegado hasta Alabama, ¿y dónde estaríamos nosotros en tal caso? Ya no teníamos edad para zanjar la discusión con una pelea, así que consultamos a Atticus. Nuestro padre sentenció que ambos teníamos razón.

Al ser del Sur, algunos miembros de la familia hallaban un motivo de vergüenza en que no hubiera constancia de que ninguno de nuestros antepasados hubiera luchado en la batalla de Hastings. Tan solo teníamos a Simon Finch, un boticario de Cornualles cuya piedad solo se veía superada por su tacañería. En Inglaterra, a Simon le irritaba la persecución de aquellos que se hacían llamar metodistas a manos de sus hermanos más liberales, y como él se consideraba metodista, cruzó el Atlántico hasta Filadelfia, de ahí a Jamaica y desde allí a Mobile, y luego subió hasta Saint Stephens. Sin perder de vista las estrictas normas de John Wesley sobre el exceso de palabrería en la compra y la venta, Simon tuvo un considerable éxito en la práctica de la medicina. Pero fue desdichado en esa empresa, pues había caído en algo que él sabía que no era para mayor gloria de Dios, como llevar encima oro y ropas caras. De modo que Simon olvidó las enseñanzas de su maestro sobre la posesión de humanos como bienes, compró tres esclavos y con su ayuda estableció una hacienda a las orillas del río Alabama, unos sesenta kilómetros más arriba de Saint Stephens. Regresó a ese lugar solamente una vez, para buscar esposa, y con ella estableció una descendencia de muchas hijas. Simon alcanzó una edad impresionante y murió rico.

Era costumbre que los hombres de la familia se quedaran en la hacienda de Simon, el Desembarcadero Finch, y se ganaran la vida con el algodón. La explotación se sostenía sin ayuda externa: era modesta en comparación con los imperios del contorno, pero el desembarcadero daba todo lo que hacía falta para vivir, excepto el hielo, la harina de trigo y las prendas de vestir, que le proporcionaban las embarcaciones fluviales de Mobile.

Simon habría visto con impotente rabia las refriegas entre el Norte y el Sur, porque estas se lo arrebataron todo a sus descendientes, salvo sus tierras; sin embargo, la tradición de vivir en ellas se mantuvo inalterable hasta bien entrado el siglo XX, cuando mi padre, Atticus Finch, fue a Montgomery para aprender Derecho, y su hermano pequeño se trasladó a Boston para estudiar Medicina. Su hermana Alexandra fue la Finch que se quedó en el desembarcadero: se casó con un hombre taciturno que se pasaba la mayor parte del tiempo tumbado en una hamaca al lado del río preguntándose si sus redes estarían ya llenas de peces.

Cuando mi padre fue admitido en el Colegio de Abogados, regresó a Maycomb y comenzó a ejercer. Maycomb, a unos treinta kilómetros al este del Desembarcadero Finch, era la capital del condado del mismo nombre. La oficina de Atticus en el edificio del juzgado contenía poco más que una percha para sombreros, una escupidera, un tablero de damas y un Código de Alabama en perfecto estado. Sus dos primeros clientes fueron las dos últimas personas a las que ahorcaron en el condado. Atticus les había insistido en que aceptaran la generosidad del Estado, que les permitía evitar la pena capital si se declaraban culpables de homicidio en segundo grado. Pero ellos eran Haverford, un nombre que en el condado de Maycomb es sinónimo de asno y testarudo. Los Haverford habían liquidado al herrero más importante de Maycomb por un malentendido a raíz de la supuesta retención indebida de una yegua. Tan prudentes eran que cometieron el desaguisado en presencia de tres testigos e insistieron en que el argumento de que «ese hijo de mala madre se lo merecía» era una estrategia de defensa sobradamente válida para cualquiera. Persistieron en declararse no culpables de homicidio en primer grado, de modo que no hubo mucho que Atticus pudiera hacer por sus clientes, a excepción de estar presente en sus últimos momentos, una experiencia que marcó probablemente el comienzo de la profunda antipatía que mi padre sentía hacia el ejercicio del derecho penal.

Durante sus cinco primeros años en Maycomb, Atticus practicó más que nada la economía; después, durante varios años, invirtió sus ganancias en la educación de su hermano. John Hale Finch era diez años menor que mi padre, y decidió estudiar Medicina en una época en que no valía la pena cultivar algodón; pero, después de dejar a Jack debidamente encaminado, Atticus obtenía unos ingresos razonables de su labor como abogado. Le gustaba Maycomb, había nacido y se había criado allí; conocía a su gente, ellos le conocían y, gracias al industrioso carácter de Simon Finch, Atticus estaba emparentado por sangre o matrimonio con casi todas las familias de la ciudad.

* * *

Maycomb era una población antigua, pero cuando yo la conocí era además una vieja población cansada. En la temporada de lluvias, las calles se convertían en un barrizal rojizo; la hierba crecía en las aceras y, en la plaza, el edificio del juzgado amenazaba con desplomarse sobre ella. Pese a la lluvia, hacía más calor entonces: un perro negro sufría los días de verano; unas mulas de aspecto famélico, enganchadas a los carros, espantaban moscas bajo la sofocante sombra de los robles de la plaza. A las nueve de la mañana, los recios cuellos de los hombres se veían menos tiesos. Las damas se bañaban antes del mediodía y después de su siesta de las tres, y al atardecer estaban como blandos pastelitos cubiertos de sudor y talco.

La gente se movía despacio. Cruzaban la plaza a paso lento; pausadamente entraban y salían de las tiendas, y se tomaban su tiempo para todo. El día tenía veinticuatro horas, pero daba la sensación de ser más largo. No había ninguna prisa, ya que no había ningún lugar a donde ir, nada que comprar ni dinero para hacerlo; tampoco había nada que ver fuera de los límites del condado de Maycomb. Pero era una época de relativo optimismo para algunos de sus habitantes: recientemente, al condado de Maycomb se le había dicho que de nada debía tener miedo, salvo del miedo mismo.

Vivíamos en la principal calle residencial de la ciudad: Atticus, Jem y yo, además de Calpurnia, nuestra cocinera. A Jem y a mí nos parecía que nuestro padre era todo lo que se podía pedir: jugaba con nosotros, nos leía y nos trataba amablemente.

Calpurnia era tema aparte. Toda ángulos y huesos, era miope y bizqueaba; tenía unas manos de la misma anchura, y el doble de dureza, que el travesaño de una cama. Siempre me estaba mandando que saliera de la cocina, me preguntaba a cada momento por qué no podía portarme tan bien como Jem, aun sabiendo que él era mayor, y me llamaba para volver a casa cuando yo no estaba lista para hacerlo. Sosteníamos batallas épicas... que siempre acababan igual. Calpurnia ganaba todas las veces, sobre todo porque Atticus se ponía de su lado. Estaba con nosotros desde que nació Jem, y yo había sentido la tiranía de su presencia desde donde me llega la memoria.

Nuestra madre murió cuando yo tenía dos años, de modo que nunca sentí su ausencia. Ella era una Graham de Montgomery; Atticus la conoció cuando lo eligieron por primera vez para la asamblea legislativa del Estado. Para entonces, él era de mediana edad y ella quince años más joven. Jem fue fruto de su primer año de matrimonio; cuatro años después nací yo, y dos más tarde nuestra madre murió de un ataque repentino al corazón. Decían que era cosa de familia. Yo no la extrañaba, pero creo que Jem sí.

Él la recordaba claramente y algunas veces, mientras estábamos jugando, él suspiraba largamente y luego se marchaba y jugaba solo detrás de la cochera. Cuando se ponía así, yo sabía muy bien que no debía molestarle.

Cuando yo tenía casi seis años y Jem iba a cumplir diez, en verano, nuestras fronteras (al alcance de la voz de Calpurnia) eran la casa de la señora Henry Lafayette Dubose, dos puertas al norte de la nuestra, y la Mansión Radley, tres puertas al sur. Nunca sentimos la tentación de traspasarlas. La Mansión Radley estaba habitada por una entidad desconocida, cuya mera mención bastaba para que nos portáramos bien durante días. La señora Dubose era el mismo demonio.

Ese fue el verano en que vino Dill.

Una mañana temprano, cuando empezábamos con nuestros juegos en el patio trasero, Jem y yo oímos algo en la casa de al lado, en el parterre de coles de la señorita Rachel Haverford. Fuimos hasta la malla de alambre para ver si había un perrito, pues la terrier de la señorita Rachel estaba preñada, pero en cambio encontramos a alguien sentado que nos miraba. En esa posición no era mucho más alto que las coles. Nos quedamos mirándonos fijamente hasta que él habló:

—Hola.

—Hola, tú —contestó Jem amablemente.

—Soy Charles Baker Harris —se presentó—. Sé leer.

—¿Y qué? —dije yo.

—Solo pensé que les gustaría saber que sé leer. Si tienen algo que necesiten que les lean, yo puedo...

—¿Cuántos años tienes? —preguntó Jem—. ¿Cuatro y medio?

—Voy para siete.

—Pues no sé por qué presumes —dijo mi hermano, señalándome con el pulgar—. Aquí Scout lee desde que nació, y ni siquiera ha empezado a ir a la escuela. Pareces muy canijo para tener casi siete años.

—Soy pequeño pero mayor —dijo él.

Jem se apartó su cabello para mirarlo mejor.

—¿Por qué no vienes a este lado, Charles Baker Harris? —invitó—. ¡Señor, menudo nombre!

—No es más curioso que el tuyo. Tía Rachel dice que te llamas Jeremy Atticus Finch.

Jem frunció el ceño.

—Soy lo bastante alto para un nombre así —dijo—. Pero tu nombre es más largo que tú. Apuesto a que es un palmo más largo.

—Me llaman Dill —informó Dill, intentando pasar por debajo de la valla.

—Te irá mejor si pasas por encima y no por debajo —dije yo—. ¿De dónde vienes?

Dill era de Meridian, Mississippi, iba a pasar el verano con su tía, la señorita Rachel, y desde entonces pasaría todos los veranos en Maycomb. Su familia era oriunda de nuestro condado, su madre trabajaba con un fotógrafo en Meridian, había presentado una fotografía de él a un concurso de niños guapos, y ganó cinco dólares. Le dio el dinero a Dill, que se lo gastó en ir veinte veces al cine.

—Aquí no hay exposiciones de fotografía, excepto a veces las de Jesús en el juzgado —dijo Jem—. ¿Viste alguna película buena?

Dill había visto *Drácula*, una revelación que movió a Jem a mirarle con cierto respeto.

—Cuéntanosla —le pidió.

Dill era un chico muy curioso. Llevaba unos pantalones cortos azules de lino abrochados a la camisa, tenía el cabello blanco como la nieve y pegado a la cabeza, parecía un plumón de pato; tenía un año más que yo, pero yo era más alta. Mientras nos relataba la vieja historia de *Drácula*, se iluminaban y oscurecían sus ojos azules; tenía una risa súbita y feliz, y solía tirarse de un mechón de cabello que le caía sobre la frente.

Cuando Dill hubo reducido al polvo al vampiro y Jem le dijo que la película parecía mejor que el libro, yo le pregunté por su padre.

—No has dicho nada de él.

—No tengo padre.

—¿Está muerto?

—No...

—Entonces, si no está muerto, sí tienes, ¿verdad?

Dill se sonrojó y Jem me dijo que me callase, una señal segura de que Dill había sido examinado y hallado aceptable. Desde entonces pasamos el verano en diversión constante. Por diversión constante entendíamos: hacer mejoras en nuestra casa del árbol, que descansaba entre dos cinamomos gigantes del patio trasero, alborotar, representar nuestro repertorio de obras de teatro basadas en las de Oliver Optic, Victor Appleton y Edgar Rice Burroughs. A este respecto era toda una suerte contar con Dill. Él interpretaba los papeles que antes me tocaban a mí. Era el mono en *Tarzán*, el señor Crabtree en *The Rover Boys*, el señor Damon en *Tom Swift*. De ese modo Dill llegó a ser para nosotros como un Merlín de bolsillo, con la cabeza llena de planes excéntricos, extraños anhelos y raras fantasías.

Pero a finales de agosto nos aburrimos de nuestro repertorio, de tanto representarlo, y fue entonces cuando Dill nos dio la idea de hacer salir a Boo Radley.

A él le fascinaba la Mansión Radley. A pesar de nuestras advertencias y explicaciones, le atraía como la luna atrae al mar, aunque no se acercaba más allá de la farola de la esquina, a una distancia segura de la puerta. Ahí se quedaba, abrazado al grueso, con la mirada clavada y la mente llenándose de preguntas.

La Mansión Radley describía una curva cerrada más allá de nuestra casa. Andando hacia el sur, se pasaba por delante de su porche; allí la acera hacía un recodo y seguía paralela a la finca. La casa era baja, con un espacioso porche y persianas verdes, mostrando un color que alguna vez fue blanco pero que hacía mucho tiempo que se había oscurecido hasta llegar al tono de pizarra gris del patio. Sobre los aleros de la galería caían unas tablas consumidas por la lluvia; unos robles impedían la acción de los rayos de sol. El patio frontal estaba protegido por una cerca que recordaba a una cuadrilla de borrachos en formación. En ese patio, diseñado para tener un caminito limpio hasta la puerta, nadie había barrido jamás el acceso y crecían a su antojo malas hierbas y flores silvestres.

Dentro de la casa vivía un fantasma maligno. La gente decía que existía, pero Jem y yo nunca lo habíamos visto. La gente decía que salía en la noche, cuando se ponía la luna, y miraba por las ventanas. La gente decía, cuando las azaleas se helaban por el frío de la noche, que en realidad era porque él había soplado en ellas. El más nimio delito cometido en Maycomb era siempre obra del fantasma. En una ocasión, la ciudad estuvo aterrorizada por una serie de mórbidos acontecimientos nocturnos: encontraban mutilados pollos y animales domésticos. Aunque el culpable era Addie el Loco, quien finalmente terminó ahogándose en el remanso de Barker, todos seguían mirando a la Mansión Radley, sin intención de renunciar a sus sospechas iniciales. Ningún negro pasaría al lado de la Mansión Radley de noche; cruzaría a la acera contraria y pasaría silbando. La parcela de la escuela de Maycomb lindaba con la parte trasera del terreno de los Radley; desde el gallinero de los Radley, unos altos pacanos dejaban caer su fruto al patio de la escuela, pero los niños no tocaban ninguna de aquellas nueces: las pacanas de los Radley eran mortíferas. Pelota de béisbol que cayera en el patio de los Radley era pelota perdida, y no se hablaba más.

La desgracia de aquella casa comenzó muchos años antes de que Jem y yo naciéramos. Los Radley, bien recibidos en cualquier parte de la ciudad, se encerraban en su casa, una costumbre imperdonable en Maycomb. Ellos no iban a la iglesia, que era el entretenimiento principal de Maycomb, sino que hacían su culto en casa; la señora Radley rara vez llegaba a cruzar la calle para tomar un café a media mañana con sus vecinas, y desde luego nunca asistía a reuniones de ningún círculo misionero. Andaba hasta la ciudad cada mañana a las once y media, y estaba ya de vuelta a las doce, a veces portando una bolsa marrón que, en la mente de los vecinos, contendría las provisiones de la familia. Nunca supe cómo se ganaba la vida el viejo señor Radley. Jem decía que «compraba algodón», una forma educada de decir que no se dedicaba a nada, pero el señor Radley y su esposa llevaban viviendo allí con sus dos hijos desde antes de lo que nadie podía recordar.

Los domingos, las persianas y puertas de la casa de los Radley estaban cerradas, otra cosa ajena a las costumbres de Maycomb: las puertas cerradas solo se concebían por enfermedad o frío. De todos los días de la semana, el domingo en la tarde era el momento elegido para las visitas formales: las señoras se ponían corsé, los hombres llevaban abrigos, los niños calzaban zapatos. Pero subir los peldaños de la Mansión Radley y decir «Hola» una tarde de domingo era algo que sus vecinos no harían jamás. La casa de los Radley no tenía las típicas puertas de tela metálica. Una vez le pregunté a Atticus si alguna vez la tuvo; me contestó que sí, pero antes de que yo naciera.

Según la leyenda del vecindario, cuando el joven Radley era adolescente trabó amistad con algunos de los Cunningham, de Old Sarum, un enorme y poco claro clan que vivía en la parte norte del condado, y formaron lo más

parecido a una pandilla que se llegó a ver en Maycomb. No hacían gran
cosa, pero era lo suficiente para dar que hablar en la ciudad y para protago-
nizar advertencias públicas desde tres púlpitos: merodeaban por la barbería;
se subían al autobús hasta Abbottsville los domingos e iban al cine; parti-
cipaban en los bailes del salón de juego del condado, junto al río, es decir,
en la Posada y Campamento Pesquero Dew-Drop; y probaban el *whisky* de
contrabando. Nadie en Maycomb tuvo agallas para decirle al señor Radley
que su muchacho andaba con malas compañías.

Una noche que se habían pasado de la raya con el licor, recorrieron la
plaza en un viejo auto prestado, se resistieron al arresto del anciano algua-
cil de Maycomb, el señor Conner, y le encerraron en el pabellón exterior
del edificio del juzgado. La ciudad decidió que había que hacer algo; el
señor Conner dijo que pudo reconocerlos a todos, y estaba decidido a que
no se salieran con la suya. Así que los muchachos comparecieron ante el
juez acusados de conducta desordenada, alteración del orden público,
asalto y violencia, y de usar un lenguaje abusivo y soez en presencia de una
señora. El juez preguntó al señor Conner por qué incluía ese último cargo,
y él contestó que blasfemaban tan fuerte que sin duda todas las señoras
de Maycomb los habían escuchado. El juez decidió enviar a los jóvenes a
la escuela industrial estatal, donde a veces enviaban a estos elementos sin
más razón que la de proporcionarles comida y un techo decente: no era
una cárcel, tampoco una deshonra. Pero el señor Radley pensó que sí. Si el
juez ponía en libertad a Arthur, él se encargaría de que su hijo no causara
más problemas. Sabiendo que la palabra del señor Radley era como una
escritura notarial, su señoría aceptó.

Los otros muchachos asistieron a la escuela industrial y recibieron la
mejor enseñanza secundaria que se podía tener en el estado; uno de ellos
llegó a estudiar en la escuela de ingeniería en Auburn. Las puertas de los
Radley permanecían cerradas tanto entre semana como en domingo, y al
hijo no se le volvió a ver en quince años.

Pero llegó un día —Jem apenas lo recordaba, y no estuvo entre los testigos directos— en que varias personas vieron y oyeron a Boo Radley. Me
comentó que Atticus nunca hablaba mucho sobre los Radley; cuando Jem le
hacía preguntas, la única respuesta era que él debía ocuparse de sus propios
asuntos y dejar que los Radley se ocuparan de los suyos, que tenían derecho

a hacerlo; pero cuando sucedió esto, según Jem, Atticus meneó la cabeza y dijo:

—Humm, humm, humm.

Así que Jem obtuvo la mayor parte de su información de la señorita Stephanie Crawford, una vecina cascarrabias que decía saberlo todo sobre el asunto. Según ella, Boo estaba sentado en el salón recortando unos artículos del *Maycomb Tribune* para pegarlos en un álbum. Su padre entró en la sala. Cuando el señor Radley pasó por su lado, Boo le clavó las tijeras en la pierna, las sacó, las limpió en sus pantalones y volvió a lo que estaba haciendo.

La señora Radley salió a la calle corriendo y gritando que Arthur estaba matando a todo el mundo, pero cuando llegó el *sheriff* encontró a Boo aún sentado en la sala, recortando el *Tribune*. Tenía treinta y tres años en aquel entonces.

La señorita Stephanie dijo que, cuando le insinuaron que una temporada en Tuscaloosa podría ser beneficiosa para Boo, el viejo aseguró que ningún Radley iba a ir a ningún manicomio. Boo no estaba loco, solo que a veces se ponía muy nervioso. Estaba bien que lo encerrasen, admitió, pero insistió en que no debían acusar de nada a Boo: él no era un criminal. El *sheriff* no tuvo el valor de meterlo en el calabozo en compañía de negros, así que encerraron a Boo en los sótanos del juzgado.

En el recuerdo de Jem no estaba claro el momento del regreso de Boo desde los sótanos a su casa. La señorita Stephanie Crawford contó que alguien del ayuntamiento le había dicho al señor Radley que, si no sacaba de allí a Boo, se moriría del moho y la humedad que había en ese lugar. Además, Boo no podía pasarse toda la vida viviendo de la munificencia del condado.

Nadie sabía qué forma de intimidación había utilizado el señor Radley para mantener a Boo fuera de la vista, pero Jem se imaginaba que la mayor parte del tiempo lo mantenía encadenado a la cama. Atticus decía que no, que no era así, que había otras maneras de convertir a las personas en fantasmas.

En mi memoria estaba vivamente grabada la imagen de la señora Radley abriendo alguna que otra vez la puerta delantera, acercándose hasta el borde del porche y regando sus plantas. Pero cada día Jem y yo veíamos al señor Radley ir y venir a la ciudad. Era un hombre delgado y correoso, con unos ojos incoloros, tan incoloros que ni reflejaban la luz. Tenía pómulos agudos y boca grande, con el labio superior delgado y el inferior carnoso. La señorita Stephanie Crawford decía que era tan rígido que se tomaba la Palabra de Dios como su única ley, y nosotros la creíamos, porque el hombre iba siempre tieso como un palo de escoba.

Nunca nos hablaba. Cuando pasaba, bajábamos la mirada al suelo y decíamos: «Buenos días, señor», y él tosía en respuesta. Su hijo mayor vivía en Pensacola; visitaba la casa por Navidad, y era una de las pocas personas que alguna vez vimos entrar o salir de ella. El día en que Radley llevó a casa a Arthur, la gente dijo que aquella mansión había muerto.

Pero llegó el día en que Atticus nos advirtió de que nos castigaría si hacíamos el más mínimo ruido en el patio, y encomendó a Calpurnia que, en su ausencia, tomara medidas si hacíamos algún ruido. El señor Radley se estaba muriendo.

Se tomó su tiempo. Pusieron caballetes de madera a cada extremo de la finca, echaron paja en la acera y desviaron el tráfico hacia la calle de atrás. El doctor Reynolds estacionaba su auto delante de nuestra casa y caminaba hasta la de los Radley cada vez que le llamaban. Jem y yo nos arrastramos por el patio durante días. Al final quitaron los caballetes y, desde el porche delantero, nos quedamos mirando cómo el señor Radley hacía su último viaje pasando por delante de nuestra casa.

—Ahí va el hombre más ruin al que Dios haya dado aliento —murmuró Calpurnia, y escupió con aire meditabundo en el patio. Nosotros la miramos con sorpresa, porque Calpurnia casi nunca decía nada sobre la forma de ser de los blancos.

El barrio pensaba que, cuando el señor Radley ya no estuviera, Boo saldría, pero vieron otra cosa: el hermano mayor de Boo regresó de Pensacola y ocupó el puesto del señor Radley. La única diferencia entre su padre y él era la edad. Jem dijo que Nathan Radley también «compraba algodón». Sin embargo, el señor Nathan nos hablaba cuando le dábamos los buenos días, y a veces le veíamos regresar de la ciudad con una revista en la mano.

Cuanto más le hablábamos a Dill de los Radley, más quería saber él; cuanto más tiempo pasaba abrazado a la farola de la esquina, más intriga sentía.

—Me pregunto qué hará ahí dentro —murmuraba—. En algún momento tendrá que asomar la cabeza.

—Sale —dijo Jem— cuando está todo oscuro. La señorita Stephanie Crawford dijo que una vez se despertó en mitad de la noche y lo vio observándola fijamente por la ventana... Dijo que su cabeza era como una calavera que la miraba. ¿No te has despertado nunca en la noche y le has oído, Dill? Camina así... —Jem arrastró los pies por la grava—. ¿Por qué crees que la señorita Rachel lo cierra todo en la noche? Yo he visto sus huellas en nuestro patio trasero más de una mañana, y una noche le oí arañando la puerta de atrás, pero ya se había ido cuando Atticus acudió.

—Me pregunto qué aspecto tendrá —intervino Dill.

Jem le dio una descripción aceptable: Boo medía unos dos metros, a juzgar por sus huellas: comía ardillas crudas y cualquier gato que pudiera atrapar, por eso tenía las manos manchadas de sangre; si te comes un animal crudo ya no puedes limpiarte la sangre. Una larga cicatriz irregular le atravesaba la cara; los dientes que le quedaban estaban amarillentos y podridos; tenía los ojos saltones y babeaba la mayor parte del tiempo.

—Vamos a hacerle salir —propuso Dill—. Me gustaría ver cómo es.

Jem le dijo a Dill que, si lo que quería era que lo mataran, no tenía más que acercarse a la puerta y llamar.

Nuestra primera incursión solo llegó a realizarse porque Dill apostó *El Fantasma Gris* contra dos *Tom Swift* a que Jem no pasaría de la puerta del patio de los Radley. En toda su vida, mi hermano nunca había rechazado un desafío.

Jem se lo pensó tres días. Supongo que le importaba más el honor que su cabeza, porque Dill sabía bien como erosionarle el ánimo.

—Tienes miedo —le pinchó Dill el primer día.

—No tengo miedo, es respeto —se defendió Jem.

Al día siguiente, Dill le dijo:

—No tienes valor ni para meter el dedo gordo del pie en el patio.

Jem contestó que era mentira, pues pasaba junto a la Mansión Radley todos los días de camino a la escuela.

—Y siempre corriendo —añadí yo.

Pero Dill lo logró al tercer día, cuando le dijo a Jem que estaba claro que los de Meridian no eran tan miedosos como los de Maycomb, y que él nunca había visto gente tan miedica como la de Maycomb.

Eso bastó para que Jem caminara hasta la esquina. Allí se detuvo y se apoyó contra la farola, observando la puerta que colgaba grotescamente de su gozne casero.

— Dill Harris, supongo que sabes perfectamente que nos va a matar a todos —dijo Jem cuando llegamos hasta él—. No me eches la culpa cuando él te saque los ojos. Recuerda que empezaste tú.

—Sigues teniendo miedo —murmuró Dill tranquilamente.

Jem quiso que Dill supiera de una vez por todas que él no tenía miedo a nada:

—Es que no se me ocurre ninguna manera de hacerlo salir sin que nos atrape.

Además, Jem tenía que pensar en su hermana pequeña. Cuando dijo eso, supe que tenía miedo. Tendría que haber pensado en su hermanita aquella vez que le reté a que saltara desde el tejado de la casa.

—Si me muero, ¿qué va a ser de ti? —me preguntó—. Entonces saltó, aterrizando sin ningún daño, y su sentimiento de responsabilidad desapareció, hasta que llegó el desafío de la Mansión Radley.

—¿Vas a huir de un reto? —preguntó Dill—. Si lo haces...

—Dill, esto hay que pensárselo bien —dijo Jem—. Déjame pensar un momento... esto es como hacer salir a una tortuga...

—¿Cómo se hace eso? —inquirió Dill.

—Encendiéndole una cerilla debajo.

Yo le dije a Jem que si prendía fuego a la casa de los Radley se lo contaría a Atticus.

Dill replicó que ponerle debajo una cerilla a una tortuga era algo odioso.

—No es nada odioso, simplemente la convence; no hablo de asarla en el fuego —refunfuñó Jem.

—¿Cómo sabes que el fuego no le hace daño?

—Las tortugas no pueden sentir, estúpido —dijo Jem.

—¿Acaso has sido tortuga alguna vez?

—¡Por favor, Dill! Espera, déjame pensar... supongo que podríamos amansarlo.

Jem se quedó allí pensando tanto tiempo que Dill hizo una pequeña concesión:

—No diré que has huido de un reto y te daré *El Fantasma Gris* si vas hasta allí y tocas la casa.

Jem sonrió.

—¿Tocar la casa? ¿Eso es todo?

Dill asintió.

—¿Seguro que eso es todo? No quiero que digas otra cosa diferente en cuanto regrese.

—Sí, eso es todo —ratificó Dill—. Probablemente te perseguirá cuando te vea en el patio, entonces Scout y yo saltaremos sobre él y lo sujetaremos hasta que podamos decirle que no queremos hacerle ningún daño.

Salimos de la esquina, cruzamos al otro lado de la calle que discurría paralela a la casa de los Radley y nos detuvimos en la puerta del patio.

—Vamos —dijo Dill—. Scout y yo te seguiremos.

—Ya voy —contestó Jem—, no me metas prisa.

Fue hasta la esquina de la finca, después regresó y, frunciendo el ceño y rascándose la cabeza, estudiaba el terreno como si decidiera el mejor modo de entrar.

Entonces yo le hice una mueca.

Jem abrió la puerta y salió corriendo hasta el lateral de la casa, dio un golpe a la pared con la palma de la mano y regresó corriendo, pasando a nuestro lado y sin esperar para ver si su aventura había tenido éxito. Dill y yo le seguimos de inmediato. Cuando ya estábamos a salvo en nuestro porche, jadeando y sin aliento, miramos.

La vieja casa seguía igual, decaída y enferma, pero mientras mirábamos fijamente hacia ella, creímos ver que una persiana interior se movía. Un movimiento muy leve, casi imperceptible, y la casa siguió en su silencio.

2

Dill nos dejó a principios de septiembre para regresar a Meridian. Le vimos alejarse en el autobús de las cinco y yo me sentí desdichada sin él, hasta que caí en que dentro de una semana comenzaría la escuela. Nunca había esperado con tanta ilusión ninguna otra cosa en mi vida. En las horas del invierno se me podía encontrar en la casa del árbol, mirando al patio de la escuela y espiando a los niños con unos anteojos de dos aumentos que Jem me había regalado, aprendiendo sus juegos, siguiendo la chaqueta roja de Jem entre los corros que jugaban a la gallina ciega, compartiendo secretamente sus desdichas y sus pequeñas victorias. Ansiaba reunirme con ellos.

Jem condescendió a llevarme a la escuela el primer día. Eso solían hacerlo los padres, pero Atticus había dicho que a Jem le encantaría enseñarme cuál era mi clase. Creo que algún dinero cambió de manos en esta transacción, porque mientras íbamos al trote por la esquina de la Mansión Radley oí un tintineo poco habitual en los bolsillos de Jem. Aminoramos el paso y llegamos al patio de la escuela. Jem se ocupó de explicarme que durante las horas de clase yo no debía molestarle, no debía acercarme a él para pedirle que jugáramos a representar *Tarzán y los hombres hormiga*, no debía avergonzarlo con referencias a su vida privada ni tampoco estar detrás de él durante el recreo al mediodía. Yo debía quedarme con los niños de primer grado y él con los de quinto. En pocas palabras, tenía que dejarlo en paz.

—¿Quieres decir que ya no podremos jugar más? —le pregunté.

—Jugaremos como siempre en casa —dijo él—, pero, verás…, la escuela es diferente.

Y tanto que lo era. Antes de que terminara la primera mañana, la señorita Caroline Fisher, nuestra maestra, me llevó al frente de la clase y me golpeó la palma de la mano con una regla, y luego me castigó de pie en el rincón hasta el mediodía.

La señorita Caroline no pasaba de los veintiún años. Tenía el cabello castaño rojizo brillante, las mejillas rosadas, y llevaba las uñas pintadas con esmalte carmesí. También llevaba zapatos de tacón alto y un vestido a rayas rojas y blancas. Tenía el aspecto y el olor de una gota de menta. Vivía al otro lado de la calle, una puerta más abajo que nosotros, en el cuarto delantero del piso de arriba de la señorita Maudie Atkinson. Cuando la señorita Maudie nos la presentó, Jem se pasó unos días como aturdido.

La señorita Caroline escribió su nombre en la pizarra y anunció:

—Aquí dice que soy la señorita Caroline Fisher. Soy del norte de Alabama, del condado de Winston.

La clase murmuró con aprensión, tenían miedo de que manifestara alguna de las peculiaridades de aquella región. (Cuando Alabama se separó de la Unión, el 11 enero de 1861, el condado de Winston se separó de Alabama, y todos los niños en el condado de Maycomb lo sabían.) El norte de Alabama estaba lleno de especuladores del licor, explotadores agrarios y del metal, republicanos, profesores y otras personas carentes de abolengo.

La señorita Caroline comenzó el día leyéndonos una historia sobre gatos. Los gatos mantenían largas conversaciones entre sí, vestían lindas prendas y vivían en una casa calentita debajo de una estufa de cocina. Cuando la señora Gata llamaba a la tienda para pedir ratones de chocolate malteados, la clase era ya una olla de grillos. La señorita Caroline parecía no ver que aquellos alumnos de primer grado, con sus ropas raídas, camisas de mezclilla y faldas de tela de saco, la mayoría de los cuales estaban recolectando algodón y dando de comer a los cerdos desde que podían andar, eran inmunes a la literatura. La señorita Caroline llegó al final de la historia y dijo:

—Oh, ¿no ha sido encantador?

Entonces fue a la pizarra y escribió el alfabeto con enormes letras mayúsculas, se giró hacia la clase y preguntó:

—¿Alguien sabe lo que son?

Todos lo sabían; la mayoría de la clase repetía curso.

Supongo que me escogió a mí porque conocía mi nombre. Mientras yo leía el alfabeto, apareció una pequeña arruga entre sus cejas, y, después de hacerme leer una gran parte de *Mis primeras lecturas* y el informe de Bolsa del *Mobile Register* en voz alta, vio que sabía leer y me miró con un algo más que ligero disgusto. La señorita Caroline me pidió que le dijera a mi padre que no me enseñara más cosas, que podría interferir en mi aprendizaje.

—¿Enseñarme? —dije yo con sorpresa—. Él no me ha enseñado nada, señorita Caroline. Atticus no tiene tiempo para enseñarme nada —añadí, cuando la señorita Caroline sonrió y meneó la cabeza—. ¡Qué va! Él está tan cansado al llegar la noche que lo único que hace es sentarse y leer.

—Si no te ha enseñado él, ¿quién ha sido? —preguntó la señorita Caroline en tono afable—. Alguien lo habrá hecho. Nadie nace leyendo *The Mobile Register*.

—Jem dice que sí. Leyó un libro en el que pone que yo era una Bullfinch en lugar de una Finch. Jem dice que mi nombre verdadero es Jean Louise Bullfinch, que me cambiaron cuando nací, y que en realidad soy una...

La señorita Caroline debió de pensar que estaba mintiendo.

—No nos dejemos llevar por la imaginación, querida —interrumpió—. Y ahora dile a tu padre que no te enseñe más. Es mejor comenzar a leer con una mente fresca. Dile que de ahora en adelante me encargaré yo e intentaré enmendar el daño...

—¿Seño...?

—Tu padre no sabe enseñar. Puedes sentarte.

Yo musité que lo sentía y regresé a mi asiento pensando en mi delito. No había aprendido a leer deliberadamente, pero se ve que me había estado sumergiendo de manera ilícita en los periódicos. En las largas horas en la iglesia... ¿fue entonces cuando aprendí? No podía recordarme sin la capacidad de leer los himnos. Ahora que me obligaban a pensar en ello, la lectura era algo que sabía y ya está, como sabía abrocharme el vestido de la Unión sin mirar, o hacer dos lazadas con unos cordones enmarañados. No podía recordar en qué momento se empezaron a diferenciar como palabras las líneas que Atticus señalaba con el dedo, pero yo las había distinguido todas las noches que recuerdo, escuchando las noticias del día, los Proyectos de Ley, los diarios de Lorenzo Dow... cualquier cosa que Atticus estuviera leyendo cuando yo trepaba a su regazo cada noche. Hasta que temí perderlo, jamás me había encandilado la lectura. A uno no le encandila respirar.

Sabía que había molestado a la señorita Caroline, así que dejé correr el asunto y me quedé mirando por la ventana hasta la hora del recreo, cuando Jem me sacó de entre los de primer grado en el patio de la escuela. Me preguntó qué tal me iba. Yo se lo expliqué.

—Si no tuviera que quedarme, me iría. Jem, esa maldita maestra dice que Atticus me ha estado enseñando a leer y que tiene que dejar de hacerlo...

—No te preocupes, Scout —me animó Jem—. Nuestro maestro dice que la señorita Caroline está introduciendo un nuevo método de enseñanza. Lo ha aprendido en la universidad y pronto estará en todos los grados. Con ese método no hay que aprender mucho de los libros; es como si para aprender sobre las vacas, vas y ordeñas una, ¿entiendes?

—Sí, Jem, pero yo no quiero estudiar las vacas, yo...

—Claro que sí. Tienes que saber sobre las vacas, son muy importantes en la vida del condado de Maycomb.

Me conformé con preguntarle si había perdido la cabeza.

—Solo intento explicarte el nuevo método de enseñanza en primer grado, cabezota. Es el Sistema Decimal de Dewey.

Como nunca había cuestionado las afirmaciones de Jem, no veía razón alguna para comenzar ahora. El Sistema Decimal de Dewey consistía, en parte, en que la señorita Caroline nos enseñara tarjetas en las que había escritas palabras como «el», «gato», «rata», «hombre» y «tú». Al parecer, no se esperaba ningún comentario por nuestra parte y la clase recibía aquellas revelaciones impresionistas en silencio. Yo me aburría, así que empecé una carta para Dill. La señorita Caroline me pilló escribiendo y me mandó que le pidiera a mi padre que dejara de enseñarme.

—Además —dijo—, en primero no escribimos así, hacemos letra de imprenta. No aprenderás a escribir hasta que estés en tercer grado.

La culpa era de Calpurnia. Así evitaba que yo la volviera loca los días lluviosos, supongo. Me encomendaba la tarea de copiar el alfabeto en la parte de arriba de una tablilla, y después un capítulo de la Biblia debajo. Si mi caligrafía era buena, me recompensaba con un sándwich de pan, mantequilla y azúcar. En la pedagogía de Calpurnia no intervenía el sentimentalismo: pocas veces le gustaba mi tarea, y pocas veces me recompensaba.

—Los que van a casa para almorzar que levanten la mano —dijo la señorita Caroline, interrumpiendo mi nuevo resentimiento contra Calpurnia.

Los niños de la ciudad la levantamos, y ella nos miró a todos.

—Todos los que traigan su almuerzo que lo pongan encima de su pupitre.

Aparecieron recipientes como si salieran de la nada, y el techo parecía una danza de luces metálicas. La señorita Caroline recorría las hileras mirando y hurgando en los recipientes del almuerzo, asintiendo con la cabeza si el contenido le gustaba, frunciendo un poco el ceño al ver otros. Se detuvo ante el pupitre de Walter Cunningham.

—¿Dónde está el tuyo? —preguntó.

La cara de Walter Cunningham revelaba a toda la clase que tenía lombrices. Su carencia de zapatos delataba cómo había sido. Se tenían lombrices por salir descalzo a los corrales y los revolcaderos de los cerdos. Si Walter hubiera tenido zapatos, se los habría puesto el primer día de escuela y después los habría dejado en casa hasta mediados de invierno. Sí que llevaba una camisa limpia y un overol muy bien remendado.

—¿Te has olvidado el almuerzo? —preguntó la señorita Caroline.

Walter miró al frente. Yo vi que en su flaca mandíbula sobresalía un músculo.

—¿Te lo has olvidado? —volvió a preguntar la señorita Caroline. La mandíbula de Walter se movió otra vez.

—Sí —murmuró finalmente.

La señorita Caroline fue a su mesa y abrió su monedero.

—Aquí tienes un cuarto del dólar —le dijo a Walter—. Vete a buscar comida a la ciudad. Puedes devolvérmelo mañana.

Walter negó con la cabeza.

—No, gracias, señorita —contestó en voz baja.

Se notaba la impaciencia en la voz de la señorita Caroline.

—Vamos, Walter, acéptalo.

Walter volvió a negar con la cabeza.

Cuando repitió el gesto una tercera vez, alguien susurró:

—Ve y díselo, Scout.

Yo me volví y vi a la mayoría de los chicos de la ciudad y a los del autobús mirándome. La señorita Caroline y yo habíamos tenido ya dos conversaciones, así que ellos me miraban con la inocente seguridad de que esa familiaridad conllevaría su comprensión.

Generosa, me levanté para ayudar a Walter.

—Oh... ¿señorita Caroline?

—¿Qué, Jean Louise?

—Señorita Caroline, él es un Cunningham.

Volví a sentarme.

—¿Qué, Jean Louise?

Yo pensé que había dejado las cosas lo suficientemente claras. Lo eran para el resto de nosotros: Walter Cunningham estaba allí sentado con su cabeza agachada. No se había olvidado el almuerzo, es que no tenía. No tenía almuerzo hoy ni lo tendría mañana ni pasado. Probablemente no había visto tres cuartos de dólar juntos en toda su vida.

Lo intenté otra vez.

—Walter es un Cunningham, señorita Caroline.

—¿Perdona, Jean Louise?

—No es nada, señorita, pronto llegará a conocer a la gente de aquí. Los Cunningham nunca aceptan nada que no puedan devolver, ni de las cestas de la iglesia, ni siquiera un sello. Nunca aceptan nada de nadie, se las arreglan con lo que tienen. No tienen mucho, pero se las arreglan con eso.

Mi conocimiento especial de la tribu Cunningham, mejor dicho, de una de sus ramas, lo obtuve de los acontecimientos del pasado invierno. El padre de Walter era uno de los clientes de Atticus. Después de una aburrida conversación que una noche mantuvieron en el salón de casa acerca de su situación, antes de marcharse, el señor Cunningham dijo:

—Señor Finch, no sé cuándo podré pagarle.

—Que eso sea lo último que le preocupe, Walter —respondió Atticus.

Cuando le pregunté a Jem cuál era la situación en que se encontraba, y él lo describió como estar atrapado, le pregunté a Atticus si el señor Cunningham nos pagaría alguna vez.

—No en dinero —dijo—, pero antes de que pase el año me habrá pagado. Ya lo verás.

Lo vimos. Una mañana, Jem y yo encontramos una carga de leña para la estufa en el patio trasero. Más adelante, apareció un saco de nueces en las escaleras de atrás. Con la Navidad llegó una caja de zarzaparrilla y acebo. Aquella primavera, cuando encontramos un saco lleno de nabos, Atticus dijo que el señor Cunningham le había pagado con creces.

—¿Por qué te paga así? —pregunté.

—Porque es la única manera en que puede pagarme. No tiene dinero.

—¿Nosotros somos pobres, Atticus?

Atticus asintió con la cabeza.

—Sí que lo somos.

Jem arrugó la nariz.

—¿Somos tan pobres como los Cunningham?

—No exactamente. Los Cunningham son gente del campo, agricultores, y la crisis les afecta mucho más.

Atticus nos explicó que las personas que tenían alguna profesión eran pobres porque los campesinos lo eran. Como el condado de Maycomb era mayormente agrícola, era difícil que las monedas de cinco y diez centavos llegaran a los médicos, dentistas y abogados. No poder vender las tierras era solamente una parte de los males del señor Cunningham. Las hectáreas que no estaban en esa situación las tenía hipotecadas hasta el máximo, y el poco dinero que conseguía tenía que dedicarlo a los intereses. Con solo saber morderse la lengua, el señor Cunningham podría haber conseguido un empleo del gobierno, pero, al abandonarlas, sus tierras se hubieran ido a la ruina, y estaba dispuesto a pasar hambre para mantenerlas y votar según sus deseos. El señor Cunningham, según Atticus, procedía de una casta de hombres tozudos.

Como no tenían dinero para pagar a un abogado, simplemente nos pagaban con lo que tenían.

—¿Sabían que el doctor Reynolds también trabaja con estas condiciones? —dijo Atticus—. A determinadas personas les cobra una cantidad de patatas por asistir en un parto. Señorita Scout, si me prestas atención te explicaré el concepto «amortización de deudas». Las definiciones de Jem son a veces muy acertadas.

Si yo hubiera podido explicarle esas cosas a la señorita Caroline, me habría ahorrado algunas molestias, y a ella Caroline la mortificación subsiguiente, pero entre mis capacidades no estaba la de explicarme tan bien como Atticus, así que dije:

—Le está avergonzando, señorita Caroline. Walter no tiene en casa ningún cuarto de dólar para devolvérselo, y usted no necesita leña para la estufa.

La señorita Caroline se quedó paralizada, después me agarró por el cuello del vestido y me llevó hasta su mesa.

—Jean Louise, ya he tenido suficiente contigo esta mañana —dijo—. Estás comenzando con mal pie en todos los sentidos, querida. Extiende la mano.

Yo pensé que me iba a escupir en la palma, que era la única razón por la que alguien en Maycomb extendía la mano: era una manera de sellar contratos verbales, consagrada con el tiempo. Yo me preguntaba qué trato habíamos hecho. Me giré hacia la clase en busca de una respuesta, pero los compañeros me miraron con perplejidad. La señorita Caroline agarró su regla, me dio media docena de rápidos azotitos y después me dijo que me quedara de pie en el rincón. Se desató una tormenta de risas cuando la clase se dio cuenta de que la señorita Caroline me había golpeado.

Cuando la señorita Caroline amenazó con un destino parecido para todos, la clase de primer grado estalló otra vez, y solo recuperaron la seriedad cuando la sombra de la señorita Blount cayó sobre ellos. La señorita Blount, nacida en Maycomb pero todavía no iniciada en los misterios del Sistema Decimal, apareció por la puerta con las manos en las caderas y anunció:

—Si oigo otro ruido en el aula, le prendo fuego con todos los que están dentro. Señorita Caroline, ¡con todo este jaleo, la clase de sexto no puede concentrarse en las pirámides!

Mi estancia en el rincón fue breve. Salvada por la campana, la señorita Caroline observaba a la clase salir en fila para el almuerzo. Como yo fui la última en salir, la vi desplomarse en su silla y hundir la cabeza entre los brazos. Si hubiera sido más amistosa conmigo, lo hubiera lamentado por ella. Era una joven muy linda.

3

Perseguir a Walter Cunningham por el patio de la escuela me dio cierto placer, pero cuando le estaba frotando su nariz en el polvo, llegó Jem y me dijo que lo dejase.

—Eres más grande que él —dijo.

—Pero él es casi tan mayor como tú —repliqué—. Por su culpa he comenzado con mal pie.

—Suéltalo, Scout. ¿Por qué?

—Ha venido sin su almuerzo —dije, y le expliqué mi intervención con respecto a los problemas dietéticos de Walter.

Walter se había levantado y estaba de pie, escuchándonos en silencio. Mantenía los puños a medio alzar, como esperando un asalto de los dos. Di un pisotón en tierra para ahuyentarle, pero Jem levantó la mano y me detuvo. Se puso a examinar a Walter con un talante especulativo.

—¿Tu papá es el señor Walter Cunningham de Old Sarum? —preguntó, y Walter asintió.

El niño tenía todo el aspecto de haberse criado a base de pescado: sus ojos, tan azules como los de Dill Harris, tenían dibujado un círculo rojizo y acuoso alrededor. No tenía color alguno en la cara, solo en la punta de la nariz, que se veía de un tono rosado húmedo. Toqueteaba las tiras de su overol, jalando nerviosamente de las hebillas metálicas.

De repente, Jem le sonrió.

—Vente a comer a casa con nosotros, Walter —le dijo—. Será un placer que nos acompañes.

A Walter se le iluminó la cara, pero luego se ensombreció. Jem insistió:

—Nuestro papá es amigo del tuyo. Esta Scout está loca; ya no volverá a pelearse contigo.

—Yo no estaría tan seguro de eso —intervine. Me irritó que Jem me dispensara tan fácilmente de mi obligación, pero los valiosos minutos del mediodía se estaban marchando—. Sí, Walter, no volveré a meterme contigo. ¿Te gustan los frijoles con manteca? Nuestra Cal es una gran cocinera.

Walter se quedó de pie donde estaba, mordiéndose el labio. Jem y yo lo abandonamos, y habíamos llegado casi a la Mansión Radley cuando le oímos gritar:

—¡Eh! ¡Voy!

Cuando nos alcanzó, Jem entabló una afable conversación con él.

—Ahí vive un fantasma —dijo cordialmente, señalando a la casa de los Radley—. ¿Has oído hablar de él, Walter?

—Claro que sí —respondió Walter—. Casi me muero el primer año que viene a la escuela y comí de sus nueces; la gente dice que las envenenó y las puso en la parte de la valla que da a la escuela.

Ahora que Walter y yo íbamos a su lado, Jem parecía no temer tanto a Boo Radley. Se puso gallito:

—Yo llegué una vez hasta la casa —le contó a Walter.

—Alguien que se ha acercado hasta la casa no tendría por qué correr cada vez que pasa por delante —dije yo mirando a las nubes.

—¿Quién es el que corre, doña Remilgada?

—Tú, siempre que pasas solo.

Cuando llegamos a las escaleras de nuestra casa, Walter había olvidado que era un Cunningham. Jem fue corriendo hasta la cocina y le pidió a Calpurnia que pusiera un plato más, que teníamos compañía. Atticus saludó a Walter y comenzó una conversación sobre cosechas que ni Jem ni yo pudimos seguir.

—La razón de no haber podido pasar el primer grado, señor Finch, es que todas las primaveras he tenido que quedarme para ayudar a papá a arrancar la maleza, pero ahora ya hay otro en la casa para trabajar el campo.

—¿Y han pagado muchas patatas por él? —pregunté yo, pero Atticus me reprendió moviendo la cabeza.

Mientras Walter amontonaba comida en su plato, él y Atticus dialogaban como dos hombres, lo que a Jem y a mí nos tenía asombrados. Atticus hablaba sobre los problemas de la vida campesina cuando Walter interrumpió para preguntar si teníamos más melaza. Atticus llamó a Calpurnia, que regresó con el jarro de sirope. Se quedó en pie esperando a que Walter se sirviera. Él vertió sirope en abundancia sobre las verduras y la carne. Probablemente también se lo habría echado a la leche si yo no le hubiera preguntado qué diablos estaba haciendo.

La bandejita de plata tintineó cuando él devolvió el jarro a su sitio, para al instante ponerse las manos en el regazo y quedarse con la cabeza gacha.

—Es que ha ahogado su comida en sirope —protesté—. Lo ha echado por todas partes...

Fue entonces cuando Calpurnia requirió mi presencia en la cocina.

Estaba furiosa, y en estos casos su gramática se volvía errática. Cuando estaba tranquila, empleaba tan buena gramática como cualquier habitante de Maycomb. Atticus decía que Calpurnia tenía una educación formal por encima de la media de las personas de color.

Cuando me dirigía esa mirada entrecerrada, se acentuaban las diminutas arrugas que rodeaban sus ojos.

—Algunas personas no comen como nosotros —susurró con enojo—, pero no por eso debes criticarlas en la mesa. Ese chico es tu invitado, y si quiere comerse también el mantel, tú le dejas que se lo coma, ¿oíste?

—No es un invitado, Cal, solo es un Cunningham...

—¡Cierra la boca! No importa quién sea, cualquiera que ponga su pie en esta casa es tu invitado, y que no te encuentre haciendo comentarios sobre sus modales, ¡ni que si tú fueras tan selecta e importante! Tu familia puede que sea mejor que la de los Cunningham, pero eso no significa ni mucho menos que le puedas avergonzar así; si no sabes comportarte en la mesa, ¡puedes venir y comer en la cocina!

Calpurnia me envió de regreso por la puerta del comedor con un cachete que me dolió. Retiré mi plato y terminé de comer en la cocina, agradecida pese a todo por ahorrarme la humillación de tener que volver con ellos. Le dije a Calpurnia que esperara, que ya nos las veríamos: uno de estos días, cuando no me estuviera vigilando, saldría y me ahogaría en el remanso de Barker, y entonces se iba a enterar. Además, añadí que ya había tenido problemas por su culpa ese día: me había enseñado a escribir, todo era culpa suya.

—Calla ya —me dijo.

Jem y Walter regresaron a la escuela antes que yo: bien valía la pena pasar yo sola por delante de la casa de los Radley con tal de poder quedarme atrás para contarle a Atticus sobre las maldades de Calpurnia.

—De todas maneras, quiere a Jem más que a mí —concluí, y sugerí que Atticus no debía dejar pasar un minuto para despedirla.

—¿Has considerado alguna vez que Jem no le causa ni la mitad de preocupaciones que tú? —la voz de Atticus era implacable—. No tengo la más mínima intención de prescindir de ella, ni ahora ni nunca. No podríamos apañarnos ni un solo día sin Cal, ¿no has caído en eso? Piensa en lo mucho que Cal hace por ti, y obedécela, ¿me oyes?

Regresé a la escuela, aborreciendo aún más a Calpurnia, hasta que un chillido repentino alejó mis resentimientos. Levanté la mirada y vi a la señorita Caroline de pie en medio del aula, con una expresión de vivo espanto en su cara. Al parecer, se había recuperado lo suficiente para perseverar en su profesión.

—¡Está vivo! —gritaba.

La población masculina de la clase corrió a una en su ayuda. ¡*Señor*, pensé yo, *le da miedo un ratón*! Little Chuck Little, cuya paciencia con todos los seres vivos era fenomenal, dijo:

—Señorita Caroline, ¿hacia dónde ha ido? Díganos dónde, ¡rápido! D. C... —le dijo a un chico que estaba detrás—, D. C., cierra la puerta y lo atraparemos. Rápido, señorita, ¿hacia dónde ha ido?

La señorita Caroline señaló con un dedo tembloroso no al piso ni a una mesa, sino a un individuo grandote al que yo no conocía. A Little Chuck se le contrajo el rostro. Entonces preguntó amablemente:

—¿Se refiere a él, señorita? Sí, está vivo. ¿Ha hecho algo para asustarla?

La señorita Caroline se explicó con desesperación:

—Justo cuando pasaba por su lado, ha salido de su cabello... ha salido de su cabello...

Little Chuck mostró una amplia sonrisa.

—No hay por qué tener miedo a un piojo, señorita. ¿No ha visto nunca uno? Vamos, no tenga miedo, usted regrese a su mesa y enséñenos algo más.

Little Chuck Little era otro de los vecinos que no tenía asegurada su próxima comida, pero era un caballero nato. Puso su mano bajo el codo de la señorita y la acompañó hasta el frente del aula.

—Vamos, no tenga miedo, señorita —le dijo—. No hay necesidad de temer a un piojo. Le traeré un poco de agua fresca.

El huésped del piojo no mostró el menor interés en el furor que había causado. Se tocó la cabeza por encima de la frente, localizó a su invitado y lo aplastó entre sus dedos pulgar e índice.

La señorita Caroline observaba el proceso con una fascinación horrorizada. Little Chuck le llevó agua en un vaso de papel y ella se lo bebió agradecida. Finalmente recobró la voz:

—¿Cómo te llamas, hijo? —preguntó con voz suave.

—¿Quién, yo? —parpadeó el muchacho. La señorita Caroline asintió.

—Burris Ewell.

Ella examinó su libro de asistencia.

—Tengo un Ewell aquí, pero no tengo el primer nombre... ¿puedes deletrearlo?

—No sé hacerlo. En casa me llaman Burris.

—Bien, Burris —dijo la señorita Caroline—, creo que será mejor que te demos libre el resto de la tarde. Quiero que vayas a tu casa y te laves el cabello.

Sacó un grueso libro de su mesa, hojeó sus páginas y leyó un momento.

—Un buen remedio casero para... Burris, quiero que te vayas a casa y te laves el cabello con jabón de lejía. Cuando hayas terminado, frótate la cabeza con petróleo.

—¿Para qué, señorita?

—Para deshacerte de... de los piojos. Mira, Burris, los otros niños podrían contagiarse también, y no querrías que suceda eso, ¿verdad?

El muchacho se puso de pie. El ser humano más sucio que he visto jamás. Tenía el cuello de un color gris oscuro, los dorsos de las manos eran amarillentos, y las uñas se veían de color negro profundo. Miró a la señorita Caroline desde un hueco limpio, del tamaño de un puño, que había en su cara. Nadie se había fijado en él, probablemente porque la señorita Caroline y yo habíamos tenido entretenida a la clase la mayor parte de la mañana.

—Y Burris —dijo la señorita Caroline—, por favor, báñate antes de volver mañana.

El chico se rio con rudeza.

—No me voy a casa porque usted me lo mande, señorita. Estaba a punto de irme; ya he cumplido mi tiempo por este año.

La señorita Caroline parecía perpleja.

—¿Qué quieres decir?

El muchacho no respondió. Tan solo soltó un resoplido de desprecio.

Uno de los mayores de la clase respondió:

—Es un Ewell, señorita —y yo me pregunté si esa explicación sería tan poco exitosa como mi anterior intento. Pero la señorita Caroline parecía dispuesta a escuchar—. Toda la escuela está llena de ellos. Todos los años, vienen el primer día y se van. La encargada de asistencia los hace venir aquí porque los amenaza con el *sheriff*, pero ya ha desistido de intentar que se queden. Ella considera que ha cumplido con la ley al poner sus nombres en la lista y traerlos aquí el primer día. Se da por sentado que el resto del año se les marca como ausentes...

—¿Y sus padres? —preguntó la señorita Caroline, preocupada de veras.

—No tienen madre —fue la respuesta—, y su padre anda siempre de pelea.

Burris Ewell se sintió halagado por el recital.

—Llevo ya tres años viniendo el primer día al primer grado —se explayó—. Supongo que si soy listo este año me pasarán al segundo...

—Siéntate, por favor, Burris —dijo la señorita Caroline, y en el momento en que lo dijo, yo supe que había cometido un grave error. El desdén del muchacho se convirtió en ira.

—Intente obligarme, señorita.

Little Chuck Little se puso de pie.

—Deje que se vaya, señorita —dijo—. Es ruin, un terco ruin. Es capaz de armar un lío, y aquí hay niños pequeños.

Él estaba entre los más diminutos, pero cuando Burris Ewell se giró hacia él, la mano derecha de Little Chuck pasó a su bolsillo.

—Cuidado, Burris —le dijo—. Puedo matarte en un abrir y cerrar de ojos. Ahora vete a casa.

Burris parecía temer a un niño que tenía la mitad de su altura, y la señorita Caroline se aprovechó de su indecisión.

—Burris, vete a casa. Si no lo haces, llamaré a la directora —dijo—. Tendré que informar de esto.

El muchacho dio un bufido y se dirigió lentamente hacia la puerta.

Cuando estaba fuera de su alcance, se giró y gritó:

—¡Pues informe y váyase al infierno! ¡No ha nacido aún la maldita maestra que pueda obligarme a hacer nada! Usted no me manda a ninguna parte, señorita. Recuérdelo bien, ¡no me manda a ninguna parte!

Esperó hasta que estuvo seguro de que la señorita había soltado la primera lágrima y después salió del edificio.

Enseguida nos acercamos todos alrededor de su mesa, intentando de diversas maneras consolarla. Era un tipo realmente ruin..., un golpe bajo..., «A usted no la han llamado para enseñar a gente como esa...», «En Maycomb no somos así, señorita Caroline, de veras...», «No tenga miedo, señorita Caroline, ¿por qué no nos lee cuento? Ese del gato de esta mañana estuvo muy bien...».

La señorita Caroline sonrió, se sonó la nariz, nos dio las gracias, nos hizo regresar a nuestros asientos, abrió un libro y dejó fascinada a la clase de primer grado con un extenso relato acerca de un sapo que vivía en un salón.

Cuando pasé por delante de la Mansión Radley por cuarta vez ese día, dos de las cuales fueron a galope tendido, mi estado de ánimo se había vuelto del color de la casa. Si el resto del año escolar iba a estar tan lleno de dramas como el primer día, quizá resultaría bastante entretenido, pero la probabilidad de pasar nueve meses absteniéndome de leer y escribir me hacía pensar en marcharme corriendo.

A mitad de la tarde ya había planificado mi viaje; cuando Jem y yo nos lanzamos a nuestra carrera por la acera para encontrarnos con Atticus a su regreso del trabajo, yo no hice mucho esfuerzo. Teníamos la costumbre de correr hasta él en cuanto le veíamos girar por la esquina de la oficina de correos en la distancia. Atticus parecía haber olvidado mi caída en desgracia que le conté al mediodía; no dejaba de hacerme preguntas acerca de la escuela. Respondí con monosílabos y no insistió.

Calpurnia quizás había notado que mi día no había ido bien: me dejó que mirara mientras preparaba la cena.

—Abre la boca y cierra los ojos, y te daré una sorpresa —me dijo.

No hacía con frecuencia pan de maíz, decía que nunca tenía tiempo, pero al estar los dos en la escuela ese día lo había tenido fácil. Sabía que me encantaba el pan de maíz.

—Los he extrañado hoy —dijo—. A eso de las dos, la casa estaba tan solitaria que tuve que poner la radio.

—¿Por qué? —pregunté—. Jem y yo nunca estamos en casa a menos que esté lloviendo.

—Lo sé —contestó—, pero siempre hay uno de ustedes al alcance de mi voz. No sé cuánto tiempo me paso llamándolos al cabo del día. Bueno —dijo, levantándose de la silla de la cocina—, ya es hora de preparar una cazuela de pan de maíz, supongo. Ahora vete y déjame servir la cena.

Calpurnia se inclinó y me dio un beso. Yo salí corriendo, preguntándome qué le había sucedido. Había querido compensarme, eso era. Siempre había sido demasiado dura conmigo, al fin había visto el error de su comportamiento y lo lamentaba, pero era demasiado terca para admitirlo. Yo ya estaba cansada de los delitos de aquel día.

Después de la cena, con el periódico en la mano, Atticus se sentó y me llamó:

—Scout, ¿lista para leer?

El Señor me enviaba más de lo que podía soportar. Me fui al porche. Atticus me siguió.

—¿Algún problema, Scout?

Le dije que no me encontraba muy bien y que ya no iría más a la escuela, si no le parecía mal.

Atticus se sentó en la mecedora y cruzó las piernas. Se llevó los dedos a su reloj de bolsillo; decía que esa era la única manera en que podía pensar. Esperó en amable silencio y yo procuré reforzar mi postura.

—Tú nunca fuiste a la escuela y te ha ido bien, así que yo me quedaré en casa también. Puedes enseñarme tú, como el abuelo te enseñó a ti y al tío Jack.

—No, no puedo —dijo Atticus—. Tengo que ganarme la vida. Además, me meterían en la cárcel si te mantuviera en casa; una dosis de magnesia esta noche, y mañana a la escuela.

—En realidad no me encuentro mal.

—Ya decía yo. ¿Y qué te pasa?

Poco a poco, le conté los infortunios del día.

—... Y dijo que tú me habías enseñado mal, y que ya no podemos volver a leer, nunca. Por favor, no me mandes allí, por favor, señor.

Atticus se puso de pie y se dirigió al extremo del porche. Una vez completado su examen de la enredadera, regresó donde yo estaba.

—Lo primero —dijo—, es que, si puedes aprender un sencillo truco, Scout, te llevarás mucho mejor con todo tipo de personas. Uno nunca llega a entender realmente a otra persona hasta que considera las cosas desde su punto de vista...

—¿Señor?

—... hasta que se mete en su piel y camina con ella.

Atticus dijo que yo había aprendido muchas cosas ese día, y que la señorita Caroline también había aprendido lo suyo. Por ejemplo, a no prestar nada a un Cunningham, pero, si Walter y yo nos hubiéramos puesto en su lugar, habríamos visto que se trataba de un error bienintencionado. No cabía esperar que ella conociera todas las peculiaridades de Maycomb en un solo día, y no podíamos hacerla responsable de ignorar ciertas cosas.

—¿Y yo? —me quejé—. Yo no sabía hacer otra cosa que leer lo que me dijo, pero ella me hizo responsable. Escucha, Atticus, ¡no tengo que ir a la escuela! —exclamé, esgrimiendo una idea que se me acababa de ocurrir—. Burris Ewell, ¿recuerdas? Él solamente va a la escuela el primer día. La administradora considera cumplida la ley con anotar su nombre en la lista de asistencia...

—Tú no puedes hacer eso, Scout —dijo Atticus—. En casos especiales, a veces es mejor ser un poco flexible con la ley. Pero en tu caso se debe aplicar con todo su rigor. Así que debes ir a la escuela.

—No veo por qué yo tengo que ir cuando él no va.

—Entonces escucha.

Atticus me contó que los Ewell habían sido la vergüenza de Maycomb durante tres generaciones. Que él recordara, ninguno de ellos había trabajado honradamente una sola jornada completa. Dijo que alguna Navidad, cuando fuera a deshacerse del árbol, me llevaría con él y me enseñaría dónde y cómo vivían. Eran personas, pero vivían como animales.

—Ellos pueden ir a la escuela siempre que quieran, cuando muestren el más mínimo síntoma de querer recibir una educación —dijo Atticus—. Hay maneras de mantenerlos en la escuela por la fuerza, pero es una necedad obligar a personas como los Ewell a un ambiente distinto...

—Si mañana yo no fuera a la escuela, tú me obligarías.

—Dejémoslo así —dijo Atticus secamente—. Usted, señorita Scout Finch, pertenece al común de las personas. Debe obedecer la ley.

Me explicó que los Ewell eran miembros de una sociedad cerrada, constituida por ellos mismos. En ciertas circunstancias, con buen criterio, la gente común les permitía ciertos privilegios mediante el sencillo método de pasar por alto algunas de las actividades de los Ewell. Por ejemplo, no se les obligaba a ir a la escuela. Otro ejemplo era que al señor Bob Ewell, el padre de Burris, se le permitía cazar y poner trampas durante la veda.

—Atticus, eso es malo —dije yo. En el condado de Maycomb, cazar fuera de temporada era un delito menor ante la ley, pero grave ante los ojos de los vecinos.

—Va contra la ley, de acuerdo —concedió mi padre—, y desde luego que es malo, pero cuando un hombre se gasta el dinero de la beneficencia en *whisky*, sus hijos llegan a llorar de dolor por el hambre. No conozco a ningún terrateniente de los contornos capaz de escatimar a esos niños alguna pieza de caza que pueda derribar su padre.

—El señor Ewell no debería hacer eso...

—Claro que no, pero nunca cambiará. ¿Vas a desahogar tu desaprobación con sus hijos?

—No señor —murmuré, e hice una afirmación final—. Pero si sigo yendo a la escuela, ni siquiera podremos volver a leer...

—Eso te molesta de veras, ¿no?

—Sí, señor.

Cuando Atticus bajó la mirada y me miró, vi en su rostro esa expresión que siempre me hacía esperar algo.

—¿Sabes lo que es hacer un compromiso? —preguntó.

—¿Ser flexible con la ley?

—No, un acuerdo logrado mediante concesiones mutuas. Funciona de este modo —dijo—: si tú reconoces la necesidad de ir a la escuela, seguiremos leyendo cada noche como lo hemos hecho siempre. ¿Trato hecho?

—¡Sí, señor!

—Lo consideraremos sellado sin la formalidad de costumbre —dijo Atticus cuando me vio preparándome para escupir.

Cuando abrí la puerta de tela metálica, Atticus dijo:

—A propósito, Scout, es mejor que no digas nada en la escuela sobre nuestro acuerdo de compromiso.

—¿Por qué no?

—Me temo que nuestras actividades serían recibidas con una considerable desaprobación por autoridades más instruidas.

Jem y yo estábamos acostumbrados al lenguaje de nuestro padre de «última voluntad y testamento», y a veces teníamos la libertad de interrumpir a Atticus para pedir una traducción cuando no podíamos entender lo que decía.

—¿Qué, señor?

—Yo nunca fui a la escuela —dijo—, pero tengo la sensación de que si le dices a la señorita Caroline que leemos cada noche, ella la emprenderá conmigo, y no me gustaría tenerla en mi contra.

Atticus nos tuvo en vilo aquella noche, leyendo en tono grave columnas de letra impresa que hablaban de un hombre que se había subido en el asta de una bandera sin motivo aparente, lo cual fue razón de sobra para que Jem se pasara el sábado siguiente en la cabaña del árbol. Estuvo allí sentado desde después del desayuno hasta el atardecer, y habría seguido toda la noche si Atticus no le hubiese cortado el suministro. Yo me había pasado la mayor parte del día subiendo y bajando, de recadera para él, proporcionándole literatura, comida y agua, y ya le llevaba mantas para la noche cuando Atticus dijo que, si yo no le prestaba atención, Jem bajaría del árbol. Y tenía razón.

4

⚜

El resto de mis días de escuela no me fue mejor que en el primero. Todo se reducía a un interminable Proyecto que lentamente se fue convirtiendo en una Unidad, en la cual el Estado de Alabama gastó kilómetros de papel para manualidades y lápices de colores por sus esfuerzos bien intencionados pero inútiles de enseñarme Dinámica de Grupo. Al final de mi primer año, eso que Jem llamaba el Sistema Decimal Dewey se había implantado en toda la escuela, de modo que no tuve ocasión de compararlo con otras técnicas de enseñanza. Solo podía mirar a mi alrededor: Atticus y mi tío, que hicieron la escuela en casa, lo sabían todo; por lo menos, lo que uno no sabía lo sabía el otro. Además, yo no podía dejar de tener en cuenta que mi padre había trabajado durante años en la legislatura estatal, elegido cada vez sin oposición, y todo ello ignorando los ajustes que mis maestras creían esenciales para el desarrollo de una Buena Ciudadanía. Jem, educado sobre una base mitad Decimal mitad Duncecap, parecía desenvolverse bien tanto individualmente como en grupo, pero él no era un ejemplo válido: ningún sistema de vigilancia ideado por el hombre podría haber evitado que leyera libros. En cuanto a mí, no sabía otra cosa excepto lo que recopilaba de la revista *Time* y de leer todo lo que pudiera conseguir en casa, pero, a medida que iba avanzando, a paso lento, por el sistema escolar del condado de Maycomb, no podía evitar la sensación de que me estaban engañando, o algo parecido. Aunque no sabía cómo había llegado a esa conclusión, pero no creía que doce años de aburrimiento sin fin fuera exactamente lo que el Estado tenía en mente para mí.

A medida que pasaba el año, al salir de la escuela treinta minutos antes que Jem, quien se quedaba hasta las tres, pasaba corriendo todo lo rápido que podía por delante de la Mansión Radley, sin detenerme hasta que llegaba a la seguridad del porche de nuestra casa. Una tarde, en plena carrera, algo me llamó la atención, y lo hizo de tal modo que respiré hondo, eché un buen vistazo alrededor y regresé.

Había dos robles en el extremo de la finca de los Radley; sus raíces llegaban hasta la acera y le provocaban baches. Algo en uno de los árboles atrajo mi atención.

Metida en un agujero en el tronco justo a la altura de mi vista, destacaba una hoja de papel de estaño que me hacía guiños a la luz del sol de la tarde. Me puse de puntillas, miré rápidamente una vez más a mi alrededor, metí la mano en el agujero y saqué dos pedazos de goma de mascar sin sus envoltorios.

Mi primer impulso fue metérmela en la boca lo antes posible, pero recordé dónde estaba. Me fui corriendo a casa, y en el porche examiné mi botín. La goma de mascar parecía sin estrenar. La olí y parecía buena. La chupé y esperé un poco. Al comprobar que no me moría, me la metí en la boca: Wrigley's Double-Mint.

Cuando Jem llegó a casa, me preguntó de dónde la había sacado. Yo le dije que me la había encontrado.

—No comas cosas del suelo, Scout.

—No estaba en el suelo, estaba en un árbol.

Jem refunfuñó.

—Estaba ahí —dije yo—. Sobresalía de aquel árbol de allí, el que está al venir de la escuela.

—¡Escúpelo ahora mismo!

Yo lo escupí. De todos modos ya se estaba quedando sin sabor.

—Lo he estado mascando toda la tarde y no estoy muerta, ni siquiera enferma.

Jem dio un pisotón en el suelo.

—¿No sabes que no debes ni tocar esos árboles de allí? ¡Morirás si lo haces!

—¡Tú tocaste la casa una vez!

—¡Eso fue diferente! Ve a enjuagarte la boca; ahora mismo, ¿me oyes?

—No, se me quitaría el sabor de la boca.

—¡Si no lo haces se lo diré a Calpurnia!

Para no arriesgarme a meterme en un lío con Calpurnia, hice lo que Jem me dijo. Por alguna razón, mi primer año escolar había producido un gran cambio en nuestra relación: la tiranía, la falta de equidad y la costumbre que tenía Calpurnia de meterse en mis asuntos habían quedado reducidos a ligeras quejas de desaprobación general. Por mi parte, me esforzaba mucho, a veces, para no provocarla.

Se acercaba el verano; Jem y yo lo esperábamos con impaciencia. Era nuestra mejor estación: era dormir en catres en el porche trasero, que estaba cerrado, o intentar dormir en la cabaña del árbol; el verano era muchas cosas buenas para comer; era mil colores en un paisaje reseco; pero, sobre todo, el verano era Dill.

Las autoridades nos dejaron salir más temprano el último día de clase, y Jem y yo fuimos caminando juntos a casa.

—Creo que Dill regresa mañana —dije.

—Probablemente pasado mañana —corrigió Jem—. En Mississippi los sueltan un día más tarde.

Cuando llegamos a los robles de la Mansión Radley, yo levanté el dedo para señalar por centésima vez el agujero donde había encontrado la goma de mascar, intentando hacer creer a Jem que lo había encontrado allí, y me encontré señalando otra hoja de papel de estaño.

—¡Ya lo veo, Scout! Ya lo veo...

Jem miró alrededor, levantó la mano y, con cautela, se metió en el bolsillo un diminuto paquete brillante. Corrimos hasta casa y en el porche miramos una cajita forrada con trocitos de papel de estaño de las envolturas de goma de mascar. Era el tipo de caja donde se ponen los anillos de bodas, de terciopelo púrpura con un cierre muy pequeño. Jem la abrió. En su interior había dos monedas muy bien pulidas, una encima de la otra. Jem las examinó.

—Cabezas de indio —dijo—. Mil novecientos seis, y, Scout, una de ellas es de mil novecientos. Son antiguas de verdad.

—Mil novecientos —repetí—. Oye...

—Calla un momento, estoy pensando.

—Jem, ¿y si alguien tiene allí su escondite?

—No, nadie pasa mucho por allí, solo nosotros... a menos que sea de una persona mayor...

—Los mayores no tienen escondites. ¿Crees que debiéramos guardarlas, Jem?

—No sé lo que podríamos hacer, Scout. ¿A quién se las íbamos a devolver? Sé muy bien que nadie pasa por allí... Cecil va por la calle de atrás y da un rodeo por la ciudad para llegar a casa.

Cecil Jacobs, que vivía en el extremo opuesto de nuestra calle, en la casa al lado de la oficina de correos, caminaba un total de kilómetro y medio por día de clase para evitar la Mansión Radley y a la anciana señora Henry Lafayette Dubose. La señora Dubose vivía dos puertas más arriba de la nuestra en la misma calle; en el barrio había unanimidad en cuanto a que la señora Dubose era la vieja más ruin que haya vivido jamás. Jem no pasaba por delante de su casa a menos que Atticus fuera a su lado.

—¿Qué crees que debemos hacer, Jem?

Quien encontraba algo se lo quedaba hasta que otro demostrara que era suyo. Cortar ocasionalmente una camelia, conseguir un trago de leche caliente de la vaca de la señorita Maudie Atkinson un día de verano, tomar uvas de la cepa de otro eran gran parte de nuestra cultura étnica, pero el dinero era diferente.

—Te diré lo que vamos a hacer —dijo Jem—. Las guardaremos hasta que empiece la escuela y luego iremos preguntando a todo el mundo si son suyas. Quizá sean de algún chico que viene en autobús... debía recogerlas al salir de la escuela y se le olvidó. Son de alguien, eso lo sé. ¿No ves qué pulidas? Alguien las tenía guardadas.

—Sí, pero ¿por qué iba a guardar alguien goma de mascar de ese modo? Ya sabes que no dura.

—No lo sé, Scout. Pero estas monedas son importantes para alguien...

—¿Por qué, Jem...?

—Bueno, cabezas indias... vienen de los indios. Tienen una magia bien poderosa, dan buena suerte. No hablo de que te den pollo frito cuando no lo esperas, sino de cosas como una vida larga y buena salud, y aprobar los exámenes de mitad de trimestre... estas son realmente valiosas para alguien. Voy a guardarlas en mi baúl.

Antes de irse a su cuarto, miró prolongadamente la Mansión Radley. Parecía estar pensando otra vez.

Dos días después, llegó Dill envuelto en un resplandor de gloria: había subido en el tren él solo desde Meridian hasta el Empalme de Maycomb (un título de cortesía, pues el Empalme de Maycomb estaba en el condado de Abbott), donde le había ido a buscar la señorita Rachel en el único taxi de Maycomb; había comido en el restaurante, había visto a dos siameses bajarse del tren en Bay St. Louis, y, a pesar de las amenazas, no se desdecía de sus historias. Ya no llevaba los horribles pantalones cortos azules abrochados a la camisa, sino un pantalón corto de verdad con cinturón; era un poco más fornido, no más alto, y nos contó que había visto a su padre. El padre de Dill era más alto que el nuestro, llevaba una barba negra (puntiaguda) y era el presidente de Ferrocarriles L & N.

—Ayudé al maquinista un rato —dijo Dill bostezando.

—Sí hombre, y yo me lo creo, Dill. Anda, cállate —le cortó Jem—. ¿A qué vamos a jugar hoy?

—A Tom, Sam y Dick —respondió Dill—. Vayamos al patio delantero.

Dill quería jugar a los Rover porque eran tres papeles respetables. Claramente, estaba cansado de ser nuestro personaje.

—Estoy cansada de ellos —dije yo. Estaba harta de representar el papel de Tom Rover, quien de repente perdía la memoria en medio de la película y era eliminado del guion hasta el final, cuando se encontraban en Alaska.

—Inventa algo, Jem —dije.

—Estoy cansado de inventar.

Era nuestro primer día de libertad y estábamos los tres cansados. Me preguntaba qué nos traería el verano.

Habíamos ido hasta el patio delantero, donde Dill se quedó mirando la calle y el lóbrego aspecto de la Mansión Radley.

—Huelo... a muerte —dijo—. Lo digo de veras —insistió cuando le mandé que se callara.

—¿Quieres decir que cuando alguien muere tú puedes olerlo?

—No, me refiero a que puedo oler a alguien y decir si va a morir. Una anciana me enseñó a hacerlo. —Dill se inclinó y me olió—. Jean... Louise... Finch, vas a morir en tres días.

—Dill, si no te callas, te doblo las piernas de un golpe. Lo digo en serio...

—Silencio —gritó Jem—. Se comportan como si creyeran en los fuegos fatuos.

—Y tú te comportas como si no creyeras —dije yo.

—¿Qué son los fuegos fatuos? —preguntó Dill.

—¿No has caminado de noche por algún camino solitario y has pasado junto a un lugar maldito? —preguntó Jem a Dill—. Un fuego fatuo es alguien que no puede subir al cielo, va vagando por caminos solitarios, y, si le pasas por encima, entonces cuando mueres te conviertes también en uno, y vagas en la noche sorbiendo el aliento de la gente...

—¿Y cómo evitas pasar por encima de uno?

—No puedes —dijo Jem—. A veces se estiran y abrazan todo el camino, pero, si pasas por encima de uno, dices: «Ángel con brillo, vida en un muerto; sal del camino, no sorbas mi aliento». Eso evita que te envuelvan...

—No creas ni una palabra de lo que dice, Dill —interrumpí—. Calpurnia dice que eso son cuentos de negros.

Jem me miró frunciendo el ceño, pero cambió de tema:

—Bueno, ¿vamos a jugar a algo o no?

—A rodar en el neumático —sugerí.

Jem dio un suspiro.

—Sabes que no quepo.

—Tú puedes empujar.

Fui corriendo hasta el patio de atrás y saqué un viejo neumático de debajo de la casa. Lo llevé rodando hasta el patio delantero.

—Yo voy la primera —dije.

Dill protestó que él debía ir primero, pues acababa de llegar.

Jem arbitró: el primer empujón sería para mí, pero Dill tendría uno extra; y yo me doblé en el interior de la rueda.

Hasta comprobarlo, no me di cuenta de que Jem se había ofendido cuando le llevé la contraria en lo de los fuegos fatuos, y que estaba esperando la oportunidad de recompensarme. Lo hizo, empujando el neumático por la acera con toda su fuerza. Tierra, cielo y casas se convirtieron en una loca paleta, me zumbaban los oídos y me faltaba el aire. No podía sacar las manos para detenerlo, pues las tenía plegadas entre el pecho y las rodillas. Solamente podía esperar que Jem nos adelantara corriendo a la rueda y a mí, o que algún bache en la acera detuviera el neumático. Le oí detrás de mí, siguiéndome y gritando.

La rueda saltaba sobre la gravilla, se desvió y cruzó la calle, chocó contra algo y me hizo salir despedida como un corcho contra el pavimento. Un poco mareada, me quedé tumbada sobre el cemento, sacudiendo la cabeza y golpeándome en los oídos para apagar su zumbido. Entonces oí la voz de Jem:

—Scout, sal de ahí, ¡ven!

Levanté la cabeza y vi que tenía delante los peldaños de la Mansión Radley. Me quedé paralizada.

—Vamos, Scout, ¡no te quedes ahí! —gritaba Jem—. ¡Levántate! ¿Es que no puedes?

Yo me puse de pie, temblando.

—¡Agarra la rueda! —gritó Jem—. ¡Tráela! ¿Es que no te enteras?

Cuando fui capaz de moverme, regresé corriendo hasta ellos con toda la rapidez que me permitían mis temblorosas rodillas.

—¿Por qué no la has traído? —preguntó Jem.

—¿Por qué no vas *tú* a buscarla? —grité yo.

Jem se quedó en silencio.

—Vamos, no está muy lejos de la puerta. Y tú una vez tocaste la casa, ¿recuerdas?

Jem me miró furioso, no pudo decir que no, fue corriendo hacia la acera, cruzó con cuidado la puerta, entró como un rayo y agarró la rueda.

—¿Lo ves? —se burlaba triunfante Jem—. No pasa nada. Te lo juro, Scout, a veces eres tan niña que me desesperas.

Sí que pasaba algo, pero decidí no decirle nada.

Calpurnia apareció en la puerta y gritó:

—¡Limonada! ¡Entren todos antes de que este sol los fría vivos!

La limonada a media mañana era un ritual del verano. Calpurnia puso una jarra y tres vasos en el porche, y después siguió con sus asuntos. No contar con el favor de Jem no me preocupaba especialmente. La limonada le haría recuperar el buen humor.

Jem se tragó su segundo vaso y se dio unos golpes en el pecho.

—Ya sé a lo que vamos a jugar —anunció—. Algo nuevo, algo diferente.

—¿Qué? —preguntó Dill.

—A Boo Radley.

A veces, la mente de Jem era transparente: había pensado en aquello para hacerme entender que él no tenía ningún miedo a los Radley de ninguna manera, para contrastar su propio heroísmo temerario con mi cobardía.

—¿A Boo Radley? ¿Cómo? —preguntó Dill.

—Scout —dijo Jem—, tú puedes ser la señora Radley...

—Si me da la gana. No creo que...

—¿Ni un poquito? —dijo Dill—. ¿Aún tienes miedo?

—Puede que salga de noche cuando todos estamos dormidos... —dije.

Jem silbó y dijo:

—Scout, ¿cómo va a saber lo que estamos haciendo? Además, no creo que siga ahí. Murió hace años y le metieron en la chimenea.

—Jem —dijo Dill—, podemos jugar tú y yo y Scout que mire, si tiene miedo.

Yo estaba segura de que Boo Radley estaba dentro de esa casa, pero no podía demostrarlo, y sentía que lo mejor sería mantener mi boca cerrada, o me tildarían de creer en los fuegos fatuos, un fenómeno al que era inmune durante el día.

Jem repartió nuestros papeles: yo era la señora Radley, y lo único que tenía que hacer era salir y barrer el porche. Dill era el viejo señor Radley: caminaba a un lado y otro de la acera y tosía cuando Jem le hablaba. Jem, naturalmente, era Boo: bajaba los escalones de la casa y gritaba y aullaba de vez en cuando.

A medida que iba avanzando el verano, progresaba también nuestro juego. Lo pulimos y lo perfeccionamos, añadimos diálogo y trama hasta que hubimos creado una obrita sujeta a cambios a diario.

Dill era el villano de villanos: podía meterse en el papel de cualquier personaje que se le asignara, y hasta parecer alto si el papel de malvado lo requería. Era tan bueno como su peor actuación; su peor actuación era Gothic. Yo hacía a regañadientes el papel de algunas damas que entraban en el argumento. Nunca me pareció tan divertido como Tarzán, y aquel verano actué con algo más que una vaga ansiedad, aunque Jem me garantizaba que

Boo Radley estaba muerto y que nadie me haría daño, estando allí Calpurnia durante el día y Atticus en casa por la noche.

Jem era un héroe nato.

Era una obrita de teatro triste, compuesta con retazos de chismes y leyendas del barrio: la señora Radley había sido hermosa hasta que se casó con el señor Radley y perdió todo su dinero. También perdió la mayoría de sus dientes, el cabello y el dedo índice derecho (aportación de Dill. Boo se lo mordió una noche cuando no pudo encontrar ningún gato ni ardilla para comer); la mayor parte del tiempo estaba sentada en la sala y lloraba, mientras que Boo iba reduciendo a astillas los muebles de la casa.

Los tres éramos muchachos que se metían en problemas; para variar, yo era el juez de paz; Dill se llevaba a Jem y lo metía debajo de las escaleras, pinchándole con la escoba. Jem reaparecía siempre que viniera a cuento en los papeles de *sheriff*, de varias personas de la ciudad y de la señorita Stephanie Crawford, quien tenía más que contar sobre los Radley que nadie en Maycomb.

Cuando era el momento de representar la gran escena de Boo, Jem entraba a hurtadillas en la casa, robaba las tijeras del cajón de la máquina de coser cuando Calpurnia estaba de espaldas, y entonces se sentaba en la mecedora y recortaba periódicos. Dill pasaba por su lado, tosía delante de Jem, y Jem fingía clavarle las tijeras en el muslo a Dill. Desde donde yo estaba parecía real.

Cuando el señor Nathan Radley pasaba por nuestro lado en su trayecto diario a la ciudad, nosotros estábamos callados hasta que le perdíamos de vista, y entonces nos preguntábamos qué nos haría si sospechara algo. Nuestras actividades se detenían cuando aparecía alguno de los vecinos, y una vez vi a la señorita Maudie Atkinson mirándonos fijamente desde el otro lado de la calle, con sus tijeras de podar quietas a media altura.

Un día estábamos tan ocupados representando el capítulo XXV, libro II de *La familia de un solo hombre*, que no vimos a Atticus de pie en la acera mirándonos y dándose golpecitos en la rodilla con una revista enrollada. El sol indicaba que eran las doce.

—¿Qué están representando? —preguntó.

—Nada —dijo Jem.

La evasiva de Jem me hizo entender que nuestro juego era un secreto, así que me quedé callada.

—¿Qué haces entonces con esas tijeras? ¿Por qué estás recortando ese periódico? Si es el de hoy, te daré unas nalgadas.

—Nada.

—Nada ¿qué? —dijo Atticus.

—Nada, señor.

—Dame esas tijeras —exigió—. Con eso no se juega. ¿Tiene por casualidad algo que ver con los Radley?

—No, señor —contestó Jem sonrojándose.

—Espero que no —dijo brevemente, y entró en la casa.

—Jem...

—¡Cállate! Se ha ido a la sala, no puede oírnos desde allí.

A salvo en el patio, Dill preguntó a Jem si podíamos seguir jugando.

—No lo sé. Atticus no ha dicho que no pudiéramos...

—Jem —dije yo—. Creo que Atticus lo sabe.

—No, no lo sabe. Si lo supiera, lo habría dicho.

Yo no estaba tan segura, pero Jem me dijo que estaba siendo una niña, que las niñas siempre se imaginaban cosas, y que por eso otras personas las aborrecían tanto, y que si yo comenzaba a comportarme como una, podía irme y buscar a otro con quien jugar.

—Muy bien, sigan ustedes entonces —dije yo—. Ya verán.

La llegada de Atticus fue la segunda razón por la que yo quise dejar de jugar. La primera se produjo el día en que llegué rodando hasta el patio delantero de los Radley. Entre todo el movimiento de cabeza, el mareo y los gritos de Jem, yo había oído otro sonido, tan bajo que no podría haberlo oído desde la acera. Alguien dentro de la casa se reía.

5

Finalmente, tal como yo sabía que iba a ocurrir, mi insistencia pudo doblegar
a Jem, y para mi alivio dejamos ese juego durante un tiempo. Sin embargo,
él seguía sosteniendo que Atticus no había dicho que no pudiéramos jugar,
y por lo tanto podíamos; y si Atticus decía alguna vez que no podíamos,
Jem había pensado en una manera de evitar la prohibición: simplemente
cambiaría los nombres de los personajes, y entonces no podrían acusarnos
de representar nada.

Dill estuvo de acuerdo con ese plan de acción. De todos modos, se estaba convirtiendo en un pesado, siguiendo a todas partes a Jem. A principios
del verano me había pedido que me casara con él, pero se le olvidó pronto.
Me señaló como propiedad suya, dijo que yo era la única chica a la que amaría jamás, y después me abandonó. Yo le arreé un par de palizas, pero eso
no sirvió de mucho, solamente le hizo acercarse más a Jem. Pasaban días
juntos en la cabaña del árbol tramando y planeando historias, llamándome
solo cuando necesitaban un tercer personaje. Pero yo me mantuve apartada
durante un tiempo de sus planes más insensatos y, a riesgo de que me llamaran ni...ña, me pasé la mayor parte de las tardes de ese verano sentada con la
señorita Maudie Atkinson en su porche.

Jem y yo siempre habíamos disfrutado de poder correr por el patio de la señorita Maudie, si guardábamos la distancia con sus azaleas, pero nuestro vínculo con ella no estaba claramente definido. Hasta que Jem y Dill me excluyeron de sus planes, ella era solamente otra señora del barrio, pero una presencia relativamente benigna.

Nuestro trato tácito con la señorita Maudie era que podíamos jugar en su tierra, comernos sus uvas si no saltábamos sobre el arbusto, y explorar el amplio terreno de atrás, unos términos tan generosos que en raras ocasiones hablábamos con ella, porque teníamos mucho cuidado de preservar el delicado equilibrio de nuestra relación. Pero, con su conducta, Jem y Dill hicieron que me acercara más a ella.

La señorita Maudie aborrecía su casa: el tiempo pasado dentro de ella era tiempo perdido. Era viuda, una dama camaleón que trabajaba en sus flores vistiendo su viejo sombrero de paja y overoles de hombre, pero después de su baño de las cinco aparecía en el porche y reinaba sobre la calle con una belleza magistral.

Amaba todo lo que crece en la tierra de Dios, incluso las malas hierbas. Con una excepción. Si encontraba una brizna de hierba de juncia en su patio, era como la segunda Batalla de Marne: se inclinaba sobre ella con un tubo de hojalata y la rociaba por debajo con una sustancia venenosa que ella decía que era tan potente que nos mataría a todos si no nos apartábamos de allí.

—¿Y por qué no la arranca? —le pregunté, después de ser testigo de una prolongada campaña contra una cosa que no tenía ni tres palmos de altura.

—¿Arrancarla, niña, arrancarla?—. Levantó el doblado brote y apretó con el pulgar su diminuto tallo. Salieron unos granos microscópicos—. Un vástago de juncia puede arruinar todo un patio. Cuando llega el otoño, esto se seca, ¡y el viento lo esparce por todo el condado de Maycomb!—. La expresión de la señorita Maudie equiparaba aquella situación con una plaga del Antiguo Testamento.

Para ser un habitante del condado de Maycomb, hablaba de un modo chispeante. Nos llamaba por nuestros nombres, y cuando sonreía dejaba ver dos diminutas abrazaderas de oro sujetas a sus dientes. Cuando vio que yo las admiraba y que esperaba tenerlas también algún día, me dijo:

—Mira —y se sacó el puente con la lengua, un gesto de confianza que cimentó nuestra amistad.

La benevolencia de la señorita Maudie se extendía a Jem y Dill siempre que ellos descansaban de sus empresas: cosechamos los beneficios de un talento que hasta entonces la señorita Maudie nos había ocultado. Ella hacía los mejores pasteles del barrio. Cuando le concedimos nuestra confianza, cada vez que horneaba hacía un pastel grande y otros tres pequeños, y gritaba desde el otro lado de la calle:

—¡Jim Finch, Scout Finch, Charles Baker, vengan acá!

Nuestra rapidez era siempre recompensada.

En verano, los atardeceres son largos y tranquilos. Con frecuencia, la señorita Maudie y yo nos sentábamos en silencio en su porche, mirando el cielo pasar desde un color amarillo al rosado conforme el sol se iba poniendo, observando bandadas de golondrinas que volaban bajo sobre el barrio y desaparecían detrás de los tejados de la escuela.

—Señorita Maudie —le dije una tarde—, ¿cree usted que Boo Radley sigue vivo?

—Se llama Arthur, y está vivo —dijo ella. Se mecía lentamente en su vieja mecedora de roble—. ¿Puedes oler mis mimosas? Esta tarde son como el aliento de los ángeles.

—Sí. ¿Y cómo lo sabe?

—¿Saber qué, niña?

—Que B... el señor Arthur sigue con vida.

—Qué pregunta tan morbosa. Pero supongo que el tema lo es. Sé que está vivo, Jean Louise, porque aún no he visto que lo hayan sacado.

—Quizá murió y lo metieron en la chimenea.

—¿De dónde has sacado esa idea?

—Jem dice que cree que hicieron eso.

—Sss. Cada día se parece más a Jack Finch.

La señorita Maudie había conocido al tío Jack Finch, el hermano de Atticus, desde que eran niños. Casi de la misma edad, se habían criado juntos en el Desembarcadero Finch. La señorita Maudie era hija de un terrateniente vecino, el doctor Frank Buford. La profesión del doctor Buford era la medicina, y su obsesión era cualquier cosa que creciera en la tierra, de modo que se quedó pobre. El tío Jack Finch limitó su pasión por los cultivos a las macetas de sus ventanas en Nashville, y se hizo rico. Veíamos al tío Jack todas las Navidades, y todas las Navidades él le gritaba desde el otro lado de la calle a la señorita Maudie que se casara con él. La señorita Maudie le gritaba en respuesta:

—Grita un poco más fuerte, Jack Finch, y te oirán en la oficina de correos, ¡yo no te he oído aún!

Jem y yo pensábamos que esa era una manera extraña de pedir la mano de una dama, pero entonces el tío Jack era bastante raro. Decía que estaba intentando sacar de sus casillas a la señorita Maudie, que lo había estado intentando sin éxito durante cuarenta años, que él era la última persona en el mundo en la que la señorita Maudie pensaría para casarse, pero la primera en la que pensaría para burlarse, y que con ella la mejor defensa era un decidido ataque, todo lo cual nosotros lo entendíamos claramente.

—Arthur Radley no sale de casa, eso es todo —dijo la señorita Maudie—. ¿No te quedarías en tu casa si no quisieras salir?

—Sí, pero yo querría salir. ¿Por qué él no quiere?

La señorita Maudie entrecerró los ojos.

—Tú conoces esa historia tan bien como yo.

—Pero nunca he oído el motivo. Nadie me ha dicho por qué.

La señorita Maudie se ajustó el puente en la boca.

—Ya sabes que el viejo señor Radley era un bautista de los «lavadores de pies».

—Usted también lo es, ¿verdad?

—Yo no soy tan estricta, niña. Soy simplemente bautista.

—¿No creen todos en lo de lavar los pies?

—Sí. En casa en la bañera.

—Pero nosotros no podemos tomar la comunión con todos ustedes...

Al parecer, la señorita Maudie decidió que era más fácil describir la doctrina bautista primitiva que la doctrina de la comunión cerrada, y dijo:

—Los lavadores de pies creen que cualquier cosa que cause placer es pecado. ¿Sabías que algunos de ellos salieron de los campos un sábado y pasaron por este lugar y me dijeron que mis flores y yo iríamos al infierno?

—¿Sus flores también?

—Sí, señorita. Se quemarían conmigo. Ellos pensaban que yo pasaba demasiado tiempo al aire libre de Dios y no el suficiente dentro de casa leyendo la Biblia.

Mi confianza en el evangelio de los púlpitos disminuyó ante la imagen de la señorita Maudie cociéndose para siempre en varios infiernos protestantes. Efectivamente, tenía una lengua cáustica, y no iba por el vecindario haciendo el bien, como hacía la señorita Stephanie Crawford. Pero, mientras que nadie con un dedo de frente confiaba en la señorita Stephanie, Jem y yo teníamos una fe considerable en la señorita Maudie. Nunca nos delató, nunca había jugado con nosotros al ratón y al gato, y no estaba interesada en absoluto en nuestras vidas privadas. Era nuestra amiga. Era inconcebible que una criatura tan razonable pudiera estar en peligro de tormento eterno.

—Eso no es cierto, señorita Maudie. Es usted la señora más buena que conozco.

La señorita Maudie sonrió.

—Gracias, señorita. El caso es que los «lavadores de pies» creen que las mujeres son un pecado por definición. Toman la Biblia literalmente, ya sabes.

—¿Y por eso el señor Arthur se queda en la casa, para mantenerse alejado de las mujeres?

—No tengo idea.

—No le encuentro sentido. Yo diría que si el señor Arthur deseara irse al cielo, al menos saldría al porche. Atticus dice que Dios ama a las personas como cada uno se ama a sí mismo...

La señorita Maudie dejó de mecerse, y su voz se endureció.

—Eres demasiado joven para entenderlo —dijo—, pero a veces la Biblia en manos de un hombre es peor que una botella de *whisky* en manos de... oh, de tu padre.

Quedé asombrada.

—Atticus no bebe *whisky* —dije yo—. Nunca ha bebido una sola gota en su vida... bueno, sí. Dijo que una vez bebió y no le gustó.

La señorita Maudie se rio.

—No hablaba de tu padre —dijo—. Lo que quería decir es que si Atticus Finch bebiese hasta emborracharse, no sería tan duro como algunos hombres sobrios. Hay un tipo de hombres que... que están tan ocupados preocupándose sobre el otro mundo que nunca han aprendido a vivir en este, y puedes mirar a la calle y ver los resultados.

—¿Cree que son verdad todas esas cosas que dicen sobre B... el señor Arthur?

—¿Qué cosas?

Yo se las conté.

—Las tres cuartas partes vienen de gente de color, y una cuarta parte de Stephanie Crawford —dijo la señorita Maudie con una sonrisa forzada—. Stephanie Crawford incluso llegó a decirme una vez que se despertó en mitad de la noche y se lo encontró mirándola por la ventana. Yo le pregunté: «¿Y qué hiciste, Stephanie, moverte a un lado de la cama y hacerle sitio?». Eso la hizo callarse un rato.

Yo estaba segura de eso. La voz de la señorita Maudie bastaba para cerrar la boca a cualquiera.

—No, niña —dijo—, esa es una casa triste. Recuerdo a Arthur Radley cuando era niño. Siempre me hablaba con amabilidad, no importa lo que diga la gente. Hablaba tan amablemente como sabía.

—¿Cree usted que está loco?

La señorita Maudie meneó la cabeza.

—Si no lo está, ya debería estarlo a estas alturas. Nunca llegamos a conocer las cosas que suceden a las personas. Lo que sucede detrás de las puertas cerradas, qué secretos...

—Atticus nunca nos hace nada a Jem y a mí dentro de la casa que no haga también en el patio —dije yo, sintiendo que era mi obligación defender a mi padre.

—Hijita, estaba desenredando un hilo, ni siquiera pensaba en tu padre, pero ahora que lo pienso diré lo siguiente: Atticus Finch es el mismo en su casa que en las calles públicas. ¿Te apetece llevarte a casa un panqué de manteca recién hecho?

Y tanto que me apetecía.

*   *   *

A la mañana siguiente, cuando me desperté encontré en el patio de atrás a Jem y a Dill manteniendo una intensa conversación. Cuando me acerqué a ellos, como siempre, me dijeron que me marchara.

—No me voy. Este patio es tan mío como tuyo, Jem Finch. Tengo tanto derecho como tú a jugar aquí.

Dill y Jem conferenciaron brevemente y luego me dijeron:

—Si te quedas, tienes que hacer lo que nosotros te digamos —advirtió Dill.

—Bue...no —dije yo—, ¿quién se ha vuelto repentinamente tan alto y poderoso?

—Si no dices que harás lo que te digamos, no vamos a decirte nada —continuó Dill.

—¡Te comportas como si hubieras crecido dos palmos durante la noche! Muy bien, ¿qué es?

Jem dijo plácidamente:

—Vamos a entregar una nota a Boo Radley.

—¿Cómo?

Yo intentaba vencer el terror que instantáneamente creció en mi interior. Estaba bien que la señorita Maudie hablara; ella era mayor y estaba cómoda en su porche. Pero para nosotros no era lo mismo.

Jem solamente iba a poner la nota en el extremo de una caña de pescar para meterla por la persiana. Si alguien se acercaba, Dill tocaría la campanilla.

Dill levantó la mano derecha, tenía la campanilla de plata que mi madre usaba para anunciar la hora de la comida.

—Voy a ir rodeando el lado de la casa —dijo Jem—. Ayer nos fijamos desde el otro lado de la calle, y hay una persiana suelta. Creo que quizá pueda dejarla pegada en el alféizar.

—Jem...

—Ahora tú estás metida y no puedes salir. ¡Te quedarás con nosotros, señorita Remilgada!

—Bien, bien, pero no quiero vigilar. Jem, alguien estaba...

—Sí, lo harás, vigilarás la parte de atrás de la finca y Dill vigilará el frente de la casa y la calle, y si se acerca alguien tocará la campanilla. ¿Está claro?

—De acuerdo. ¿Y qué van a escribir?

—Le pedimos muy amablemente que salga algunas veces y nos diga lo que hace ahí dentro —dijo Dill—. Decimos que no le haremos ningún daño y que le compraremos un helado.

—Se han vuelto locos, ¡nos matará!

—Es idea mía —dijo Dill—. Creo que si saliera y se sentara un rato con nosotros, puede que se sintiera mejor.

—¿Y cómo sabes que no se siente bien?

—Bueno, ¿cómo te sentirías tú si llevaras encerrada cien años sin otra cosa que gatos para comer? Apuesto a que tiene una barba que llega hasta aquí...

—¿Como la de tu papá?

—Él no lleva barba, lleva... —Dill se detuvo, como si intentara recordar.

—Eh, eh, te agarré —dije yo—. Dijiste que antes de venir en el tren tu papá tenía una barba negra...

—Perdona, ¡se la afeitó el pasado verano! Sí, y tengo la carta para demostrarlo... ¡y también me envió dos dólares!

—Sigue... ¡supongo que también te envió un uniforme de la policía montada! Pero nunca llegó, ¿no? Sigue hablando, hijo...

Dill Harris podía contar las mentiras más grandes que yo había oído jamás. Entre otras cosas, había ido en un avión correo diecisiete veces, había visitado Nueva Escocia, había visto un elefante, y su abuelo era el brigadier general Joe Wheeler, y le dejó su espada.

—Cállense —ordenó Jem. Se escabulló tras la casa y salió con una caña de bambú amarilla—. Supongo que será bastante larga para llegar desde la acera.

—Si uno es tan valiente como para acercarse y tocar la casa no sé por qué tiene que usar una caña de pescar —dije yo—. ¿Por qué no derribas la puerta delantera?

—Esto... es... diferente —se excusó Jem—. ¿Cuántas veces tengo que explicártelo?

Dill se sacó un trozo de papel del bolsillo y se lo entregó a Jem. Los tres caminamos con cautela hacia la vieja casa. Dill se quedó junto al farol de delante de la parcela, y Jem y yo fuimos por la acera que discurría paralela al lateral de la casa. Yo iba detrás de Jem y me quedé donde pudiera ver al otro lado de la curva.

—Todo despejado —dije—. No se ve a nadie.

Jem puso la nota en el extremo de la caña de pescar, atravesó con ella el patio y la acercó a la ventana que había escogido. A la caña le faltaban varias pulgadas para ser lo bastante larga, y Jem se estiró todo lo que pudo. Le observé mucho rato haciendo movimientos para llegar, así que abandoné mi puesto y me acerqué hasta él.

—No puedo sacarla de la caña —musitó—, y si la saco no puedo dejarla. Vuelve a la calle, Scout.

Yo regresé y miré al otro lado de la curva a la calle vacía. De tanto en
tanto me giraba para mirar a Jem, que perseveraba intentando poner la
nota en el alféizar. Revoloteaba hasta el suelo y Jem volvía a subirla, hasta
que pensé que si Boo Radley llegaba a recibirla, no podría leerla. Estaba yo
mirando por la calle cuando sonó la campanilla.

Levantando el hombro, corrí al otro lado para enfrentarme a Boo Radley y sus ensangrentados colmillos; en vez de eso, vi a Dill tocando la campanilla con todas sus fuerzas en la cara de Atticus.

Jem parecía tan trastornado que no tuve valor para decirle que ya se lo
había advertido. Se retiró con pasos lentos, arrastrando el palo detrás de él
por la acera.

—Deja de tocar esa campana —dijo Atticus.

Dill detuvo el badajo; en el silencio que siguió, me hubiera gustado que
empezara a tocarla otra vez. Atticus se echó para atrás el sombrero y se puso
las manos en la cintura.

—Jem —dijo—, ¿qué estabas haciendo?

—Nada, señor.

—No me vengas con esas. Dímelo.

—Estaba... tan solo intentábamos darle algo al señor Radley.

—¿Qué intentaban darle?

—Solamente una carta.

—Déjame verla.

Jem le entregó un pedazo de papel sucio. Atticus lo miró e intentó leerlo.

—¿Por qué quieren que salga el señor Radley?

—Pensábamos que quizá le gustaría estar con nosotros... —contestó
Dill, y se calló cuando Atticus le miró.

—Hijo —le dijo a Jem—, voy a decirte algo, y te lo diré solo una vez:
deja de atormentar a ese hombre. Y les digo lo mismo a ustedes dos.

Lo que hiciera el señor Radley era asunto suyo. Si quería salir, saldría.
Si quería quedarse dentro de su propia casa, tenía derecho a hacerlo, libre
de las atenciones de niños curiosos, que era un término suave para calificar
nuestra conducta. ¿Qué nos parecería si Atticus se colara sin llamar, cuando
nosotros estuviéramos en nuestros cuartos por la noche? Efectivamente, eso

mismo era lo que estábamos haciendo con el señor Radley. Lo que él hacía podría habernos parecido peculiar a nosotros, pero no se le parecía a él. Además, ¿nunca se nos había ocurrido que la manera civilizada de comunicarnos con otro ser humano era en la puerta de la calle y no por una ventana lateral? Por último, debíamos mantenernos alejados de esa casa mientras no nos invitaran, no debíamos jugar a algo tan burdo como él nos había visto hacer, ni burlarnos de nadie de esa calle ni de la ciudad...

—No nos estábamos burlando, no nos estábamos riendo de él —dijo Jem—, tan solo estábamos...

—Así que eso es lo que estaban haciendo, ¿verdad?

—¿Burlándonos de él?

—No —dijo Atticus—, poniendo al descubierto la historia de su vida para que todo el barrio la conozca.

Jem pareció envalentonarse un poco.

—Yo no he dicho eso, ¡no lo he dicho!

Atticus esbozó una sonrisa seca.

—Acabas de decírmelo. Pongan fin a esta tontería ahora mismo, los tres.

Jem le miró boquiabierto.

—Tú quieres ser abogado, ¿verdad?

Nuestro padre apretaba extrañamente la boca, como si intentara mantenerla a raya.

Jem decidió que no tenía sentido buscar más argumentos y se quedó callado. Cuando Atticus entró en casa para recoger una carpeta que había olvidado llevarse al trabajo esa mañana, Jem entendió por fin que le habían vapuleado con la treta de abogados más vieja que se conoce. Esperó a cierta distancia de los escalones de la fachada, observó a Atticus salir de la casa y caminar hacia la ciudad. Cuando no podía ya oírle, Jem le gritó:

—¡Pensaba que quería ser abogado, pero ahora no estoy tan seguro!

6

❦

—*Sí* —*dijo nuestro padre cuando Jem le preguntó si podíamos ir con Dill y* sentarnos a la orilla del estanque de peces de la señorita Rachel, pues aquella era su última noche en Maycomb.

—Dile adiós de mi parte, y que le veremos el próximo verano.

Saltamos por encima del muro bajo que separaba el patio de la señorita Rachel de nuestro camino de entrada. Jem dio un silbido y Dill respondió en la oscuridad.

—Ni gota de aire —dijo Jem—. Mira allí.

Señaló hacia el este. Una luna gigantesca se elevaba por detrás de los árboles de pecanas de la señorita Maudie.

—Por eso parece que hace más calor —dijo.

—¿Ves una cruz en ella? —preguntó Dill sin levantar la vista. Estaba haciendo un cigarrillo con papel de periódico y cuerda.

—No, solo la dama. No enciendas eso, Dill, o apestarás toda esta parte de la ciudad.

Se distinguía una dama en la luna en Maycomb. Se sentaba ante un tocador cepillándose el cabello.

—Vamos a extrañarte, muchacho —dije yo—. ¿Crees que debemos cuidarnos del señor Avery?

El señor Avery se alojaba al otro lado de la calle, enfrente de la casa de la señora Henry Lafayette Dubose. Además de cambiar monedas en el platillo de las ofrendas los domingos, cada noche se sentaba en el porche hasta las nueve y estornudaba. Una noche tuvimos el privilegio de ser testigos de una actuación suya que debió de ser la última, porque nunca volvió a hacerlo en todo el tiempo que le observamos. Una noche, Jem y yo habíamos bajado los escalones de la casa de la señorita Rachel cuando Dill nos detuvo.

—¡Vaya! Miren allá.

Señalaba al otro lado de la calle. Al principio no vimos nada más que un porche cubierto de parras, pero una inspección más cuidadosa nos reveló un arco de agua que bajaba desde las hojas y salpicaba en el círculo amarillento de la farola de la calle, recorriendo, según nuestros cálculos, unos diez palmos de distancia. Jem dijo que el señor Avery no apuntaba, Dill dijo que debía de beberse un galón al día, y a esto le siguió una competición para determinar distancias relativas y destrezas de uno y otro que hizo que me sintiera marginada una vez más, ya que en ese terreno yo no contaba con ningún talento.

Dill se estiró, bostezó y dijo, con demasiado indiferencia:

—Ya sé, vamos a dar un paseo.

A mí me sonó sospechoso. Nadie en Maycomb salía solamente a dar un paseo.

—¿Adónde, Dill?

Dill ladeó la cabeza en dirección al sur.

—Bien —dijo Jem, y cuando yo protesté, añadió amablemente: —No es necesario que vengas, hermanita.

—Tampoco tú tienes que ir. Recuerda...

Jem no era de los que se estancaban en derrotas pasadas: parecía que el único mensaje que obtuvo de Atticus fue una mejor perspectiva del arte del interrogatorio.

—Scout, no vamos a hacer nada, solo vamos a ir hasta la farola y volver.

Anduvimos en silencio por la acera, escuchando el rechinar en los porches de las mecedoras bajo el peso de los vecinos y los suaves murmullos nocturnos de las personas mayores de nuestra calle. De tanto en tanto oíamos reír a la señorita Stephanie Crawford.

—¿Bien? —dijo Dill.

—Muy bien —contestó Jem—. ¿Por qué no te vas a casa, Scout?

—¿Qué van a hacer?

Dill y Jem simplemente iban a mirar por la ventana que tenía la persiana suelta para ver si atisbaban a Boo Radley, y si yo no quería acompañarlos podía irme directamente a casa y mantener la boca cerrada, y ya está.

—Pero ¿por qué diantres han esperado hasta esta noche?

Porque nadie podía verlos en la noche, porque Atticus estaría tan enfrascado en la lectura de un libro que no oiría ni la llegada del Reino, porque si Boo Radley los mataba, se perderían la escuela en lugar de las vacaciones, y porque era más fácil ver dentro de una casa oscura en la oscuridad que a la luz del día, ¿lo entendía?

—Jem, *por favor*...

—Scout, te lo digo por última vez, cierra la boca o vete a casa; ¡sabe Dios que cada día te pareces más a una niñita!

Con eso ya no tuve más remedio que acompañarlos. Pensamos que era mejor ir por debajo de la valla alta de alambre que había al fondo de la finca de los Radley, pues así era menos probable que nos vieran. La valla guardaba un jardín grande y una estrecha casita de madera en el exterior.

Jem levantó la parte de abajo del alambre y le indicó a Dill que pasara por debajo. Yo le seguí, y ayudé a sostener el alambre para que pasara Jem. Tuvo que hacer un esfuerzo.

—No hagan ruido —susurró—. No entren en una hilera de coles, pues eso haría despertar a los muertos.

Con esto en mente, yo avanzaba aproximadamente a un paso por minuto. Me moví más rápidamente cuando vi a Jem muy por delante, haciendo señas a la luz de la luna. Llegamos a la puerta que separaba el jardín del patio trasero. Jem la tocó. La puerta rechinó.

—Escupe en ella —susurró Dill.

—Nos has metido en una trampa, Jem —musité yo—. No podremos salir de aquí como si nada.

—Shhh. Escupe, Scout.

Escupimos todo lo que pudimos, y Jem abrió la puerta lentamente, levantándola hacia un lado y dejándola descansar en la valla. Estábamos en el patio trasero.

La parte de atrás de la casa de los Radley era menos acogedora que la frontal: un porche destartalado recorría la misma anchura de la casa; había dos puertas y dos ventanas oscuras entre ellas. En lugar de una columna, un rudo soporte de dos por cuatro sostenía un extremo del tejado. Había una vieja estufa Franklin en un rincón del porche; encima colgaba un perchero de sombreros con espejo que resplandecía reflejando la luz de la luna.

—Uf —dijo Jem muy bajito, levantando el pie.

—¿Qué es?

—Gallinas —susurró.

Que tendríamos que esquivar cosas que no veíamos desde todas las direcciones quedó confirmado cuando Dill, que estaba más adelante, susurró *Diii...ossss*. Seguimos hasta el costado de la casa, rodeando la ventana que tenía la persiana rota. El alféizar era varias pulgadas más alto que Jem.

—Te echaré una mano para subir —susurró a Dill—. Pero espera.

Jem se agarró la muñeca izquierda con una mano y con la otra mi muñeca derecha, yo agarré mi muñeca izquierda y la muñeca derecha de Jem, nos agachamos, y Dill se apoyó en ese estribo. Le elevamos y él se agarró al alféizar.

—Date prisa —susurró Jem—. No podemos aguantar mucho.

Dill me golpeó el hombro y le bajamos hasta el suelo.

—¿Qué has visto?

—Nada. Cortinas. Hay una luz muy pequeña, pero lejos.

—Salgamos de aquí —dijo Jem—. Volvamos dando un rodeo otra vez. Shhh —me advirtió, pues yo estaba a punto de protestar.

—Probemos por la ventana trasera.

—Dill, *no* —dije yo.

Dill se detuvo y dejó que Jem fuera delante. Cuando Jem puso su pie en el último escalón, este crujió. Se quedó quieto y entonces movió su peso gradualmente. El escalón no sonaba. Jem se saltó dos peldaños, puso el pie en el porche, tomó impulso para subir y se tambaleó durante un largo instante. Recuperó el equilibrio y se puso de rodillas. Fue gateando hasta la ventana, levantó la cabeza y miró dentro.

Entonces yo vi la sombra. Era la sombra de un hombre con el sombrero puesto. Al principio pensé que era un árbol, pero no soplaba nada de viento, y los troncos de los árboles no andan. El porche trasero estaba bañado por la luz de la luna, y la sombra, seca como una tostada, avanzaba por el porche hacia Jem.

Dill fue el siguiente en verla. Se tapó la cara con las manos.

Jem no se percató de la sombra hasta que le pasó por encima. Se tapó la cabeza con los brazos y se quedó rígido.

La sombra se detuvo aproximadamente a un pie de distancia por detrás de Jem. Su brazo se apartó del costado, se bajó y se quedó quieto. Entonces se giró y retrocedió dibujándose por encima de Jem, recorrió el porche y se fue por el lateral de la casa, marchándose por donde había venido.

Jem dio un salto del porche y corrió hacia nosotros. Abrió la puerta de par en par, nos empujó a Dill y a mí, y nos dirigió entre dos filas de coles. Fue a mitad de camino entre las coles cuando tropecé; y, en ese momento, el rugido de un disparo sacudió todo el barrio.

Dill y Jem se tumbaron a mi lado. Mi hermano tenía la respiración entrecortada:

—¡Métanse tras la valla de la escuela! ¡Deprisa, Scout!

Jem sostuvo el alambre; Dill y yo nos arrastramos por debajo, y estábamos a medio camino de llegar al refugio del solitario roble del patio de la escuela cuando nos dimos cuenta de que Jem no estaba con nosotros. Regresamos corriendo y le encontramos bregando con la valla, quitándose los pantalones para soltarse. Corrió hasta el roble en calzoncillos.

A salvo detrás del árbol, nos sentíamos como atontados, pero la mente de Jem no se detenía:

—Tenemos que llegar a casa, verán que no estamos.

Cruzamos corriendo el patio de la escuela, gateamos por debajo de la valla pasando por el césped de detrás de nuestra casa, subimos por la valla trasera y Jem no nos permitió una pausa para descansar hasta que llegamos a la escalera de atrás.

Respirando ya con normalidad, fuimos los tres caminando con toda la naturalidad que pudimos hasta el patio delantero. Miramos calle abajo y vimos a un grupo de vecinos en la puerta de los Radley.

—Será mejor que vayamos —dijo Jem—. Sospecharán algo si no estamos.

El señor Nathan Radley se encontraba de pie al otro lado de su puerta y llevaba una escopeta cruzada en el brazo. Atticus estaba al lado de la señorita Maudie y de la señorita Stephanie Crawford. La señorita Rachel y el señor Avery estaban cerca. Ninguno de ellos nos vio llegar.

Nos situamos al lado de la señorita Maudie, que volvió la vista.

—¿Dónde estaban, no han oído el disparo?

—¿Qué sucedió? —preguntó Jem.

—El señor Radley le ha disparado a un negro en su huerto de coles.

—Ah. ¿Y le ha dado?

—No —dijo la señorita Stephanie—. Disparó al aire. Pero lo dejó blanco del susto. Dice que si alguien ve a un negro blanco por los alrededores, es ese. Y dice que tiene el otro cañón esperando para el próximo sonido que oiga en su casa, y que la próxima vez no apuntará hacia arriba, ya sea un perro, un negro, o... ¡Jem *Finch*!

—¿Qué, señora?

Entonces habló Atticus.

—¿Dónde están tus pantalones, hijo?

—¿Pantalones, señor?

—Pantalones.

Era inútil. En calzoncillos delante de Dios y de todo el mundo. Yo di un suspiro.

—¿Señor Finch?

Al resplandor de la farola de la calle, pude ver que Dill estaba incubando algo: sus ojos se abrieron como platos y su rechoncha cara de querubín se puso más redonda.

—¿Qué pasa, Dill? —preguntó Atticus.

—Es que... se los he ganado —dijo con tono vago.

—¿Ganado? ¿Cómo?

Dill se llevó la mano a la nuca, la subió por la cabeza y se frotó la frente.

—Estábamos jugando al *strip poker*; al lado del estanque de peces —dijo.

Jem y yo nos relajamos. Los vecinos parecían conformes con la explicación: todos se pusieron serios. Pero ¿qué era el *strip poker*?

No tuvimos ocasión de descubrirlo: la señorita Rachel comenzó a gritar como si fuera la sirena de los bomberos.

—¡Jeeee... sús, Dill Harris! ¿Jugando al lado de mi estanque? ¡Yo te enseñaré las cartas, señorito!

Atticus salvó a Dill del inminente desmembramiento.

—Un momento, señorita Rachel —dijo—. Que yo sepa, nunca habían hecho nada así antes. ¿Estaban jugando a las cartas?

Jem lanzó la pelota elevada de Dill con los ojos cerrados:

—No, señor, solamente con cerillas.

Yo admiré a mi hermano. Las cerillas eran peligrosas, pero las cartas eran fatales.

—Jem, Scout —dijo Atticus—, no quiero volver a escuchar sobre ninguna modalidad de póquer. Jem, ve a casa de Dill y recupera tus pantalones. Solucionen el asunto entre ustedes.

—No te preocupes, Dill —dijo Jem mientras caminábamos por la acera—, ella no te va a hacer nada. Él la convencerá. Pensaste con rapidez, chico. Escucha... ¿oyes?

Nos detuvimos y oímos la voz de Atticus.

—... No es grave... todos pasan por ello, señorita Rachel...

Dill quedó consolado, pero Jem y yo, no. Estaba el problema de que Jem tenía que mostrar unos pantalones en la mañana.

—Te daría unos míos —dijo Dill cuando llegamos a las escaleras de la señorita Rachel.

Jem dijo que no le servirían, pero que muchas gracias de todos modos. Nos despedimos y Dill entró en la casa. Estaba claro que sí se acordaba de que estaba comprometido conmigo, porque regresó corriendo y me besó a toda prisa delante de Jem.

—Escríbanme, ¿oyen? —nos gritó.

*   *   *

Aunque Jem hubiera llevado los pantalones puestos, no habríamos dormido mucho. Cada sonido nocturno que yo escuchaba desde mi catre en el porche trasero sonaba con triple aumento; cada pisada sobre la gravilla era Boo Radley buscando venganza, cada negro que pasaba riéndose en la noche era Boo Radley suelto y persiguiéndonos; los insectos que se chocaban contra la tela metálica eran los dedos dementes de Boo Radley que hacían pedazos el

alambre; los cinamomos eran malignos, acechándonos, vivos. Yo me debatía entre el sueño y la vigilia hasta que oí murmurar a Jem.

—¿Duermes, Tres Ojos?

—¿Estás loco?

—Shh. La luz de Atticus está apagada.

A la luz de la luna vi a Jem poniendo los pies en el suelo.

—Voy por ellos —dijo.

Yo me incorporé.

—No puedes. No te lo permitiré.

—Tengo que ir —dijo mientras bregaba para ponerse la camisa.

—Si vas despertaré a Atticus.

—Despiértalo y te mato.

Le acerqué a mi lado en el catre. Intenté razonar con él.

—El señor Nathan los encontrará en la mañana, Jem. Él sabe que los
perdiste. Cuando se los enseñe a Atticus pasarás un mal rato, pero eso será
todo. Vuelve a la cama.

—Eso ya lo sé —dijo Jem—. Por eso voy a buscarlos.

Comencé a sentir náuseas. Regresar a ese lugar él solo... Me acordé
de lo que había dicho la señorita Stephanie: el señor Nathan tenía el otro
cañón esperando para el siguiente sonido que escuchara, fuera un negro, un
perro... Jem lo sabía mejor que yo. Estaba desesperada.

—Mira, no vale la pena, Jem. Una paliza duele, pero no dura. Te pega-
rán un tiro en la cabeza, Jem. Por favor...

Con paciencia, dio un suspiro.

—Yo... es así, Scout —musitó—. Atticus nunca me ha azotado que yo
recuerde. Quiero que siga siendo de esa manera.

Menuda idea. Ni que Atticus nos amenazara día sí día no.

—Quieres decir que él nunca te ha sorprendido en una travesura.

—Quizá sea eso, pero... quiero que siga siendo así, Scout. Tenemos que
zanjar esto esta noche, Scout.

Fue entonces, supongo, cuando Jem y yo comenzamos por primera vez
a separarnos. A veces yo no le entendía, pero mis periodos de asombro dura-
ban poco. Esto se escapaba a mi alcance.

—Por favor —le rogué—, ¿no puedes pensarlo un minuto, tú solo en
ese lugar...?

—¡Cállate!

—No va a dejar de hablarte para siempre ni nada parecido... voy a despertarle, Jem, te juro que...

Jem agarró el cuello de mi pijama y lo retorció con fuerza.

—Entonces voy contigo —dije casi ahogada.

—No, no vienes, harás ruido.

Fue inútil. Abrí el cerrojo de la puerta trasera y lo sostuve mientras él bajaba sigilosamente las escaleras. Debían de ser las dos de la mañana. La luna se estaba ocultando y las sombras de los listones se difuminaban en una borrosa nada. El extremo de la camisa blanca de Jem se balanceaba al viento como si fuera un pequeño fantasma bailando para escapar a la llegada de la mañana. Una suave brisa secaba el sudor que me caía por los costados.

Él fue por la parte trasera, cruzó el prado, luego el patio de la escuela y dio un rodeo hasta la valla, creo... al menos iba en esa dirección. Necesitaba más tiempo, de modo que no era momento aún para preocuparse. Esperé hasta que llegó ese momento de preocuparse, y me quedé a la espera de escuchar la escopeta del señor Radley. Entonces me pareció oír rechinar la valla trasera. Era solo una ilusión.

Después oí toser a Atticus. Contuve el aliento. A veces, cuando hacíamos una peregrinación a medianoche hasta el baño, le encontrábamos leyendo. Decía que con frecuencia se despertaba durante la noche, comprobaba cómo estábamos y seguía leyendo hasta quedarse dormido. Yo esperé a que su luz se encendiera, esforzando la vista para verla llenar el vestíbulo. Siguió apagada y pude respirar otra vez.

Los rondadores nocturnos se habían retirado, pero los cinamomos maduros repicaban sobre el tejado cuando se levantaba viento, y la oscuridad mostraba toda su desolación con los ladridos de perros distantes.

Ahí regresaba. Su camisa blanca apareció sobre la valla trasera y lentamente se hizo más grande. Llegó hasta las escaleras traseras, puso el cerrojo después de pasar y se sentó en su catre. Sin articular palabra, me enseñó los pantalones. Se tumbó, y durante un rato oí que su catre temblaba. Poco después se quedó quieto. No volví a oírle moverse.

7

Jem estuvo toda una semana huraño y callado. Siguiendo el consejo que una vez me dio Atticus, intenté meterme en la piel de Jem y figurarme que era él: si yo hubiera ido sola hasta la Mansión Radley a las dos de la mañana, se habría celebrado mi funeral la tarde siguiente. De modo que dejé tranquilo a Jem e intenté no molestarle.

Comenzaron las clases. El segundo grado fue tan malo como el primero, o peor; seguían pasándose tarjetas y no se nos permitía leer ni escribir. El progreso de la señorita Caroline, en la puerta contigua, podía calcularse por la frecuencia de las risas; sin embargo, el grupo de siempre estaba de nuevo en primer grado, y era útil para mantener el orden. Lo único bueno del segundo grado era que este año yo salía a la misma hora que Jem, y normalmente regresábamos a las tres caminando juntos.

Una tarde, cuando estábamos cruzando el patio de la escuela en dirección a casa, Jem dijo de repente:

—Hay algo que no te he contado.

Como esa era la primera frase completa que había dicho en varios días, le alenté:

—¿Sobre qué?

—Sobre aquella noche.

—No me has contado nada sobre esa noche —dije yo.

Jem espantó mis palabras como ahuyenta mosquitos. Se quedó en silencio un rato y luego continuó:

—Cuando regresé a buscar mis pantalones... estaban todos enredados cuando me los quité, y no podía desenredarlos. Cuando regresé... —Jem respiró hondo—. Cuando regresé, estaban doblados sobre la valla... como si me estuvieran esperando.

—Sobre la ...

—Y otra cosa... —añadió con voz plana—. Te lo enseñaré cuando lleguemos a casa. Los habían cosido. No como los habría remendado una mujer, sino como si lo hubiera intentado yo. Todo torcido. Es casi como...

—... como si alguien supiera que ibas a regresar a buscarlos.

Jem se estremeció.

—Como si alguien me estuviera leyendo la mente... como si alguien pudiera saber lo que iba a hacer. ¿Puede alguien saber lo que voy a hacer, a menos que me conozca? ¿Puede saberlo, Scout?

Más que preguntar, suplicaba. Yo le tranquilicé.

—Nadie puede saber lo que vas a hacer a menos que viva contigo en la casa, y aun así, a veces ni siquiera yo puedo saberlo.

Pasábamos al lado de nuestro árbol. En su agujero descansaba un ovillo de cordel gris.

—No lo agarres, Jem —le dije—. Es el escondite de alguien.

—No lo creo, Scout.

—Sí, lo es. Alguien, por ejemplo Walter Cunningham, viene hasta aquí durante el recreo y esconde sus cosas; y nosotros pasamos y se las quitamos. Escucha, vamos a dejarlo y esperemos un par de días. Si sigue ahí entonces, nos lo llevamos, ¿de acuerdo?

—Bien, puede que tengas razón —accedió Jem—. Debe de ser el escondite de un niño pequeño, que esconde sus cosas de los mayores. Ya has visto que solo encontramos cosas los días que hay clase.

—Sí —dije yo—, pero nunca pasamos por aquí en verano.

Nos fuimos a casa. A la mañana siguiente, el cordel estaba donde lo habíamos dejado. Al tercer día, como seguía allí, Jem se lo metió en el bolsillo. Desde entonces, consideramos que todo lo que encontráramos en el agujero del árbol nos pertenecía.

*   *   *

El segundo grado era horrible, pero Jem me aseguró que, conforme me fuera haciendo mayor, mejor sería la escuela, que él había comenzado de la misma manera y que al llegar a sexto era cuando uno aprendía algo de valor. El sexto grado pareció gustarle desde el principio: pasó por una breve etapa egipcia que me dejó perpleja... intentaba caminar plano muchas veces, poniendo un brazo delante y otro detrás, y un pie seguido del otro. Afirmaba que los egipcios caminaban de ese modo; yo le dije que, si era verdad, no veía cómo conseguían hacer nada, pero Jem me replicó que habían logrado más de lo que los americanos consiguieron jamás, que inventaron el papel higiénico y el embalsamamiento perpetuo, y me preguntó dónde estaríamos hoy si no lo hubieran hecho. Atticus me dijo que eliminase los adjetivos y tendría los hechos.

No hay estaciones claramente definidas en el sur de Alabama; el verano pasa al otoño, y hay años en que el otoño no viene seguido por el invierno, sino que se convierte en una primavera de dos días que se funde de nuevo en el verano. Ese otoño fue largo, y apenas hizo fresco para llevar una chaqueta ligera. Jem y yo hacíamos nuestro recorrido una templada tarde de octubre cuando el agujero de nuestro árbol nos hizo detenernos otra vez. Dentro había algo blanco.

Jem me permitió hacer los honores: yo saqué dos pequeñas imágenes esculpidas en jabón. Una era la figura de un muchacho, la otra llevaba un tosco vestido.

Antes de recordar que no existía eso de la mala suerte, grité y las solté al suelo.

Jem las recogió.

—¿Qué te pasa? —gritó. Les quitó el polvo con el dedo—. Son buenas —me dijo—. Nunca he visto unas tan buenas.

Las bajó para que yo las viera. Eran miniaturas casi perfectas de dos niños. El niño llevaba pantalones cortos y un mechón de cabello hasta las cejas. Miré a Jem. Una punta de cabello castaño liso le caía hacia adelante. Nunca antes lo había notado.

Jem miró la figura de la niña y después a mí. La muñequita llevaba flequillo. Yo también.

—Somos nosotros —dijo.

—¿Sabes quién los habrá hecho?

—¿A quién conocemos por aquí que sepa tallar? —me preguntó.

—Al señor Avery.

—A él simplemente le gusta. Yo digo alguien que sepa hacerlo.

El señor Avery promediaba un palo de estufa por semana; lo iba recortando hasta convertirlo en un palillo y lo mascaba.

—Habrá sido el enamorado de la señorita Stephanie Crawford —dije.

—Él talla bien, pero vive en el campo. ¿Cuándo iba a fijarse en nosotros?

—A lo mejor se sienta en el porche y nos mira a nosotros en lugar de a la señorita Stephanie. Si yo fuera él, lo haría.

Jem me miró un instante tan largo que le pregunté qué pasaba, pero obtuve como respuesta un «nada, Scout». Cuando llegamos a casa, Jem metió las miniaturas en su baúl.

Menos de dos semanas después encontramos un paquete entero de goma de mascar, y vaya si lo disfrutamos. El dato de que todo lo que había en la Mansión Radley era veneno se había borrado de la memoria de Jem.

La semana siguiente, en el agujero del árbol había una deslucida medalla. Jem se la enseñó a Atticus, quien dijo que era una medalla de concurso ortográfico, y que en el condado de Maycomb, antes de que nosotros naciéramos, las escuelas realizaban competiciones de ortografía y concedían medallas a los ganadores. Atticus comentó que alguien debía de haberla perdido, y nos dijo si habíamos preguntado por ahí. Jem me dio una patada cuando yo intenté contar dónde la habíamos encontrado. Jem preguntó a Atticus si él recordaba a alguien que alguna vez hubiera ganado una, y Atticus dijo que no.

Nuestro mayor premio apareció cuatro días después. Era un reloj de bolsillo, que no funcionaba, con su cadena, y un cuchillo de aluminio.

—¿Crees que es oro blanco, Jem?

—No lo sé. Se lo enseñaré a Atticus.

Atticus dijo que probablemente valdrían diez dólares, cuchillo, cadena y todo, si eran nuevos.

—¿Has hecho algún trueque en la escuela? —le preguntó.

—¡Oh, no, señor! —Jem sacó el reloj de su abuelo que Atticus le dejaba llevar una vez por semana si lo trataba con cuidado. Los días en que lo llevaba, Jem caminaba como pisando huevos—. Atticus, si no te importa, prefiero llevar este. Quizá pueda arreglarlo.

Cuando el nuevo sustituyó al reloj del abuelo y llevarlo se convirtió en una pesada tarea cotidiana, Jem ya no sentía la necesidad de consultar la hora cada cinco minutos.

Hizo un buen trabajo, y solo le sobraron un muelle y dos diminutas piezas, pero el reloj seguía sin funcionar.

—Ahh —suspiró—, nunca funcionará. ¿Scout...?

—¿Qué?

—¿Crees que deberíamos escribir una carta a quien sea que nos esté dejando estas cosas?

—Eso estaría bien, Jem, podemos darle las gracias... ¿qué tiene de malo?

Jem se agarraba las orejas y sacudía la cabeza de lado a lado.

—No lo entiendo, sencillamente no lo entiendo; no sé por qué, Scout... —miró hacia la sala—. Se me ha ocurrido decírselo a Atticus... no, creo que no.

—Yo se lo diré por ti.

—No, no hagas eso, Scout. ¿Scout?

—¿Quéee?

Llevaba toda la tarde a punto de decirme algo; se le iluminaba la cara, se inclinaba hacia mí... pero luego cambiaba de idea. Y cambió otra vez.

—Ah, nada.

—Vamos, escribamos una carta —le puse el papel y el lapicero bajo la nariz.

—Bien. Querido señor...

—¿Cómo sabes que es un hombre? Apuesto a que es la señorita Maudie... hace mucho que lo pienso.

—Ah, la señorita Maudie no puede mascar goma... —Jem mostró una sonrisa—. Ya sabes, a veces habla muy bonito. Una vez le pregunté si quería mascar y me dijo que no, gracias, que... la goma de mascar se le pegaba al paladar y que la privaba del habla —dijo Jem con cuidado—. ¿No suena bonito?

—Sí, a veces sabe decir cosas bonitas. De todos modos, ella no tendría un reloj de bolsillo con cadena.

—Querido señor —dijo Jem—. Agradecemos el... no, gracias por todo lo que ha puesto en el árbol para nosotros. Sinceramente suyos, Jeremy Atticus Finch.

—No sabrá quién eres si firmas de ese modo, Jem.

Jem borró su nombre y escribió: «Jem Finch». Yo firmé «Jean Louise Finch (Scout)» debajo. Jem metió la nota en un sobre.

A la mañana siguiente, de camino a la escuela, él salió corriendo delante de mí y se detuvo ante el árbol. Jem estaba de cara a mí cuando levantó la vista, y yo vi que se ponía completamente pálido.

—¡Scout!

Yo corrí hasta él.

Alguien había rellenado con cemento el agujero del árbol.

—No llores, Scout... no llores, no te preocupes... —me iba susurrando durante todo el camino a la escuela.

Cuando llegamos a casa para comer, Jem engulló la comida, corrió hasta el porche y se quedó de pie en las escaleras. Yo le seguí.

—No ha pasado aún —dijo.

Al día siguiente, Jem repitió su vigilancia y fue recompensado.

—¿Qué tal está, señor Nathan? — saludó él.

—Buenos días, Jem, Scout —contestó el señor Radley mientras pasaba.

—Señor Radley —dijo Jem.

El señor Radley se giró.

—Señor Radley, ¿puso usted cemento en el agujero de aquel árbol que está más allá?

—Sí —respondió—, yo lo rellené.

—¿Por qué lo hizo, señor?

—El árbol se está muriendo. Cuando están enfermos hay que rellenarlos con cemento. Deberías saberlo, Jem.

Jem no dijo nada más sobre el tema hasta más avanzada la tarde. Cuando pasamos al lado de nuestro árbol, dio con aire meditativo una palmada sobre ese cemento, y se quedó absorto en sus pensamientos. Parecía estar cada vez de peor humor, de modo que yo mantuve las distancias.

Como siempre, aquella tarde encontramos a Atticus que llegaba a casa del trabajo. Cuando estábamos en nuestras escaleras, Jem dijo:

—Atticus, mira ese árbol de allí, por favor.

—¿Qué árbol, hijo?

—El que está en la esquina de la finca de los Radley, viniendo de la escuela.

—Sí.

—¿Se está muriendo?

—Pues no, hijo, no lo creo. Mira las hojas, todas ellas están verdes y sanas, no hay manchas marrones en ninguna parte...

—¿Ni siquiera está enfermo?

—Ese árbol está tan sano como tú, Jem. ¿Por qué?

—El señor Nathan Radley dice que se está muriendo.

—Bueno, quizá sea así. Estoy seguro de que el señor Radley sabe más sobre sus árboles que nosotros.

Atticus nos dejó allí en el porche. Jem se apoyó en una columna, rascándose la espalda contra ella.

—¿Te pica, Jem? —le pregunté tan educadamente como pude. Él no respondió—. Entremos, Jem —le dije.

—Dentro de un rato.

Se quedó allí hasta la caída de la noche, y yo le esperé. Cuando entramos en la casa vi que había estado llorando; su cara estaba sucia donde se nota el llanto, pero me resultó extraño no haberle oído.

8

Por motivos inescrutables para la mayoría de los experimentados profetas del condado de Maycomb, aquel año, el otoño se convirtió en invierno. Tuvimos dos semanas con el tiempo más frío desde 1885, según dijo Atticus. El señor Avery dijo que estaba escrito en la Piedra de Rosetta que cuando los niños desobedecieran a sus padres, fumaran cigarrillos o se pelearan unos con otros, las estaciones cambiarían: Jem y yo cargábamos con la culpabilidad de haber contribuido a las aberraciones de la naturaleza, provocando así la infelicidad de nuestros vecinos, así como incomodidades a nosotros mismos.

La vieja señora Radley murió ese invierno, pero su muerte apenas causó alteración alguna; el barrio en raras ocasiones la veía, excepto cuando regaba sus plantas. Jem y yo determinamos que Boo había acabado con ella al fin, pero, para nuestra decepción, cuando Atticus regresó de la casa de los Radley dijo que había muerto por causas naturales.

—Pregúntale —susurró Jem.

—Pregúntale tú, que eres el mayor.

—Por eso debes preguntarle tú.

—Atticus —dije yo—, ¿has visto al señor Arthur?

Atticus me miró fijamente asomándose por su periódico:

—No.

Jem me hizo entender que no hiciera más preguntas. Dijo que Atticus seguía estando susceptible en cuanto a nosotros y los Radley, y que no valdría de nada preguntarle. Jem tenía la idea de que Atticus pensaba que nuestras actividades de aquella noche del pasado verano no se habían limitado al *strip poker*. Jem no tenía una base firme para su idea, dijo que era meramente una corazonada.

A la mañana siguiente me desperté, miré por la ventana y casi me muero de miedo. Mis gritos sacaron a Atticus de su cuarto de baño a medio afeitar.

—¡Es el fin del *mundo*, Atticus! ¡Por favor, haz algo…! —le arrastré hasta la ventana y señalé.

—No, no es eso —dijo él—. Está nevando.

Jem preguntó a Atticus si aquello iba a continuar. Jem tampoco había visto nunca la nieve, pero sabía lo que era. Atticus dijo que no sabía más sobre nieve de lo que sabía Jem.

—Creo, sin embargo, que si está así de húmeda se convertirá en lluvia.

Sonó el teléfono y Atticus se levantó de la mesa del desayuno para responder.

—Era Eula May —dijo cuando regresó—. Cito sus palabras: «Como no ha nevado en el condado de Maycomb desde 1885, no habrá clases hoy».

Eula May era la operadora principal de teléfono de Maycomb. Se le confiaba hacer anuncios públicos, invitaciones de boda, hacer sonar la sirena de incendios y dar instrucciones sobre primeros auxilios cuando el doctor Reynolds estaba fuera.

Cuando Atticus finalmente nos llamó al orden y nos dijo que miráramos nuestros platos en lugar de mirar por la ventana, Jem preguntó:

—¿Cómo se hace un muñeco de nieve?

—No tengo la menor idea —dijo Atticus—. No quiero desilusionarlos, pero dudo que haya suficiente nieve para hacer ni siquiera una bola.

Calpurnia entró y dijo que estaba cuajando. Cuando corrimos al patio trasero, estaba cubierto con una fina capa de nieve pastosa.

—No deberíamos pisarla —advirtió Jem—. Mira, cada paso que das la estropea.

Yo miré atrás, a mis flojas pisadas. Jem dijo que si esperábamos hasta que nevara más, podríamos juntarla para formar un muñeco de nieve. Yo saqué la lengua y agarré un copo plano. Quemaba.

—¡Jem, está caliente!

—No, no lo está, está tan fría que quema. No te la comas, Scout, vas a malgastarla. Deja que caiga.

—Pero quiero andar sobre ella.

—Ya sé, podemos ir y pisar la nieve del patio de la señorita Maudie.

Jem cruzó a zancadas el patio delantero. Yo seguí sus pisadas. Cuando estábamos en la acera delante de la casa de la señorita Maudie, el señor Avery se acercó a nosotros. Tenía la cara rosada, y un estómago hinchado debajo del cinturón.

—¿Ven lo que han hecho? —dijo—. No ha nevado en Maycomb desde la Batalla de Appomattox. Los niños malos como ustedes son los que hacen que cambien las estaciones.

Yo me preguntaba si el señor Avery sabía el tiempo que habíamos pasado el verano pasado esperando verle repetir su actuación, y pensé que, si así era como nos pagaba, tendríamos que decir algo acerca de aquel pecado. No me pregunté dónde había recopilado sus estadísticas meteorológicas el señor Avery: venían directamente de la Piedra de Rosetta.

—Jem Finch, ¡tú, Jem Finch!

—La señorita Maudie te está llamando, Jem.

—Quédense todos en el centro del patio. Hay algo plantado bajo la nieve cerca del porche. ¡No lo pisen!

—¡Bueno! —gritó Jem—. Es hermosa, ¿verdad, señorita Maudie?

—¡Para hermosos mis jamones! ¡Si hiela esta noche, se cargará todas mis azaleas!

El viejo sombrero de sol de la señorita Maudie brillaba con los cristales de nieve. Estaba inclinada sobre unos pequeños arbustos, envolviéndolos con bolsas de arpillera. Jem le preguntó para qué hacía eso.

—Para mantenerlos calientes —dijo ella.

—¿Cómo pueden las flores mantenerse calientes? No tienen circulación.

—No puedo responder a esa pregunta, Jem Finch. Lo único que sé es que, si esta noche hiela, estas plantas se congelarán, así que hay que cubrirlas. ¿Está claro?

—Sí. ¿Señorita Maudie?

—¿Qué, señorito?

—¿Podríamos Scout y yo tomar prestada parte de su nieve?

—¡Cielo santo, llévensela toda! Hay un viejo cesto de melocotones debajo de la casa, pueden usarlo para transportarla—. Los ojos de la señorita Maudie se entrecerraron—. Jem Finch, ¿qué van a hacer con mi nieve?

—Ya lo verá —dijo Jem, y llevamos toda la nieve que pudimos del patio de la señorita Maudie al nuestro, una operación algo pringosa.

—¿Qué vamos a hacer, Jem?

—Verás —dijo—. Ahora agarra la cesta y lleva toda la nieve que puedas juntar desde el patio trasero al delantero. Pero camina sobre tus propias pisadas —me advirtió.

—¿Vamos a hacer un bebé de nieve, Jem?

—No, un muñeco de nieve de verdad. Tenemos que trabajar duro.

Jem corrió hasta el patio trasero, sacó la azada y comenzó a cavar rápidamente debajo del montón de leña, dejando a un lado todo gusano que encontrara. Entró en la casa, regresó con el cesto de la ropa, lo llenó de tierra y lo llevó al patio delantero.

Cuando tuvimos cinco cestas de tierra y dos cestas de nieve, Jem dijo que estábamos preparados para comenzar.

—¿No te parece un poco desastroso? —pregunté.

—Parece desastroso ahora, pero no lo será después —contestó.

Jem reunió una brazada de tierra, le dio palmadas para formar un montículo sobre el cual añadió más tierra, y más aún hasta que hubo construido un torso.

—Jem, nunca he oído hablar de un muñeco de nieve negro —intervine.

—No será negro por mucho tiempo —gruñó él.

Jem se hizo con algunas ramas de melocotonero del patio trasero, las entrelazó y las dobló para convertirlas en huesos que cubriría con tierra.

—Se parece a la señorita Stephanie Crawford con las manos en la cintura —dije yo—. Gorda en el medio y con brazos diminutos.

—Los haré más grandes.

Jem echó agua por encima del hombre de barro y añadió más tierra. Lo miró pensativo un momento y después moldeó un gran estómago por debajo de la cintura del muñeco. Jem me miró, le brillaba la mirada.

—El señor Avery tiene el tipo de un muñeco de nieve, ¿verdad?

Jem agarró nieve y comenzó a ponerla por encima. Me permitió cubrir solamente la espalda, dejando las partes públicas para sí mismo. Poco a poco, el señor Avery se fue volviendo blanco.

Usando trocitos de leña para los ojos, la nariz, la boca y los botones, Jem consiguió dar aspecto de enojado al señor Avery. Un palo de leña completó la escena. Jem dio un paso atrás y contempló su creación.

—Es hermoso, Jem —le dije—. Casi parece que vaya a hablar.

—Sí, ¿verdad? —contestó en su ingenuidad.

No podíamos esperar a que Atticus regresara a casa para comer, así que le llamamos y le contamos que teníamos una gran sorpresa para él. Pareció sorprendido cuando vio gran parte del patio trasero en el delantero, pero dijo que habíamos hecho un trabajo estupendo.

—No sabía cómo iban a hacerlo —le confesó a Jem—, pero de ahora en adelante no tendré que preocuparme de qué va a ser de ti, hijo, siempre tienes una idea.

A Jem se le enrojecieron las orejas ante el elogio, pero se puso tenso cuando vio que Atticus daba unos pasos atrás y miraba durante un largo instante con los ojos entrecerrados el muñeco de nieve. Sonrió y después soltó unas carcajadas.

—Hijo, no puedo decir lo que vas a ser, si ingeniero, abogado o pintor de retratos. Se puede decir que has perpetrado un auténtico libelo aquí en el patio. Tenemos que disfrazar a este tipo.

Atticus sugirió que Jem le rebajara un poco la parte frontal a su creación, cambiara el palo por una escoba, y le pusiera un delantal.

Jem argumentó que, si lo hacía, el muñeco de nieve se pondría fangoso y dejaría de ser un muñeco de nieve.

—No me importa lo que hagas, pero haz algo —dijo Atticus—. No puedes ir por ahí haciendo caricaturas de los vecinos.

—No es una *caratertura* —dijo Jem—. Tan solo se parece a él.

—El señor Avery podría no pensar lo mismo.

—¡Ya sé! —dijo Jem. Cruzó corriendo la calle, desapareciendo por el patio trasero de la señorita Maudie, y regresó triunfante. Clavó su sombrero de sol en la cabeza del muñeco de nieve y le clavó sus tijeras de podar en el brazo. Atticus dijo que así estaría bien.

La señorita Maudie abrió la puerta delantera y salió al porche. Miró al otro lado de la calle donde nosotros estábamos. De repente sonrió.

—Jem Finch —gritó—. ¡Diablillo, devuélveme mi sombrero, señorito!

Jem miró a Atticus, quien meneó la cabeza.

—Solo está armando escándalo —dijo—. Está realmente impresionada con tus... logros.

Atticus se acercó hasta la acera de la señorita Maudie, donde entablaron una conversación con muchos movimientos de brazos, de la cual la única frase que pude captar fue:

—... ¡han moldeado un hermafrodita en ese patio! ¡Atticus, nunca lograrás educarlos!

La nieve dejó de caer en la tarde, la temperatura descendió y, a la caída de la noche, las peores predicciones del señor Avery se hicieron realidad: Calpurnia mantenía encendidas todas las chimeneas de la casa, pero teníamos frío. Cuando Atticus llegó a casa esa noche dijo que iba a seguir así, y preguntó a Calpurnia si quería quedarse con nosotros a pasar la noche. Ella echó una mirada a los altos techos y las largas ventanas y dijo que pensaba que estaría más caliente en su propia casa. Atticus la llevó a su casa en el auto.

Antes de irme a dormir, Atticus puso más carbón en el fuego en mi cuarto. Dijo que el termómetro marcaba dieciséis, que era la noche más fría que recordaba, y que nuestro muñeco de nieve afuera estaba completamente sólido.

Después de lo que me parecieron unos minutos, me despertó alguien que me sacudía. El abrigo de Atticus estaba extendido sobre mí.

—¿Ya ha amanecido?

—Cariño, levántate.

Atticus tenía en sus manos mi bata y mi vestido.

—Ponte primero la bata.

Jem estaba de pie detrás de Atticus, atontado y con el cabello enmarañado. Se cerraba el cuello del abrigo hasta arriba y tenía la otra mano metida en el bolsillo. Parecía como si se hubiera engordado.

—Vamos, cariño —dijo Atticus—. Aquí están tus zapatos y tus calcetines.

Yo me los puse sin salir de mi atontamiento.

—¿Es de mañana?

—No, es poco más de la una. Apresúrate.

Finalmente entendí que pasaba algo malo.

—¿Qué pasa?

Para entonces ya no tuvo que decirme nada. Al igual que las aves saben dónde ir cuando llueve, yo sabía cuándo había problemas en nuestra calle. Unos sonidos suaves, como de tafetán, y otros como de pasos rápidos amortiguados me llenaron de temor.

—¿Qué casa es?

—La de la señorita Maudie, cariño —dijo Atticus con tono amable.

En la puerta delantera, vimos que salía fuego de las ventanas del salón de la señorita Maudie. Como para confirmar lo que vimos, la sirena de los bomberos de la ciudad recorrió la escala hasta un sonido agudo y se quedó así, como aullando.

—Ya no está, ¿verdad? —gimió Jem.

—Eso espero —dijo Atticus—. Ahora, escuchen los dos. Bajen y quédense delante de la Mansión Radley. Manténgase apartados del camino, ¿me oyen? ¿Ven de qué parte sopla el viento?

—Ah —dijo Jem—. Atticus, ¿crees que deberíamos comenzar a trasladar ya los muebles?

—Aún no, hijo. Haz lo que te digo. Corran. Cuida de Scout, ¿me oyes? No la pierdas de vista.

Con un empujón, Atticus nos encaminó hacia la puerta delantera de los Radley. Nos quedamos de pie observando la calle llena de hombres y de autos mientras el fuego devoraba calladamente la casa de la señorita Maudie.

—Por qué no se apresuran, por qué no se apresuran... —musitaba Jem.

Vimos por qué. El viejo camión de los bomberos, que no funcionaba por el frío, venía desde la ciudad empujado por un grupo de hombres. Cuando empalmaron la manguera a una boca de riego, expulsó con fuerza el agua, mojando la calle.

—Ohhh, Señor, Jem...

Jem me rodeó con el brazo.

—Calla, Scout —dijo—. No es momento de preocuparse todavía. Te lo haré saber cuando lo sea.

Los hombres de Maycomb, en todos los grados desde vestido a des-vestido, sacaban muebles de la casa de la señorita Maudie hasta un patio al otro lado de la calle. Yo vi a Atticus que llevaba la pesada mecedora de roble de la señorita Maudie y pensé que era muy buena idea salvar lo que ella más valoraba.

A veces oíamos gritos. Entonces la cara del señor Avery apareció en una ventana del piso superior. Empujó un colchón por la ventana y lanzó mue-bles hasta que los hombres gritaban:

—¡Baje de ahí, Dick! ¡Las escaleras se están derrumbando! ¡Tiene que salir de ahí, señor Avery!

El señor Avery comenzó a subirse a la ventana para saltar.

—Scout, está atascado...—dijo Jem—. Dios mío...

El señor Avery estaba en un serio aprieto. Yo enterré mi cabeza debajo del brazo de Jem y no volví a mirar hasta que Jem gritó:

—¡Se ha soltado, Scout! ¡Está bien!

Levanté la mirada para ver al señor Avery cruzando el porche. Pasó las piernas por encima del barandal y se deslizaba por una columna cuando resbaló. Se cayó, gritó y aterrizó en los arbustos de la señorita Maudie.

De repente, noté que los hombres se alejaban de la casa, avanzando por la calle hacia nosotros. Ya no llevaban muebles. El fuego había llegado hasta el segundo piso y había devorado todo lo que había a su paso hasta el tejado: los marcos de las ventanas dibujaban rectángulos negros sobre un centro de color naranja vivo.

—Jem, parece una calabaza...

—¡Scout, mira!

Estaba saliendo humo de nuestra casa y de la casa de la señori-ta Rachel, parecido a la niebla de las riberas del río, y había hombres empujando mangueras hacia ellas. Detrás de nosotros, el camión de los bomberos de Abbottsville rechinó al dar la curva y se detuvo delante de nuestra casa.

—Ese libro...—dije.

—¿Qué? —preguntó Jem.

—Ese *Tom Swift*, no es mío, es de Dill...

—No te preocupes, Scout, no es momento de preocuparse todavía —dijo Jem. Y señaló: —Mira más allá.

Entre un grupo de vecinos, Atticus estaba de pie con las manos metidas en los bolsillos de su abrigo. Bien podría estar viendo un partido de fútbol. La señorita Maudie estaba a su lado.

—Mira, él no está preocupado todavía —dijo Jem.

—¿Por qué no está arriba de una de las casas?

—Es demasiado viejo, se rompería el cuello.

—¿Crees que deberíamos hacerle sacar nuestras cosas?

—No le molestemos, él sabrá cuándo es el momento —dijo Jem.

El camión de los bomberos de Abbottsville comenzó a bombear agua sobre nuestra casa; un hombre en el tejado señalaba los lugares donde más se necesitaba. Yo observaba a nuestro Hermafrodita Absoluto ponerse negro y derrumbarse; el sombrero de sol de la señorita Maudie reposaba en lo alto del montón. No podía ver sus tijeras de podar. Con el calor que se producía entre nuestra casa, la casa de la señorita Rachel y la de la señorita Maudie, hacía tiempo que los hombres se habían despojado de abrigos y albornoces. Trabajaban vestidos con pijamas y camisas de dormir metidas en los pantalones, pero me di cuenta de que poco a poco yo me estaba congelando donde estaba. Jem intentaba darme calor, pero su brazo no era suficiente. Me solté y me agarré de mis propios hombros. Bailando un poco, volví a sentir los pies.

Apareció otro camión de bomberos delante de la casa de la señorita Stephanie Crawford. No había boca de riego para otra manguera y los hombres intentaron empapar su casa con extintores de mano.

El tejado de zinc de la señorita Maudie sofocaba las llamas. Con un rugido, la casa se derrumbó; salía fuego por todas partes, seguido del movimiento de mantas de hombres que estaban en el tejado de las casas adyacentes, golpeando con ellas las chispas y tizones.

Ya había amanecido cuando los hombres comenzaran a irse, primero uno a uno y después en grupos. Llevaron otra vez empujando el camión de los bomberos de Maycomb a la ciudad, el camión de los bomberos de Abbottsville se fue, y se quedó el tercero. Descubrimos al día siguiente que había venido de Clark's Ferry, a unas sesenta millas de distancia.

Jem y yo nos deslizamos al otro lado de la calle. La señorita Maudie tenía la mirada fija en el humeante agujero negro que había en su patio, y Atticus meneó la cabeza para indicarnos que ella no quería conversación.

Nos acompañó hasta casa, agarrándonos de los hombros para cruzar la helada calle. Dijo que por el momento la señorita Maudie se quedaría con la señorita Stephanie.

—¿Alguien quiere chocolate caliente? —preguntó. Yo encogí los hombros cuando Atticus comenzó a encender un fuego en la estufa de la cocina.

Mientras nos bebíamos el chocolate, observé que Atticus me miraba, primero con curiosidad y después con seriedad.

—Pensé que les había dicho a Jem y a ti que se quedaran quietos —dijo.

—Y lo hicimos. Nos quedamos...

—Entonces ¿de quién es esa manta?

—¿Manta?

—Sí, señorita, manta. No es nuestra.

Yo bajé la mirada y me encontré agarrada a una manta de lana marrón que llevaba sobre los hombros, al estilo de las indias.

—Atticus, no lo sé, señor... yo...

Me volví hacia Jem en busca de una respuesta, pero él estaba incluso más perplejo que yo. Dijo que no sabía cómo había llegado hasta allí, que habíamos hecho exactamente lo que Atticus nos había dicho, nos quedamos quietos al lado de la puerta del patio de los Radley lejos de todo el mundo, y no nos movimos ni un palmo... Jem se detuvo.

—El señor Nathan estaba en el fuego —balbuceó—. Yo le vi, le vi, estaba empujando ese colchón... Atticus, te juro que...

—Está bien, hijo —Atticus sonrió lentamente—. Me parece que todo Maycomb estaba fuera de casa anoche. Jem, creo que hay papel de embalaje en la despensa. Ve a buscarlo y...

—¡Atticus, no, señor!

Jem parecía haber perdido la cabeza. Comenzó a soltar nuestros secretos sin ninguna consideración por mi seguridad ni por la suya, sin omitir nada, el agujero en el árbol, los pantalones, todo.

—... el señor Nathan puso cemento en ese árbol, Atticus, y lo hizo para que dejáramos de encontrar cosas... está loco, y lo creo, como dicen, pero Atticus, juro ante Dios que nunca nos ha hecho daño, nunca nos ha dañado, podría haberme rebanado la garganta de oreja a oreja aquella noche, pero en cambio intentó remendar mis pantalones... nunca nos ha hecho daño, Atticus...

—Bueno, hijo —dijo Atticus, tan suavemente que yo me sentí muy animada. Era obvio que no había seguido ni una sola palabra de lo que dijo Jem, porque lo único que respondió Atticus fue:

—Tienes razón. Es mejor que nos quedemos con esta manta. Algún día, quizá, Scout puede darle las gracias por haberla abrigado.

—¿Dar las gracias a quién? —pregunté yo.

—A Boo Radley. Estabas tan ocupada mirando el fuego que no te diste cuenta cuando él te rodeó con la manta.

El estómago se me hizo agua y casi vomito cuando Jem extendió la manta y avanzó hacia mí.

—Salió a hurtadillas de la casa... anduvo por allí y se volvió sin que lo notáramos.

—No dejes que esto te inspire nuevas glorias, Jeremy —dijo Atticus secamente.

Jem frunció el ceño.

—No voy a hacer nada —. Pero yo vi la chispa de nuevas aventuras que salía de sus ojos—. Piensa, Scout —dijo—, si te hubieras dado la vuelta, le habrías visto.

Calpurnia nos despertó a mediodía. Atticus había dicho que no era necesario que fuéramos a la escuela ese día, que no aprenderíamos nada después de no haber dormido. Calpurnia dijo que debíamos intentar limpiar el patio delantero.

El sombrero de sol de la señorita Maudie estaba suspendido sobre una fina capa de hielo, como si fuera una mosca en ámbar, y tuvimos que cavar para encontrar sus tijeras de podar. A ella nos la encontramos en su patio trasero, mirando sus azaleas heladas y quemadas.

—Le traemos sus cosas, señorita Maudie —dijo Jem—. Lo sentimos muchísimo.

La señorita Maudie se dio la vuelta, y la sombra de su vieja sonrisa cruzó por su cara.

—Siempre quise una casa más pequeña, Jem Finch. Así me permitirá tener más patio. ¡Piensa que ahora tendré más espacio para mis azaleas!

—¿No está triste, señorita Maudie? —pregunté yo sorprendida. Atticus dijo que su casa era casi todo lo que ella tenía.

—¿Triste, niña? Odiaba ese antiguo establo de vacas. Había pensado cien veces prenderle fuego yo misma, pero me habrían encerrado.

—Pero...

—No te preocupes por mí, Jean Louise Finch. A veces las cosas se hacen de maneras que tú no sabes. Vaya, me construiré una casita, aceptaré un par de inquilinos y... luego tendré el patio más lindo de Alabama. ¡Esos Bellingrath parecerán unos esmirriados cuando me ponga manos a la obra!

Jem y yo nos miramos.

—¿Cómo comenzó el incendio, señorita Maudie?

—No lo sé, Jem. Probablemente la chimenea de la cocina. Mantuve el fuego encendido por la noche para mis tiestos. He oído que tuviste compañía inesperada anoche, señorita Jean Louise.

—¿Cómo lo sabe?

—Atticus me lo contó cuando iba de camino a la ciudad esta mañana. Para decirles la verdad, me gustaría haber estado con ustedes. Y haber tenido la sensatez suficiente para girarme también.

La señorita Maudie me desconcertaba. Con la mayoría de sus posesiones perdidas y su querido patio destruido, aún seguía teniendo un interés vivo y cordial en los asuntos de Jem y míos.

Debió de notar mi perplejidad, porque dijo:

—Lo único que me preocupaba anoche era el peligro y la conmoción que causó. Todo este barrio podría haber ardido. El señor Avery estará en la cama una semana; tiene una buena fiebre. Es demasiado viejo para hacer cosas como esa, y yo se lo dije. En cuanto tenga las manos limpias y la señorita Crawford no esté mirando, le haré un pastel. Esa Stephanie lleva treinta años detrás de mi receta, y si se cree que se la voy a dar solamente porque estoy viviendo bajo su techo, se equivoca.

Yo pensaba que si la señorita Maudie al final se la daba, la señorita Stephanie de todos modos no podría seguirla. La señorita Maudie me había dejado verla una vez: entre otras cosas, la receta necesitaba una taza grande de azúcar.

Aún era de día. El aire era tan frío y tan claro que oíamos el chasquear y chirriar de los engranajes del reloj del juzgado antes de dar la hora. La nariz de la señorita Maudie tenía un color que yo no había visto nunca antes, y le pregunté al respecto.

—Llevo aquí fuera desde las seis —dijo ella—. A estas alturas, debería estar congelada.

Levantó las manos. Una red de diminutas líneas le cruzaba las palmas, teñidas de marrón debido a la tierra y la sangre seca.

—Se las ha estropeado —dijo Jem—. ¿Por qué no busca un hombre de color que le ayude? —No hubo ninguna nota de sacrificio en su voz cuando añadió: —O Scout y yo, nosotros podemos ayudarle.

La señorita Maudie dijo:

—Gracias, señorito, pero ustedes tienen su propio trabajo ahí —y señaló a nuestro patio.

—¿Se refiere al Hermafrodita? —le pregunté—. Vaya, podemos levantarlo en un abrir y cerrar de ojos.

La señorita Maudie me miró fijamente, y sus labios se movieron en silencio. De repente, se puso las manos en la cabeza y comenzó a proferir exclamaciones de júbilo. Cuando la dejamos, seguía riendo.

Jem dijo que no sabía lo que le pasaba, que así era la señorita Maudie.

9

—*¡Será mejor que lo retires, muchacho!*

Esa orden se la di yo a Cecil Jacobs, y fue el comienzo de un tiempo difícil para Jem y para mí. Yo tenía los puños cerrados y estaba a punto de lanzarlos. Atticus me había prometido que me daría una paliza si alguna vez se enteraba de que me peleaba; yo era demasiado mayor y demasiado grande para unas cosas tan infantiles, y cuanto antes aprendiera a contenerme mejor estaría todo el mundo. Pero se me olvidó pronto.

Cecil Jacobs fue quien me hizo olvidarlo. Él había anunciado en el patio de la escuela el día antes que el papá de Scout Finch defendía a los tostados. Yo lo negué, pero se lo dije a Jem.

—¿A qué se refería con eso? —le pregunté.

—Nada —contestó Jem—. Pregúntale a Atticus, y él te lo dirá.

—¿Defiendes a tostados, Atticus? —le pregunté esa noche.

—Claro que sí. No digas tostados, Scout. Eso es grosero.

—Es lo que dice todo el mundo en la escuela.

—Desde hoy, serán todos menos una...

—Bueno, si no quieres que crezca hablando así, ¿por qué me envías a la escuela?

Mi padre me miró con dulzura, con una chispa de diversión en los ojos. A pesar de nuestro compromiso, mi campaña para evitar ir a la escuela había continuado de una forma u otra desde mi primera experiencia: el comienzo del último mes de septiembre había traído consigo abatimiento, mareos y ligeros problemas gástricos. Llegué al extremo de pagar cinco centavos por el privilegio de restregar mi cabeza contra la cabeza del hijo de la cocinera de la señorita Rachel, que tenía un herpes tremendo. No me contagió.

Pero ahora me preocupaba otra cosa:

—¿Todos los abogados defienden a tos... negros, Atticus?

—Claro que sí, Scout.

—Entonces, ¿por qué dijo Cecil que tú defendías a tostados? Lo dijo como si te acusara de dirigir una destilería.

Atticus dio un suspiro.

—Simplemente estoy defendiendo a un negro; se llama Tom Robinson. Vive en ese pequeño asentamiento que hay más allá del vertedero. Es miembro de la iglesia de Calpurnia, y Cal conoce bien a su familia. Ella dice que son personas de conducta impecable. Scout, aún no eres lo bastante mayor para entender algunas cosas, pero se ha estado hablando en la ciudad de que yo no debería esforzarme mucho por defender a ese hombre. Es un caso peculiar... no se presentará a juicio hasta la sesión del verano. John Taylor tuvo la gentileza de concedernos un aplazamiento...

—Si no deberías estar defendiéndolo, ¿por qué lo haces?

—Por varias razones —dijo Atticus—. La principal es que si no lo defendiese no podría ir con la cabeza alta en la ciudad, no podría representar a este condado en la legislatura, y ni siquiera podría volver a decirles a Jem y a ti que no hicieran algo.

—¿Quieres decir que si no defendieras a ese hombre, Jem y yo ya no tendríamos que obedecerte?

—Más o menos.

—¿Por qué?

—Porque ya no podría volver a pedirles que me obedecieran. Scout, simplemente por la naturaleza de su trabajo, cada abogado recibe al menos un caso en su vida que le afecta personalmente. Este es el mío, supongo. Puede que comiences a oír cosas feas sobre el asunto en la escuela, pero haz algo por mí, si quieres: tú mantén la cabeza alta y los puños bajos. No importa lo que nadie te diga, no permitas que te hagan enojar. Intenta pelear con tu cerebro para variar... eso es bueno, aun cuando se resista a aprender.

—Atticus, ¿vamos a ganar el caso?

—No, cariño.

—Entonces, ¿por qué...?

—Sencillamente, haber sido derrotados cien años antes de empezar no es motivo para no volver a intentarlo —dijo Atticus.

—Hablas como el primo Ike Finch —dije yo.

El primo Ike Finch era el último veterano confederado superviviente del condado de Maycomb. Lucía una barba estilo general Hood, de la cual se sentía exageradamente orgulloso. Al menos una vez al año, Atticus, Jem y yo íbamos a verle, y yo tenía que besarle. Era horrible. Jem y yo escuchábamos respetuosamente a Atticus y al primo Ike reinterpretar la guerra. «Te digo, Atticus —decía el primo Ike—, que el Compromiso de Missouri fue lo que nos hizo perder, pero si yo tuviera que volver a vivir aquello, repetiría cada paso del camino y cada una de mis acciones, y además, esta vez los derrotaríamos ... ahora bien, en 1864, cuando Stonewall Jackson pasó por allí... perdónenme, niños. El viejo Blue Light estaba en el cielo entonces, Dios lo tenga en su gloria...».

—Ven aquí, Scout —dijo Atticus—. Yo me subí a su regazo y puse la cabeza debajo de su barbilla. Él me rodeó con sus brazos y me meció suavemente—. Esta vez es distinto —dijo—. Esta vez no estamos luchando contra los yanquis, estamos luchando contra nuestros amigos. Pero recuerda esto: por muy mal que se pongan las cosas, siguen siendo nuestros amigos, y este sigue siendo nuestro hogar.

Con eso en mente, me enfrenté a Cecil Jacobs en el patio de la escuela al día siguiente.

—¿Vas a retirar eso, muchacho?

—¡Antes tendrás que obligarme! —gritó—. ¡Mis padres dicen que tu papá fue una deshonra y que ese negro debería colgar del depósito de agua!

Yo lo puse en mi punto de mira, pero recordé lo que Atticus había dicho, dejé caer los puños y me alejé. «¡Scout es una co... barde!» resonaba en mis oídos. Era la primera vez que me apartaba de una pelea.

En cierto modo, si me peleaba con Cecil decepcionaría a Atticus. Atticus en raras ocasiones nos pedía a Jem y a mí que hiciéramos algo por él, así que yo podía aceptar que me llamaran cobarde por complacerle. Me sentí muy noble por haberlo recordado, y me mantuve en esa nobleza durante tres semanas. Entonces llegó la Navidad, y también el desastre.

*   *   *

Jem y yo considerábamos la Navidad con sentimientos encontrados. El lado bueno era el árbol y el tío Jack Finch. Cada víspera de Navidad, íbamos al Empalme de Maycomb a buscar al tío Jack, y él pasaba con nosotros una semana.

La otra cara de la moneda mostraba el carácter intransigente de la tía Alexandra y Francis.

Supongo que debería incluir al tío Jimmy, el esposo de la tía Alexandra, pero como él nunca me dirigió ni una sola palabra en toda mi vida, excepto para decir «aléjate de la valla» una vez, nunca encontré motivo para tomarle en cuenta. Tampoco lo encontraba la tía Alexandra. Hacía mucho tiempo, en un arrebato de amistad, la tía y el tío Jimmy tuvieron un hijo llamado Henry, que se marchó de casa en cuanto le fue humanamente posible, se casó y tuvo a Francis. Henry y su esposa depositaban a Francis en casa de sus abuelos cada Navidad, y ellos se procuraban sus propias diversiones.

No había cantidad de suspiros suficiente para inducir a Atticus a que nos permitiera pasar la Navidad en casa. Desde que tengo memoria, íbamos al Desembarcadero Finch. El hecho de que la tía era una buena cocinera suponía cierta compensación por vernos forzados a pasar una fiesta religiosa con Francis Hancock. Era un año mayor que yo, y yo le evitaba por principio. A él le gustaba todo lo que yo desaprobaba, y no le agradaban mis ingenuas diversiones.

La tía Alexandra era la hermana de Atticus, pero cuando Jem me habló de cambios y de hermanos, llegué a la conclusión de que a ella la habían cambiado al nacer, que a mis abuelos les habrían dado una Crawford en lugar de una Finch. Si yo hubiera albergado alguna vez esas nociones místicas sobre las montañas que parecen obsesionar a abogados y jueces, la tía Alexandra habría sido como el monte Everest: durante los primeros años de mi vida, ella fue fría y distante.

Cuando el tío Jack se bajó del tren en la víspera de Navidad, tuvimos que esperar a que el mozo le entregara dos paquetes grandes. Jem y yo siempre encontrábamos cómico cuando el tío Jack besaba a Atticus en la mejilla; ellos eran los dos únicos hombres a los que habíamos visto darse un beso. El tío Jack dio un apretón de manos a Jem y a mí me subió alto, pero no lo bastante: el tío Jack era mucho más bajo que Atticus; era el pequeño de la familia, y más joven que la tía Alexandra. La tía y él se parecían, pero el tío Jack sacaba más partido a sus rasgos faciales: nunca le pusimos reparos a su afilada nariz y su barbilla.

Era uno de los pocos hombres de ciencia que nunca me aterró, probablemente porque nunca se comportaba como un médico. Siempre que realizaba algún servicio menor para Jem y para mí, como quitarnos una astilla del pie, nos decía exactamente lo que iba a hacer, nos presentaba un cálculo aproximado de cuánto nos iba a doler y nos explicaba el uso de cualquier pinza que empleara. Una Navidad, yo me andaba escondiendo por los rincones con una astilla incrustada en el pie, sin permitir que nadie se me acercara. Cuando el tío Jack me agarró, me hizo reír contándome de un predicador que aborrecía tanto ir a la iglesia que cada día se situaba en la puerta vestido con su bata, fumando una pipa turca, y daba sermones de cinco minutos a cualquiera que pasara por allí y deseara consuelo espiritual. Yo le interrumpí para pedirle que me dijera cuándo la iba a sacar, pero él me enseñó una astilla ensangrentada agarrada en unas pinzas y me explicó que ya la había sacado mientras yo me reía, y que eso era lo que se conoce como relatividad.

—¿Qué hay en esos paquetes? —le pregunté, señalando a los largos paquetes que el mozo de equipajes le había entregado.

—Nada que te incumba —dijo él.

—¿Cómo está Rose Aylmer? —preguntó Jem.

Rose Aylmer era la gata del tío Jack. Era una hermosa hembra amarilla, y el tío Jack decía que era una de las pocas mujeres cuya presencia podía tolerar de modo permanente. Se metió la mano en el bolsillo del abrigo y sacó unas fotografías. Nosotros las admiramos.

—Está engordando —observé.

—Así es. Se come todos los dedos y orejas que sobran en el hospital.

—¡Bah, condenado embuste! —dije.

—¿Perdona?

—No le prestes atención, Jack —intervino Atticus—. Te pone a prueba. Cal dice que lleva ya una semana diciendo palabrotas con toda fluidez.

El tío Jack levantó las cejas y no dijo nada. Aparte del atractivo intrínseco de tales palabras, yo me guiaba por la vaga teoría de que si Atticus descubría que yo las había aprendido en la escuela no me obligaría a ir.

Pero durante la cena esa noche, cuando le pedí que me pasara el condenado jamón, por favor, el tío Jack dijo apuntándome con el dedo:

—Ven a verme después, señorita.

Cuando terminó la cena, el tío Jack fue a la sala y se sentó. Se dio unas palmadas en los muslos para que yo me sentara en su regazo. Me gustaba su olor: era como una botella de alcohol más algo de un dulzor agradable. Me apartó el flequillo y me miró.

—Te pareces más a Atticus que a tu madre —dijo—. Además, estás creciendo y te quedan un poco pequeños los pantalones.

—Creo que me quedan bien.

—Ahora te gustan palabras como condenado y maldito, ¿verdad?

Yo dije que sí.

—Bueno, pues a mí no —dijo el tío Jack—. No a menos que haya una provocación extrema que las origine. Voy a estar aquí una semana, y no quiero oír ni una palabra de esas durante mi estancia entre ustedes. Scout, te meterás en problemas si vas por ahí diciendo cosas como esas. Tú quieres llegar a ser una dama, ¿no es así?

Yo dije que no especialmente.

—Claro que lo quieres. Ahora vayamos al árbol.

Estuvimos decorando el árbol hasta la hora de irnos a la cama, y esa noche soñé con los dos paquetes grandes para Jem y para mí. A la mañana siguiente, Jem y yo fuimos a buscarlos: eran de Atticus, que había escrito al tío Jack para que los trajera, y eran lo que nosotros habíamos pedido.

—No apunten dentro de la casa —advirtió Atticus, cuando Jem apuntó a un cuadro que colgaba en la pared.

—Tendrás que enseñarles a disparar —dijo el tío Jack.

—Esa es tu tarea —replicó Atticus—. Yo solamente he cedido ante lo inevitable.

Atticus tuvo que usar la voz que empleaba en el juzgado para que nos apartáramos del árbol. No nos permitió que nos lleváramos nuestros rifles de aire comprimido al Desembarcadero Finch (yo ya había comenzado a pensar en dispararle a Francis), y dijo que si hacíamos un movimiento en falso, nos los quitaría para siempre.

El Desembarcadero Finch constaba de trescientos sesenta y seis escalones que descendían por un alto desfiladero y terminaban en un embarcadero. Más abajo del río, más allá del desfiladero, había huellas de un viejo embarcadero, donde los negros de los Finch habían cargado balas de algodón y otros productos, y descargado bloques de hielo, harina y azúcar, aperos para la granja y prendas femeninas. Desde la ribera del río salía un sendero doble que discurría hasta desvanecerse en la oscuridad de los árboles. Al final del camino había una casa blanca de dos pisos con porches que la rodeaban en ambas plantas. Siendo ya anciano, nuestro antepasado Simon Finch la había construido para contentar a su fastidiosa esposa; pero, con los porches, se había puesto fin a cualquier parecido con las casas normales de su época. La distribución interior de la casa de los Finch era indicativa de la ingenuidad de Simon y de la absoluta confianza con que miraba a sus hijas.

Había seis dormitorios en el piso de arriba, cuatro para las ocho hijas, uno para Welcome Finch, el único varón, y otro para los parientes que llegaran de visita. Bastante sencillo; pero a los cuartos de las hijas se accedía solamente por una de las escaleras, y al de Welcome y el de invitados solo por la otra. La escalera de las hijas comenzaba en el piso de abajo, en el dormitorio de sus padres, de modo que Simon siempre conocía las horas de las idas y venidas nocturnas de sus hijas.

Tenían una cocina separada del resto de la casa, unida a ella por una pasarela de madera; en el patio trasero había una oxidada campana sobre un palo, que utilizaban para llamar a los trabajadores del campo o como alarma; tenía una plataforma techada en el tejado (de las conocidas como «paseo de viudas»), pero ninguna viuda paseaba por ahí; desde aquel mirador, Simon vigilaba a su vigilante, observaba las embarcaciones del río y echaba un vistazo a las vidas de los propietarios vecinos.

La casa también tenía su habitual leyenda relacionada con los yanquis: una Finch, que se había prometido recientemente, se vistió con todo su ajuar de novia para salvarlo de los asaltantes del vecindario; se quedó así atascada en la puerta de la escalera de las hijas, pero le echaron agua y finalmente le pasaron por encima. Cuando llegamos a la hacienda, la tía Alexandra besó al tío Jack, Francis besó al tío Jack, el tío Jimmy dio un callado apretón de manos al tío Jack, Jem y yo dimos nuestros regalos a Francis, quien a su vez nos dio un regalo. Jem se sentía mayor y se dirigió hacia los adultos, dejándome a mí sola para entretener a nuestro primo. Francis tenía ocho años y llevaba el cabello hacia atrás.

—¿Qué te han regalado por Navidad? —le pregunté educadamente.

—Lo que había pedido —dijo él. Francis había pedido un par de pantalones hasta la rodilla, una cartera de cuero rojo, cinco camisas y un lazo para el cuello.

—Qué bien —mentí—. A Jem y a mí nos han traído escopetas de aire comprimido, y a Jem también un equipo de química...

—Uno de juguete, ¿no?

—No, uno de verdad. Va a hacer tinta invisible, y yo voy a escribirle con ella a Dill.

Francis preguntó para qué servía eso.

—Bueno, ¿no ves la cara que pondrá cuando reciba una carta mía que esté en blanco? Le volverá loco.

Hablar con Francis me daba la sensación de hundirme lentamente hasta el fondo del océano. Él era el niño más aburrido que había conocido. Como vivía en Mobile, no podía hablarles de mí a las autoridades escolares, pero se las arreglaba para contarle todo lo que sabía a la tía Alexandra, quien a su vez lo descargaba sobre Atticus, el cual o lo olvidaba o me daba una buena regañina, según tuviera el ánimo. Pero la única vez que oí a Atticus hablar a alguien con enojo fue una ocasión en que le escuché decir:

—¡Hermana, hago todo lo que puedo con ellos!

Era algo que tenía que ver con que yo fuera vestida con un overol.

La tía Alexandra era una fanática en lo referente a mi atuendo. Yo no tenía ninguna posibilidad de llegar a ser una dama si llevaba pantalones; cuando le dije que con un vestido no podía hacer nada, ella contestó que no debía estar haciendo cosas que requirieran llevar pantalones. La visión que tenía la tía Alexandra de mi conducta conllevaba jugar con cocinitas, juegos de té y llevar puesto el collar «Añade una perla» que ella me regaló cuando nací; además, yo debía ser un rayo de sol en la solitaria vida de mi padre. Yo sugerí que se podía ser un rayo de sol también con pantalones, pero la tía dijo que hay que comportarse como un rayo de sol, y que yo nací buena pero que me había ido volviendo peor cada año. Hería mis senti- mientos y me dejaba siempre con los dientes rechinando, pero cuando le pregunté sobre el asunto a Atticus, me dijo que ya había suficientes rayos de sol en la familia, y que fuera a lo mío, que a él no le importaba que yo fuera de tal o cual manera.

En la comida de Navidad, me senté en la mesa pequeña del comedor; Jem y Francis se sentaron con los adultos en la mesa grande. La tía había seguido aislándome mucho después de que Jem y Francis hubieran conse- guido pasar a la mesa grande. Yo me preguntaba a menudo qué se creería que iba yo a hacer, ¿levantarme y tirar algo? A veces pensaba en preguntarle si me permitiría sentarme en la mesa grande con ellos una vez, y así le demostra- ría lo civilizada que podía ser; después de todo, comía en casa cada día sin que sucediera ningún accidente grave. Cuando le rogué a Atticus que usara su influencia, me contestó que no tenía ninguna; éramos invitados y nos sentábamos donde ella nos indicaba. También dijo que la tía Alexandra no entendía mucho a las niñas, pues nunca había tenido una.

Pero su modo de cocinar compensaba todo lo demás: tres tipos de car- ne, verduras de verano de los estantes de su despensa; melocotón en almíbar, dos tipos de pastel y ambrosía constituían una modesta comida de Navidad. Después, los adultos pasaron a la sala y se sentaron un poco aturdidos. Jem se tumbó en el piso y yo salí al patio trasero.

—Ponte el abrigo —dijo Atticus con voz somnolienta, de modo que no le oí.

Francis se sentó a mi lado en los escalones.

—Esta ha sido la mejor —dije.

—La abuela es una cocinera maravillosa —añadió Francis—. Me va a enseñar a cocinar.

—Los chicos no cocinan—. Me reí al pensar en Jem con un delantal puesto.

—La abuela dice que todos los hombres deberían aprender a cocinar, que los hombres debieran ser atentos con sus esposas y atenderlas cuando no se encuentran bien —dijo mi primo.

—Yo no quiero que Dill me atienda —dije yo—. Prefiero atenderle yo a él.

—¿Dill?

—Sí. No digas nada todavía, pero vamos a casarnos cuando seamos mayores. El verano pasado me lo propuso.

Francis se rio.

—¿Qué tiene de malo? —pregunté—. No tiene nada de malo.

—¿Te refieres a ese enano que cuenta la abuela que se queda con la señorita Rachel cada verano?

—A ese me refiero exactamente.

—Lo sé todo de él —dijo Francis.

—¿Qué sabes?

—La abuela dice que no tiene casa...

—Claro que tiene, vive en Meridian.

—... tan solo se lo pasan de un pariente a otro, y la señorita Rachel se queda con él cada verano.

—¡Francis, eso no es cierto!

Francis sonrió.

—A veces eres muy estúpida, Jean Louise. Pero supongo que no puedes evitarlo.

—¿A qué te refieres?

—Si el tío Atticus te deja ir por ahí con perros abandonados, eso es cosa suya, dice la abuela, así que no es culpa tuya. Y supongo que tampoco es tu culpa si el tío Atticus además es un amanegros, pero estoy aquí para decirte que desde luego eso sí que mortifica al resto de la familia...

—Francis, ¿a qué diablos te refieres?

—A lo que acabo de decir. La abuela dice que ya es lo bastante malo que él les permita a ustedes correr salvajes, pero ahora que se ha vuelto un amante de los negros nunca podremos volver a pisar las calles de Maycomb. Está arruinando a la familia, eso es lo que está haciendo.

Francis se levantó y salió corriendo por la pasarela hasta la vieja cocina. Cuando estaba a distancia segura, gritó:

—¡No es más que un «amanegros»!

—¡No lo es! —rugí yo—. No sé de qué estás hablando, ¡pero será mejor que lo retires ahora mismo!

Salté los escalones y salí corriendo por la pasarela. Fue fácil atrapar a Francis. Le dije que lo retirara en seguida.

Francis se soltó y entró a toda prisa en la vieja cocina.

—¡Amanegros! —gritó.

Cuando se persigue a una presa, es mejor tomarse tiempo. Te mantienes en silencio y, tarde o temprano, sentirá curiosidad y saldrá. Francis apareció en la puerta de la cocina.

—¿Aún estás enojada, Jean Louise? —preguntó.

—No hay nada de que hablar —dije yo.

Francis salió hasta la pasarela.

—¿Vas a retirarlo, Fran...cis?

Pero esta vez me había precipitado. Francis volvió a entrar en la cocina, así que yo me fui a los escalones. Podía esperar pacientemente. Me quedé allí sentada cinco minutos cuando oí decir a la tía Alexandra:

—¿Dónde está Francis?

—Está en la cocina.

—Él sabe que no debe jugar allí.

Francis salió hasta la puerta y gritó:

—¡Abuela, ella me tiene aquí encerrado y no me deja salir!

—¿Qué es todo esto, Jean Louise?

Yo levanté la vista y miré a la tía Alexandra.

—Yo no le he metido ahí, tía, y no le retengo.

—Sí lo hace —gritó Francis—, ¡no quiere dejarme salir!

—¿Se han estado peleando?

—Jean Louise se enojó conmigo, abuela —gritó Francis.

—¡Francis, sal de ahí! Jean Louise, si te oigo otra palabra, se lo diré a tu padre. ¿Te oí decir antes «diablos»?

—No.

—Yo creo que sí. Será mejor que no vuelva a oírlo.

La tía Alexandra escuchaba a escondidas. En el momento en que desapareció de la vista, Francis sacó la cabeza y sonrió.

—No hagas bobadas conmigo —advirtió.

Dio un salto al patio y mantuvo la distancia, pateando terruños de hierba, y girándose de vez en cuando para sonreírme. Jem apareció en el porche, nos miró y se fue. Francis se subió a la mimosa, bajó, se metió las manos en los bolsillos y empezó a caminar por el patio.

—¡Ah! —exclamó.

Yo le pregunté quién se pensaba que era, ¿el tío Jack? Francis dijo que creía que me habían dicho que me quedara allí sentada y le dejara tranquilo.

—No te estoy molestando —dije.

Francis me miró con atención, llegó a la conclusión de que me habían sometido suficientemente, y canturreó en voz baja:

—Amanegros...

Esta vez me partí el nudillo hasta el hueso sobre sus dientes. Con la zurda inutilizada, seguí con la derecha, pero no por mucho tiempo. El tío Jack me sujetó los brazos a los costados y me dijo:

—¡Quieta!

La tía Alexandra ayudó a Francis, secándole las lágrimas con su pañuelo, acariciándole la cabeza y dándole unas palmaditas en la mejilla. Atticus, Jem y el tío Jimmy habían salido al porche trasero cuando Francis comenzó a gritar.

—¿Quién ha empezado? —dijo el tío Jack

Francis y yo nos señalamos el uno al otro.

—Abuela —gimoteó él—, ¡me llamó ramera y se abalanzó sobre mí!

—¿Es eso cierto, Scout? —preguntó el tío Jack.

—Supongo que sí.

Cuando el tío Jack bajó la cabeza para mirarme, sus rasgos eran como los de la tía Alexandra.

—Sabes que te dije que te meterías en problemas si seguías usando palabras como esa. Te lo dije, ¿verdad?

—Sí, señor, pero...

—Bien, pues te has metido en problemas. Quédate ahí.

Yo me debatía entre quedarme allí o salir corriendo, y me mantuve en esa indecisión un momento: me di vuelta para huir, pero el tío Jack fue más rápido. Me encontré de repente observando una hormiga diminuta que bregaba con una migaja de pan entre la hierba.

—¡No volveré a hablarle mientras viva! ¡Le aborrezco y le desprecio, y ojalá se muera mañana mismo!

La afirmación pareció alentar al tío Jack, más que otra cosa. Corrí hasta Atticus para buscar consuelo, pero me dijo que yo me lo había buscado y que ya era hora de que nos fuéramos a casa. Subí al asiento trasero del auto sin despedirme de nadie, y en casa corrí a meterme en mi cuarto y di un portazo. Jem intentó decir alguna palabra agradable, pero no se lo permití.

Cuando evalué los daños, había solamente siete u ocho marcas rojas, y estaba reflexionando sobre la relatividad cuando alguien llamó a la puerta. Pregunté quién era y respondió el tío Jack.

—¡Váyase!

El tío Jack dijo que si hablaba de ese modo me daría otros azotes, así que me quedé callada. Cuando entró en el cuarto, me retiré hasta un rincón y le di la espalda.

—Scout —dijo—, ¿todavía me odias?

—Váyase, señor, por favor.

—Vaya, no creía que me guardarías resentimiento —dijo—. Me has decepcionado; tú te lo buscaste, y lo sabes.

—No.

—Cariño, no puedes ir por ahí llamando a la gente...

—Usted no es justo —dije—, usted no es justo.

El tío Jack subió las cejas.

—¿No soy justo? ¿Cómo es eso?

—Usted es realmente bueno, tío Jack, y creo que le quiero incluso después de lo que hizo, pero no entiende mucho a los niños.

El tío Jack se apoyó las manos en la cintura y me miró.

—¿Y por qué no entiendo a los niños, señorita Jean Louise? Una conducta como la tuya no requería mucha comprensión. Ha sido escandalosa, desordenada y abusiva...

—¿Va a darme la oportunidad de explicárselo? No quiero ser impertinente, tan solo intento explicárselo.

El tío Jack se sentó en la cama. Sus cejas se juntaron y me miró desde debajo de ellas.

—Procede —me dijo.

Yo acumulé aire en los pulmones y empecé a hablar:

—Bueno, en primer lugar usted no se tomó ni un instante para pedir mi versión; tan solo la emprendió contra mí. Cuando Jem y yo nos peleamos, Atticus nunca escucha solamente la versión de Jem, también escucha la mía; y, en segundo lugar, usted me dijo que nunca usara palabras como esa salvo en una provocación extrema, y Francis me provocó lo suficiente para romperle la boca...

El tío Jack se rascó la cabeza.

—¿Y cuál es tu versión, Scout?

—Francis llamó una cosa a Atticus, y yo no iba a consentirlo.

—¿Qué le llamó Francis?

—Amanegros. No estoy muy segura de lo que significa, pero por la manera como Francis lo dijo... le diré una cosa ahora, tío Jack, si... juro ante Dios que si me quedo allí sentada y le permito que diga algo de Atticus...

—¿Eso llamó a Atticus?

—Sí, señor, eso y mucho más. Dijo que Atticus había sido la ruina de la familia y que él dejaba que Jem y yo anduviéramos como salvajes...

Por la expresión en la cara del tío Jack, pensé que me esperaba una buena otra vez. Cuando dijo: «Nos ocuparemos de esto», supe que Francis se la iba a cargar.

—Estoy por ir allá esta noche.

—Por favor, señor, déjelo estar. Por favor.

—No tengo intención alguna de dejarlo estar —dijo él—. Alexandra debería saberlo. La idea de... Espera a que le ponga las manos encima a ese muchacho...

—Tío Jack, por favor, prométame algo, por favor, señor. Prométame que no le hablará a Atticus de esto. Él... él me dijo una vez que no permitiera que nada que oyera sobre él me hiciera enfurecer, y preferiría que pensara que nos peleábamos por otra cosa. Por favor, prométame...

—Pero no me gusta que Francis se quede sin castigo por algo así...

—No se ha quedado sin castigo. ¿Cree que puede vendarme la mano? Todavía me sigue sangrando un poco.

—Claro que sí, lo haré, pequeña. No hay otra mano en el mundo que pudiera vendar con tanto agrado. ¿Quieres pasar acá?

El tío Jack me hizo una galante reverencia para que entrara al baño. Mientras me limpiaba y vendaba los nudillos, me entretuvo con un cuento sobre un divertido anciano corto de vista que tenía un gato llamado Hodge, y que contaba todas las grietas que había en la acera cuando iba a la ciudad.

—Ya está listo —dijo—. Tendrás una cicatriz nada femenina en el dedo del anillo de boda.

—Gracias, señor. ¿Tío Jack?

—¿Señorita?

—¿Qué es una ramera?

El tío Jack se sumergió en otro largo cuento sobre un anciano primer ministro que se sentaba en la Cámara de los Comunes y soplaba plumas al aire, e intentaba mantenerlas arriba mientras volvía locos a todos los hombres que tenía a su alrededor. Supongo que estaba intentando responder mi pregunta, pero no tenía el más mínimo sentido.

Más tarde, cuando yo ya debía estar en la cama, fui por el vestíbulo para beber un trago de agua y oí a Atticus y al tío Jack en la sala:

—Nunca me casaré, Atticus.

—¿Por qué?

—Podría tener hijos.

—Tienes mucho que aprender —dijo Atticus.

—Lo sé. Tu hija me ha dado la primera lección esta tarde. Me ha dicho que yo no entendía mucho a los niños y me ha explicado por qué. Tenía bastante razón. Atticus, me ha dicho cómo debería haberla tratado... ah, querido, lamento mucho haberla castigado.

Atticus se rio.

—Ella se lo buscó, así que no sientas demasiados remordimientos.

Yo esperaba en ascuas, por si el tío Jack le contaba a Atticus mi versión de la historia. Pero no lo hizo. Sencillamente murmuró:

—El uso que hace de los insultos malsonantes no deja mucho lugar a la imaginación. Pero desconoce el significado de la mitad de las cosas que dice... me preguntó qué era una ramera...

—¿Y se lo dijiste?

—No, le hablé de Lord Melbourne.

—¡Jack! Cuando un niño te pregunte algo, responde, por amor de Dios. Pero no te inventes cosas. Los niños son niños, pero pueden detectar una evasiva más rápidamente que los adultos, y la evasiva simplemente les hace un lío. No —murmuró mi padre—, esta tarde has dado la respuesta correcta, pero con los motivos equivocados. El lenguaje feo es una etapa que todos los niños atraviesan, y desaparece con el tiempo cuando se dan cuenta de que no llaman la atención así. Pero la tozudez no se va sola. Scout tiene que aprender a mantener la calma, y debe aprender pronto, con todo lo que le espera estos próximos meses. Sin embargo, va bien. Jem está creciendo y ahora ella sigue un poco su ejemplo. Lo único que necesita es ayuda algunas veces.

—Atticus, tú nunca le has puesto la mano encima.

—Lo admito. Hasta ahora he podido arreglármelas con amenazas. Jack, ella me obedece todo lo que puede. La mitad de las veces no lo consigue, pero lo intenta.

—Esa no es la respuesta —dijo el tío Jack.

—No, la respuesta es que ella sabe que yo sé que lo intenta. Eso es lo que marca la diferencia. Lo que me inquieta es que ella y Jem tendrán que asimilar algunas cosas feas bastante pronto. No estoy preocupado respecto a que Jem mantenga la calma, pero Scout se lanza enseguida sobre cualquiera si su orgullo está en juego...

Yo esperé a ver si el tío Jack rompía su promesa. Aún no lo había hecho.

—Atticus, ¿va a ser muy malo el caso? No hemos tenido mucha oportunidad de hablar de ello.

—No podría ser peor, Jack. Lo único que tenemos es la palabra de un hombre negro contra la de los Ewell. La evidencia se reduce a «lo hiciste, no lo hice». Posiblemente no se pueda esperar que el jurado acepte la palabra de Tom Robinson contra la de los Ewell... ¿conoces a los Ewell?

El tío Jack dijo que sí, que los recordaba. Se los describió a Atticus, pero Atticus dijo:

—Así eran hace una generación atrás. Pero la actual no ha cambiado.

—¿Qué vas a hacer entonces?

—Antes de terminar, quiero sacudir un poco la conciencia del jurado... creo que tendré una oportunidad razonable de apelación. En realidad, en esta fase todavía no puedo decirlo, Jack. Mira, esperaba seguir con mi vida sin tener un caso de este tipo, pero John Taylor me señaló y dijo: «Es usted el hombre».

—Aparta de mí este cáliz, ¿eh?

—Correcto. Pero ¿crees que si no podría mirar a mis hijos? Tú sabes tan bien como yo lo que va a suceder, Jack, y espero y pido a Dios que Jem y Scout pasen por esto sin amargura, y, sobre todo, sin contagiarse de la enfermedad corriente de Maycomb. El motivo de que personas razonables comiencen a delirar como locos cuando sucede cualquier cosa que implica a un negro es algo que no pretendo entender... Tan solo deseo que Jem y Scout acudan a mí en busca de sus respuestas en lugar de escuchar lo que dice la ciudad. Espero que confíen en mí lo bastante y... ¿Jean Louise?

La cabeza me dio un salto. La asomé por la esquina.

—¿Señor?

—Vete a la cama.

Me escabullí hacia mi cuarto y me metí en la cama. El tío Jack fue un príncipe al no delatarme. Pero nunca supe cómo Atticus supo que yo estaba escuchando, y no fue hasta que pasaron muchos años cuando realmente comprendí que quería que yo escuchara cada una de las palabras que dijo.

10

Atticus estaba débil: tenía casi los cincuenta. Cuando Jem y yo le preguntábamos por qué era tan viejo, decía que había empezado tarde a vivir, y nosotros nos percatábamos de que eso se reflejaba en sus habilidades y su virilidad. Él era mucho mayor que los padres de algunos de nuestros compañeros de escuela, y no había nada con lo que Jem o yo pudiéramos presumir cuando nuestros compañeros de clase decían: «Mi padre...».

Jem era un loco del fútbol. Atticus nunca se cansaba de ser portero, pero cuando Jem quería hacer regates, Atticus decía:

—Soy demasiado viejo para eso, hijo.

Nuestro padre no hacía nada. Trabajaba en una oficina, no en una droguería. Atticus no conducía un camión volquete para el condado, no era el *sheriff*, no era agricultor, ni trabajaba en un garaje, ni hacía ninguna otra cosa que pudiera despertar la admiración de nadie.

Además de eso, llevaba lentes. Estaba casi ciego de su ojo izquierdo, y decía que los ojos izquierdos eran una maldición tribal de los Finch. Siempre que quería ver bien algo, giraba la cabeza y miraba con el derecho.

Él no hacía las mismas cosas que los padres de nuestros compañeros de la escuela: nunca salía de casa, no jugaba al póquer, ni pescaba, tampoco bebía ni fumaba. Se sentaba en la sala y leía.

Con estos atributos, sin embargo, no siguió pasando tan desapercibido como nosotros deseábamos: ese año, la escuela hervía en conversaciones acerca de que defendía a Tom Robinson, y ninguna de ellas tenía un tono de elogio. Después de mi problema con Cecil Jacobs, cuando me comprometí a una política de cobardía, corrió la voz de que Scout Finch no volvería a pelear más, que su papá no la dejaba. Eso no era totalmente correcto: yo no me pelearía en público por Atticus, pero la familia era terreno privado. Me pelearía con quien fuera necesario, desde primo tercero para arriba, con uñas y dientes. Eso lo sabía, por ejemplo, Francis Hancock.

Cuando nos regaló los rifles de aire comprimido, Atticus no nos enseñó a disparar. El tío Jack nos instruyó en los rudimentos del tiro; dijo que Atticus no estaba interesado en las armas. Atticus le dijo a Jem un día:

—Prefiero que dispares a latas vacías en el patio trasero, pero sé que perseguirás a los pájaros. Dispara a todos los grajos que quieras, si puedes acertarles, pero recuerda que es pecado matar a un ruiseñor.

Esa fue la única vez en que oí a Atticus decir que era pecado hacer algo, y le pregunté al respecto a la señorita Maudie.

—Tu padre tiene razón —dijo ella—. Los ruiseñores no se dedican a otra cosa que a sus trinos para que los disfrutemos. No se comen nada de los jardines de la gente, no hacen nidos en los depósitos de maíz, lo único que hacen es cantar con todo su corazón para nosotros. Por eso es pecado matar a un ruiseñor.

—Señorita Maudie, este es un vecindario viejo, ¿verdad?

—Lleva aquí más tiempo que la ciudad.

—No, me refiero a que la gente de nuestra calle es vieja. Jem y yo somos los únicos niños por aquí. La señora Dubose tiene casi cien años, la señorita Rachel es vieja, y también lo son usted y Atticus.

—Yo no diría que tener cincuenta es ser muy viejo —replicó ásperamente la señorita Maudie—. Todavía no voy en silla de ruedas, ¿no? Y tu padre tampoco. Pero debo decir que la Providencia fue muy buena al quemar ese antiguo mausoleo que yo tenía, y soy demasiado vieja para levantarlo de

nuevo; quizá tengas razón, Jean Louise, este es un barrio de gente ya asenta-
da. No has estado mucho con jóvenes, ¿no es cierto?

—Sí, en la escuela.

—Me refiero a jóvenes adultos. Eres afortunada. Jem y tú tienen el
beneficio de la edad de su padre. Si su padre tuviera treinta años, llevarían
una vida bastante diferente.

—Seguro que sí. Atticus no puede hacer nada...

—Te sorprendería —dijo la señorita Maudie—. Aún le queda mucha
vida en el cuerpo.

—¿Qué puede hacer?

—Bueno, puede hacer el testamento de alguien tan minuciosamente
que nadie puede ponerle pegas.

—Pues vaya...

—Está bien, ¿sabías que él es el mejor jugador de damas de esta ciudad?
Pues en el desembarcadero, cuando éramos pequeños, Atticus Finch podía
batir a cualquiera de ambas orillas del río.

—Por favor, señorita Maudie, si Jem y yo le ganamos en todas las
partidas.

—Ya es hora de que descubras que es porque él se deja. ¿Sabías que sabe
tocar el arpa judía?

Ese modesto mérito sirvió para que me sintiera aún más avergonzada
de él.

—*Bueno...* —dijo ella.

—¿Bueno qué, señorita Maudie?

—Bueno nada. Nada... pero me parece que con todo eso deberías
estar orgullosa de él. No todo el mundo sabe tocar el arpa judía. Ahora, apártate del paso de los carpinteros. Es mejor que te vayas a casa, voy
a estar ocupada con mis azaleas y no puedo atenderte. Podría golpearte
algún tablón.

Me fui al patio trasero y encontré a Jem disparando a una lata, lo cual
parecía estúpido con todos los grajos que había por allí. Regresé al patio
delantero y estuve ocupada dos horas levantando un sofisticado parapeto al
lado del porche, construido con un neumático, una caja de naranjas, el cesto
de la ropa, las sillas del porche, y una pequeña bandera de Estados Unidos
que Jem me regaló de una caja de *popcorn*.

Cuando Atticus regresó a casa para comer, me encontró agachada y apuntando al otro lado de la calle.

—¿A qué vas a disparar?

—Al trasero de la señorita Maudie.

Atticus se giró y vio mi generosa diana que se agachaba al lado de sus arbustos. Se empujó el sombrero hacia atrás y cruzó la calle.

—Maudie —le dijo—, he pensado que sería mejor advertirte. Corres un peligro considerable.

La señorita Maudie se enderezó y miró hacia mí. Dijo:

—Atticus, eres un demonio del infierno.

Cuando Atticus regresó, me dijo que levantara el campamento.

—Que no vuelva yo a pillarte apuntando con esa arma a nadie —me advirtió.

Yo deseaba que mi padre fuera un demonio del infierno. Le pregunté a Calpurnia sobre el tema.

—¿El señor Finch? Bueno, sabe hacer muchas cosas.

—¿Por ejemplo? —le pregunté.

Calpurnia se rascó la cabeza.

—Bueno, no lo sé exactamente —dijo.

Jem incidió en el asunto cuando le preguntó a Atticus si iba a jugar en el equipo de los metodistas y Atticus le respondió que se rompería el cuello si lo hacía, que era demasiado viejo para ese tipo de cosas. Los metodistas estaban intentando pagar la hipoteca de su iglesia, y habían desafiado a los bautistas a un partido de fútbol. Todos los padres de la ciudad iban a jugar, según parecía, excepto Atticus. Jem dijo que ni siquiera quería ir, pero era incapaz de resistirse al fútbol en cualquiera de sus formas, y se quedó malhumorado con Atticus y conmigo en las bandas viendo al padre de Cecil Jacobs marcar para los bautistas.

Un sábado, Jem y yo decidimos ir a explorar con nuestros rifles de aire comprimido para ver si encontrábamos un conejo o una ardilla. Habíamos recorrido unos trescientos metros más allá de la Mansión Radley cuando observé que Jem entrecerraba los ojos mirando a algo que había calle abajo. Había girado el cuello y miraba por el rabillo del ojo.

—¿Qué estás mirando?

—Ese perro viejo de allá —dijo.

—Es el viejo Tim Johnson, ¿no?

—Sí.

Tim Johnson era propiedad del señor Harry Johnson, que conducía el autobús de Mobile y vivía en el extremo sur de la ciudad. Tim era un perro de caza, del color del hígado, la mascota de Maycomb.

—¿Qué está haciendo?

—No lo sé, Scout. Será mejor que nos vayamos a casa.

—Ah, Jem, estamos en febrero.

—No me importa. Se lo voy a decir a Cal.

Fuimos corriendo a casa y entramos en la cocina.

—Cal —dijo Jem—, ¿puedes salir un momento a la acera?

—¿Para qué, Jem? No puedo salir a la acera cada vez que tú quieras.

—Algo extraño le pasa a un perro viejo que hay afuera.

Calpurnia dio un suspiro.

—No puedo vendarle la pata a ningún perro ahora. Hay unas vendas en el baño, ve a buscarlas y hazlo tú mismo.

Jem meneó la cabeza.

—Está enfermo, Cal. Algo le pasa.

—¿Qué está haciendo? ¿Intenta morderse la cola?

—No, hace así.

Jem hizo gestos como los de una carpa tragando, encogió los hombros y retorció el torso.

—Hace así, pero como si fuera involuntario.

—¿Me estás contando un cuento, Jem Finch? —la voz de Calpurnia se endureció.

—No, Cal, te juro que no.

—¿Va corriendo?

—No, va despacio, tan lento que apenas se nota. Se está acercando.

Calpurnia se enjuagó las manos y siguió a Jem hasta el patio.

—Yo no veo ningún perro —dijo.

Nos siguió más allá de la Mansión Radley y miró hacia donde Jem señalaba. Tim Johnson no era mucho más que un punto en la distancia, pero se iba acercando a nosotros. Andaba como errático, como si tuviera las patas derechas más cortas que las izquierdas. Me recordaba a un auto atascado en un arenal.

—Va torcido —dijo Jem.

Calpurnia se quedó mirando, después nos agarró por los hombros y nos llevó corriendo a casa. Cerró la puerta de madera a nuestras espaldas, descolgó el teléfono y gritó:

—¡Póngame con la oficina del señor Finch!

Y gritó:

—¡Señor Finch! Soy Cal. Juro ante Dios que hay un perro rabioso calle abajo... viene hacia acá, sí, señor... es... señor Finch, le aseguro que es... el viejo Tim Johnson, sí, señor... sí señor... sí...

Colgó el teléfono y, cuando intentamos preguntarle qué había dicho Atticus, meneó la cabeza. Hizo tintinear el soporte del teléfono y dijo:

—Señorita Eula May... ya he terminado de hablar con el señor Finch, por favor, no vuelva a conectarme... escuche, señorita Eula May, ¿puede por favor llamar a la señorita Rachel y la señorita Stephanie Crawford, y a quien tenga teléfono en esta calle, y decirles que se acerca un perro rabioso? ¡Por favor, señorita!

Calpurnia escuchó unos segundos.

—Sé que estamos en febrero, señorita Eula May, pero reconozco un perro rabioso cuando lo veo. ¡Por favor, señorita, dese prisa!

Calpurnia preguntó a Jem:

—¿Tienen teléfono los Radley?

Jem miró el listín y dijo que no.

—De todos modos no saldrán, Cal.

—No me importa, voy a avisarles.

Salió corriendo al porche delantero, y Jem y yo pisándole los talones.

—¡Ustedes quédense en la casa! —gritó.

El mensaje de Calpurnia llegó a todo el barrio. Todas las puertas de madera que entraban en nuestro rango de visión estaban cerradas. No vimos rastro alguno de Tim Johnson. Observamos a Calpurnia corriendo hacia la Mansión Radley, sujetándose la falda y el delantal por encima de las rodillas. Subió los escalones delanteros y llamó a la puerta. No recibió respuesta, así que gritó:

—¡Señor Nathan, señor Arthur, se acerca un perro rabioso! ¡Se acerca un perro rabioso!

—Debería ir por detrás —comenté.

Jem meneó la cabeza.

—Ahora da igual —dijo.

Calpurnia golpeó la puerta en vano. Nadie agradeció su mensaje; nadie pareció haberlo escuchado.

Cuando Calpurnia regresó corriendo al porche trasero, un Ford negro llegó al camino de entrada. Atticus y el señor Heck Tate salieron del auto.

El señor Heck Tate era el *sheriff* del condado de Maycomb. Era tan alto como Atticus, pero más delgado. Tenía la nariz larga, llevaba botas con pequeños ojales de metal, pantalones de montar y una chaqueta de leñador. Tenía una fila de balas en el cinturón. Empuñaba un rifle pesado. Cuando Atticus y él llegaron al porche, Jem abrió la puerta.

—Quédate dentro, hijo —dijo Atticus—. ¿Dónde está, Cal?

—Debería estar aquí ya —contestó Calpurnia, señalando a la calle.

—No va corriendo, ¿verdad? —inquirió el señor Heck.

—No, señor, está en la etapa de las sacudidas, señor Heck.

—¿Deberíamos ir tras él, Heck? —preguntó Atticus.

—Es mejor que esperemos, señor Finch. Normalmente van en línea recta, pero nunca se sabe. Podría seguir la curva... espero que no, porque entrará directamente en el patio trasero de los Radley. Esperemos un minuto.

—No creo que se meta en el patio de los Radley —dijo Atticus—. La valla lo detendrá. Probablemente seguirá la calle...

Yo creía que los perros rabiosos echaban espuma por la boca, galopaban, saltaban y se lanzaban al cuello de la gente, y creía que lo hacían en agosto. Si Tim Johnson hubiera actuado así, yo habría estado menos asustada.

No hay nada tan mortal como una calle desierta, en espera. Los árboles estaban quietos, los ruiseñores se quedaron callados, los carpinteros de la casa de la señorita Maudie se habían esfumado. Oí estornudar al señor Tate, después se sonó la nariz. Le vi ajustarse el arma en el brazo. Vi la cara de la señorita Stephanie Crawford enmarcada en la ventana de cristal de su puerta delantera. La señorita Maudie apareció y se situó a su lado. Atticus puso el pie en el travesaño de una silla y se frotó el muslo lentamente con la mano.

—Ahí está —dijo en voz baja.

Tim Johnson apareció a la vista, caminando aturdido por el borde interior de la curva paralela a la casa de los Radley.

—Míralo —susurró Jem—. El señor Heck dice que caminan en línea recta. Pero ni siquiera puede seguir la calle.

—Parece más enfermo que otra cosa —dije yo.

—Deja que se le ponga algo delante y verás cómo se lanza.

El señor Tate se puso la mano en la frente y se inclinó hacia adelante.

—La tiene, señor Finch.

Tim Johnson iba avanzando a paso de caracol, pero no retozaba ni olfateaba el follaje: parecía centrado en seguir una línea y motivado por una fuerza invisible que lo llevaba lentamente hacia nosotros. Lo veíamos sacudirse como si fuera un caballo espantando moscas; su quijada se abría y se cerraba; avanzaba escorado, pero como empujado poco a poco hacia nosotros.

—Está buscando un lugar donde morir —dijo Jem.

El señor Tate se giró.

—Aún le falta mucho para morir, Jem, ni siquiera ha comenzado el proceso.

Tim Johnson llegó al lado de la calle que discurría delante de la Mansión Radley, y lo que quedaba de su pobre entendimiento le hizo detenerse y considerar qué camino tomaría. Dio unos cuantos pasos vacilantes y se detuvo delante de la puerta de los Radley; entonces intentó darse la vuelta, pero le costaba.

Atticus dijo:

—Está a tiro, Heck. Es mejor que le dé ahora antes que de que vaya por la calle lateral... sabe Dios quién estará al otro lado de la esquina. Vete dentro, Cal.

Calpurnia abrió la puerta de tela metálica, la cerró a sus espaldas, después le quitó el cerrojo y se quedó con el mango. Intentaba bloquearnos con su cuerpo, pero Jem y yo mirábamos por debajo de sus brazos.

—Tome, señor Finch —el señor Tate le entregó el rifle a Atticus; Jem y yo casi nos desmayamos.

—No pierda tiempo, Heck —dijo Atticus—. Adelante.

—Señor Finch, esta es tarea de un solo disparo.

Atticus movió la cabeza con vehemencia.

—¡No se quede ahí, Heck! No le va a esperar todo el día...

—Por el amor de Dios, señor Finch, ¡mire dónde está! Si fallo, ¡dispararé directamente a la casa de los Radley! ¡No sé disparar tan bien, y usted lo sabe!

—Yo no he disparado un arma desde hace treinta años...

El señor Tate casi lanzó el rifle a Atticus.

—Me sentiría mucho mejor si disparase usted —dijo.

Como entre neblina, Jem y yo vimos a nuestro padre tomar el arma y dar unos pasos hasta el medio de la calle. Caminaba rápidamente, pero a mí me parecía que se movía como un nadador bajo el agua: el tiempo parecía transcurrir con una lentitud desesperante.

Cuando Atticus se levantó los lentes, Calpurnia murmuró:

—Dulce Jesús, ayúdale —y se llevó las manos a las mejillas.

Atticus se subió los lentes hasta la frente; se le resbalaron hacia abajo y él los dejó caer al suelo. En el silencio, oí el ruido al caer. Atticus se frotó los ojos y la barbilla; le veíamos parpadear con intensidad.

Delante de la puerta de los Radley, Tim Johnson había decidido al fin qué hacer. Se había dado media vuelta, para seguir su curso original subiendo por nuestra calle. Dio dos pasos hacia adelante, después se detuvo y levantó la cabeza. Vimos que su cuerpo se ponía rígido.

Con movimientos tan rápidos que parecían simultáneos, la mano de Atticus tiró de una palanca mientras se ponía el arma en el hombro.

El rifle chasqueó. Tim Johnson dio un salto, se desplomó y cayó en la acera formando un montón de color marrón y blanco. No sabía qué le había golpeado.

El señor Tate saltó del porche y corrió hacia la Mansión Radley. Se detuvo delante del perro, se puso de cuclillas, se giró y se dio con el dedo unos golpecitos en la frente, por encima del ojo izquierdo.

—Ha ido un poco desviado a la derecha, señor Finch —gritó.

—Siempre me pasaba lo mismo —respondió Atticus—. Si hubiera podido elegir, habría usado una escopeta.

Se inclinó y recogió sus lentes, redujo a polvo los cristales rotos con el tacón, fue hacia el señor Tate y se quedó mirando a Tim Johnson.

Se abrieron una tras otra las puertas y lentamente el barrio cobró vida. La señorita Maudie bajó las escaleras con la señorita Stephanie Crawford.

Jem estaba paralizado. Yo le pellizqué para que se moviera, pero cuando Atticus nos vio acercarnos gritó:

—¡Quédense donde están!

Cuando el señor Tate y Atticus regresaron al patio, el señor Tate iba sonriendo.

—Haré que Zeebo lo recoja —dijo—. No ha olvidado mucho, señor Finch. Dicen que eso nunca se olvida.

Atticus guardó silencio.

—¿Atticus? —dijo Jem.

—¿Sí?

—Nada.

—Lo he visto, ¡un tiro Finch!

Atticus se giró y se encontró de frente con la señorita Maudie. Se miraron el uno al otro sin decir nada y Atticus se subió en el auto del *sheriff*.

—Ven acá —le dijo a Jem—. No te acerques a ese perro, ¿entiendes? No te acerques a él, es tan peligroso muerto como vivo.

—Sí, señor —dijo Jem—. ¿Atticus...?

—¿Qué, hijo?

—Nada.

—¿Qué te pasa, muchacho, no sabes hablar? —dijo el señor Tate, sonriendo a Jem—. ¿No sabías que tu papá...?

—Calle, Heck —dijo Atticus—, regresemos a la ciudad.

Cuando se marcharon, Jem y yo fuimos hasta las escaleras de la fachada de la señorita Stephanie. Nos quedamos esperando a que llegara Zeebo con el camión de la basura.

Jem estaba sentado, mudo de confusión, y la señorita Stephanie dijo:

—Eh, eh, eh, ¿quién habría pensado en un perro rabioso en febrero? Quizá no estaba rabioso, quizá simplemente estaba loco. No me gustaría ver la cara de Harry Johnson cuando regrese después del viaje a Mobile y descubra que Atticus Finch ha disparado a su perro. Pero lo que le pasaba era que había agarrado pulgas en alguna parte...

La señorita Maudie dijo que la señorita Stephanie estaría diciendo una cosa muy distinta si Tim Johnson siguiera recorriendo la calle, que pronto lo descubrirían, y que enviarían su cabeza a Montgomery.

Jem comenzó a articular palabras.

—¿Has visto, Scout? ¿Le has visto de pie allí?... Y de repente estaba todo relajado, y parecía que el arma fuera parte de él... y lo hizo con tanta rapidez, como... Yo tengo que apuntar durante diez minutos antes de poder acertarle a algo...

La señorita Maudie sonrió con malicia.

—Bien, ahora, señorita Jean Louise —dijo—, ¿sigues pensando que tu padre no sabe hacer nada? ¿Sigues avergonzada de él?

—No —dije mansamente.

—El otro día olvidé decirte que además de tocar el arpa judía, Atticus era el tirador más mortal del condado de Maycomb en su época.

—Tirador mortal... —repitió Jem.

—Eso he dicho, Jem Finch. Supongo que ahora cambiarán *su* tonada. Eso mismo, ¿no sabían que su apodo era «Un Tiro» cuando era un muchacho? Pues en el desembarcadero, siendo un jovencito, si disparaba quince veces y acertaba a catorce palomas, se quejaba de que desperdiciaba munición.

—Nunca nos contó nada sobre eso —musitó Jem.

—¿Nunca?

—No, señorita.

—Quizá yo se lo pueda contar —dijo la señorita Maudie—. Si algo caracteriza a su padre, es su civismo de corazón. La puntería es un regalo de Dios, un talento... claro, hay que practicar para perfeccionarla, pero disparar no es como tocar el piano o cosas así. Creo que quizá él dejó su arma cuando se dio cuenta de que Dios le había dado una ventaja injusta sobre la mayoría de seres vivientes. Supongo que decidió que no volvería a disparar mientras no fuera necesario, y hoy lo era.

—Yo diría que debería estar orgulloso —dije yo.

—Las personas en sus cabales nunca se enorgullecen de sus talentos —corrigió la señorita Maudie.

Entonces vimos llegar el camión de Zeebo. Sacó una horca de la parte trasera del camión de la basura y levantó con cautela a Tim Johnson. Metió al perro en el camión y luego derramó un líquido por el lugar donde había caído Tim.

—No se acerquen aquí durante un tiempo —advirtió.

Cuando nos fuimos a casa, le dije a Jem que ahora sí que tendríamos algo de que hablar en la escuela el lunes. Jem se giró hacia mí.

—No digas nada sobre esto, Scout —me dijo.

—¿Qué? Claro que voy a hablar. No todos tienen un papá que es el tirador más mortal del condado de Maycomb.

—Creo que si él quisiera que lo supiéramos —dijo Jem—, nos lo habría contado. Si estuviera orgulloso de ello, nos lo habría dicho.

—A lo mejor es que se le olvidó —respondí yo.

—No, Scout, es algo que tú no entenderías. Es verdad que Atticus es viejo, pero no me importaría si no supiera hacer nada... no me importaría si no pudiera hacer nada de nada.

Jem agarró una piedra y la lanzó contento a la cochera. Echó a correr tras ella y gritó:

—¡Atticus es un caballero, igual que yo!

11

Cuando éramos pequeños, Jem y yo limitábamos nuestras actividades a la parte sur del vecindario, pero cuando yo ya había avanzado en segundo grado y atormentar a Boo Radley se había convertido en algo del pasado, la zona comercial de Maycomb nos atraía a menudo calle arriba, hasta más allá de la propiedad de la señora Henry Lafayette Dubose. Era imposible ir a la ciudad sin pasar por delante de su casa a menos que quisiéramos desviarnos y dar un rodeo de más de un kilómetro. Los anteriores encuentros con ella me dejaron sin ganas de más, pero Jem decía que alguna vez tendría que hacerme mayor.

Aparte de una criada negra que estaba de servicio permanentemente, la señora Dubose vivía sola, dos puertas más arriba de la nuestra, en una casa con una empinada escalera en la fachada y un corredor cubierto. Era muy vieja, se pasaba la mayor parte del día en la cama y el resto en una silla de ruedas. Se rumoreaba que guardaba una pistola oculta entre sus numerosas bufandas y capas de ropa.

Jem y yo la odiábamos. Si estaba en el porche cuando pasábamos por allí, nos dirigía su colérica mirada y nos sometía a un interrogatorio implacable sobre nuestra conducta, y pronunciaba una sombría predicción de lo que podríamos llegar a ser cuando creciéramos, que siempre consistía en que no valdríamos para nada. Hacía mucho tiempo que habíamos abandonado la idea de pasar junto a su casa, íbamos por el otro lado de la calle; con ello solo conseguíamos que elevara más aún la voz y que todo el barrio se enterara de lo que decía.

Al parecer, nada de lo que hiciéramos le agradaba. Si yo le decía con la mejor de mis sonrisas: «Hola, señora Dubose», recibía como respuesta: «No me digas hola, ¡niña fea! ¡Dime buenas tardes, señora Dubose!».

Era despiadada. En una ocasión oyó a Jem referirse a nuestro padre como «Atticus» y se puso hecha una furia. Además de ser los mestizos más destacados y más irrespetuosos que se había cruzado en su camino, nos dijo que era una lástima que nuestro padre no se hubiera vuelto a casar después de la muerte de nuestra madre. Dijo que nunca había habido una dama tan encantadora como nuestra madre, y que le partía el alma ver cómo Atticus Finch permitía que sus hijos fuesen unos salvajes. Yo no recordaba a nuestra madre, pero Jem sí, me hablaba de ella algunas veces, y se puso lívido cuando la señora Dubose nos disparó su mensaje.

Jem, al haber sobrevivido a Boo Radley, a un perro rabioso y a otros terrores, decidió que era una cobardía detenerse delante de las escaleras delanteras de la señorita Rachel y esperar, así que decidió que cada tarde debíamos correr hasta la esquina de la oficina de correos para encontrarnos con Atticus cuando regresaba del trabajo. Incontables tardes, Atticus encontraba a Jem furioso por algo que la señora Dubose había dicho a nuestro paso.

—Con calma lo superas todo —decía Atticus—. Es una señora anciana y está enferma. Tú simplemente mantén la cabeza alta y sé un caballero. Te diga lo que te diga, a ti te corresponde no permitir que te enfurezca.

Jem decía que ella no debía de estar tan enferma si gritaba tanto. Cuando los tres llegábamos ante su casa, Atticus se quitaba su sombrero, le hacía una galante reverencia y decía:

—¡Buenas tardes, señora Dubose! Parece usted un cuadro esta tarde.

Nunca oí a Atticus decir qué tipo de cuadro. Le comunicaba las noticias del juzgado y decía que esperaba de todo corazón que ella tuviera un buen día mañana. Volvía a ponerse el sombrero, me subía hasta sus hombros delante de su presencia, y seguíamos nuestro camino a casa a la luz del atardecer. Era en momentos como esos cuando yo pensaba que mi padre, que aborrecía las armas y nunca había participado en ninguna guerra, era el hombre más valiente que había vivido jamás.

Al día siguiente de que Jem cumpliera los doce años, su dinero le ardía en los bolsillos, de modo que nos dirigimos a la ciudad a primera hora de la tarde. Jem pensaba que tenía bastante para comprar una miniatura de una máquina de vapor para él y un bastón para mí, de esos que se hacen girar en los desfiles.

Hacía tiempo que yo había puesto mi mirada en ese bastón; estaba en la tienda de V. J. Elmore, llevaba incrustadas lentejuelas y oropeles, y costaba diecisiete centavos. En aquel entonces era mi ardiente ambición crecer y poder dar vueltas al bastón en la banda del instituto del condado de Maycomb. Había desarrollado mi talento hasta el punto de lanzar un palo y casi agarrarlo cuando bajaba, lo que hizo que Calpurnia me negara la entrada a la casa cada vez que me veía con un palo en la mano. Yo sentía que con un bastón de verdad podría superarme, y me pareció muy generoso por parte de Jem que me comprase uno.

La señora Dubose estaba situada en su porche cuando pasamos por allí.

—¿A dónde van ustedes dos a esta hora del día? —gritó—. Supongo que a faltar a clase. ¡Llamaré al director y se lo diré! —puso las manos sobre las ruedas de su silla y ejecutó un giro perfecto.

—Ah, es sábado, señora Dubose —dijo Jem.

—No importa si es sábado —respondió de manera poco clara—. Me pregunto si su padre sabe dónde están.

—Señora Dubose, vamos solos a la ciudad desde que teníamos esta altura —Jem situó la palma de la mano a unos dos palmos por encima de la acera.

—¡No me mientas! —gritó ella—. Jeremy Finch, Maudie Atkinson me dijo que destrozaste su parra esta mañana. Va a decírselo a tu padre, ¡y entonces desearás no haber visto la luz del día! Si no te envían al reformatorio antes de que llegue la próxima semana, ¡no me llamo Dubose!

Jem, que ni siquiera se había acercado a la parra de uvas de la señorita Maudie desde el verano pasado, y que sabía que no se lo diría a Atticus aunque fuera verdad, lo negó todo.

—¡No me contradigas! —rugió la señora Dubose—. Y *tú*... —dijo señalándome con su dedo artrítico—, ¿qué haces con ese overol? Deberías llevar un vestido y una camisola, ¡señorita! Cuando seas mayor servirás mesas si nadie corrige tu camino... una Finch sirviendo mesas en el Café O.K... ¡Ja!

Yo estaba aterrada. El Café O.K. era un sórdido establecimiento en el lado norte de la plaza. Yo agarré la mano de Jem, pero él me soltó.

—Vamos, Scout —susurró—. No hagas caso, tú mantén la cabeza alta y sé un caballero.

Pero la señora Dubose continuó.

—No solo una Finch sirviendo mesas, ¡sino uno en el juzgado defendiendo negros!

Jem se puso rígido. El disparo de la señora Dubose había dado en el blanco, y ella lo sabía:

—Sí, ¿a dónde ha llegado este mundo cuando un Finch se pone en contra de los que le han dado su educación? ¡Se lo diré! —se puso la mano en la boca. Cuando la retiró, colgaba de ella un largo hilo de saliva—. ¡Su padre no es mejor que los negros y la basura para quien trabaja!

Jem estaba rojo de furia. Yo le tiré de la manga, y mientras continuábamos nuestro camino nos siguió por la acera una retahíla de improperios sobre de la degeneración moral de nuestra familia, cuya premisa principal era que la mitad de los Finch estaban en el manicomio, pero que, de todos modos, si nuestra madre estuviera viva no habríamos llegado a ese estado.

No estaba segura de qué fue lo que más había ofendido a Jem, pero yo sentí resentimiento por la evaluación que la señora Dubose había hecho de la salud mental de la familia. Casi me había acostumbrado a escuchar insultos dirigidos a Atticus, pero este era el primero que provenía de un adulto. A excepción de sus comentarios sobre Atticus, el ataque de la señora Dubose era mera rutina. Había indicios del verano en el ambiente... a la sombra se estaba fresco, pero el sol calentaba, lo cual significaba que llegaban buenos tiempos: no habría clases y estaría Dill.

Jem compró su máquina de vapor y fuimos a la tienda de Elmore a comprar mi bastón. Jem no se puso a disfrutar de su adquisición; se la metió en el bolsillo y caminó en silencio a mi lado hasta que llegamos a casa. Por el camino, casi me choco con el señor Link Deas, que dijo:

—¡Ten cuidado, Scout! —como no lograba atraparlo al caer, cuando nos acercábamos a la casa de la señora Dubose, mi bastón ya estaba sucio de haberlo recogido del suelo tantas veces.

Ella no estaba en el porche.

Años más tarde, a veces me preguntaba qué fue exactamente lo que provocó que Jem rompiera la orden de: «Tú simplemente sé un caballero, hijo», y la fase de cohibida rectitud en la que había entrado recientemente. Jem probablemente había soportado tantas tonterías como yo acerca de que Atticus defendía a negros, y di por hecho que mantuvo la compostura... que tenía una disposición tranquila por naturaleza y explotaba despacio. En aquel momento, sin embargo, pensé que la única explicación para lo que él hizo era que, durante unos minutos, simplemente le venció la ira.

Lo que Jem hizo fue lo que yo habría hecho sin más de no haber sido por la prohibición de Atticus, la cual suponía yo que incluía no pelearme con ancianas horribles. Acabábamos de llegar a su puerta cuando Jem agarró mi bastón y echó a correr como un loco por las escaleras que daban al patio delantero de la señora Dubose, olvidando todo lo que Atticus había dicho, olvidando que ella llevaba una pistola debajo de sus bufandas, olvidando que si la señora Dubose erraba el tiro, probablemente su criada Jessie no fallaría.

Él no comenzó a calmarse hasta que hubo cortado las puntas de todas las plantas de camelias que poseía la señora Dubose, hasta que el suelo estuvo lleno de tallos verdes y hojas. Dobló mi bastón con la rodilla, lo partió en dos y lo tiró al suelo.

Para entonces yo ya estaba gritando. Jem me tiró del cabello, dijo que no le importaba, que volvería a hacerlo si se presentaba la oportunidad, y que si no me callaba me arrancaría todo el cabello. Yo no me callé y él me dio una patada. Perdí el equilibrio y me caí de bruces. Jem me levantó toscamente pero pareció lamentarlo. No había nada que decir.

Decidimos no encontrarnos con Atticus cuando regresara a casa esa tarde. Dimos vueltas por la cocina hasta que Calpurnia nos echó de allí. Mediante algún arte de vudú, Calpurnia parecía saber todo lo que había ocurrido. Ella no resultó ser nada satisfactoria como fuente de alivio, pero sí que le dio a Jem un panecillo caliente con mantequilla, que él partió en dos y compartió conmigo. Sabía a algodón.

Nos fuimos a la sala. Yo agarré una revista de fútbol, encontré una fotografía de Dixie Howell, se la enseñé a Jem y dije:

—Este se parece a ti.

Eso fue lo más agradable que pude pensar en decirle, pero no ayudó. Él se sentó al lado de las ventanas, encogido en una mecedora, frunciendo el ceño, esperando. La luz del día se desvanecía.

Dos eras geológicas más tarde, escuchamos las suelas de los zapatos de Atticus arañar las escaleras de la entrada. La puerta de tela metálica se cerró de golpe, hubo una pausa, Atticus estaba delante de la percha de sombreros del pasillo, y le oímos llamar:

—¡Jem! —su voz era como el viento del invierno.

Atticus encendió la luz del techo en la sala y nos encontró allí, totalmente inmóviles. Llevaba mi bastón en una mano, la borla amarilla sucia se arrastraba por la alfombra. Extendió la otra mano, que contenía voluminosos capullos de camelias.

—Jem —dijo—, ¿eres tú el responsable de esto?

—Sí, señor.

—¿Por qué lo has hecho?

—Ella dijo que defendías a negros y basura —contestó Jem en voz baja.

—¿Has hecho esto porque ella dijo esas cosas?

Los labios de Jem se movieron, pero su «Sí, señor» fue inaudible.

—Hijo, no tengo ninguna duda de que tus compañeros te han molestado a causa de que yo defienda a *tostados*, como ustedes dicen, pero hacerle algo como esto a una anciana enferma es inexcusable. Te aconsejo muy seriamente que vayas y hables con la señora Dubose —dijo Atticus—. Y después regresa directamente a casa.

Jem no se movió.

—Te he dicho que vayas.

Yo fui detrás de Jem por la sala.

—Ven acá —me dijo Atticus, y retrocedí.

Atticus agarró el *Mobile Press* y se sentó en la mecedora que Jem había dejado vacante. De verdad, yo no entendía cómo podía quedarse allí sentado tan tranquilo y leyendo un periódico cuando su único hijo se enfrentaba a una oportunidad clarísima de ser asesinado con una reliquia del ejército confederado. Desde luego, Jem a veces me provocaba tanto que yo misma podría haberle matado, pero, mirándolo fríamente, él era lo único que yo tenía. Atticus no parecía entender eso, o si lo entendía no le importaba.

Yo le aborrecí por eso, pero cuando uno está en apuros se cansa con facilidad: poco después yo estaba acurrucada en su regazo y él me rodeaba con sus brazos.

—Eres ya muy mayor para mecerte —me dijo.

—No te importa lo que le pase —dije yo—. Le envías a que reciba un disparo cuando lo único que él estaba haciendo era defenderte.

Atticus me puso la cabeza debajo de su barbilla.

—Todavía no es momento de preocuparse —dijo—. Nunca pensé que sería Jem quien perdiera la cabeza por esto... creía que tendría más problemas contigo.

Yo dije que después de todo no veía por qué teníamos que mantener la calma, que ninguno de mis conocidos en la escuela tenía que mantener la calma por nada.

—Scout —dijo Atticus—, cuando llegue el verano, tendrás que mantener la calma ante cosas mucho peores... no es justo para ti ni para Jem, lo sé, pero a veces tenemos que sacar lo mejor de las cosas, y el modo en que nos conducimos cuando llegan los malos momentos... bueno, lo único que puedo decir es que cuando tú y Jem sean adultos, quizá vean todo esto con algo de compasión y cierto sentimiento de que yo no les decepcioné. Este caso, el caso de Tom Robinson, es algo que llega hasta la esencia misma de la conciencia de un hombre... Scout, yo no podría ir a la iglesia y adorar a Dios si no intentara ayudar a ese hombre.

—Atticus, debes de estar equivocado...

—¿Cómo es eso?

—Bueno, casi todo el mundo parece pensar que tiene razón y que tú estás equivocado...

—Sin duda, tienen derecho a pensar eso, y tienen derecho a que se les muestre todo el respeto por sus opiniones —dijo Atticus—, pero antes de poder vivir con otras personas tengo que vivir conmigo mismo. Lo único que no sigue la regla de la mayoría es la conciencia de la persona.

Cuando Jem regresó, me encontraba todavía en el regazo de Atticus.

—¿Y bien, hijo? —dijo Atticus.

Me bajó de su regazo y yo hice un reconocimiento secreto a Jem. Parecía estar de una sola pieza, pero tenía una expresión extraña en la cara. Quizá le habían dado una dosis de calomelanos.

—Lo he limpiado todo y le he dicho que lo lamentaba, pero no es así, y que trabajaría en su patio todos los sábados e intentaría que las plantas volvieran a crecer.

—No tenía caso decir que lo lamentabas si no lo lamentabas —dijo Atticus—. Jem, es vieja y está enferma. No puedes hacerle responsable de lo que dice y lo que hace. Desde luego, preferiría que me lo hubiera dicho a mí antes que a cualquiera de ustedes, pero no siempre se cumple lo que preferimos.

Jem parecía fascinado por una rosa de la alfombra.

—Atticus —dijo—, quiere que vaya a leerle.

—¿Leerle?

—Sí, señor. Quiere que vaya todas las tardes después de la escuela y los sábados y lea para ella en voz alta durante dos horas. Atticus, ¿tengo que hacerlo?

—Claro que sí.

—Pero quiere que lo haga durante un mes.

—Entonces lo harás durante un mes.

Jem plantó la punta de su pie delicadamente en el centro de la rosa y pisó sobre ella. Finalmente dijo:

—Atticus, fuera en la acera está bien, pero dentro es... está todo oscuro y da miedo. Hay sombras y cosas en el techo...

Atticus sonrió con una sonrisa forzada.

—Eso servirá para estimular tu imaginación. Tú hazte a la idea de que estás en la casa de los Radley.

*   *   *

El lunes siguiente por la tarde Jem y yo subimos la empinada escalera de la fachada de la señora Dubose y recorrimos el pasillo abierto. Jem, armado con un ejemplar de *Ivanhoe* y cubierto de su conocimiento superior, llamó a la segunda puerta a la izquierda.

—¿Señora Dubose?

Jessie abrió la puerta de madera y quitó el cerrojo a la puerta de tela metálica.

—¿Eres tú, Jem Finch? —dijo—. Vienes con tu hermana. No sé si...

—Que entren los dos, Jessie —ordenó la señora Dubose. Jessie nos dejó entrar y se fue a la cocina.

Nos recibió un olor opresivo al cruzar el umbral, un olor que yo había experimentado muchas veces en casas grises podridas por la lluvia donde hay lámparas de aceite, cazos de agua y sábanas sin lavar. Un olor que siempre me hacía estar temerosa, expectante, en guardia.

En la esquina de la habitación había una cama de latón, y en la cama estaba la señora Dubose. Yo me preguntaba si las actividades de Jem habían sido las culpables de que estuviera allí, y por un momento sentí lástima de ella. Estaba tumbada bajo un montón de colchas y parecía casi amistosa.

Tenía un lavabo con piedra de mármol al lado de la cama; sobre él había un vaso con una cucharita dentro, una jeringa para los oídos, una caja de algodón absorbente y un despertador de acero que se sostenía sobre tres diminutas patas.

—Así que has traído a tu sucia hermanita, ¿no? —fue su saludo.

—Mi hermana no es sucia —dijo Jem tranquilamente—, y yo no le tengo miedo a usted.

Sin embargo, yo notaba que le temblaban las rodillas.

Yo esperaba una andanada de invectivas, pero lo único que ella dijo fue:

—Puedes comenzar a leer, Jeremy.

Jem se sentó en una silla de caña y abrió *Ivanhoe*. Yo acerqué otra y me senté a su lado.

—Acérquense más —dijo la señora Dubose—. Vengan al lado de la cama.

Movimos hacia delante nuestras sillas. Aquello era lo más cerca que habíamos estado jamás de ella, y lo que yo más quería era volver a retirar mi silla.

Era una mujer horrible. Su cara tenía el color de una almohada sucia y la comisura de los labios le brillaba por la saliva, que descendía lenta como un glaciar por las profundas arrugas que le rodeaban la barbilla. Las manchas de la edad moteaban sus mejillas, y sus pálidos ojos tenían pupilas negras que no se movían. Tenía las manos nudosas y gran parte de las uñas cubiertas de cutícula. No llevaba puesta la dentadura postiza inferior y le sobresalía el labio superior; de vez en cuando se arrastraba el labio inferior hasta la dentadura superior y arrastraba la barbilla en el movimiento. Eso hacía que la saliva se moviera con más rapidez.

No miré más de lo necesario. Jem abrió *Ivanhoe* y comenzó a leer. Intenté seguir su ritmo, pero leía demasiado rápido. Cuando Jem llegaba a una palabra que no sabía, se la saltaba, pero la señora Dubose se daba cuenta y le hacía deletrearla en voz alta. Jem leyó quizá unos veinte minutos, y durante ese tiempo yo miraba la repisa de la chimenea manchada de hollín, o por la ventana, a cualquier lugar que evitara mirarla a ella. Mientras él seguía leyendo, noté que las correcciones de la señora Dubose eran menos y más espaciadas, que Jem incluso había dejado una frase colgada en el aire. Ella no escuchaba.

Miré hacia la cama.

Algo le había sucedido. Estaba tumbada de lado, con las mantas hasta la barbilla. Solamente se le veía la cabeza y los hombros. Su cabeza se movía lentamente de lado a lado. De vez en cuando, abría mucho la boca, y yo podía ver su lengua ondulando ligeramente. Se le acumulaban hilos de saliva en los labios; se los tragaba y volvía a abrir la boca, que parecía tener existencia propia. Trabajaba por su cuenta y aparte del resto de su cuerpo, dentro y fuera, como el agujero de una almeja en la marea baja. De tanto en tanto hacía un sonido de «pt», como una sustancia espesa que comienza a hervir.

Yo tiré a Jem de la manga.

Él me miró, y después a la cama. Su cabeza seguía haciendo ese movimiento en dirección a nosotros, y Jem dijo:

—Señora Dubose, ¿está usted bien?

Ella no le oyó.

Sonó el despertador y nos dio un buen susto. Un minuto después, con los nervios aún de punta, Jem y yo estábamos en la acera en dirección a nuestra casa. No habíamos huido; Jessie nos había mandado a casa: antes de que el despertador dejara de sonar entró en el cuarto y nos hizo salir.

—Ustedes —dijo—, váyanse a su casa.

Jem vaciló un poco en la puerta.

—Es la hora de su medicina —dijo Jessie. Mientras la puerta se cerraba tras nosotros, la vi dirigirse rápidamente a la cama de la señora Dubose.

Eran solo las tres cuarenta y cinco cuando llegamos a casa, de modo que nos fuimos al patio trasero hasta la hora de ir a encontrarnos con Atticus. Traía dos lapiceros amarillos para mí y una revista de fútbol para Jem, supongo que como disimulada recompensa por nuestra primera sesión diaria con la señora Dubose. Jem le contó lo sucedido.

—¿Han pasado miedo? —preguntó Atticus.

—No, señor —respondió Jem—, pero es muy desagradable. Tiene ataques o algo parecido. Escupe mucho.

—No puede evitarlo. Las personas enfermas a veces no tienen buen aspecto.

—Yo sí he pasado miedo —dije.

Atticus me miró por encima de sus lentes.

—No tienes por qué acompañar a Jem, ya lo sabes.

La tarde siguiente en la casa de la señora Dubose fue igual que la primera, y lo mismo sucedió en la siguiente, hasta que poco a poco se estableció un patrón: todo comenzaba con normalidad; es decir, la señora Dubose acosaba a Jem durante un rato con sus temas favoritos, sus camelias y las inclinaciones de nuestro padre a amar a los negros; poco a poco se quedaba callada y se olvidaba de nuestra presencia; sonaba la campana del despertador, Jessie nos hacía salir y el resto del día era para nosotros.

—Atticus —dije una tarde—, ¿qué es exactamente un amanegros?

La cara de Atticus se quedó seria.

—¿Te ha estado llamando alguien eso?

—No, señor, la señora Dubose te lo llama a ti. Todas las tardes se divierte llamándotelo. Francis me llamó así la pasada Navidad, fue la primera vez que lo oí.

—¿Ese fue el motivo de que arremetieras contra él? —preguntó Atticus.

—Sí, señor...

—Entonces ¿por qué me preguntas lo que significa?

Intenté explicar a Atticus que no fue tanto lo que dijo Francis lo que me había enfurecido, sino el modo en que lo dijo.

—Era como si me estuviera llamando mocosa o algún otro insulto.

—Scout —dijo Atticus—, amanegros solo es una de esas palabras que no significa nada concreto, como mocosa. Es difícil de explicar... las personas ignorantes la utilizan cuando creen que alguien está favoreciendo a los negros antes que a ellas. Se ha ido introduciendo en el uso de algunas personas como nosotros, cuando quieren emplear un término ordinario y feo para etiquetar a alguien.

—Tú no eres realmente un amanegros, ¿verdad?

—Desde luego que lo soy. Hago todo lo que puedo por amar a todo el mundo... A veces estoy en alguna situación difícil, a veces... cariño, nunca es un insulto que te llamen lo que otra persona cree que es un nombre feo. Tan solo te demuestra lo ruin que es esa persona, no te hace daño. Así que no permitas que la señora Dubose te enoje. Ella ya tiene suficientes problemas.

Una tarde, un mes más tarde, Jem estaba abriéndose camino a través de Sir Walter Scout, como él le llamaba, y la señora Dubose le corregía a cada momento, cuando alguien llamó a la puerta.

—¡Adelante! —gritó ella.

Atticus entró. Se acercó a la cama y tomó la mano de la señora Dubose.

—Venía de la oficina y no he visto a los niños —dijo—. He pensado que todavía podrían estar aquí.

La señora Dubose le sonrió. Desde luego, no me imaginaba cómo podía ella ni siquiera hablarle cuando parecía odiarle tanto.

—¿Sabe qué hora es, Atticus? —le preguntó.

—Exactamente las cinco y catorce minutos. El despertador está puesto para las cinco y media. Fíjese.

De repente me di cuenta de que cada día nos habíamos estado quedando un poco más tiempo en la casa de la señora Dubose, porque el despertador sonaba unos minutos más tarde cada día, y ella estaba sumida en uno de sus ataques cuando sonaba. Ese día había estado fastidiando a Jem durante casi dos horas sin intención alguna de tener un ataque, y yo me sentía atrapada sin remedio. El despertador era la señal de nuestra liberación; si un día no sonaba, ¿qué íbamos a hacer?

—Me parece que los días de lectura de Jem están contados —dijo Atticus.

—Solo una semana más, creo —dijo ella—, tan solo para asegurarme...

Jem se levantó.

—Pero...

Atticus levantó la mano y Jem se quedó callado. De camino a casa, Jem dijo que tenía que hacerlo solamente un mes, y que ya había pasado el mes y eso no era justo.

—Solamente una semana más, hijo —dijo Atticus.

—No —protestó Jem.

—Sí —sentenció Atticus.

La semana siguiente regresamos a la casa de la señora Dubose. El despertador había dejado de sonar, pero la señora Dubose nos soltaba con su «basta por hoy» tan avanzada la tarde que Atticus estaba en casa leyendo el periódico a nuestro regreso. Aunque sus primeros ataques habían desaparecido, en todos los demás aspectos seguía como siempre: cuando Sir Walter Scott se metía en largas descripciones de fosos y castillos, la señora Dubose se aburría y arremetía contra nosotros:

—Jeremy Finch, te dije que vivirías para lamentar haber destrozado mis camelias. Lo lamentas, ¿verdad?

Jem decía que lo lamentaba.

—Pensabas que podrías matar mi Nieve de la Montaña, ¿verdad? Bueno, Jessie dice que están saliendo de nuevo las puntas. La próxima vez sabrás cómo hacerlo mejor, ¿no es cierto? Las sacarás de raíz, ¿verdad?

Jem decía que sin duda lo haría.

—¡No me hables entre dientes, muchacho! Mantén la cabeza alta y di: «Sí, señora». Aunque no creo que tengas ganas de levantarla, con lo que es tu padre.

Jem levantaba la barbilla y se quedaba mirando a la señora Dubose con una cara libre de resentimiento. A lo largo de las semanas había cultivado una expresión de interés educado y distante, y era la que le presentaba como respuesta a sus invenciones más escalofriantes.

Al fin llegó el día. Una tarde, después de decir «basta por hoy», la señora Dubose añadió:

—Y eso es todo. Que tengan un buen día.

Se había terminado. Corrimos por la acera en un arrebato de puro alivio, saltando y gritando.

Aquella fue una buena primavera: los días eran más largos y nos daban más tiempo para jugar. La mente de Jem la ocupaban principalmente las estadísticas vitales de cada uno de los jugadores de fútbol universitario de la nación. Cada noche, Atticus nos leía las páginas deportivas de los periódicos. Alabama podría pasar de nuevo este año a la Rose Bowl, a juzgar por sus jugadores, ninguno de cuyos nombres podríamos pronunciar. Una noche, cuando Atticus estaba a mitad de la columna de Windy Seaton, sonó el teléfono.

Contestó y luego se dirigió a la percha de sombreros del vestíbulo.

—Voy un rato a la casa de la señora Dubose —dijo—. No tardaré.

Pero Atticus estuvo fuera hasta bien pasada la hora de irme a la cama. Cuando regresó, traía una caja de dulces. Atticus se sentó en la sala y puso la caja en el piso al lado de su silla.

—¿Qué quería? —preguntó Jem.

No habíamos visto a la señora Dubose desde hacía más de un mes. Ya no estaba nunca en el porche cuando pasábamos por su casa.

—Ha muerto, hijo —dijo Atticus—. Hace unos minutos.

—Oh —respondió Jem—. Bien.

—Eso es, «bien» —dijo Atticus—. Ya ha dejado de sufrir. Llevaba mucho tiempo enferma. Hijo, ¿sabías por qué tenía esos ataques?

Jem negó con la cabeza.

—La señora Dubose era adicta a la morfina —dijo Atticus—. Llevaba años tomándola para calmar el dolor. El médico se la recetó. Había pasado el resto de su vida consumiéndola y murió sin tanta agonía, pero ella no quería para nada eso...

—¿Señor? —dijo Jem.

—Poco antes de tu correría —continuó Atticus—, me llamó para redactar su testamento. El doctor Reynolds le dijo que le quedaban solamente unos meses de vida. Sus asuntos financieros estaban perfectamente dispuestos, pero dijo: «Hay todavía una cosa que arreglar».

—¿Y qué era? —Jem estaba perplejo.

—Dijo que iba a dejar este mundo sin estar en deuda con nada ni con nadie. Jem, cuando se está tan enfermo como ella, está bien tomar cualquier cosa para que sea más fácil, pero para ella eso no estaba bien. Dijo que tenía intención de dejarlo antes de morir, y eso es lo que hizo.

—¿Quieres decir que a eso se debían sus ataques? —preguntó Jem.

—Sí, eso era. La mayor parte del tiempo en que leías para ella dudo que oyera ni una sola de tus palabras. Toda su mente y su cuerpo estaban concentrados en ese despertador. Si no hubieras caído en sus manos, yo te habría hecho ir a leerle de todos modos. Puede que le sirviera de distracción. Había otra razón...

—¿Y ha muerto libre? —preguntó Jem.

—Como el aire de las montañas —dijo Atticus—. Ha estado consciente hasta el final, casi. Consciente —sonrió— y cascarrabias. Seguía desaprobando enérgicamente mis acciones, y dijo que probablemente me pasaría el resto de la vida sacándote de la cárcel. Hizo que Jessie te preparara esta caja...

Atticus se inclinó y recogió la caja de dulces. Se la entregó a Jem.

Jem la abrió. En su interior, rodeada de bolas de algodón húmedo, había una camelia blanca y perfecta. Era una Nieve de la Montaña.

A Jem casi se le salieron los ojos de las órbitas.

—¡Demonio de vieja, demonio de vieja! —gritó, tirándola—. ¿Por qué no puede dejarme en paz?

En un instante, Atticus estaba de pie delante de él. Jem hundió la cara en la camisa de Atticus, en su pecho.

—Sss —le dijo—. Creo que esa fue su forma de decirte: «Ahora todo está bien, Jem, todo está bien». Mira, era toda una dama.

—¿Una dama? —Jem levantó la cabeza, tenía la cara roja—. Después de todas esas cosas que dijo de ti, ¿una dama?

—Lo era. Tenía sus propios puntos de vista, muy diferentes de los míos, quizá... hijo, ya te he dicho que, si no hubieras cometido aquella tropelía, yo mismo te habría hecho ir a leerle. Quería que vieras algo en ella... quería que vieras lo que es la verdadera valentía, que no tuvieras la idea de que la valentía consiste en un hombre con un arma en la mano. Eres valiente cuando de antemano sabes que estás vencido y de todos modos emprendes el camino y sigues adelante pase lo que pase. Difícilmente ganas, pero alguna vez sí lo consigues. La señora Dubose ganó, los cuarenta kilos de su cuerpo lo hicieron. Desde su punto de vista, murió sin estar en deuda con nada ni nadie. Era la persona más valiente que he conocido.

Jem recogió la caja de dulces y la lanzó al fuego. Recogió la camelia; cuando me iba a la cama le vi tocando sus grandes pétalos. Atticus estaba leyendo el periódico.

Segunda Parte

12

❦

Jem tenía doce años. Era difícil vivir con él, tan caprichoso y malhumorado.
Tenía un apetito bárbaro y me decía tantas veces que dejara de molestarle
que acabé consultándolo con Atticus:

—¿Crees que tiene la solitaria?

Atticus dijo que no, que Jem estaba creciendo y que yo debía ser paciente con él y molestarle lo menos posible.

Este cambio en él se había producido en cuestión de semanas. La señora
Dubose aún no estaba fría en su tumba... Jem parecía estar bastante agradecido por mi compañía cuando íbamos a leerle. De la noche a la mañana,
eso me parecía, Jem había adquirido un conjunto extraño de valores que
estaba intentando imponerme: varias veces llegó al extremo de decirme lo
que tenía que hacer. Después de uno de esos altercados, gritó:

—¡Ya es hora de que comiences a ser una muchacha y te comportes
debidamente!

Yo estallé en lágrimas y corrí hasta Calpurnia.

—No te aflijas demasiado por el señorito Jem... —comenzó a decir.

—¿El seño...rito Jem?

—Sí, ahora ya es casi el señorito Jem.

—No es tan mayor —repliqué—. Lo único que necesita es que alguien le dé una paliza, y yo no soy lo bastante grande.

—Cariño —dijo Calpurnia—, yo no puedo evitar que el señorito Jem crezca. Ahora va a querer estar a solas mucho más tiempo, haciendo todo lo que hacen los muchachos, así que ven acá a la cocina cuando te sientas sola. Encontraremos muchas cosas que hacer.

El comienzo de aquel verano prometía: Jem podía hacer lo que quisiera; estaría bien con Calpurnia hasta que llegara Dill. Ella parecía alegrarse de verme cuando yo me presentaba en la cocina, y al observarla comencé a pensar que se requería cierta habilidad para ser una mujer.

Pero llegó el verano y Dill no llegaba. Recibí una carta y una fotografía suyas. La carta decía que tenía un nuevo padre cuya fotografía incluía en la carta, y que debía quedarse en Meridian porque planeaban construir una barca de pesca. Su padre era abogado como Atticus, pero mucho más joven. Su nuevo padre tenía una cara agradable, me alegré de que Dill lo hubiera cazado, pero estaba desolada. Dill terminaba diciendo que me amaría siempre y que no me preocupara, que regresaría a buscarme y se casaría conmigo en cuanto tuviera suficiente dinero, y que por favor le escribiera.

El hecho de que yo tuviera un prometido permanente fue poca compensación a cambio de su ausencia: yo nunca lo había pensado, pero el verano era Dill al lado del estanque de peces fumando hilo, su mirada iluminada con complicados planes para hacer salir a Boo Radley; el verano era la rapidez con la que Dill se acercaba y me besaba cuando Jem no estaba mirando, los anhelos que a veces notábamos que el otro sentía. Con él, la vida era una agradable rutina; sin él, la vida era insoportable. Fui desdichada durante dos días.

Como si esto no fuera suficiente, la asamblea legislativa estatal fue convocada a una sesión de emergencia, y Atticus tuvo que irse durante dos semanas. El gobernador estaba ansioso por arrancar unos cuantos percebes del barco del Estado; había huelgas en Birmingham; las filas para el pan en las ciudades eran más largas, la gente del campo era cada vez más pobre. Pero aquellos eran acontecimientos remotos, a mucha distancia del mundo de Jem y mío.

Nos sorprendió una mañana ver una caricatura en el *Montgomery Advertiser* que decía en el pie: «Finch de Maycomb». Mostraba a Atticus descalzo y con pantalones cortos, encadenado a un escritorio: escribía diligentemente en una tablilla mientras algunas muchachas de mirada frívola le gritaban: «¡Hola, tú!».

—Eso es un elogio —explicó Jem—. Él emplea su tiempo en cosas que no se harían si no hubiera alguien que las hiciera.

—¿Qué?

Además de las características que acababa de desarrollar, Jem había adquirido un exasperante aire de sabihondo.

—Ah, Scout, es como reorganizar los sistemas de impuestos de los condados y demás. Ese tipo de cosas son bastante áridas para la mayoría de hombres.

—¿Cómo lo sabes?

—Oh, vete y déjame tranquilo. Estoy leyendo el periódico.

Jem consiguió lo que deseaba. Me fui a la cocina.

Mientras sacaba los guisantes de las vainas, Calpurnia dijo de repente:

—¿Qué voy a hacer con ustedes este domingo para ir a la iglesia?

—Nada, creo.

Calpurnia entornó los ojos y yo adiviné lo que pasaba por su mente.

—Cal —le dije—, sabes que nos portaremos bien. No hemos hecho nada en la iglesia desde hace años.

Evidentemente, Calpurnia se estaba acordando de un lluvioso domingo en que estábamos sin padre y sin maestra. Al no tener supervisión, la clase ató a una silla a Eunice Ann Simpson y la puso en la habitación de la caldera. Nos olvidamos de ella, subimos las escaleras a la iglesia, y estábamos escuchando el sermón en silencio cuando empezaron a salir unos enormes golpes de los tubos del radiador, que no cedieron hasta que alguien fue a investigar y sacó a Eunice Ann, que decía que ya no quería seguir jugando a Sadrac... Jem Finch le había explicado que no se quemaría si tenía suficiente fe, pero allí abajo hacía mucho calor.

—Además, Cal, esta no es la primera vez que Atticus nos ha dejado solos —protesté.

—Sí, pero él se asegura siempre de que su maestra esté allí. Esta vez no ha dicho nada... supongo que lo olvidó —Calpurnia se rascó la cabeza y de repente sonrió—. ¿Les gustaría venir a la iglesia mañana conmigo?

—¿De veras?

—¿Qué te parece? —sonrió Calpurnia.

Aunque otras veces Calpurnia me bañaba con rudeza, no era nada comparado con su supervisión rutinaria sabatina de esa noche. Me hizo lavarme con jabón dos veces, puso agua nueva en la bañera para cada enjuague; me metió la cabeza en la pila y me la lavó con jabón Octagon y jabón de Castilla. Hacía años que a Jem le daba su margen de confianza, pero aquella noche invadió su intimidad y provocó un alboroto:

—¿Es que nadie puede tomar un baño en esta casa sin que toda la familia esté mirando?

A la mañana siguiente comenzó antes de lo habitual a «repasar nuestra ropa». Cuando Calpurnia se quedaba a pasar la noche con nosotros, dormía en un catre plegable en la cocina; esa mañana estaba cubierto con nuestros vestidos de domingo. Había puesto tanto almidón en el vestido que cuando me sentaba podía sujetarse solo como si fuera una tienda. Quiso que me pusiera unas enaguas y me rodeó la cintura con una faja rosa muy apretada. Frotó mis zapatos de charol con un panecillo frío hasta que pudo verse la cara reflejada en ellos.

—Parece que vamos a un Martes de Carnaval —dijo Jem—. ¿Para qué es todo esto, Cal?

—No quiero que nadie diga que no cuido de mis niños —murmuró ella—. Señorito Jem, no puedes ponerte esa corbata con ese traje. Es verde.

—¿Cuál le va bien?

—El traje es azul. ¿No lo ves?

—Eh, eh —grité yo—, Jem no distingue los colores.

Se puso rojo de rabia, pero Calpurnia dijo:

—Vamos, dejen todo eso. Van a ir a First Purchase con una sonrisa en la cara.

La Iglesia First Purchase African M. E. estaba en los Quarters, fuera de los límites del sur de la ciudad, cruzando las antiguas vías del aserradero. Era un edificio antiguo de pintura desconchada, la única iglesia en Maycomb que tenía aguja y campana, llamada First Purchase, o Primera Adquisición, porque fue pagada con las primeras ganancias de esclavos liberados. Los negros adoraban en ella los domingos, y hombres blancos iban allí a jugar los días entre semana.

El patio de la iglesia era de arcilla dura como el ladrillo, al igual que el cementerio que había al lado. Si alguien moría durante un periodo prolongado de sequía, el cuerpo era cubierto con hielo hasta que la lluvia suavizaba la tierra. Algunos sepulcros en el cementerio estaban marcados con lápidas que se resquebrajaban; los más nuevos tenían los contornos decorados con cristales de colores y botellas de Coca-Cola rotas. Los pararrayos que guardaban algunos sepulcros denotaban muertos que no descansaban en total quietud; en las cabeceras de los sepulcros de niños se veían pedazos de mechas consumidas. Era un cementerio feliz.

Cuando entramos en el patio de la iglesia nos dio la bienvenida el cálido y agridulce aroma a negro limpio: aromas de Hearts of Love mezclado con asafétida, rapé, colonia Hoyt, tabaco de mascar Brown's Mule, menta y talco de lila.

Cuando nos vieron a Jem y a mí con Calpurnia, los hombres dieron unos pasos atrás y se quitaron el sombrero; las mujeres cruzaron los brazos sobre la cintura, gestos cotidianos de atención y respeto. Se separaron y formaron una pequeña fila hasta la iglesia para que pudiéramos pasar. Calpurnia caminaba entre Jem y yo, respondiendo a los saludos de sus vecinos, vestidos con colores llamativos.

—¿Qué va a hacer, señorita Cal? —dijo una voz a nuestras espaldas.

Calpurnia puso sus manos en nuestros hombros y nos detuvimos y miramos atrás: de pie en el sendero detrás de nosotros había una mujer negra muy alta. Cargaba todo su peso sobre una sola pierna; descansaba su codo izquierdo en la curva de su cadera, señalándonos con la palma de la mano hacia arriba. Tenía la cabeza pequeña y redonda, con extraños ojos en forma de almendra, la nariz recta y la boca como un arco indio. Parecía medir dos metros.

Sentí que la mano de Calpurnia se me clavaba en el hombro.

—¿Qué quieres, Lula? —le preguntó, con un tono que yo nunca la había oído usar. Hablaba con voz calma, con desprecio.

—Quiero saber por qué traes a niños blancos a una iglesia de negros.

—Son mis acompañantes —dijo Calpurnia. De nuevo pensé que su voz sonaba extraña: que estaba hablando igual que el resto de ellos.

—Sí, y creo que tú también haces de acompañante en la casa de los Finch entre semana.

Un murmullo recorrió toda la multitud.

—No te asustes —me susurró Calpurnia, pero las rosas de su sombrero temblaban de indignación.

Cuando Lula se acercaba a nosotros por el sendero, Calpurnia dijo:

—Quieta ahí, negra.

Lula se detuvo, pero dijo:

—No tienes por qué traer aquí a niños blancos... ellos tienen su iglesia y nosotros la nuestra. Es nuestra iglesia, ¿o no, señorita Cal?

Calpurnia dijo:

—Es el mismo Dios, ¿no es cierto?

—Vámonos a casa, Cal —dijo Jem—. Acá no nos quieren.

Yo estaba de acuerdo: no nos querían allí. Más que verlos, los notaba acercarse a nosotros. Parecían estar cada vez más cerca, pero cuando levanté la mirada hacia Calpurnia, había una expresión divertida en sus ojos. Cuando volví a mirar al sendero, Lula ya no estaba. En su lugar había un compacto grupo de personas de color.

Uno de ellos salió de entre esa multitud. Era Zeebo, el que recogía la basura.

—Señorito Jem —dijo—, estamos muy contentos de tenerlos a todos ustedes aquí. No hagan ningún caso a Lula, está peleona porque el reverendo Sykes amenazó con enderezarla. Hace ya tiempo que crea problemas, tiene ideas extravagantes y modales altivos... estamos muy contentos de tenerlos a ustedes aquí.

Calpurnia nos dirigió hasta la puerta de la iglesia, donde nos dio la bienvenida el reverendo Sykes, quien nos llevó hasta la primera fila.

First Purchase no tenía techo, tampoco estaba pintada. A lo largo de sus paredes había lámparas de queroseno apagadas que colgaban sobre soportes de bronce; unas bancas de pino servían de asiento. Detrás del tosco púlpito de roble, una bandera de seda rosada descolorida proclamaba «Dios es Amor», la única decoración de la iglesia a excepción de un huecograbado de *La luz del mundo* de Hunt. No había señal alguna de piano, órgano, himnarios, programas de iglesia... el equipamiento eclesiástico que nosotros veíamos cada domingo. Dentro estaba poco iluminado, se notaba una frialdad húmeda que fue lentamente disipada por los congregantes reunidos. En cada asiento había un abanico de cartón barato que presentaba un llamativo Huerto de Getsemaní, cortesía de Tyndal's Hardware Co. (Pida lo que quiera y se lo vendemos).

Calpurnia nos indicó que pasáramos hasta el extremo de la banca y ella se puso entre nosotros dos. Hurgó en su bolso, sacó su pañuelo y desató el prieto montón de monedas que había en un extremo. Me dio una moneda de diez centavos a mí y otra a Jem.

—Tenemos monedas nuestras —susurró él.

—Guárdenlas —dijo Calpurnia—. Son mis invitados.

La cara de Jem mostró una breve indecisión acerca de la ética de quedarse con su propia moneda, pero su cortesía innata venció, y se metió sus centavos en el bolsillo. Yo hice lo mismo sin sentir ningún reparo.

—Cal —susurré—, ¿dónde están los himnarios?

—No tenemos —dijo ella.

—¿Y entonces cómo...?

—Shh —respondió. El reverendo Sykes estaba de pie detrás del púlpito mirando fijamente a la congregación para imponer silencio. Era un hombre bajito y robusto que llevaba un traje negro, corbata negra, camisa blanca y una cadena de reloj de oro que brillaba bajo la luz de las ventanas esmeriladas. Dijo:

—Hermanos y hermanas, estamos particularmente contentos de tener compañía con nosotros esta mañana. El señorito y la señorita Finch. Todos ustedes conocen a su padre. Antes de comenzar, leeré algunos anuncios.

El reverendo Sykes removió unos papeles, escogió uno y lo sostuvo con el brazo estirado.

—La Sociedad Misionera se reúne en la casa de la hermana Annette Reeves el próximo martes. Lleven su costura. Todos conocen el problema del hermano Tom Robinson —leyó de otro papel—. Él ha sido un miembro fiel de First Purchase desde que era un muchacho. La colecta que recojamos hoy y durante los tres domingos siguientes será para Helen, su esposa, para ayudarle en casa.

—Ese es el Tom al que Atticus... —le di un codazo a Jem.

—¡Shhh!

Me giré a Calpurnia, pero me hizo callar antes de poder abrir la boca. Subyugada, fijé mi atención en el reverendo Sykes, quien parecía estar esperando a que yo me calmara.

—El superintendente de música nos guiará en el primer himno —dijo.

Zeebo se puso de pie en su banco y caminó hasta el pasillo central, deteniéndose delante de nosotros y de cara a la congregación. Llevaba un desgastado himnario. Lo abrió y dijo:

—Cantaremos el número dos setenta y tres.

Eso era demasiado para mí.

—¿Cómo vamos a cantarlo si no tenemos himnario?

—Calla, niña —sonrió Calpurnia—. Lo verás en un momento.

Zeebo se aclaró la garganta y leyó con una voz que era como un rugido de artillería distante:

—Hay una tierra más allá del río.

Milagrosamente afinadas, cien voces cantaron las palabras de Zeebo. La última sílaba, sostenida en un ronco tarareo, fue seguida por las palabras de Zeebo:

—Que llamamos la dicha eterna.

De nuevo nos rodeó la música; la última nota quedó en el aire y Zeebo la unió con la siguiente línea:

—Y solo llegamos a esa orilla por la ley de la fe.

La congregación vaciló, Zeebo repitió la línea con cuidado y la cantaron. En el coro, Zeebo cerró el libro, que era una señal para que la congregación siguiera adelante sin su ayuda.

Después de las últimas notas de «Jubileo», Zeebo dijo:

—En esa lejana dicha eterna, más allá del brillante río.

Línea a línea, siguieron voces en una sencilla armonía hasta que el himno terminó con un murmullo de melancolía.

Yo miré a Jem, quien estaba mirando a Zeebo con el rabillo del ojo. Yo tampoco lo creía, pero los dos lo habíamos oído.

El reverendo Sykes rogó entonces al Señor que bendijera a los enfermos y a los que sufrían, un acto que no era diferente al que practicaba nuestra iglesia, salvo porque el reverendo Sykes dirigió la atención de la Divinidad a varios casos específicos.

Su sermón fue una clara denuncia del pecado, una austera explicación del lema que había en la pared a sus espaldas: advirtió a su rebaño contra los males de las bebidas fuertes, el juego y las mujeres ajenas. Los traficantes de licor causaban bastantes problemas en los Quarters, pero las mujeres eran peores. De nuevo, como a veces me había pasado en mi propia iglesia, me vi enfrentada a la doctrina de la Impureza de las Mujeres que parecía preocupar a todos los clérigos.

Era el mismo sermón que Jem y yo habíamos oído un domingo tras otro, con una salvedad. El reverendo Sykes usaba su púlpito con más libertad para expresar sus puntos de vista sobre individuos que se habían alejado de la gracia: Jim Hardy llevaba cinco domingos sin asistir a la iglesia, y no estaba enfermo; Constance Jackson tenía que vigilar su conducta... estaba en grave peligro por pelearse con sus vecinas; había erigido el único muro de rencor en la historia de los Quarters.

El reverendo Sykes concluyó su sermón. Se quedó de pie al lado de una mesa delante del púlpito y pidió la ofrenda de la mañana, un proceder que a Jem y a mí nos resultó extraño. Uno por uno, la congregación pasó al frente y ponía monedas de cinco y diez centavos en una lata de café esmaltada. Jem y yo hicimos lo mismo, y recibimos un suave: «Gracias, gracias» cuando sonaron nuestras monedas.

Para sorpresa nuestra, el reverendo Sykes vació la lata sobre la mesa y se puso las monedas en la mano. Se enderezó y dijo:

—Esto no es suficiente, debemos reunir diez dólares.

La congregación se agitó.

—Todos saben para lo que es... Helen no puede dejar solos a esos niños para irse a trabajar mientras Tom está en la cárcel. Si todos dan otra moneda de diez centavos, los conseguiremos... —el reverendo Sykes hizo una señal con la mano y llamó a alguien que estaba en la parte de atrás de la iglesia—. Alec, cierra las puertas. Que nadie salga de aquí hasta que tengamos diez dólares.

Calpurnia rebuscó en su bolso y sacó un desgastado monedero de cuero.

—No, Cal —susurró Jem cuando ella le entregó un brillante cuarto de dólar—, podemos poner nuestras monedas. Dame la tuya, Scout.

El ambiente de la iglesia se estaba cargando, y me parecía que el reverendo Sykes tenía intención de conseguir esa cantidad de su rebaño a base de sudor. Se oían los abanicos, los pies restregaban en el suelo, los mascadores de tabaco estaban sufriendo.

El reverendo Sykes me asombró cuando dijo muy serio:

—Carlow Richardson, aún no te he visto recorrer este pasillo.

Un hombre delgado que llevaba pantalones color caqui salió al pasillo y depositó una moneda. La congregación murmuró su aprobación. Entonces el reverendo Sykes dijo:

—Quiero que todos los que no tengan hijos hagan un sacrificio y den cada uno una moneda más. Así lo reuniremos.

Lentamente, dolorosamente, se recogieron los diez dólares. Abrieron la puerta y una ráfaga de aire cálido nos reanimó. Zeebo leyó *En las tempestuosas orillas del Jordán* y concluyó el servicio.

Yo quería quedarme y explorar, pero Calpurnia me empujó por el pasillo delante de ella. En la puerta de la iglesia, mientras ella se detenía para hablar con Zeebo y su familia, Jem y yo charlamos con el reverendo Sykes. Yo tenía muchas preguntas, pero decidí que esperaría y se las plantearía a Calpurnia.

—Nos ha alegrado especialmente tenerlos a ustedes aquí —dijo el reverendo Sykes—. Esta iglesia no tiene mejor amigo que su papá.

Mi curiosidad estalló:

—¿Por qué hacían esa colecta para la esposa de Tom Robinson?

—¿No escuchaste el motivo? —preguntó el reverendo Sykes—. Helen tiene tres niños pequeños y no puede salir a trabajar...

—¿Por qué no puede llevarlos con ella, reverendo? —pregunté. Los negros que trabajaban en el campo y tenían niños pequeños acostumbraban a dejarlos bajo cualquier sombra mientras sus padres trabajaban... normalmente los niños se quedaban sentados a la sombra entre dos hileras de algodón. Quienes no podían estar sentados iban atados al estilo indio a la espalda de su mamá, o los tenían en sacos de algodón sobrantes.

El reverendo Sykes vaciló.

—Para decirle la verdad, señorita Jean Louise, le está resultando difícil a Helen conseguir trabajo estos días... cuando llegue el tiempo de la recolección, creo que el señor Link Deas la aceptará.

—¿Por qué no encuentra trabajo, reverendo?

Antes de que él pudiera responder, sentí la mano de Calpurnia sobre mi hombro. Bajo su presión, dije:

—Muchas gracias por permitirnos venir.

Jem repitió mis palabras y emprendimos el camino hasta nuestra casa.

—Cal, sé que Tom Robinson está en la cárcel y que ha hecho algo horrible, pero ¿por qué no quieren contratar a Helen? —pregunté.

Calpurnia, con su vestido de gasa azul marino y su sombrero de tubo, caminaba entre Jem y yo.

—Es por lo que la gente dice que Tom ha hecho —dijo ella—. La gente no desea... no quiere tener nada que ver con nadie de su familia.

—¿Y qué ha hecho, Cal?

Calpurnia dio un suspiro.

—El viejo señor Ewell le acusó de violar a su hija e hizo que le arrestaran y le metieran en la cárcel...

—¿El señor Ewell? —mi memoria se avivó—. ¿Es pariente de esos Ewell que vienen el primer día a la escuela y después se quedan en su casa? Vaya, Atticus dijo que eran una basura... nunca oí a Atticus hablar de personas del modo en que habló de los Ewell. Dijo que...

—Sí, son esos.

—Bueno, si todo el mundo en Maycomb sabe qué tipo de personas son los Ewell, deberían alegrarse de contratar a Helen... ¿qué es violar, Cal?

—Es algo sobre lo que tendrás que preguntar al señor Finch —dijo ella—. Él podrá explicártelo mejor que yo. ¿Tienen hambre? El reverendo se tomó su tiempo en el servicio de esta mañana, normalmente no es tan aburrido.

—Es como nuestro predicador —dijo Jem—. Pero ¿por qué cantan todos los himnos de ese modo?

—¿Por versos? —preguntó ella.

—¿Así se llama?

—Sí, se llama por versos. Lo han hecho así desde que tengo memoria.

Jem dijo que podrían ahorrar el dinero de las colectas durante un año y comprar algunos himnarios.

Calpurnia se rio.

—No serviría de nada —dijo ella—. No saben leer.

—¿No saben leer? —pregunté yo—. ¿Toda esa gente?

—Así es —asintió Calpurnia—. Hay cuatro personas en First Purchase que saben leer... y yo soy una de ellas.

—¿Tú a qué escuela fuiste, Cal? —preguntó Jem.

—A ninguna. Veamos, ¿quién me enseñó a leer? Fue la tía de la señorita Maudie Atkinson, la anciana señorita Buford.

—¿*Tan* vieja eres?

—Soy mucho más vieja que el señor Finch, incluso —sonrió Calpurnia—. Sin embargo, no estoy segura de cuánto. Comenzamos a recordar una vez, intentando adivinar cuál era mi edad… Yo puedo recordar pocos años más que él, así que no soy mucho más vieja, si no tenemos en cuenta que los hombres no recuerdan tan bien como las mujeres.

—¿Cuándo es tu cumpleaños, Cal?

—Lo celebro en Navidad, es más fácil recordarlo de ese modo… no tengo un verdadero día de cumpleaños.

—Pero, Cal —protestó Jem—, ni siquiera te ves tan vieja como Atticus.

—La gente de color no muestra los signos de la edad tan pronto —dijo ella.

—Quizá sea porque no saben leer. Cal, ¿enseñaste tú a Zeebo?

—Sí, señorito Jem. No había ninguna escuela ni siquiera cuando él era un muchacho. Pero conseguí que aprendiera.

Zeebo era el hijo mayor de Calpurnia. Si alguna vez lo hubiera pensado, me habría dado cuenta de que Calpurnia había entrado en la edad madura, porque Zeebo tenía hijos ya medio crecidos, pero es que nunca lo había pensado.

—¿Le enseñaste con un abecedario, como nosotros? —pregunté.

—No, le hacía aprender una página de la Biblia cada día, y había un libro con el que me enseñó la señorita Buford; apuesto a que no saben de dónde lo saqué —dijo ella.

No lo sabíamos.

—Su abuelo Finch me lo regaló —dijo Calpurnia.

—¿Eras del Desembarcadero? —preguntó Jem—. No nos lo habías dicho.

—Claro que lo soy, señorito Jem. Me crie allí abajo, entre la casa de los Buford y el Desembarcadero Finch. He pasado todos mis días trabajando para los Finch o los Buford, y me mudé a Maycomb cuando su papá y su mamá se casaron.

—¿Cuál era el libro, Cal? —le pregunté.

—*Los Comentarios*, de Blackstone.

Jem se quedó asombrado.

—¿Quieres decir que enseñaste a Zeebo con ese libro?

—Pues sí, señorito Jem —Calpurnia se puso tímidamente los dedos sobre su boca—. Eran los únicos libros que tenía. Su abuelo decía que el señor Blackstone escribía muy buen inglés...

—Y por eso tú no hablas como el resto de ellos —dijo Jem.

—¿El resto de quiénes?

—El resto de la gente de color. Cal, pero antes has hablado como ellos en la iglesia...

Yo nunca me había dado cuenta de que Calpurnia tuviera una modesta doble vida. La idea de que llevase una existencia aparte fuera de nuestra casa era nueva, por no hablar de que dominara dos idiomas.

—Cal —le pregunté—, ¿por qué hablas en idioma de negros a... a tus amigos si sabes que no está bien?

—Bueno, en primer lugar yo soy negra...

—Eso no significa que tengas que hablar de ese modo cuando sabes hacerlo mejor —dijo Jem.

Calpurnia se movió el sombrero y se rascó la cabeza, y después se bajó el sombrero cuidadosamente hasta encima de las orejas.

—Es difícil explicarlo —dijo—. Supongamos que tú y Scout hablaran lenguaje de negros en casa... estaría fuera de lugar, ¿no es cierto? Ahora bien, ¿y si yo hablara lenguaje de blancos en la iglesia y con mis vecinos? Pensarían que me estaba dando aires de ser más que Moisés.

—Pero Cal, tú sabes que eso no es cierto —dije yo.

—No es necesario decir todo lo que uno sabe. No es de damas... y en segundo lugar, a la gente no le gusta tener a alguien cerca sabiendo que esa persona sabe más que ellos. Les molesta. No vas a cambiar a ninguno de ellos hablando bien, tienen que querer aprender por sí mismos, y cuando no quieren aprender, no hay nada que uno pueda hacer aparte de tener la boca cerrada y hablar como ellos.

—Cal, ¿puedo ir a verte alguna vez?

Ella me miró.

—¿Ir a verme, cariño? Me ves cada día.

—Digo en tu casa —dije yo—. ¿Alguna vez después del trabajo? Atticus podría ir a buscarme.

—Cuando tú quieras —contestó—. Nos alegrará que vengas.

Estábamos en la acera al lado de la Mansión Radley.

—Mira a ese porche —dijo Jem.

Yo miré hacia la Mansión Radley, esperando ver a su fantasma tomando el sol en la mecedora. Pero la mecedora estaba vacía.

—Me refiero a nuestro porche —dijo Jem.

Yo miré calle abajo. Galante, erguida, intransigente, la tía Alexandra estaba sentada en una mecedora justo con el mismo porte que si se hubiera sentado en ella todos los días de su vida.

13

—*Pon mi maleta en el dormitorio delantero, Calpurnia* —*fue lo primero que dijo* la tía Alexandra. Y lo segundo fue: —Jean Louise, deja de rascarte la cabeza.

Calpurnia agarró la pesada maleta de la tía y abrió la puerta.

—Yo la llevaré —dijo Jem, y la llevó. Oí la maleta caer al piso con un golpe seco, con un ruido como de sorda permanencia.

—¿Ha venido de visita, tía? —le pregunté. Las visitas de la tía Alexandra desde el Desembarcadero eran escasas, y viajaba con toda suntuosidad. Poseía un Buick de color verde brillante y un chofer negro, pero los mantenía en un estado de pulcritud bastante lamentable, pero ese día no se veían por ninguna parte.

—¿No se lo dijo su padre? —preguntó.

Jem y yo negamos con la cabeza.

—Probablemente se le olvidó. No ha llegado aún, ¿verdad?

—No, normalmente no regresa hasta bien entrada la tarde —dijo Jem.

—Bueno, su padre y yo decidimos que ya era hora de que viniera a quedarme con ustedes por un tiempo.

«Por un tiempo» en Maycomb significaba cualquier cosa, desde tres días hasta treinta años. Jem y yo nos miramos.

—Jem ya se está haciendo mayor, y tú también —me dijo—. Hemos decidido que sería mejor que ustedes tuvieran una influencia femenina. No pasarán muchos años, Jean Louise, antes de que te intereses en la ropa y en los muchachos...

Yo podría haber dado varias respuestas a todo aquello: Cal era una influencia femenina, pasarían muchos años antes de que me interesaran los muchachos, nunca estaría interesada en la ropa... pero me quedé callada.

—¿Y qué del tío Jimmy? —preguntó Jem—. ¿Va a venir él también?

—Ah, no, se queda en el Desembarcadero. Para mantenerlo en marcha.

En cuanto dije: «¿Y no lo extrañará usted?», me di cuenta de que no era una pregunta con tacto. Que el tío Jimmy estuviera presente o ausente poco cambiaba las cosas, pues él nunca decía nada. La tía Alexandra ignoró mi pregunta.

No se me ocurría nada más que decirle. De hecho, nunca se me ocurría nada que decirle, y me quedé allí sentada pensando en conversaciones pasadas, de penoso recuerdo, entre nosotras: «¿Cómo estás, Jean Louise?». «Bien, gracias, señora, ¿y usted?». «Muy bien, gracias; ¿qué has hecho últimamente?». «Nada». «¿No haces nada?». «No». «Sin duda, tendrás amigos, ¿no?». «Sí». «Bien, ¿y qué hacen todos?». «Nada».

Estaba claro que la tía me consideraba poco espabilada, porque una vez oí que le decía a Atticus que yo era lenta.

Detrás de todo aquello había una historia, pero yo no tenía ningún deseo de que ella la explicara en ese momento: era domingo, y la tía Alexandra estaba claramente irritable el Día del Señor. Supongo que era el corsé que llevaba los domingos. No era gorda, sino fuerte, y escogía ropas que protegieran y elevaran su seno hasta grandes alturas, redujeran su cintura, destacaran su parte trasera y lograran sugerir que la tía Alexandra tuvo antes muy buena figura. Desde cualquier punto de vista, era impresionante.

El resto de la tarde transcurrió en el suave abatimiento que nos cae cuando aparecen familiares, pero se disipó cuando escuchamos que un auto giraba por el camino de entrada. Era Atticus, que regresaba a casa desde Montgomery. Jem, olvidando su dignidad, corrió conmigo a su encuentro. Jem agarró su cartera y su maleta, yo me lancé a sus brazos, sentí su suave beso seco y dije:

—¿Me traes un libro? ¿Sabes que la tía Alexandra está aquí?

Atticus respondió ambas preguntas afirmativamente.

—¿Qué les parecería que ella se viniera a vivir con nosotros?

Yo dije que me gustaría mucho, lo cual era una mentira, pero uno tiene que mentir bajo ciertas circunstancias y siempre que no puede cambiarlas.

—Sentimos que hacía tiempo que ustedes necesitaban... bueno, así son las cosas, Scout —dijo Atticus—. Su tía me está haciendo un favor a mí tanto como a ustedes. No puedo quedarme aquí con ustedes todo el día, y el verano va a ser caluroso.

—Sí, señor —dije, sin entender ni una palabra. Yo tenía cierta idea, sin embargo, de que la aparición de la tía Alexandra en escena no era tanto idea de Atticus como de ella. La tía tenía su manera de establecer «lo que era mejor para la familia», y supongo que su llegada para vivir con nosotros encajaba en esa categoría.

Maycomb le dio la bienvenida. La señorita Maudie Atkinson hizo un pastel tan cargado de licor que casi me marea; la señorita Stephanie Crawford hacía largas visitas a la tía Alexandra, que consistían principalmente en que la señorita Stephanie movía la cabeza y decía: «Ah, ah, ah». La señorita Rachel, la de la puerta contigua, invitaba a tomar café a la tía en las tardes, y el señor Nathan Radley llegó hasta el extremo de acercarse al patio delantero y decir que se alegraba de verla.

Cuando se acomodó en nuestra casa y la vida volvió a su ritmo diario, la tía Alexandra parecía haber vivido siempre con nosotros. Los refrescos que ofrecía a la Sociedad Misionera se añadían a su reputación como buena anfitriona. (No permitía que Calpurnia preparara las exquisiteces que se necesitaban para que la Sociedad aguantara los largos informes sobre los «cristianos del arroz», los conversos chinos y japoneses.) Se unió al Club Amanuense de Maycomb y pasó a ser su secretaria. Presente en todas las reuniones y como participante activa en la vida del condado, la tía Alexandra era una de las últimas en su especie: tenía modales de barco de lujo y de internado de señoritas; cuando surgía algún asunto relacionado con la moral, ella era su paladín; era una acusadora nata y una chismosa incurable. Cuando la tía Alexandra iba a la escuela, el concepto de dudar de uno mismo no aparecía en ningún libro de texto, de modo que ella no conocía el significado de ese término. Nunca estaba aburrida, y, ante la remota posibilidad de estarlo, ejercía su prerrogativa real: organizaba, aconsejaba, advertía y prevenía.

Nunca permitía que se le escapase la oportunidad de señalar los defectos de otros clanes para mayor gloria del nuestro, un hábito que a Jem le divertía en lugar de molestarle:

—Tía, es mejor que tenga cuidado con cómo habla... la mayoría de habitantes de Maycomb son parientes nuestros.

La tía Alexandra, al subrayar el aspecto moral del suicidio del joven Sam Merriweather, dijo que había sido causado por una tendencia enfermiza en la familia. Si una muchacha de dieciséis años se reía en el coro, la tía decía:

—Eso viene a demostrarles que todas las mujeres Penfield son unas veleidosas.

Todo el mundo en Maycomb parecía tener una tendencia: tendencia a la bebida, tendencia al juego, tendencia ruin, tendencia chistosa.

Una vez, cuando la tía nos aseguró que la tendencia de la señorita Stephanie Crawford a meterse en los asuntos de otras personas era hereditaria, Atticus dijo:

—Hermana, si te tomas un momento para pensarlo, nuestra generación es prácticamente la primera en la familia Finch en que no se casan entre primos. ¿Dirías que los Finch tienen una tendencia al incesto?

La tía dijo que no, y que de ahí venía que tuviéramos las manos y los pies pequeños.

Yo nunca entendí su preocupación por la herencia. En cierto momento, yo había recibido la impresión de que las personas excelentes eran personas que hacían lo mejor que podían con el juicio que poseían, pero la tía Alexandra tenía la opinión, expresada indirectamente, de que, cuanto más tiempo hubiera estado una familia ocupando una tierra, mayor era su excelencia.

—Eso hace que los Ewell sean personas excelentes, entonces —dijo Jem. La tribu que formaban Burris Ewell y los suyos llevaba tres generaciones viviendo en la misma parcela detrás del vertedero de Maycomb y aprovechándose del dinero de la beneficencia del condado.

Sin embargo, la teoría de la tía Alexandra tenía cierto respaldo. Maycomb era una ciudad antigua. Estaba a unos treinta kilómetros al este del Desembarcadero Finch; era extraño que una ciudad tan vieja estuviera tan al interior. Pero Maycomb estaría más cerca del río si no hubiera sido por la avispada destreza de un Sinkfield, que en los albores de la historia dirigía una posada donde se juntaban dos caminos de cerdos, la única taberna en el territorio. Sinkfield, que no era ningún patriota, servía y proporcionaba munición a indios y colonos por igual, sin saber ni interesarse respecto a si eran del territorio de Alabama o de la nación creek, siempre que le reportaran buenas ganancias. Se presentó un negocio excelente cuando el gobernador William Wyatt Bibb, con la intención de fomentar la tranquilidad local en el recién creado condado, envió a un equipo de supervisores para localizar su centro exacto y allí establecer su sede de gobierno. Los supervisores, huéspedes de Sinkfield, le dijeron a su anfitrión que estaba en los límites territoriales del condado de Maycomb, y le mostraron la probable ubicación donde se construiría la sede del mismo. Si Sinkfield no hubiera dado un audaz golpe de mano para preservar su propiedad, Maycomb habría estado situado en medio del pantano de Winston, un lugar totalmente carente de interés. En cambio, Maycomb creció y se extendió desde su centro, la taberna de Sinkfield, porque Sinkfield emborrachó a sus huéspedes una noche, les hizo sacar sus mapas y planos, los puso a dibujar una pequeña curva allí, a añadir otro poco allá y a ajustar el centro del condado para que coincidiera con lo que a él le convenía. Al día siguiente los despidió cargados con sus planos y cinco galones de licor en las alforjas: dos para cada uno y otro para el gobernador.

Como el motivo principal de su origen estaba en ser sede del gobierno, Maycomb se libró del aspecto cochambroso que distinguía a la mayoría de ciudades de Alabama de ese tamaño. Desde el principio, sus edificios eran sólidos, su sede del juzgado resultaba imponente y sus calles se abrían generosamente anchas. Tenía un elevado porcentaje de personas profesionales: uno iba allí para que le sacaran una muela, para que le arreglaran la carreta, para que le auscultaran el corazón, para depositar su dinero, para salvar su alma, para que el veterinario examinara sus mulas. Pero no estaba claro que la maniobra de Sinkfield hubiese sido tan inteligente. Situó la joven ciudad demasiado lejos del único transporte público que había en aquella época, las barcas fluviales, y un hombre del extremo norte del condado necesitaba dos días para viajar a Maycomb y comprar provisiones. Como resultado, la ciudad no creció en cien años, como una isla en un marco cuadriculado de campos de algodón y arboledas.

Aunque Maycomb fue ignorado durante la Guerra de Secesión, la ley de Reconstrucción y la ruina económica forzaron a la ciudad a crecer. Creció hacia dentro. En muy raras ocasiones se establecían allí personas nuevas, las mismas familias se casaban con las mismas familias hasta que los miembros de la comunidad se parecían todos entre sí. De vez en cuando había alguien que regresaba de Montgomery o Mobile con una pareja de fuera, pero el resultado solamente causaba una ondulación en la tranquila corriente de parecido entre las familias. Las cosas seguían más o menos igual durante mis primeros años.

Existía ciertamente un sistema de castas en Maycomb; pero para mi manera de pensar funcionaba de este modo: los ciudadanos más antiguos, la generación actual de personas que habían vivido codo con codo durante años y años, eran muy predecibles los unos para los otros: daban por sentadas actitudes, rasgos de carácter, incluso gestos, por haberse repetido durante generaciones y haberse pulido con el tiempo. Así, las frases «Ningún Crawford se ocupa de sus propios asuntos», «Uno de cada tres Merriweather es enfermizo», «No hay verdad en los Delafield», «Todos los Buford caminan así», eran sencillamente pautas para la vida cotidiana: nunca aceptar un cheque de un Delafield sin una discreta llamada al banco; el hombro de la señorita Maudie Atkinson estaba caído porque ella era una Buford; no es nada raro que la señora Grace Merriweather dé unos tragos de ginebra de las botellas de Lydia E. Pinkham, pues su madre hacía lo mismo.

La tía Alexandra encajaba en el mundo de Maycomb como guante en mano, pero no en el mundo de Jem y mío. Me preguntaba tantas veces cómo podía ser ella la hermana de Atticus y el tío Jack que reavivé unas historias a medio recordar sobre trueques y raíces de mandrágora que Jem había inventado mucho tiempo atrás.

Durante el primer mes de su estancia, todo fueron abstractas especulaciones, pues tenía poco que decirnos a Jem o a mí, y la veíamos solamente a las horas de las comidas y en la noche antes de irnos a la cama. Era verano y estábamos al aire libre. Desde luego, algunas tardes, cuando yo corría a casa para beber un trago de agua, me encontraba la sala llena de damas de Maycomb, bebiendo, susurrando, abanicándose, y a mí me decían:

—Jean Louise, ven a hablar con estas damas.

Cuando yo aparecía por la puerta, la tía miraba como si lamentase haberme llamado; normalmente yo llegaba manchada de barro o cubierta de arena.

—Habla con tu prima Lily —me dijo una tarde, cuando me tenía atrapada en el pasillo.

—¿Quién? —dije yo.

—Tu prima Lily Brooke —dijo la tía Alexandra.

—¿Es nuestra prima? No lo sabía.

La tía Alexandra se las arregló para sonreír de una manera que comunicaba una suave disculpa ante la prima Lily y una firme desaprobación para mí. Cuando la prima Lily Brooke se fue, yo sabía lo que me esperaba.

Era triste que mi padre hubiera descuidado hablarme sobre la familia Finch, o inculcar cierto orgullo en sus hijos. Ella llamó a Jem, quien se sentó con cautela en el sofá a mi lado. La tía salió de la habitación y regresó con un libro de cubiertas color púrpura con unas letras doradas que decían: *Meditaciones de Joshua S. St. Clair.*

—Su primo escribió esto —dijo la tía Alexandra—. Era un hombre magnífico.

Jem examinó el pequeño volumen.

—¿Es este el primo Joshua que estuvo encerrado tanto tiempo?

—¿Cómo sabías eso? —dijo la tía Alexandra.

—Vaya, Atticus dijo que se volvió loco en la universidad. Dijo que intentó disparar al Presidente. Dijo que el primo Joshua le insultó llamándole limpiacloacas e intentó dispararle con una vieja pistola de chispa, pero le estalló en la mano. Atticus dijo que le costó a la familia quinientos dólares sacarle de eso...

La tía Alexandra se quedó tiesa como una cigüeña.

—Ya basta —dijo—. Ya hablaremos de esto.

Antes de irme a la cama, estaba yo en el cuarto de Jem intentando que me prestara un libro cuando Atticus llamó a la puerta y entró. Se sentó en el borde de la cama de Jem, nos miró con expresión seria y sonrió.

—Humm... bueno... —dijo. Estaba empezando a preceder algunas de sus palabras con un sonido gutural, y pensé debía de estar haciéndose viejo, pero que se veía igual que siempre.

—No sé exactamente cómo decir esto —comenzó.

—Bueno, dilo sin más —dijo Jem—. ¿Hemos hecho algo?

Nuestro padre movía mucho los dedos.

—No, simplemente quiero explicarles que... su tía Alexandra me ha pedido... hijo, tú sabes que eres un Finch, ¿verdad?

—Eso es lo que me han dicho. —Jem miraba con el rabillo del ojo. Su voz subió de tono sin que pudiera controlarlo—. Atticus, ¿qué sucede?

Atticus cruzó piernas y brazos.

—Estoy intentando hablarte de las realidades de la vida.

El disgusto de Jem aumentó.

—Todo eso ya lo sé —dijo.

Atticus se puso serio de repente. Con su voz de abogado, sin sombra de inflexión, dijo:

—Su tía me ha pedido que intente inculcarles a ti y a Jean Louise que no descienden de gente vulgar, que son el producto de la buena educación de varias generaciones... —Atticus hizo una pausa, observándome localizar una esquiva nigua en mi pierna.

—Buena educación... —continuó, cuando la hube encontrado y rascado— y que deberían intentar vivir a la altura de su nombre... —perseveró Atticus a nuestro pesar— y me ha pedido que les diga que deben intentar comportarse como la pequeña dama y el pequeño caballero que son. Quiere que les hable acerca de la familia y de lo que ha significado para el condado de Maycomb a lo largo de los años, así tendrán cierta idea de quiénes son ustedes, y quizá eso les mueva a comportarse en consecuencia —concluyó.

Asombrados, Jem y yo nos miramos el uno al otro, después a Atticus, a quien parecía molestarle el cuello de la camisa. No le dijimos nada.

Yo agarré un peine de la mesa de tocador de Jem y froté sus púas por el borde.

—Deja ese ruido —dijo Atticus.

Su brusquedad me hirió. El peine estaba en la mitad de su trayecto, lo dejé. Sin motivo aparente, noté que iba a ponerme a llorar, pero no podía detenerme. Mi padre no era así. Mi padre nunca tenía esos pensamientos. Mi padre nunca hablaba así. De algún modo, la tía Alexandra le había impulsado a hacerlo. A través de mis lágrimas vi a Jem sumido en un aislamiento similar, con la cabeza inclinada hacia un lado.

No había a dónde ir, pero me giré para marcharme y me encontré con el chaleco de Atticus. Hundí la cabeza en él y escuché los leves ruidos internos que se producían detrás de la delgada tela azul: el tic tac de su reloj, el ligero crepitar de su camisa almidonada, el suave sonido de su respiración.

—Te suena el estómago —dije.

—Lo sé —dijo él.

—Será mejor que tomes soda.

—Lo haré —respondió.

—Atticus, todo esto del comportamiento y esas cosas, ¿va a hacer que todo sea diferente? Quiero decir, ¿vas a...?

Sentí su mano detrás de mi cabeza.

—No te preocupes por nada —me dijo—. No es momento de preocuparse.

Cuando escuché eso, supe que él había regresado. Comenzó de nuevo a circularme sangre en las piernas y levanté la cabeza.

—¿De verdad quieres que hagamos todo eso? No puedo recordar todo lo que tiene que hacer un Finch...

—No quiero que lo recuerdes. Olvídalo.

Fue hacia la puerta y salió del cuarto, cerrándola a sus espaldas. Casi dio un portazo, pero se contuvo en el último momento y cerró con cuidado. Mientras Jem y yo seguíamos mirando, la puerta se abrió otra vez y Atticus asomó la cabeza. Tenía las cejas levantadas y se le habían deslizado los lentes.

—Cada día me voy pareciendo más al primo Joshua, ¿verdad? ¿Creen que acabaré costando quinientos dólares a la familia?

Ahora sé lo que intentaba hacer, pero Atticus era solamente un hombre. Se precisa una mujer para ese tipo de trabajo.

14

Aunque no volvimos a oír a la tía Alexandra hablar de la familia Finch, sí que oímos de sobra lo que decía la ciudad. Los sábados, armados con nuestras monedas de diez centavos, cuando Jem me permitía que le acompañara (ahora era claramente alérgico a mi presencia cuando estábamos en público), nos abríamos paso entre los sudorosos grupos de personas en la acera y a veces escuchábamos: «Ahí están sus hijos», o: «Ahí van unos Finch». Al girarnos para plantar cara a nuestros acusadores, solo veíamos a un par de granjeros estudiando las bolsas para enema en el escaparate de la droguería Mayco; o a dos campesinas rechonchas con sombreros de paja sentadas en un carro Hoover.

—Parece que para los que gobiernan este condado tanto da si van por ahí sueltos y violan el campo entero —fue una oscura observación con que nos topamos cuando nos cruzamos con un delgado caballero. Lo cual me recordó que tenía una pregunta que hacer a Atticus.

—¿Qué es violar? —pregunté a Atticus.

Atticus me miró desde detrás de su periódico. Estaba sentado en una silla al lado de la ventana. Cuando nos hicimos mayores, Jem y yo pensamos que era generoso concederle a Atticus treinta minutos para él mismo después de la cena.

Suspiró y dijo que violar era el conocimiento carnal de una mujer por la fuerza y sin consentimiento.

—Bueno, si no es más que eso, ¿por qué Calpurnia me cortó en seco cuando le pregunté lo que era?

Atticus parecía pensativo.

—¿Qué?

—Bueno, le pregunté a Calpurnia al regresar de la iglesia aquel día qué era violar, y ella me dijo que te preguntara a ti, pero me olvidé, y ahora te lo pregunto.

El periódico estaba ahora en su regazo.

—Repítelo, por favor —me dijo.

Yo le hablé con todo detalle de nuestro viaje a la iglesia con Calpurnia. A Atticus pareció gustarle, pero la tía Alexandra, que estaba sentada en una esquina cosiendo en silencio, dejó a un lado su labor y nos miró.

—¿Regresaban de la iglesia de Calpurnia aquel domingo?

—Sí, ella nos llevó —dijo Jem.

Entonces recordé algo.

—Sí, y ella me prometió que podría ir a su casa alguna tarde. Atticus, el domingo próximo si te parece bien, ¿puedo? Calpurnia dijo que vendría a buscarme si tú estabas fuera con el auto.

—*No* puedes ir.

Eso lo dijo la tía Alexandra. Yo me giré, asombrada, y después me volví hacia Atticus a tiempo para agarrarme a él mirándola rápidamente, pero era demasiado tarde.

—¡No se lo pregunto a usted! —dije.

Para ser un hombre grande, Atticus podía levantarse y sentarse en una silla más rápido que nadie que yo conociera. Ahora estaba de pie.

—Discúlpate con tu tía —me dijo.

—No le he preguntado a ella, te preguntaba a ti...

Atticus ladeó la cabeza y me dejó clavada a la pared con su ojo bueno. Su voz sonaba mortal:

—Primero, discúlpate con tu tía.

—Lo siento, tía —murmuré.

—Muy bien —dijo—. Dejemos esto claro: tú harás lo que Calpurnia te diga, harás lo que yo te diga, y mientras tu tía esté en esta casa, también harás lo que ella te diga. ¿Lo entiendes?

Yo lo entendí, pero pensé durante un rato y llegué a la conclusión de que la única manera en que podía retirarme con algo de dignidad era yendo al cuarto de baño, donde me quedé el tiempo suficiente para que pensaran que lo había hecho por necesidad. Al regresar, me quedé en el vestíbulo para escuchar una feroz discusión que se estaba produciendo en la sala. A través de la puerta pude ver a Jem en el sofá con una revista de fútbol delante de la cara y su cabeza moviéndose como si las páginas contuvieran un partido de tenis en vivo.

—Debes hacer algo con ella —decía mi tía—. Has dejado que las cosas sigan así demasiado tiempo, Atticus, demasiado tiempo.

—No veo nada malo en permitirle que vaya. Cal cuidará de ella allí al igual que lo hace aquí.

¿De quién estaban hablando? Se me encogió el corazón: de mí. Sentí las almidonadas paredes de una cárcel con forma de vestido rosa que se cerraban sobre mí, y por segunda vez en mi vida pensé en huir. De inmediato.

—Atticus, está bien tener un corazón tierno, tú eres un hombre sencillo, pero tienes una hija en la que pensar. Una hija que está creciendo.

—En eso estoy pensando.

—Y no intentes eludirlo. Tendrás que afrontarlo tarde o temprano, y bien podría ser esta noche. Ahora ya no la necesitamos.

La voz de Atticus era tranquila.

—Alexandra, Calpurnia no se irá de esta casa hasta que ella quiera. Puede que tú pienses otra cosa, pero no podría habérmelas arreglado sin ella todos estos años. Ella es un miembro fiel de esta familia, y sencillamente tienes que aceptar las cosas tal como son. Además, hermana, no quiero que estés dándole vueltas a tu cabeza por nosotros... no tienes por qué. Seguimos necesitando a Cal, como nunca antes.

—Pero Atticus...

—Además, no creo que los niños hayan sufrido nada debido a que ella los haya criado. Si hay algo, es que ella ha sido más dura con ellos en ciertos aspectos de lo que habría sido una madre... nunca les ha permitido salirse con la suya en nada, ni los ha consentido como hacen la mayoría de niñeras de color. Ha intentado criarlos según sus conocimientos, y sus conocimientos son bastante buenos... y otra cosa: los niños la quieren.

Yo respiré de nuevo. No era de mí, solamente estaban hablando de Calpurnia. Aliviada, entré en la sala. Atticus estaba leyendo de nuevo su periódico y la tía Alexandra seguía con su labor. Punk, punk, punk, su aguja atravesaba el aro tensado. Se detuvo y tensó aún más la tela: punk, punk, punk. Estaba furiosa.

Jem se levantó y cruzó por la alfombra. Me hizo señas para que le siguiera. Me condujo hasta su cuarto y cerró la puerta. Tenía una expresión seria.

—Se han estado peleando, Scout.

Jem y yo nos peleábamos mucho aquellos días, pero yo nunca había oído ni había visto a nadie pelearse con Atticus. No era una escena cómoda.

—Scout, trata de no contradecir a la tía, ¿me oyes?

Los comentarios de Atticus aún me tenían irritada, lo cual hizo que no captara la intención de las palabras de Jem. Me puse en guardia.

—¿Estás intentando decirme lo que tengo que hacer?

—No, es... él tiene muchas cosas en la cabeza ahora, no necesita que le demos más preocupaciones.

—¿Como qué? —Atticus no parecía tener nada especial en su cabeza.

—Es ese caso de Tom Robinson el que le tiene tan preocupado...

Yo le respondí que no había nada que pudiera angustiar a Atticus. Además, el caso nunca nos causaba molestias, solo una vez por semana, e incluso entonces no duraba mucho.

—Eso es porque tú no te guardas las cosas en la cabeza, salvo por un poco de tiempo —dijo Jem—. Con los mayores es distinto, nosotros...

Aquellos días, su exasperante superioridad se me hacía insoportable. No quería más que leer y estar a solas. Aun así, me contaba todo lo que leía, pero de otra manera: antes lo hacía porque pensaba que me gustaba; ahora, para mi edificación e instrucción.

—¡Pero bueno, Jem! ¿Quién te crees que eres?

—Ahora lo digo de veras, Scout, si contradices a la tía, yo... te daré unas nalgadas.

Eso me enfureció.

—Maldito *mofrodita*, ¡te mato!

Él estaba sentado en la cama, y fue fácil agarrarle del cabello y darle un puñetazo en la boca. Él me dio una bofetada, y yo intenté otro golpe con la izquierda, pero un puñetazo en el estómago me envió al piso. Casi me deja sin respiración, pero no importaba, porque yo sabía que él estaba peleando, que respondía a mi ataque. Seguíamos siendo iguales.

—¡Ahora no eres tan grande e importante! —grité, levantándome.

Él seguía sobre la cama y yo no podía atacar desde una posición firme, así que me lancé hacia él con toda la fuerza que pude, golpeando, arañando, pellizcando. Lo que había comenzado como un combate de puñetazos terminó en un alboroto. Todavía estábamos luchando cuando Atticus nos separó.

—Se acabó —dijo—. Váyanse a la cama los dos ahora mismo.

—¡Ja! —le dije a Jem—. Te mandan a la cama a la misma hora que a mí.

—¿Quién ha empezado? —preguntó Atticus, con resignación.

—Ha sido Jem. Quería mandarme lo que tengo que hacer. Yo no tengo que obedecerle *a él*, ¿verdad?

Atticus sonrió.

—Vamos a dejarlo así: obedecerás a Jem siempre que él pueda obligarte. ¿Es lo bastante justo?

La tía Alexandra estaba presente pero en silencio, y cuando bajó al vestíbulo con Atticus la oímos decir:

—Es precisamente una de las cosas de las que te he estado hablando —una frase que volvió a unirnos.

Nuestros cuartos estaban comunicados; cuando yo cerré la puerta que los separaba, Jem dijo:

—Buenas noches, Scout.

—Buenas noches —murmuré, cruzando el cuarto para apagar la luz. Cuando pasé al lado de la cama, me tropecé con algo cálido, resistente y bastante suave. No se parecía al caucho, y me dio la sensación de que estaba vivo. También lo escuché moverse.

Encendí la luz y miré al piso al lado de la cama. Cualquier cosa que hubiera pisado ya no estaba. Llamé a la puerta de Jem.

—¿Qué?

—¿Qué sensación se tiene al tocar una serpiente?

—Áspera. Fría. Polvorienta. ¿Por qué?

—Creo que hay una debajo de mi cama. ¿Puedes venir a ver?

—¿Estás de broma? —Jem abrió la puerta. Llevaba el pantalón del pijama. Yo observé, no sin satisfacción, que la marca de mis nudillos seguía en su boca. Cuando vio que hablaba en serio, dijo:

—Si crees que voy a poner mi cara en el piso a la altura de una serpiente, te equivocas. Espera un momento.

Fue a la cocina y trajo la escoba.

—Es mejor que te subas a la cama —me dijo.

—¿Crees que es una de verdad? —pregunté.

Eso era todo un acontecimiento. Nuestras casas no tenían bodegas; estaban construidas sobre bloques de piedra a unos cuantos palmos por encima del suelo, y la entrada de reptiles no era algo desconocido, pero tampoco frecuente. La excusa de la señorita Rachel Haverford para tomarse un vaso de whisky cada mañana era que nunca se había repuesto del susto de haberse encontrado una serpiente de cascabel enroscada en el clóset de su dormitorio, después de lavarse, cuando fue a colgar su *negligé*.

Jem barrió con la escoba debajo de la cama para tantear. Yo miré por encima de los pies de la cama para ver si salía una serpiente. No salió ninguna. Jem barrió más adentro.

—¿Las serpientes gruñen?

—No es una serpiente —dijo Jem—. Es una persona.

De repente, un paquete marrón y sucio salió de debajo de la cama. Jem levantó la escoba y por poco no le dio a Dill en la cabeza cuando apareció.

—Dios Todopoderoso —la voz de Jem tenía un tono reverente.

Vimos salir a Dill poco a poco. Estaba encogido. Se puso de pie y articuló los hombros, movió los pies en esos calcetines que le llegaban al tobillo y se frotó la nuca. Una vez restaurada su circulación, dijo:

—Hola.

Jem hizo otra invocación a Dios. Yo estaba sin palabras.

—Estoy a punto de desfallecer —dijo Dill—. ¿Tienen algo para comer?

Como si fuera en un sueño, fui a la cocina. Le llevé leche y media cacerola de pan de maíz que había quedado de la cena. Dill se lo devoró, masticándolo con sus dientes de delante, como solía.

Finalmente pude recuperar el habla.

—¿Cómo has llegado hasta aquí?

Había seguido una ruta complicada. Reanimado por el alimento, Dill comenzó su relato: atado con cadenas y dejado en el sótano para que muriera (había sótanos en Meridian) por su nuevo padre, que le odiaba, y después de haberse mantenido vivo en secreto alimentándose de guisantes crudos que le daba un granjero que pasaba por allí y oyó sus gritos pidiendo ayuda (el buen hombre metió una medida entera, vaina por vaina, por el respiradero), Dill se liberó arrancando las cadenas de la pared. Aún con esposas en sus muñecas, fue vagando durante dos días más allá de Meridian, donde descubrió un pequeño circo de animales que le contrató inmediatamente para lavar el camello. Viajó con el circo por todo Mississippi hasta que su infalible sentido de la dirección le dijo que estaba en el condado de Abbott, Alabama, con Maycomb justamente al otro lado del río. Recorrió el resto del camino andando.

—¿Cómo has llegado? —preguntó Jem.

Se había llevado trece dólares del bolso de su madre, se había subido al tren de las nueve en Meridian y se había bajado en el Empalme de Maycomb. Había recorrido a pie diez u once de las catorce millas que había hasta Maycomb, por fuera de la carretera, en medio de los matorrales, por si las autoridades le estaban buscando, y había recorrido el resto del camino enganchado a la parte trasera de un vagón de algodón. Había estado debajo de la cama durante dos horas, creía; nos había oído en la sala, y los sonidos de tenedores sobre los platos casi le volvieron loco. Ya pensaba que Jem y yo no nos iríamos a la cama nunca; había pensado en salir y ayudarme a golpear a Jem, pues Jem era ya mucho más alto, pero sabía que el señor Finch intervendría pronto, de modo que pensó que era mejor quedarse donde estaba. Estaba agotado, sucio más allá de lo imaginable, y en casa.

—Ahora ya deben de saber que estás aquí —dijo Jem—. Nosotros lo sabríamos si te estuviéramos buscando...

—Creo que aún están buscando en todos los cines en Meridian —sonrió Dill.

—Deberías decirle a tu madre dónde estás —dijo Jem—. Deberías hacerle saber que estás aquí...

Los ojos de Dill parpadearon mirando a Jem, y mi hermano bajó su mirada al piso. Entonces se levantó y violó el código que quedaba de nuestra infancia. Salió del cuarto y bajó al vestíbulo.

—Atticus —su voz sonaba distante—, ¿puedes venir aquí un momento, señor?

Debajo de la suciedad marcada por el sudor, la cara de Dill se puso blanca. Yo sentí náuseas. Atticus estaba en el umbral de la puerta. Entró hasta el medio del cuarto y se quedó de pie con las manos en los bolsillos, mirando a Dill.

Finalmente recuperé la voz.

—No pasa nada, Dill. Cuando quiere que sepas algo, te lo dice.

Dill me miró.

—Quiero decir que todo va bien —dije yo—. Sabes que no te hará nada malo, sabes que no debes tener miedo de Atticus.

—No tengo miedo —musitó Dill.

—Solamente hambre, supongo —la voz de Atticus tenía su agradable sequedad de costumbre—. Scout, podemos darle algo mejor que una cacerola de pan de maíz frío, ¿verdad? Den de comer a este muchacho, y cuando yo regrese veremos lo que podemos hacer.

—Señor Finch, no se lo diga a la tía Rachel, no me haga regresar, ¡por favor, señor! Volveré a huir...

—Vaya, hijo —dijo Atticus—. Nadie va a obligarte a ir a ninguna parte, sino a la cama bastante pronto. Solo voy a decirle a la señorita Rachel que estás aquí, y a preguntarle si puedes pasar la noche con nosotros... eso te gustaría, ¿no es cierto? Y, por el amor de Dios, devuélvele al condado la tierra que le pertenece, la erosión del suelo ya es lo bastante mala tal como está.

Dill se quedó mirando la figura de mi padre, que se iba.

—Está intentando ser gracioso —dije yo—. Se refiere a que tomes un baño. ¿Ves? Te dije que no te haría nada malo.

Jem estaba de pie en una esquina del cuarto, mirando con la cara del traidor que era.

—Dill, tenía que decírselo —dijo—, no puedes huir a trescientas millas sin que tu madre lo sepa.

No le respondimos palabra.

Dill comió y comió y comió. No había comido desde la noche anterior. Se había gastado todo el dinero en comprar el billete, se subió al tren como había hecho tantas veces, charló desenfadadamente con el revisor, a quien la cara de Dill le resultaba familiar pero no tuvo valor para aplicar la norma de los niños que hacían solos viajes de cierta distancia: si has perdido tu dinero, el revisor te prestará el suficiente para comer y tu padre se lo devolverá al final del viaje.

Dill se había comido lo que había sobrado y estaba a punto de sacar una lata de frijoles con tocino de la despensa cuando se oyó en el vestíbulo el «Duuulce Jesús» de la señorita Rachel. Él temblaba como un conejo.

Soportó con fortaleza sus «Espera a que te lleve a casa», «Tus padres se están volviendo locos de preocupación»; estuvo bastante calmado durante el «Eso es por la parte de Harris que tienes»; sonrió cuando ella dijo «Creo que puedes quedarte una noche», y devolvió el abrazo que le dieron al final.

Atticus se subió los lentes y se frotó la cara.

—Su padre está cansado —dijo la tía Alexandra, sus primeras palabras en horas, o así parecía. Ella había estado allí, pero supongo que boquiabierta la mayor parte del tiempo—. Váyanse a la cama.

Los dejamos en la sala, y Atticus aún se frotaba la cara.

—De violación a alboroto y fugas —le oímos decir riendo—. Me pregunto qué traerán las próximas dos horas.

Ya que las cosas parecían haber ido bastante bien, Dill y yo decidimos comportarnos bien con Jem. Además, Dill tenía que dormir con él, así que quizá pudiéramos hablarle.

Yo me puse el pijama, leí durante un rato y me encontré de repente incapaz de mantener los ojos abiertos. Dill y Jem estaban callados; cuando apagué mi lámpara de lectura no se veía ninguna raya de luz debajo de la puerta del cuarto de Jem.

Debí de haber estado dormida mucho tiempo, porque, cuando me despertaron, en el cuarto se notaba la claridad de la luna poniéndose.

—Déjame sitio, Scout.

—Creyó que era su deber —musité—. No estés enojado con él.

Dill se metió en la cama a mi lado.

—No lo estoy —dijo—. Solo quería dormir contigo. ¿Estás despierta?

En ese momento lo estaba, aunque perezosamente.

—¿Por qué lo hiciste?

No hubo respuesta.

—¿Por qué te fugaste? ¿Era tan horrible como decías?

—No...

—¿No iban a construir esa barca como escribiste?

—Él tan solo dijo que la íbamos a construir. Nunca lo hicimos.

Me incorporé apoyada en el codo, mirando la silueta de Dill.

—No es razón para fugarse. Ellos no hacen lo que dicen que van a hacer la mayoría de las veces.

—No es eso, él... ellos no se interesaban por mí.

Aquello era el motivo de fuga más extraño que había escuchado jamás.

—¿Cómo?

—Bueno, todo el tiempo estaban fuera, e incluso cuando estaban en casa se iban solos a otra habitación.

—¿Y qué hacían allí?

—Nada, solamente se sentaban a leer... pero no querían que yo estuviera con ellos.

Empujé la almohada hasta la cabecera y me senté.

—¿Sabes? Yo estaba planeando escaparme esta noche porque estaban todos ellos aquí. Uno no los quiere alrededor todo el tiempo, Dill... —Dill respiró con su paciente aliento, como si suspirase—... buenas noches, Atticus está fuera todo el día y a veces la mitad de la noche, se va a la legislatura, y no sé qué... uno no los quiere alrededor todo el tiempo, Dill, no te dejan hacer nada.

—No es eso.

Según Dill lo explicaba, me encontré preguntándome cómo sería la vida si Jem fuera diferente, incluso de como era ahora; qué haría yo si Atticus no sintiera la necesidad de mi presencia, ayuda y consejo. Vaya, no podría pasarse ni un solo día sin mí. Ni siquiera Calpurnia podría seguir adelante si yo no estuviera. Me necesitaban.

—Dill, no me lo estás contando bien... tu familia no podría pasar sin ti. Tan solo son mezquinos contigo. Te diré lo que debes hacer...

La voz de Dill prosiguió firme en la oscuridad.

—La cuestión es, lo que intento decir es... ellos *sí* se lo pasan mejor sin mí, yo no puedo ayudarles en nada. No son mezquinos. Me compran todo lo que quiero, pero es como si me dijeran: «Ahora que lo tienes, vete a jugar con eso. Tienes toda una habitación llena de cosas. Te compré ese libro, así que ve a leerlo» —Dill intentó que su voz fuera más profunda—. Tú no eres un muchacho. Los muchachos salen y juegan al béisbol con otros muchachos, no van por la casa preocupando a sus padres —la voz de Dill volvía a ser la de siempre—. Ah, ellos no son mezquinos. Te dan besos y abrazos, te dan las buenas noches y los buenos días, y te dicen adiós, y te dicen que te quieren... Scout, comprémonos un bebé.

—¿Dónde?

Había un hombre del que Dill había oído hablar y que tenía una barca que te llevaba remando hasta una isla envuelta en la niebla donde estaban todos esos bebés; podías comprar uno...

—Eso es mentira. La tía dice que Dios los hace bajar por la chimenea. Al menos creo que eso es lo que dijo —por una vez, la pronunciación de la tía no había sido demasiado clara.

—No, no es así. Para conseguir un bebé tienen que sacárselo el uno del otro. Pero también está ese hombre... él tiene todos esos bebés esperando a despertar, él les sopla vida...

Dill estaba emocionado otra vez. En su soñadora cabeza revoloteaban cosas hermosas. Él podía leerse dos libros mientras yo acababa uno, pero prefería la magia de sus propias invenciones. Sabía sumar y restar con la rapidez del rayo, pero prefería su propio mundo de otra dimensión, un mundo donde los bebés dormían, esperando a ser recogidos como lirios en la mañana. Hablaba cada vez más despacio, hasta que se quedó dormido, arrastrándome también a mí, pero en la quietud de su isla de niebla se erigía la borrosa imagen de una casa gris con tristes puertas marrones.

—¿Dill?

—¿Mmm?

—¿Por qué crees que Boo Radley no se ha fugado nunca?

Dill dio un largo suspiro y se puso de espaldas a mí.

—Quizá no tenga adónde huir...

15

❦

Después de muchas llamadas telefónicas, muchos ruegos en nombre del acusado y una larga carta de perdón de su madre, se decidió que Dill podía quedarse. La paz juntos nos duró una semana. Después de eso, no hubo mucha. Se cernía una pesadilla sobre nosotros.

Se precipitó una noche después de la cena. Dill había terminado; la tía Alexandra estaba en su butaca en el rincón y Atticus en la suya; Jem y yo estábamos en el piso leyendo. Había sido una semana plácida: yo había obedecido a la tía; Jem se había hecho demasiado mayor para la casa del árbol, pero nos ayudó a Dill y a mí a fabricar una nueva escalera de cuerda para subir; a Dill se le había ocurrido un plan infalible para hacer salir a Boo Radley que a nosotros no nos iba a costar nada (consistía en trazar un camino de trocitos de limón desde la puerta trasera hasta el patio delantero, y él lo seguiría como si fuera una hormiga). Llamaron a la puerta, Jem abrió y dijo que era el señor Heck Tate.

—Bueno, hazle pasar —dijo Atticus.

—Ya lo he hecho. Hay algunos hombres fuera en el patio y quieren que salgas.

En Maycomb, los hombres adultos se quedaban en el patio delantero solamente por dos motivos: muerte y política. Me preguntaba quién habría muerto. Jem y yo salimos a la puerta, pero Atticus nos ordenó:

—Regresen a la casa.

Jem apagó las luces de la sala y aplastó la nariz contra la persiana de una ventana. La tía Alexandra protestó.

—Solo un segundo, tía, veamos quién es —dijo.

Dill y yo nos colocamos en otra ventana. Había un grupo de hombres en torno a Atticus. Todos parecían hablar a la vez.

—... trasladarlo mañana a la cárcel del condado —decía el señor Tate—. No es que busque problemas, pero no puedo garantizar que no los haya...

—No sea necio, Heck —dijo Atticus—. Esto es Maycomb.

—... tan solo he dicho que estaba intranquilo.

—Heck, hemos conseguido un aplazamiento de este caso únicamente para asegurarnos de que no haya nada por lo que inquietarse. Hoy es sábado —dijo Atticus—, y el juicio probablemente será el lunes. Puede mantenerlo allí una noche, ¿no? No creo que a nadie en Maycomb le moleste que tenga un cliente, con lo difíciles que están los tiempos.

Hubo un murmullo de contentamiento que se apagó de repente cuando el señor Link Deas dijo:

—Por aquí nadie está tramando nada, lo que me preocupa es esa turba de Old Sarum... ¿no pueden conseguir un...? ¿Cómo se dice, Heck?

—Un cambio de sede —dijo el señor Tate—. No servirá de mucho ahora, ¿verdad?

Atticus pronunció algo inaudible. Me volví hacia Jem, quien me indicó que me callara.

—... además —estaba diciendo Atticus—, no le tiene miedo a esa turba, ¿verdad?

—... pero hay que ver cómo se comportan cuando están hasta arriba de licor.

—No suelen beber en domingo, van a la iglesia la mayor parte del día —dijo Atticus.

—De todos modos, esta es una ocasión especial... —apuntó alguien.

Siguieron murmurando hasta que la tía dijo que si Jem no encendía las luces de la sala avergonzaría a la familia. Jem no lo oyó.

—... no veo por qué se metió en esto desde un principio —decía el señor Link Deas—. En esta situación, usted tiene todo que perder, Atticus, todo.

—¿De veras lo cree?

Esa era una pregunta peligrosa cuando la pronunciaba Atticus. «¿De veras crees que quieres moverlo ahí, Scout?». Bam, bam, bam, y el tablero se quedaba limpio de mis piezas. «¿De veras crees que quieres eso, hijo? Pues lee esto». Y Jem bregaba el resto de una tarde con la lectura de los discursos de Henry W. Grady.

—Link, ese muchacho podría ir a la silla eléctrica, pero no irá hasta que se cuente la verdad —la voz de Atticus era tranquila—. Y usted sabe cuál es la verdad.

Hubo un murmullo entre el grupo de hombres, que se hizo más ominoso cuando Atticus regresó hasta la escalera y ellos se acercaron más a él.

De repente Jem gritó:

—¡Atticus, está sonando el teléfono!

Los hombres titubearon un poco y se dispersaron; había personas que veíamos cada día: comerciantes, granjeros de la ciudad, el Dr. Reynolds estaba ahí, y también el señor Avery.

—Bueno, contesta, hijo —gritó Atticus.

Surgieron risas entre ellos. Cuando Atticus encendió la lámpara del techo de la sala, encontró a Jem en la ventana, con toda la cara pálida, excepto la huella que le había dejado la persiana en la nariz.

—¿Por qué están todos ustedes sentados a oscuras? —preguntó.

Jem le observó ir hasta su sillón y agarrar el periódico de la tarde. A veces pienso que Atticus sometía cada crisis de su vida a una tranquila evaluación detrás del *Mobile Register,* el *Birmingham News* y el *Montgomery Advertiser.*

—Venían a buscarte, ¿verdad? —le dijo Jem acercándose—. Querían acorralarte, ¿no es cierto?

Atticus bajó el periódico y miró a Jem.

—¿Qué has estado leyendo? —le preguntó, y añadió en tono afable: —No, hijo, eran amigos nuestros.

—¿No era una... banda? —inquirió Jem con los ojos entornados.

Atticus intentó sofocar una sonrisa, pero no lo logró.

—No, no tenemos bandas ni tonterías de esas en Maycomb. Nunca he oído hablar de ninguna banda en Maycomb.

—El Ku Klux Klan persiguió a algunos católicos, hace tiempo.

—Tampoco he oído hablar de católicos en Maycomb —dijo Atticus—, lo estarás confundiendo con otra cosa. Tiempo atrás, en el siglo XIX, había un Klan, pero era una organización política más que otra cosa. Además, no tenían a nadie a quien asustar. Una noche desfilaron por delante de la casa del señor Sam Levy, pero Sam se quedó de pie en su porche y les dijo que todo aquello era muy divertido, que él les había vendido las sábanas que usaban para cubrirse. Sam les hizo sentirse tan ridículos que se fueron.

La familia Levy cumplía con todos los criterios para ser gente de primera: hacían lo mejor que podían con el juicio que tenían y llevaban cinco generaciones viviendo en el mismo terreno en Maycomb.

—El Ku Klux Klan ya no existe —dijo Atticus—. Y nunca regresará.

Yo fui caminando a su casa con Dill y regresé a tiempo para escuchar a Atticus decirle a la tía:

—... a favor de las mujeres del Sur tanto como el que más, pero no para dar pábulo a una ficción de lo políticamente correcto al precio de la vida de un hombre —unas palabras que me hicieron sospechar que de nuevo se habían estado peleando.

Fui a buscar a Jem y lo encontré en su cuarto, sobre la cama, en profunda cavilación.

—¿Han vuelto a lo mismo? —pregunté.

—En cierto modo. Ella no le deja tranquilo con el asunto de Tom Robinson. Casi dijo que Atticus estaba deshonrando a la familia. Scout... estoy asustado.

—¿Asustado de qué?

—Asustado por Atticus. Alguien podría hacerle daño —Jem prefirió mantener su halo misterioso; lo único que me respondió fue que me fuera y le dejara tranquilo.

Al día siguiente era domingo. En el intervalo entre la escuela dominical y el servicio de la iglesia, cuando la congregación estiraba las piernas, vi a Atticus de pie en el patio con otro grupo de hombres. El señor Heck Tate estaba presente, y me pregunté si habría visto la luz, pues nunca iba a la iglesia. Incluso el señor Underwood estaba allí. El señor Underwood no tenía interés en ninguna organización que no fuera el *Maycomb Tribune*, del cual era dueño único, editor e impresor. Pasaba sus días en su linotipia, donde ocasionalmente se refrescaba con una jarra de licor de cerezas que no podía faltar. Raras veces recopilaba él mismo las noticias; la gente se las llevaba. Se decía que él organizaba cada edición del *Maycomb Tribune* en su propia cabeza y las escribía en la linotipia. Es muy posible que así fuera. Algo debía de haber ocurrido para hacer salir al señor Underwood.

Yo alcancé a Atticus al entrar por la puerta, y me contó que habían trasladado a Tom Robinson a la cárcel de Maycomb. También dijo, más para sí mismo que para mí, que si lo hubieran tenido en el pueblo desde el principio no habría habido tanta conmoción. Le observé tomar su asiento en la tercera fila desde el frente y le oí cantar «Cerca, más cerca, oh Dios, de ti», con voz profunda. Nunca se sentaba con la tía, Jem y yo. Le gustaba estar solo en la iglesia.

La paz fingida que prevalecía los domingos se hacía más irritante con la presencia de la tía Alexandra. Atticus se metía en su oficina directamente después de comer, donde, si algunas veces íbamos a verle, le encontrábamos reclinado en su sillón giratorio leyendo. La tía Alexandra dormía una siesta de dos horas y nos amenazaba para que no hiciéramos ningún ruido en el patio, pues el barrio estaba descansando. Jem, ya hecho un anciano, se metía en su cuarto con un montón de revistas de deportes. Así que Dill y yo pasábamos los domingos merodeando por el prado.

Estaba prohibido disparar los domingos, así que Dill y yo dábamos patadas al balón de fútbol de Jem durante un rato, lo cual no suponía ninguna diversión. Dill me preguntó si me gustaría echar un vistazo a Boo Radley. Le dije que no creía que fuera buena cosa molestarle, y pasé el resto de la tarde informando a Dill de los acontecimientos del último invierno. Le dejé considerablemente impresionado.

Nos separamos a la hora de comer y, después de haber comido, Jem y yo estábamos pasando una tarde rutinaria cuando Atticus hizo algo que despertó nuestro interés: entró en la sala llevando un largo cordón eléctrico para empalmarlo. Tenía una lámpara en su extremo.

—Voy a salir un rato —dijo—. Ustedes estarán en la cama cuando regrese, de modo que les doy las buenas noches ahora.

Con esas palabras, se puso el sombrero y salió por la puerta trasera.

—Se va en el auto —dijo Jem.

Nuestro padre tenía algunas peculiaridades: una era que nunca comía postre; otra era que le gustaba caminar. Hasta donde yo podía recordar, siempre había un Chevrolet en excelentes condiciones en la cochera, y Atticus manejó muchas millas en él en viajes de negocios, pero en Maycomb iba y regresaba de su oficina caminando cuatro veces al día, cubriendo aproximadamente una distancia de tres kilómetros. Decía que su ejercicio era caminar. En Maycomb, si alguien salía a dar un paseo sin un propósito concreto, lo normal era creer que tal persona no era capaz de tener un propósito concreto.

Más adelante, les di las buenas noches a mi tía y a mi hermano, y estaba enfrascada en la lectura de un libro cuando oí a Jem moviéndose en su cuarto. Los ruidos que él hacía al irse a la cama me eran tan familiares que llamé a su puerta:

—¿Por qué no te vas a la cama?

—Voy un rato a la ciudad —se estaba cambiando de pantalones.

—¿Por qué? Son casi las diez, Jem.

Él lo sabía, pero de todos modos iba a salir.

—Entonces voy contigo. Si dices que no vas, yo iré de todos modos, ¿me oyes?

Jem vio que tendría que pelearse conmigo para que me quedara en casa, y supongo que pensó que una pelea le enfrentaría a la tía, de modo que cedió, aunque no de buena gana.

Me vestí rápidamente. Esperamos hasta que se apagara la luz de nuestra tía y bajamos en silencio los escalones traseros. La luna no daba luz esa noche.

—Dill querrá venir —susurré.

—Sí que querrá —dijo Jem con pesar.

Saltamos por la pared de la entrada, fuimos cortando por el lateral del patio de la señorita Rachel y llegamos hasta la ventana de Dill. Jem imitó el sonido de la codorniz. La cara de Dill apareció en la persiana, desapareció, y cinco minutos después quitó el cerrojo de la puerta de tela metálica y salió. Como experto combatiente, no habló hasta que estuvimos en la acera.

—¿Qué pasa?

—Jem quiere echar un vistazo —era una enfermedad que Calpurnia decía que afectaba a los muchachos de su edad.

—He tenido ese impulso —dijo Jem—, simplemente un impulso.

Pasamos delante de la casa de la señora Dubose, que estaba vacía y cerrada, con sus camelias creciendo entre malas hierbas. Había otras ocho casas más hasta llegar a la esquina de la oficina de correos.

El lado sur de la plaza estaba desierto. En cada esquina crecían enormes arbustos de araucaria y entre ellos brillaba bajo las farolas de la calle una barra para enganchar los animales. Había una luz encendida en el aseo del juzgado. El resto del edificio estaba oscuro. Una amplia zona de comercios rodeaba la plaza del juzgado; muy en el interior de ellos brillaban débilmente algunas luces.

Cuando Atticus comenzó a ejercer, su oficina estaba en el edificio del juzgado, pero después de varios años se trasladó a un lugar más tranquilo en el edificio del Banco de Maycomb. Dimos la vuelta a la esquina de la plaza y vimos el auto estacionado delante del banco.

—Está ahí dentro —dijo Jem.

Pero no estaba. A su oficina se llegaba atravesando un largo pasillo. Al mirar desde él, deberíamos haber visto *Atticus Finch, Abogado*, escrito con letras pequeñas y sobrias a contraluz del interior. Pero estaba oscuro.

Jem echó una mirada a la puerta del banco para asegurarse. Hizo girar el pomo. Estaba cerrada.

—Vayamos calle arriba. Quizá esté visitando al señor Underwood.

El señor Underwood no solo dirigía la oficina del *Maycomb Tribune*, también vivía en ella; es decir, encima de ella. Recopilaba las noticias del juzgado y de la cárcel simplemente mirando por la ventana. El edificio de la oficina estaba en la esquina noroeste de la plaza, y para llegar a ella había que pasar por delante de la cárcel.

La cárcel de Maycomb era el más venerable y horrendo de los edificios del condado. Atticus decía que era algo que podría haber sido diseñado por el primo Joshua St. Clair. Sin duda, salió del sueño de alguien. Claramente fuera de lugar en una ciudad de tiendas con fachadas cuadradas y casas de tejados inclinados, la cárcel de Maycomb era una broma gótica en miniatura de una celda de anchura y dos celdas de altura, completada con diminutos sótanos y contrafuertes salientes. Su fantasía se veía resaltada por la fachada de gran ladrillo rojo y los anchos barrotes de hierro en sus ventanas de estilo eclesial. No estaba sobre una colina solitaria, sino situada entre la ferretería de Tyndal y la oficina del *Maycomb Tribune*. La cárcel era el tema de conversación particular de Maycomb: sus detractores decían que parecía una letrina victoriana; sus defensores decían que le daba a la ciudad un buen aspecto respetable y que ningún forastero sospecharía que estaba llena de negros.

A medida que subíamos por la acera, vimos una luz solitaria que ardía en la distancia.

—Es curioso —dijo Jem—, la cárcel no tiene luz afuera.

—Parece que sale una por encima de la puerta —dijo Dill.

Había un largo cordón eléctrico entre los barrotes de una ventana en el segundo piso y el costado del edificio. A la luz de su lámpara, Atticus estaba sentado y reclinado contra la puerta delantera. Estaba en una de las sillas de su oficina, leyendo, ajeno a los insectos que pululaban por encima de su cabeza.

Yo comencé a correr, pero Jem me sujetó.

—No vayas —me dijo—, puede que no le guste. Él está bien, vámonos a casa. Yo solo quería ver dónde estaba.

Íbamos por un atajo que cruzaba la plaza cuando cuatro polvorientos autos llegaron desde la carretera de Meridian, moviéndose lentamente en fila. Dieron la vuelta a la plaza, pasaron por delante del edificio del banco y se detuvieron delante de la cárcel.

No se bajó nadie. Vimos a Atticus mirar desde detrás de su periódico. Lo cerró, lo dobló deliberadamente, lo dejó en su regazo y se echó el sombrero hacia atrás. Parecía que los estaba esperando.

—Vamos —susurró Jem. Cruzamos otra vez la plaza, después la calle, hasta que estábamos al abrigo de la puerta de Jitney Jungle. Jem miró hacia la acera—. Podemos acercarnos más —dijo. Corrimos hasta la puerta de la ferretería de Tyndal, que estaba lo bastante cerca y nos ofrecía discreción.

De los autos fueron saliendo hombres de uno en uno y de dos en dos. Las sombras se convirtieron en siluetas de cuerpos, a medida que la luz las revelaba, que se movían hacia la puerta de la cárcel. Atticus se quedó donde estaba. Los hombres le ocultaban de nuestra vista.

—¿Está ahí, señor Finch? —dijo uno.

—Sí —oímos responder a Atticus—, y está dormido. No le despierten.

En obediencia a mi padre, se produjo lo que más adelante entendí como un rasgo patéticamente cómico de una situación nada divertida: aquellos hombres se pusieron a hablar casi en susurros.

—Usted sabe lo que queremos —dijo otro—. Apártese de la puerta, señor Finch.

—Pueden dar media vuelta y regresar a su casa, Walter —contestó Atticus tranquilamente—. Heck Tate está por aquí cerca.

—Que se cree usted eso —dijo otro de los hombres—. El grupo de Heck está tan dentro de los bosques que no saldrán hasta la mañana.

—¿De veras? ¿Y por qué?

—Les invitaron a cazar agachadizas —fue la sucinta respuesta—. ¿No había pensado en eso, señor Finch?

—Había pensado en eso, pero no lo creía. Muy bien, pues —la voz de mi padre seguía con el mismo tono—, eso cambia las cosas, ¿no es cierto?

—Eso es —dijo otra voz profunda. Procedía de una sombra.

—¿De veras lo cree?

Esta era la segunda vez en dos días que oía a Atticus hacer esa pregunta, y significaba que alguien iba a perder fichas de su tablero. Aquello era demasiado bueno para perdérselo. Me solté de Jem y salí corriendo todo lo rápido que pude hacia Atticus.

Jem dio un grito e intentó sujetarme, pero yo les llevaba ventaja a él y a Dill. Me abrí paso entre oscuros cuerpos malolientes y me encontré de repente en el círculo iluminado.

—¡Hoo...la, Atticus!

Pensaba que le daría una agradable sorpresa, pero su expresión mató mi alegría. Tenía un destello de puro miedo desapareciendo de sus ojos, que regresó en cuanto Dill y Jem aparecieron también allí en medio.

En el aire flotaba un olor a *whisky* y a pocilga, y, cuando eché un vistazo, descubrí que aquellos hombres eran forasteros. No eran las personas que vi la noche anterior. Una acalorada inquietud me invadió: había saltado triunfante en medio de un corro de desconocidos.

Atticus se levantó de la silla, pero se movía con lentitud, como un anciano. Dejó el periódico con cuidado, ajustando sus pliegues con los dedos. Le temblaban un poco.

—Jem, vete a casa —dijo—. Llévate a Scout y a Dill a casa.

Estábamos acostumbrados a cumplir enseguida las instrucciones de Atticus, aunque no fuese siempre de buena gana, pero, a juzgar por su postura, Jem no estaba pensando en obedecer.

—He dicho que te vayas a casa.

Jem negó con la cabeza. Cuando Atticus se puso los puños en la cintura, lo mismo hizo Jem, y mientras se enfrentaban el uno al otro pude ver cierto parecido entre ellos: el suave cabello castaño de Jem y sus ojos, su cara ovalada y sus orejas muy pegadas eran de nuestra madre, y contrastaban extrañamente con el cabello canoso de Atticus y sus rasgos angulosos, pero en cierto modo se parecían. Aquel desafío mutuo hacía que se parecieran.

—Hijo, he dicho que te vayas a casa.

Jem dijo que no con la cabeza.

—Yo lo enviaré a casa —dijo un hombre fornido y agarró a Jem sin miramientos por el cuello de la camisa. Casi le levanta del suelo.

—¡No le toque! —y rápidamente le di una patada. Iba descalzo y me sorprendió verle caer de espaldas con mucho dolor. Había querido darle en la espinilla, pero apunté demasiado arriba.

—Basta, Scout —Atticus puso su mano sobre mi hombro—. No des patadas a la gente. No... —ordenó, mientras yo rogaba la oportunidad de justificarme.

—Nadie va a tratar a Jem de ese modo —dije.

—Muy bien, señor Finch, sáquelos de aquí —gruñó alguien—. Tiene quince segundos para sacarlos de aquí.

En medio de esa extraña asamblea, Atticus seguía intentando hacer que Jem le obedeciera.

—No me voy —era su firme respuesta a las amenazas y peticiones de Atticus, y a sus palabras finales cuando le dijo:

—Por favor, Jem, llévalos a casa.

Yo me estaba cansando un poco de todo aquello, pero sentía que Jem tenía sus propias razones, a la vista de lo que le esperaba cuando Atticus consiguiera que estuviera en casa. Miré alrededor de la multitud. Era una noche de verano, pero los hombres iban vestidos, la mayoría de ellos, con overoles y camisas de mezclilla abotonadas hasta el cuello. Pensé que debían de ser de naturaleza fría, pues llevaban las mangas bajadas y abrochadas en las muñecas. Algunos llevaban sombreros, incrustados hasta el límite de las orejas. Tenían un aspecto huraño y mirada somnolienta, parecían poco acostumbrados a estar levantados hasta tan tarde. Busqué una vez más algún rostro familiar, y en el centro del corrillo encontré uno.

—Hola, señor Cunningham.

Parecía no haberme oído.

—Hola, señor Cunningham. ¿Cómo va su amortización de deuda?

Los asuntos legales del señor Walter Cunningham me resultaban bien conocidos; Atticus los había descrito extensamente en una ocasión. El hombre de gran estatura parpadeó y se colocó los pulgares en los tirantes del overol. Parecía incómodo; se aclaró la garganta y desvió la mirada. Mi amistoso saludo quedó sin respuesta.

El señor Cunningham no llevaba sombrero, y la parte de arriba de su frente era blanca en contraste con su cara quemada por el sol, lo cual me llevó a creer que la mayoría de los días llevaba sombrero. Movió los pies, que llevaba metidos en pesados zapatos de trabajo.

—¿No me recuerda, señor Cunningham? Soy Jean Louise Finch. Usted nos regaló nueces una vez, ¿recuerda? —comencé a sentir la frustración que experimentas cuando un conocido no quiere reconocerte.

—Voy a la escuela con Walter —comencé otra vez—. Es su hijo, ¿verdad? ¿No es cierto, señor?

El señor Cunningham fue movido a asentir ligeramente con la cabeza. Sí me conocía, después de todo.

—Está en mi clase —dije—, y le va bastante bien. Es un buen muchacho —añadí—, realmente un buen muchacho. Una vez le invitamos a comer. Quizá le haya hablado de mí, una vez le golpeé pero él fue muy amable después de todo. Salúdelo de mi parte, ¿lo hará?

Atticus había dicho que lo educado era hablar a las personas de aquello que les interesaba a ellas, y no de lo que le interesaba a uno. El señor Cunningham no mostró interés alguno en su hijo, de modo que probé una vez más con lo de las amortizaciones, en un último intento de hacer que se sintiera cómodo.

—Las amortizaciones de deudas son malas —le aconsejé, cuando lentamente me di cuenta de que me estaba dirigiendo a todo el grupo. Los hombres me miraban, y algunos estaban boquiabiertos. Atticus había dejado de acuciar a Jem; estaban de pie al lado de Dill. Su atención se convirtió en fascinación. Incluso Atticus tenía la boca entreabierta, una actitud que en cierta ocasión había tachado de ordinaria. Nuestras miradas se encontraron y él cerró la boca.

—Bueno, Atticus, le estaba diciendo al señor Cunningham que amortizaciones son malas y todo eso, pero tú dijiste que no hay que preocuparse, que a veces toma mucho tiempo... que recorrerían juntos el camino... —lentamente me estaba quedando sin recursos, preguntándome en qué idiotez me había metido. La amortización de deudas parecía ser un tema bueno solamente para las conversaciones de salón.

Comencé a sentir el sudor en mi cabeza; podía soportar cualquier cosa menos un grupo de personas mirándome. Todos estaban muy quietos.

—¿Qué sucede? —pregunté.

Atticus no dijo nada. Miré a mi alrededor y al señor Cunningham, cuyo rostro seguía impasible. Entonces hizo algo inesperado. Se agachó y puso las manos sobre mis hombros.

—Le diré que le saludaste, damita —dijo.

Entonces se levantó e hizo un gesto con su enorme brazo.

—Vámonos —gritó—. En marcha, muchachos.

Tal como habían llegado, de uno en uno y de dos en dos, regresaron a sus destartalados autos. Se cerraron puertas, rugieron motores y se marcharon.

Yo me giré hacia Atticus, pero había ido a la cárcel y estaba apoyado en ella con la cara contra la pared. Me acerqué y le tiré de la manga.

—¿Nos vamos a casa? —él asintió, sacó su pañuelo, se lo pasó por la cara y se sonó la nariz con fuerza.

—¿Señor Finch? —una voz ronca y suave salió desde la oscuridad en la parte de arriba—. ¿Se han ido?

Atticus dio unos pasos atrás y levantó la mirada.

—Se han ido —dijo—. Duerme un poco, Tom. No volverán a molestarte.

Desde una dirección diferente, se oyó otra voz en medio de la noche.

—Desde luego que no. Te he estado cubriendo todo el tiempo, Atticus.

El señor Underwood y una escopeta de doble cañón estaban apoyados en su ventana encima de la oficina del *Maycomb Tribune*.

Había pasado hacía mucho tiempo la hora de irme a la cama y estaba bastante cansada; parecía que Atticus y el señor Underwood iban a pasarse el resto de la noche hablando, el señor Underwood en la ventana y Atticus con la vista levantada hacia él. Finalmente Atticus regresó, apagó la luz de encima de la puerta de la cárcel y recogió su silla.

—¿Puedo llevársela, señor Finch? —preguntó Dill. No había dicho ni una sola palabra en todo ese tiempo.

—Bueno, gracias, hijo.

Caminando hacia la oficina, Dill y yo íbamos al mismo paso detrás de Atticus y Jem. Dill iba cargado con la silla, y su ritmo era más lento. Atticus y Jem iban bastante por delante de nosotros y supuse que Atticus le estaría dando una buena regañina por no haberse ido a casa, pero estaba equivocada. Cuando pasaron por delante de una farola de la calle, Atticus levantó la mano y le acarició la cabeza a Jem, su único gesto de afecto.

16

$\backsim \varepsilon \varsigma \gg$

Jem me oyó. Asomó la cabeza por la puerta que comunicaba nuestros cuartos.
Mientras se acercaba a mi cama, se encendió la luz de Atticus. Nos quedamos donde estábamos hasta que se apagó; le oímos dar vueltas y esperamos
hasta que se quedara quieto otra vez.

Jem me llevó a su cuarto y me puso en la cama a su lado.

—Intenta dormirte —dijo—. Terminará todo después de mañana,
quizá.

Habíamos entrado sin hacer ruido, para no despertar a la tía. Atticus
había apagado el motor en el sendero de entrada y había seguido hasta la
cochera; entramos por la puerta trasera y nos fuimos a nuestros cuartos sin
decir palabra. Yo estaba muy cansada, y me estaba quedando dormida cuando el recuerdo de Atticus doblando tranquilamente su periódico y echando
su sombrero hacia atrás se convirtió en Atticus de pie en medio de una calle
vacía, subiéndose los lentes. Entendí el verdadero alcance de los acontecimientos de la noche y comencé a llorar. Jem fue muy amable: por una vez,
no me recordó que las personas de casi nueve años no hacen esas cosas.

Aquella mañana casi todos teníamos escaso apetito, salvo Jem, que
se comió tres huevos. Atticus observaba con franca admiración; la tía

Alexandra daba sorbos a su café y soltaba andanadas de reproches. Los niños que salían a escondidas en la noche eran una deshonra para la familia. Atticus dijo que se alegraba de que sus deshonras hubieran aparecido, pero la tía replicó:

—Tonterías, el señor Underwood estaba allí en todo momento.

—Pues mira, eso es lo extraño de Braxton —dijo Atticus—. Desprecia a los negros, no quiere que ninguno se le acerque.

La opinión generalizada en la localidad decía que el señor Underwood era un hombre vehemente y profano, cuyo padre, en un arrebato de humor, le puso el nombre de Braxton Bragg, y el señor Underwood había hecho todo lo posible por no estar a la altura del mismo. Atticus dijo que poner a las personas nombres de generales confederados las convertía al final en bebedores empedernidos.

Calpurnia estaba sirviendo más café a la tía Alexandra, y negó con la cabeza ante una mirada que le dirigí intentando expresar ruego.

—Eres demasiado pequeña todavía —me dijo—. Ya te avisaré cuando no lo seas.

Le contesté que podría ser bueno para mi estómago.

—Muy bien —dijo ella, y agarró otra taza de armario. Puso en ella una cucharada de café y la llenó hasta el borde de leche. Yo le di las gracias sacando la lengua cuando me sirvió, y levanté la vista para observar el ceño fruncido de la tía. Pero ella le dirigía ese gesto a Atticus.

Esperó hasta que Calpurnia estuviera en la cocina y entonces dijo:

—No hables así delante de ellos.

—¿Hablar cómo y delante de quién? —preguntó él.

—De ese modo delante de Calpurnia. Has dicho que Braxton Underwood desprecia a los negros delante de ella.

—Bien, estoy seguro de que Cal lo sabe. Todo el mundo en Maycomb lo sabe.

Yo comenzaba a notar un sutil cambio en mi padre en esos días, que se producía cuando hablaba con la tía Alexandra. Era un tono tranquilo y vehemente, no una irritación manifiesta. Se apreciaba una ligera sequedad en su voz cuando dijo:

—Cualquier cosa que se pueda decir en esta mesa puede decirse delante de Calpurnia. Ella sabe lo que significa para esta familia.

—No creo que sea un buen hábito, Atticus. Les alienta. Ya sabes cómo hablan entre ellos. Todo lo que sucede en esta ciudad llega hasta los Quarters antes de que se ponga el sol.

Mi padre dejó el cuchillo.

—No conozco ninguna ley que diga que no pueden hablar. Quizá si no les diéramos tanto de qué hablar estarían callados. ¿Por qué no te bebes tu café, Scout?

Yo estaba jugueteando con la cucharilla.

—Creía que el señor Cunningham era nuestro amigo. Hace mucho tiempo me dijiste que lo era.

—Y lo sigue siendo.

—Pero anoche quería hacerte daño.

Atticus puso su tenedor al lado del cuchillo y apartó su plato.

—El señor Cunningham es básicamente un buen hombre —dijo—, tan solo tiene sus puntos débiles, como el resto de nosotros.

—No llames a eso un punto débil —dijo Jem—. Podría haberte matado anoche cuando llegó allí.

—Podría haberme hecho una pequeña herida —dijo Atticus—, pero hijo, entenderás a la gente un poco mejor cuando seas más mayor. Una turba siempre está formada por personas, a pesar de todo. Anoche, el señor Cunningham formaba parte de una turba, pero seguía siendo un hombre. Toda turba de cualquier pequeña ciudad sureña está siempre formada por personas a las que uno conoce; eso no dice mucho de ellos, ¿verdad?

—Pues no —dijo Jem.

—Y por eso fue necesario que una niña de ocho años les hiciera recuperar la cordura, ¿no es así? —dijo Atticus—. Eso demuestra algo: que hasta una banda de bestias *puede* ser detenida, simplemente porque siguen siendo humanos. Humm... quizá necesitemos un cuerpo de policía formado por niños... ustedes anoche lograron que Walter Cunningham se pusiera en mi lugar durante un minuto. Eso fue suficiente.

Bueno, yo esperaba que Jem entendiera un poco mejor a las personas cuando fuera mayor; yo jamás las entendería.

—El primer día que Walter regrese a la escuela será también el último —afirmé.

—No le tocarás —dijo Atticus rotundamente—. No quiero que ninguno de los dos guarde rencor a causa de esto, suceda lo que suceda.

—¿Te das cuenta? —dijo la tía Alexandra—. Ya ves lo que sale de cosas como esta. No digas que no te lo advertí.

Atticus dijo que no, que no lo diría; apartó su silla y se levantó.

—Tenemos todo un día por delante, así que discúlpenme. Jem, no quiero que tú y Scout vayan a la ciudad hoy, por favor.

Cuando Atticus se fue, Dill llegó dando saltos por el vestíbulo hasta la sala.

—Esta mañana se ha enterado toda la ciudad —anunció—, todos hablan de cómo hicimos huir a un centenar de personas solo con nuestras manos...

La tía Alexandra se le quedó mirando para imponer silencio.

—No era un centenar de personas —corregí—, y nadie hizo huir a nadie. Era solamente un grupo de esos Cunningham, borrachos y alborotados.

—Perdona, tía, es la manera de hablar de Dill —dijo Jem. Nos hizo una señal para que le siguiéramos.

—Quédense en el patio hoy —dijo ella, mientras emprendíamos camino hacia el porche de la fachada.

Parecía que fuese sábado. Personas procedentes de la parte sur del condado pasaban por delante de nuestra casa en un flujo tranquilo pero continuo.

El señor Dolphus Raymond pasó traqueteando sobre su pura sangre.

—¿No ven cómo se sostiene en la silla? —murmuró Jem—. ¿Cómo puede aguantarse así si ya estaba borracho antes de las ocho de la mañana?

Una carreta llena de señoras pasó por delante. Iban ataviadas con bonetes de algodón y vestidos de manga larga. Un señor con barba y sombrero de lana manejaba la carreta.

—Mira, unos menonitas —le dijo Jem a Dill—. No usan botones.

Vivían en el interior de los bosques, hacían la mayoría de sus intercambios comerciales al otro lado del río y en raras ocasiones venían a Maycomb. Dill sentía interés por ellos.

—Todos tienen los ojos azules —explicó Jem—, y los hombres no pueden afeitarse después de casarse. A sus esposas les gusta que les hagan cosquillas con la barba.

El señor X Billups pasó montado en una mula y nos saludó con la mano.

—Es un hombre extraño —dijo Jem—. X es su nombre, no su inicial. Una vez estuvo en el juzgado y le preguntaron cómo se llamaba. Contestó que X Billups. El secretario le pidió que lo deletreara, y él dijo otra vez X. Le preguntaron otra vez y volvió a decir X. Siguieron así hasta que escribió una equis en una hoja de papel y la levantó para que todo el mundo la viera. Le preguntaron de dónde había sacado ese nombre y respondió que así le habían inscrito sus padres cuando nació.

Conforme el condado entero iba pasando por delante de nosotros, Jem le contaba a Dill las historias y las actitudes generales de las figuras más destacadas: el señor Tensaw Jones votaba al partido prohibicionista; la señorita Emily Davis tomaba rapé en privado; el señor Byron Waller sabía tocar el violín; al señor Jake Slade le estaba saliendo su tercera remesa de dientes.

Apareció una carreta llena de ciudadanos con caras inusualmente serias. Cuando señalaron hacia el patio de la señorita Maudie Atkinson, pletórico de flores de verano, la señorita Maudie en persona salió al porche. Había algo poco corriente en ella: cuando se sentaba en el porche, estaba demasiado alejada para que pudiéramos ver sus rasgos con claridad, pero siempre podíamos imaginar cuál era su ánimo considerando su postura. Ahora estaba de pie con los brazos en jarras, los hombros un poco caídos, la cabeza inclinada hacia un lado y sus lentes centelleantes a la luz del sol. Sabíamos que estaba luciendo una sonrisa de extrema malevolencia.

El conductor de la carreta disminuyó el paso de sus mulas y una mujer de voz estridente gritó:

—¡Porque en vano vino, y a tinieblas va!

—¡El corazón alegre hermosea el rostro! —respondió la señorita Maudie.

El que manejaba la carreta hizo apresurar el paso a sus mulas. Me pareció que los bautistas lavapiés pensaban que el diablo estaba citando la Escritura en su propio interés. El motivo por el que no les gustaba el patio de la señorita Maudie era un misterio, que para mí era aún mayor cuando consideraba que el conocimiento que tenía la señorita Maudie de la Escritura era formidable, para ser alguien que se pasaba todas las horas del día fuera de la casa.

—¿Va a ir al juzgado esta mañana? —preguntó Jem. Nos habíamos acercado a su casa.

—No —dijo ella—. No tengo nada que hacer en el juzgado esta mañana.

—¿No va a ir a mirar? —preguntó Dill.

—No. Es morboso ir a mirar a un pobre diablo que tiene la vida en la cuerda floja. Miren a todas esas personas, es como un carnaval romano.

—Tienen que juzgarle públicamente, señorita Maudie —dije yo—. No sería correcto si no lo hicieran.

—Soy bien consciente de eso —contestó—. No porque sea público tengo la obligación de ir, ¿verdad?

La señorita Stephanie Crawford pasó por allí. Llevaba un sombrero y guantes.

—Vaya, vaya, vaya... —dijo—. Miren a toda esa gente; se diría que va a dar un discurso William Jennings Bryan.

—¿Y adónde vas, Stephanie? —inquirió la señorita Maudie.

—A la tienda Jitney Jungle.

La señorita Maudie dijo que nunca había visto a la señorita Stephanie ir a Jitney Jungle con sombrero en toda su vida.

—Bueno —dijo la señorita Stephanie—, pensé que también podría echar un vistazo en el juzgado, para ver qué se propone Atticus.

—Será mejor que tengas cuidado, no sea que te dé una citación.

Pedimos a la señorita Maudie que nos explicara lo que había dicho: significaba que la señorita Stephanie parecía saber tanto sobre el caso que bien podrían llamarla a declarar.

Estuvimos aguantando hasta el mediodía, cuando Atticus regresó a casa a comer y dijo que se habían pasado toda la mañana escogiendo al jurado. Después de la comida, pasamos por casa de Dill y fuimos a la ciudad.

Era una ocasión de gala. No había espacio en la barra de amarres para un solo animal más, y se estacionaban mulas y carretas debajo de todos los árboles disponibles. La plaza del edificio del juzgado estaba cubierta de grupos de personas sentadas en periódicos, engullendo bollos y sirope con la ayuda de leche caliente que tomaban de jarros de fruta. Algunas personas mordían tajadas de pollo frío y de cerdo. Los más pudientes acompañaban su comida con Coca-Cola comprada en la tienda, bebiéndola en vasos con forma de bombilla. Había niños con la cara manchada de grasa entre la multitud y los bebés almorzaban de los pechos maternos.

En una esquina alejada de la plaza, los negros estaban sentados en silencio bajo el sol, comiendo a base de sardinas, galletas saladas y los intensos sabores de Nehi-Cola. El señor Dolphus Raymond estaba sentado con ellos.

—Jem —dijo Dill—, está bebiendo de una bolsa.

Eso era lo que parecía estar haciendo el señor Dolphus Raymond: dos pajitas amarillas iban desde su boca hasta las profundidades de una bolsa de papel marrón.

—Nunca he visto a nadie hacer eso —murmuró Dill—. ¿Cómo no se le cae lo que hay dentro?

—Dentro tiene una botella de Coca-Cola llena de *whisky* —se rio Jem. Lo hace para no escandalizar a las señoras. Le verás dando sorbos toda la tarde, se ausentará un rato y volverá a llenarla.

—¿Por qué está sentado con la gente de color?

—Siempre lo hace. Le caen mejor que nosotros, creo. Vive él solo cerca de los límites del condado. Tiene una mujer de color y muchos hijos mestizos. Te enseñaré a alguno de ellos si los vemos.

—Él no parece gentuza —dijo Dill.

—No lo es, es dueño de toda una ribera del río más abajo, y proviene de una familia verdaderamente antigua.

—Entonces, ¿por qué hace eso?

—Así es él —contestó Jem—. Dicen que nunca pudo sobreponerse a su boda. Iba a casarse con una de las damas de los... los Spencer, creo. Iban a celebrar una boda por todo lo alto, pero no lo hicieron... después del ensayo, la novia subió a su cuarto y se voló la cabeza. Se disparó. Apretó el gatillo con los dedos del pie.

—¿Y se supo el motivo?

—No —contó Jem—, nadie llegó a saber el motivo salvo el señor Dolphus. Dicen que fue porque ella descubrió que tenía una mujer de color, y él pensaba que podría seguir con ella y también casarse. Desde entonces ha estado medio borracho. Mira, sin embargo, es muy bueno con esos niños...

—Jem —le pregunté—, ¿qué es un niño mestizo?

—Mitad blanco y mitad de color. Tú los has visto, Scout. Conoces a ese pelirrojo y de cabello rizado que reparte para la droguería. Es mitad blanco. Son realmente desgraciados.

—¿Desgraciados? ¿Por qué?

—No pertenecen a ninguna parte. La gente de color no los quiere porque son medio blancos; la gente blanca no los quiere porque son de color, de modo que están entremedias y no pertenecen a ninguna parte. Pero el señor Dolphus, bueno, dicen que envió a dos al Norte. En el Norte no les importa. Ahí tienes a uno de ellos.

Un muchachito que iba agarrando la mano de una mujer negra caminaba hacia nosotros. A mí me parecía negro normal; tenía color chocolate, nariz ancha y hermosos dientes. A veces daba saltos tan contento, y la mujer negra tiraba de su mano para que dejara de darlos.

Jem esperó hasta que pasaron por nuestro lado.

—Ese es uno de esos pequeños —dijo.

—¿Cómo puedes saberlo? —preguntó Dill—. A mí me parece negro.

—A veces no se puede distinguir, a menos que sepas quiénes son. Pero él es mitad Raymond, seguro.

—Pero ¿cómo puedes *saberlo*? —le pregunté yo.

—Te lo he dicho, Scout, tienes que saber quiénes son.

—¿Y cómo sabes que nosotros no somos negros?

—El tío Jack Finch dice que en realidad no lo sabemos. Dice que hasta donde se puede remontar la familia de los Finch, no lo somos, pero, por lo que él sabe, bien podríamos provenir directamente de la Etiopía de tiempos del Antiguo Testamento.

—Bueno, si provenimos de la época del Antiguo Testamento, ha pasado ya mucho tiempo y no importa.

—Eso pensé yo —dijo Jem—, pero por aquí, con que tengas una gota de sangre negra ya te convierten en completamente negro. Eh, miren...

Alguna señal invisible había provocado que los que estaban almorzando en la plaza se levantaran y dejaran desparramados trozos de periódicos, celofán y papel de envolver. Los niños acudían a sus madres y se llevaban a los bebés apoyados sobre las caderas mientras los hombres de sombreros sudorosos reunían a sus familias y atravesaban las puertas del juzgado. En la esquina opuesta de la plaza, los negros y el señor Dolphus Raymond se pusieron de pie y se sacudieron los pantalones. Había pocas mujeres y niños entre ellos, lo cual parecía disipar el ánimo festivo. Esperaron pacientemente en la puerta detrás de las familias blancas.

—Vamos a entrar —animó Dill.

—No, es mejor que esperemos hasta que hayan entrado todos, puede que a Atticus no le haga gracia vernos —dijo Jem.

El edificio del juzgado del condado de Maycomb se parecía un poco al de Arlington en un aspecto: las columnas de cemento que soportaban el tejado de la parte sur eran demasiado pesadas para una carga tan ligera. Las columnas eran lo único que había quedado en pie cuando el edificio original del juzgado se quemó en 1856. Alrededor de ellas se construyó otro juzgado, aunque es más apropiado decir que se construyó a pesar de ellas. Pero en cuanto al porche de la parte sur, el edificio del juzgado del condado de Maycomb era de estilo victoriano temprano, presentando una vista no desagradable cuando se miraba desde el norte. Desde el otro lado, sin embargo, sus columnas de estilo renacentista griego contrastaban con la gran torre del reloj del siglo XIX que albergaba un instrumento oxidado y poco confiable, una perspectiva que hacía pensar en personas decididas a preservar todo resto físico del pasado.

Para llegar a la sala de juicios, que estaba en el segundo piso, había que pasar por varios cuchitriles del condado: el del asesor fiscal, el del recaudador de impuestos, el del secretario del condado, el del abogado del condado; el juez vivía en unos sombríos y húmedos habitáculos donde olía a libros de registros en descomposición mezclado con cemento mojado y orina rancia. Era necesario encender las luces aunque fuera de día; siempre había una capa de polvo sobre las ásperas tablas del piso. Los moradores de aquellas oficinas eran criaturas adaptadas a su ambiente: hombrecillos de rostro gris que parecían no haber tenido contacto con el viento ni con el sol.

Sabíamos que habría mucha gente, pero no habíamos contado con tal muchedumbre en el pasillo del primer piso. Me separaron de Jem y de Dill, pero me abrí paso hacia la pared contigua a la escalera, sabiendo que Jem iría a buscarme. Me encontré en medio del Club de los Ociosos e intenté pasar lo más inadvertida posible. Era un grupo de viejos con camisas blancas y pantalones color caqui, que se habían pasado la vida sin dar un palo al agua y habían llegado al crepúsculo de sus días inmersos en la misma actividad, sentados en bancos de pino bajo los robles de la plaza. Eran atentos críticos de lo que sucedía en el juzgado, y Atticus decía que, gracias a tantos años de observación, sabían tanto como el juez principal. Normalmente, ellos eran los únicos espectadores en los juicios, y hoy parecían estar resentidos por la interrupción en su cómoda rutina. Cuando hablaban, sus voces sonaban solemnes de tanto en tanto. La conversación giraba en torno a mi padre.

—.... Se cree que sabe lo que hace —dijo uno de ellos.

—Oh... bueno... yo no diría eso —comentó otro—. Atticus Finch es un hombre que lee a conciencia, muy bien documentado.

—Sí, lee mucho, y es lo único que hace —y el Club se rio.

—Deja que te diga algo, Billy —intervino un tercero—, debes saber que el tribunal lo nombró para defender a ese negro.

—Sí, pero Atticus tiene el propósito personal de defenderlo. Eso es lo que no me gusta.

Eso era una noticia, una noticia que arrojaba una luz diferente sobre las cosas: Atticus tenía que hacerlo, quisiera o no. Me resultaba extraño que no nos hubiera contado nada al respecto, pues podríamos haberlo utilizado muchas veces a la hora de defenderle a él y a nosotros mismos. «Estaba obligado a hacerlo, por eso lo hacía», habría significado menos peleas y menos alborotos. Pero ¿explicaba eso la actitud que tenía la ciudad? El tribunal había nombrado a Atticus para la defensa. Atticus se proponía defender al acusado. Pero eso era lo que no les gustaba. Me parecía muy confuso.

Los negros, después de haber esperado a que los blancos subieran las escaleras, comenzaron a entrar.

—Eh, un momento —dijo un miembro del Club, levantando su bastón—, no empiecen a subir las escaleras, esperen un momento.

El Club comenzó su ascenso en conjunto y se toparon con Dill y Jem cuando ellos bajaban las escaleras buscándome. Pasaron apretujados entre ellos y Jem gritó:

—Scout, vamos, no queda ningún asiento. Tendremos que quedarnos de pie. Mira —dijo irritado, a medida que la gente de color iba subiendo. Los viejos que iban delante ocuparían la mayor parte de la sala. No lo conseguimos, y todo era culpa mía, me informó Jem. Nos quedamos amargados junto a la pared.

—¿No pueden entrar?

El reverendo Sykes nos estaba mirando, con su sombrero negro en la mano.

—Hola, reverendo —dijo Jem—. No podemos, por culpa de Scout.

—Bien, veamos qué podemos hacer.

El reverendo Sykes se abrió camino escaleras arriba. Unos momentos después estaba de regreso.

—No queda ningún asiento abajo. ¿Les parece buena idea venir a la galería conmigo?

—Claro que sí —dijo Jem.

Contentos, fuimos delante del reverendo Sykes hacia la planta del juzgado. Allí, subimos por una escalera cubierta y esperamos en la puerta. El reverendo Sykes llegó resoplando detrás de nosotros y nos dirigió amablemente entre las personas de color que estaban en la galería. Cuatro negros se levantaron y nos cedieron sus asientos en primera fila.

La galería reservada para ellos discurría por tres paredes de la sala del juzgado como si fuera un barandal de segundo piso, y desde allí podíamos verlo todo.

El jurado estaba sentado a la izquierda, bajo unas largas ventanas. Desgarbados y quemados por el sol, todos ellos parecían ser granjeros, pero eso era natural: la gente de la ciudad en raras ocasiones se sentaba como jurados, pues eran recusados o se excusaban. Uno o dos de los jurados se parecían vagamente a algún Cunningham bien vestido. En esa fase del proceso, se sentaban muy erguidos y atentos.

El fiscal del distrito y otro hombre, Atticus y Tom Robinson, estaban sentados ante sus mesas dándonos la espalda. Había un libro marrón y unas tablillas amarillas sobre la mesa del fiscal; la de Atticus estaba vacía.

En el interior del barandal que dividía a los espectadores del tribunal, los testigos se sentaban en sillas con asiento de cuero. Estaban de espaldas a nosotros.

El juez Taylor estaba en el estrado y tenía el aspecto de un viejo tiburón somnoliento, mientras su pez piloto escribía rápidamente más abajo enfrente de él. El juez Taylor se parecía a la mayoría de jueces que yo había visto: amigable, con cabello blanco, con la cara ligeramente rojiza. Dirigía su tribunal con una informalidad alarmante: a veces ponía los pies en alto, a menudo se limpiaba las uñas con su navaja. Durante las vistas muy largas, especialmente después de comer, daba la impresión de dormitar, una impresión que quedó desmentida para siempre cuando, en cierta ocasión, un abogado dejó caer deliberadamente un montón de libros al piso en un esfuerzo desesperado por hacer que se despertara. Sin abrir los ojos, el juez Taylor murmuró:

—Señor Whitley, vuelva a hacer eso y le costará cien dólares.

Era un hombre docto en leyes y, aunque parecía tomarse su trabajo con informalidad, lo cierto es que mantenía un rígido control sobre cualquier caso que se presentara ante él. Solamente una vez se vio al juez Taylor en un punto muerto en un juicio público, y fue por los Cunningham. Old Sarum, que era su terreno, estaba poblado por dos familias separadas al principio, pero que por desgracia llevaban el mismo nombre. Hubo tantos matrimonios entre los Cunningham y los Coningham que la ortografía del apellido se convirtió en tema de estudio académico; académico hasta que un Cunningham tuvo una disputa con un Coningham por los títulos de propiedad de unos terrenos y lo llevó ante un tribunal. Durante una controversia sobre este asunto, Jeems Cunningham testificó que su madre lo deletreaba Cunningham en escrituras de propiedad y otros papeles, pero que ella en realidad era una Coningham, porque no sabía de ortografía, leía en contadas ocasiones y a veces se sentaba en la galería por la tarde y no hacía otra cosa que mantener la vista en la distancia. Después de nueve horas escuchando las excentricidades de los habitantes de Old Sarum, el juez Taylor desestimó el caso. Cuando le preguntaron sobre qué base, el juez Taylor dijo: «Connivencia en obtener ganancia», y declaró que dejaba en manos de Dios que los litigantes quedaran satisfechos con haber tenido cada uno la palabra. Así fue. Eso era lo único que querían desde el principio.

El juez Taylor tenía un hábito interesante. Permitía fumar en su sala, pero él no lo hacía: a veces, con un poco de suerte, uno tenía el privilegio de verle ponerse un largo cigarro apagado en la boca e ir masticándolo. Poco a poco, el cigarro iba desapareciendo, para reaparecer horas después como una bola plana y aceitosa, con su sabor ya debilitado y mezclado con los jugos digestivos del juez Taylor. Una vez le pregunté a Atticus cómo soportaba la señora Taylor besarle, pero Atticus dijo que ellos no se besaban mucho.

El estrado estaba a la derecha del juez, y cuando llegamos a nuestros asientos el señor Heck Tate ya estaba en él.

17

※※

—Jem —le dije—, ¿esos que están sentados allí abajo son los Ewell?

—Calla —me cortó Jem—. El señor Heck Tate está declarando.

El señor Tate se había vestido para la ocasión. Vestía un traje corriente, que le hacía en cierto modo parecerse a todos los demás. Ya no llevaba sus botas altas, su chaqueta de cuero y su cinturón lleno de balas. Desde ese momento dejó de aterrarme. Estaba sentado inclinado hacia adelante en la silla de los testigos, con las manos entrelazadas entre las rodillas, escuchando atentamente al fiscal del distrito.

Al fiscal, un tal señor Gilmer, no le conocíamos bien. Era de Abbottsville; le veíamos solamente cuando se convocaba el tribunal, y eso ocurría raras veces, ya que los tribunales no despertaban ningún interés especial en Jem ni en mí. El hombre se estaba quedando calvo y tenía rasgos lisos, y se le podría situar en cualquier rango de edad entre los cuarenta y los sesenta. Aunque nos daba la espalda, sabíamos que era un poco bizco de un ojo, lo cual utilizaba para su ventaja: parecía estar mirando a una persona cuando en realidad no lo hacía, y de ese modo era un suplicio para jurados y testigos. El jurado, pensando que estaba sometido a un estrecho escrutinio, prestaba atención; lo mismo hacían los testigos, convencidos de lo mismo.

—... con sus propias palabras, señor Tate —estaba diciendo el señor Gilmer.

—Bien —dijo el señor Tate, jugueteando con sus lentes y como si hablara a sus rodillas—, me llamaron...

—¿Podría decírselo al jurado, señor Tate? Gracias. ¿Quién le llamó?

—Bob vino a buscarme —dijo el señor Tate—, el señor Bob Ewell, de allá, una noche...

—¿Qué noche, señor?

—Era la noche del veintiuno de noviembre —dijo el señor Tate—. Yo estaba saliendo de mi oficina para irme a casa cuando B... el señor Ewell entró, muy nervioso, y dijo que fuera a su casa corriendo, que un negro había violado a su hija.

—¿Y fue usted?

—Claro que sí. Me metí en el auto y fui tan rápido como pude.

—¿Y qué encontró?

—La encontré tumbada en el piso en medio del cuarto que da a la fachada, el de la derecha según se entra. Había recibido muchos golpes, pero la ayudé a ponerse de pie y ella se lavó la cara en un cubo que había en la esquina y dijo que estaba bien. Le pregunté quién le había hecho daño, y ella dijo que Tom Robinson...

El juez Taylor, que había estado concentrado en las uñas de sus dedos, levantó la vista como si esperara una objeción, pero Atticus siguió callado.

—... le pregunté si él la había golpeado de ese modo y ella dijo que sí. Le pregunté si se había aprovechado de ella y me dijo que sí lo había hecho. Así que fui a la casa de los Robinson y lo llevé hasta allá. Ella lo identificó como el culpable, así que lo detuve. Eso fue todo.

—Gracias —concluyó el señor Gilmer.

—¿Alguna pregunta, Atticus? —dijo el juez Taylor.

—Sí —contestó mi padre. Estaba sentado detrás de su mesa; su silla estaba desviada hacia un lado, tenía las piernas cruzadas y uno de sus brazos descansaba sobre el respaldo de su asiento.

—¿Llamó usted a un médico, *sheriff*? ¿Llamó alguien a un médico? —preguntó Atticus.

—No, señor —dijo el señor Tate.

—¿No llamaron a un médico?

—No, señor —repitió el señor Tate.

—¿Por qué no? —había cierto tono cortante en la voz de Atticus.

—Bueno, no puedo decirle por qué. No era necesario, señor Finch. Ella había recibido una paliza enorme. Algo debía de haber pasado, era obvio.

—Pero ¿no llamó usted a un médico? Mientras estaban allí, ¿no hubo nadie que enviara a buscar uno, lo llevara, la llevara a ella?

—No, señor...

El juez Taylor intervino.

—Ya ha respondido a la pregunta tres veces, Atticus. No llamó a un médico.

Atticus dijo:

—Tan solo quería asegurarme, señoría. —Y el juez sonrió.

Jem tenía la mano sobre el barandal de la galería, la apretó con más fuerza. Contuvo de repente la respiración. Al mirar abajo, yo no vi ninguna reacción correspondiente, y me pregunté si Jem estaba intentando hacerse el dramático. Dill observaba tranquilamente, y también el reverendo Sykes, que estaba a su lado.

—¿Qué pasa? —susurré, y recibí un tenso:

—¡Shh!

—*Sheriff* —estaba diciendo Atticus—, usted dice que ella recibió una paliza enorme. ¿Cómo la golpearon?

—Bueno...

—Describa sus heridas, Heck.

—Bien, tenía golpes por toda la cabeza. Ya le estaban saliendo moretones en sus brazos, y el ataque había sido unos treinta minutos antes...

—¿Cómo lo sabe?

—Lo siento —sonrió el señor Tate—, eso es lo que ellos dijeron. De todos modos, cuando yo llegué allá, ella ya tenía bastantes golpes, y se le estaba poniendo un ojo morado.

—¿Qué ojo?

El señor Tate pestañeó y se pasó la mano por el cabello.

—Veamos —dijo en voz baja, y después miró a Atticus como si considerara que esa pregunta era infantil.

—¿No puede recordarlo? —preguntó Atticus.

El señor Tate señaló a una persona invisible a pocos centímetros delante de él y dijo:

—El izquierdo.

—Un momento, *sheriff* —dijo Atticus—. ¿Era el izquierdo mirándolo a usted o el izquierdo mirando desde donde usted estaba?

—Ah, sí —dijo el señor Tate—, entonces sería el ojo derecho de ella. Era su ojo derecho, señor Finch. Ahora lo recuerdo, tenía ese lado de su cara hinchado...

El señor Tate parpadeó de nuevo, como si de repente hubiera entendido con claridad algo. Entonces giró el cuello y miró a Tom Robinson. Como por instinto, Tom Robinson levantó la cabeza.

Para Atticus también se había aclarado algo y se puso de pie.

—*Sheriff*, por favor, repita lo que ha dicho.

—He dicho que fue su ojo derecho.

—No... —Atticus se acercó hasta la mesa del secretario del juzgado y se inclinó delante de la mano que escribía con rapidez. Esta se detuvo, volvió la hoja del cuaderno y el secretario dijo:

—Señor Finch. Ahora lo recuerdo, tenía ese lado de su cara hinchado.

Atticus miró al señor Tate.

—¿Qué lado, otra vez, Heck?

—El lado derecho, señor Finch, pero ella tenía más heridas... ¿quiere que hable de ellas?

Atticus parecía que iba a hacer otra pregunta, pero lo pensó mejor y dijo:

—Sí, ¿cuáles eran sus otras heridas?

Mientras el señor Tate respondía, Atticus se giró y miró a Tom Robinson como si quisiera decirle que eso era algo que no habían comentado.

—... tenía moretones en los brazos y me enseñó el cuello. Había marcas de dedos muy definidas en su garganta...

—¿Alrededor de su garganta? ¿En la nuca?

—Yo diría que todo alrededor, señor Finch.

—¿Lo diría?

—Sí, señor, ella tenía un cuello pequeño, y cualquiera podría haberlo rodeado con...

—Tan solo responda a la pregunta sí o no, por favor, *sheriff* —dijo secamente Atticus, y el señor Tate se quedó en silencio.

Atticus se sentó e hizo un gesto con la cabeza al fiscal del distrito, quien asintió ante el juez, el cual hizo lo mismo al señor Tate, y él se levantó muy tieso y se bajó del estrado de los testigos.

Debajo de nosotros se movieron cabezas, se arrastraron pies por el piso, se subieron pequeños a los hombros y unos cuantos niños salieron correteando de la sala. Los negros que estaban a nuestras espaldas susurraban en voz baja entre ellos; Dill le estaba preguntando al reverendo Sykes de qué se trataba todo aquello, pero el reverendo Sykes dijo que no lo sabía. Hasta ahí, las cosas habían sido bastante sosas: nadie había gritado, no había habido discusiones entre el fiscal y el abogado, ningún dramatismo; una gran decepción para todos los presentes, o eso parecía. Atticus procedía amistosamente, como si estuviera involucrado en una disputa por una propiedad. Con su infinita capacidad para calmar aguas turbulentas, podía hacer que un caso de violación fuera tan árido como un sermón. Ya se había ido de mi mente el terror al olor a *whisky* y establo, a hombres ariscos y de ojos somnolientos, a una voz ronca que decía en medio de la noche: «Señor Finch, ¿se han ido?». Nuestra pesadilla se había alejado con la luz del día, y todo saldría bien.

Todos los espectadores estaban tan relajados como el juez Taylor, salvo Jem. Su boca tenía el gesto de una media sonrisa forzada, sus ojos estaban alegres y dijo algo sobre corroborar evidencias, lo cual me dio la seguridad de que estaba presumiendo.

—... ¡Robert E. Lee Ewell!

En respuesta a la sonora voz del secretario, un hombre bajito como un gallo se levantó y caminó pavoneándose hasta el estrado; su nuca se sonrojó cuando escuchó su nombre. Cuando se dio media vuelta para hacer el juramento, vimos que su cara era tan roja como su cuello. También vimos que no tenía semejanza alguna con su tocayo. Un mechón de escaso cabello recién lavado salía de su frente; tenía la nariz delgada, puntiaguda y brillante; no se podría decir que tuviera barbilla, que más bien parecía parte de su arrugado cuello.

—.... Con la ayuda de Dios —cacareó.

Toda ciudad del tamaño de Maycomb tenía familias como los Ewell. Ninguna fluctuación económica cambiaba su posición, pues ese tipo de personas vivían como huéspedes del condado tanto en tiempos de prosperidad como en lo más hondo de una depresión. Ningún inspector de truhanes podía mantener a su numerosa descendencia en la escuela; ningún funcionario de la salud pública podría liberarlos de defectos congénitos, parásitos varios y enfermedades propias de un entorno insalubre.

Los Ewell de Maycomb vivían detrás del vertedero de la ciudad en lo que antes fue una cabaña de negros. Las paredes de tablas habían sido suplidas por planchas de chapa ondulada, su tejado cubierto con botes de hojalata aplanados a martillazos, de modo que su forma general sugería su diseño original: cuadrada, con cuatro diminutas habitaciones que daban a un vestíbulo, la cabaña descansaba de modo inestable sobre cuatro elevaciones irregulares de piedra caliza. Sus ventanas eran simples espacios abiertos en la pared, que cubrían en verano con tiras grasientas de estopilla para mantener alejadas a las alimañas que se alimentaban de los desechos de Maycomb.

Las alimañas no comían mucho, porque los Ewell daban al vertedero un repaso cada día, y los frutos de su trabajo (los que no eran comestibles) hacían que el terreno alrededor de la cabaña pareciera el parque de juegos de un niño demente: lo que pretendían que fuera una valla se componía de pedazos de ramas de árboles, palos de escoba y mangos de herramientas, coronados todos ellos con oxidadas cabezas de martillo, de rastrillos, palas, hachas y azadas, sujetas con pedazos de alambre de espinos. Encerrado tras esa barricada había un sucio patio que albergaba los restos de un Ford Modelo-T (despiezado), un sillón de dentista desechado, una nevera antigua, además de objetos menores: zapatos viejos, radios de mesa destrozadas, marcos de fotografías y jarras de fruta, bajo los cuales algunas gallinas flacas picoteaban sin perder la esperanza.

Sin embargo, en el patio había un rincón que era el asombro de Maycomb. Apoyadas contra la valla, en fila, había seis jarras de lavabo con el esmalte mellado que contenían brillantes geranios rojos, cuidados tan atentamente como si hubieran pertenecido a la señorita Maudie Atkinson, si es que la señorita Maudie se hubiera dignado a tolerar un geranio en su terreno. La gente decía que eran de Mayella Ewell.

Nadie estaba seguro de cuántos niños había en ese lugar. Algunos decían que seis, otros decían que nueve; siempre había varias caras sucias en las ventanas cuando cualquiera pasaba por allá. Nadie tenía ocasión de pasar excepto en Navidad, cuando las iglesias entregaban cestas de comida y el alcalde de Maycomb nos pedía que por favor ayudáramos a quienes recogían la basura dejando allí nuestros propios árboles y la basura de nuestra casa.

Atticus nos llevó con él la Navidad anterior cuando cumplió con la petición del alcalde. Un sucio camino discurría desde la carretera hacia el vertedero, llegando hasta un pequeño asentamiento negro que estaba unos quinientos metros más allá del de los Ewell. Era necesario regresar por la carretera o recorrer todo el trecho y dar la vuelta; la mayoría de personas daban la vuelta en los patios frontales de los negros. En el frío atardecer de diciembre, sus cabañas se veían limpias y acogedoras, con su humo color gris pálido que ascendía desde las chimeneas y con el umbral de la puerta de color ámbar por el fuego que ardía en el interior. Había por allí aromas deliciosos: pollo, tiras de tocino friéndose, frescas como el aire del atardecer. Jem y yo detectamos que estaban cocinando ardilla, pero fue necesario un viejo hombre de campo como Atticus para identificar que era comadreja y conejo, aromas que se desvanecían cuando pasábamos por delante de la residencia de los Ewell.

Lo único que había hecho que el hombrecillo que estaba en el estrado de los testigos fuese distinto a su vecino más cercano era que, si le restregaban con jabón de sosa en un barreño con agua muy caliente, su piel era blanca.

—¿Señor Robert Ewell? —preguntó el señor Gilmer.

—Ese es mi nombre, capitán —dijo el testigo.

La espalda del señor Gilmer se puso un poco rígida y yo sentí lástima de él. Quizá sea mejor que explique algo ahora. He oído que los hijos de los abogados, al ver a sus padres en la sala en el fragor de una discusión, caen en una idea equivocada: piensan que el abogado de la parte contraria es el enemigo personal de sus padres, sufren intensamente, y se sorprenden al verlos salir del brazo de su atormentador durante el primer receso. Jem y yo no caíamos en eso. Nosotros no teníamos ningún trauma por ver a nuestro padre ganar o perder. Siento no poder aportar ningún dramatismo a este respecto; si lo hiciera, no sería real. Podíamos distinguir, sin embargo, cuándo el debate se volvía más mordaz que profesional, pero eso se debía a haber observado a otros abogados aparte de nuestro padre. Yo nunca oí a Atticus levantar la voz en toda mi vida, excepto ante un testigo que era sordo. El señor Gilmer estaba haciendo su trabajo y Atticus hacía el suyo. Además, el señor Ewell era el testigo del señor Gilmer, así que no tenía que mostrarse grosero, con él menos que con nadie.

—¿Es usted el padre de Mayella Ewell? —fue la siguiente pregunta.

—Bueno, si no lo soy ya no puedo hacer nada, pues su madre está muerta —fue la respuesta.

El juez Taylor se agitó. Se volvió lentamente en su sillón giratorio y miró de modo benigno al testigo.

—¿Es usted el padre de Mayella Ewell? —preguntó, de una manera que hizo que las risas que se oían abajo se detuvieran de repente.

—Sí, señor —dijo el señor Ewell.

El juez Taylor continuó con un tono de buena voluntad.

—¿Es esta la primera vez que está ante un tribunal? No recuerdo haberle visto nunca aquí. —Ante el movimiento afirmativo de la cabeza del testigo, continuó: —Bien, dejemos algo claro. No habrá ninguna especulación obscena más sobre ningún tema por parte de nadie en esta sala mientras yo esté sentado aquí. ¿Lo entiende?

El señor Ewell asintió, pero no creo que lo entendiera. El juez Taylor dio un suspiro y dijo:

—¿Bien, señor Gilmer?

—Gracias, señoría. Señor Ewell, ¿querría decirnos con sus propias palabras lo que sucedió la tarde del día veintiuno de noviembre, por favor?

Jem sonrió y se echó para atrás el cabello. «Con sus propias palabras» era la marca de fábrica del señor Gilmer. A menudo nos preguntábamos de quién temía el señor Gilmer que fueran las palabras que su testigo pudiera emplear.

—Bueno, la noche del veintiuno de noviembre yo llegaba del bosque con una carga de leña y justo cuando llegué a la valla oí gritar a Mayella como un cerdo apaleado dentro de la casa...

Aquí el juez Taylor miró al testigo, y debió de haber decidido que sus especulaciones no tenían mala intención, porque volvió a su aire somnoliento.

—¿Qué hora era, señor Ewell?

—Justo antes de la puesta de sol. Bien, estaba diciendo que Mayella gritaba como para... —otra mirada desde el estrado del juez silenció al señor Ewell.

—¿Sí? ¿Estaba gritando? —dijo el señor Gilmer.

El señor Ewell miró confuso al juez.

—Bien, Mayella estaba gritando, así que yo dejé caer mi carga y corrí todo lo rápido que pude, pero me enganché en la valla, y cuando logré desengancharme corrí hasta la ventana y vi... —la cara del señor Ewell se puso color escarlata. Se levantó y señaló con el dedo a Tom Robinson—, ¡vi a ese negro de allí sobre mi Mayella!

La sala del juez Taylor era tan tranquila que tenía pocas ocasiones de usar el mazo, pero estuvo dando golpes durante cinco minutos. Atticus estaba de pie en el estrado diciéndole algo, el señor Heck Tate, como primer oficial del condado, se puso de pie en el pasillo central para apaciguar a la sala atestada de gente. A nuestras espaldas se apreció un enojado murmullo por parte de la gente de color.

El reverendo Sykes se inclinó por encima de Dill y de mí, tirando del codo a Jem.

—Señor Jem —dijo—, será mejor que se lleve a casa a la señorita Jean Louise. Señor Jem, ¿me oye?

Jem giró la cabeza.

—Scout, vete a casa. Dill, tú y Scout márchense a casa.

—Antes tendrás que obligarme —dije yo, recordando la bendita frase de Atticus.

Jem me frunció el ceño furiosamente y después le dijo al reverendo Sykes:

—Creo que no importa, reverendo, ella no lo entiende.

Yo me sentí mortalmente ofendida.

—Claro que sí, yo puedo entender lo mismo que tú.

—Ah, calla. Ella no lo entiende, reverendo; aún no tiene nueve años.

Los ojos negros del reverendo Sykes mostraban ansiedad.

—¿Sabe el señor Finch que están ustedes aquí? Esto no es adecuado para la señorita Jean Louise ni tampoco para ustedes, muchachos.

Jem meneó la cabeza.

—Él no puede vernos desde tan lejos. No hay ningún problema, reverendo.

Yo sabía que Jem ganaría, porque sabía que nada podría hacer que se marchara ahora. Dill y yo estábamos seguros, durante un rato; Atticus podría vernos desde donde estaba si miraba hacia vuestra posición.

Mientras el juez Taylor golpeaba con su mazo, el señor Ewell estaba sentado con aire engreído en su silla de testigo, contemplando su obra. Con una sola frase había convertido a personas contentas en una multitud tensa y murmuradora, hipnotizada lentamente por los golpes de mazo que sonaban con intensidad decreciente, hasta que el último sonido que se oía en la sala fue un débil pinc-pinc-pinc; el juez bien podría haber estado golpeando la mesa con un lapicero.

En posesión de su sala una vez más, el juez Taylor se inclinó hacia atrás en su sillón. De repente se le veía cansado; se le notaba la edad y yo pensé en lo que Atticus había dicho, que él y la señora Taylor no se besaban mucho; debía de estar cerca de los setenta años.

—Ha habido una petición —dijo el juez Taylor— de que se despeje esta sala de espectadores, o al menos de mujeres y niños, una petición que será denegada por ahora. La gente por lo general ve lo que está buscando, y oye lo que escucha, y tiene derecho a someter a ello a sus hijos, pero puedo asegurarles una cosa: recibirán lo que vean y oigan en silencio, o despejarán esta sala, pero no la abandonarán sin antes presentarse ante mí acusados de desacato. Señor Ewell, usted mantendrá su declaración dentro de los límites del uso del idioma, si es posible. Proceda, señor Gilmer.

El señor Ewell me recordaba a un sordomudo. Estaba segura de que él nunca había oído las palabras que el juez Taylor le dirigía (su boca las formaba trabajosamente en silencio), pero en su cara se podía ver la importancia que les daba. Desapareció su engreimiento, sustituido por una sinceridad que no engañó en absoluto al juez Taylor: mientras el señor Ewell estuvo en el estrado, el juez no quitó los ojos de él, como si lo estuviera desafiando a hacer un movimiento en falso.

El señor Gilmer y Atticus se miraron. Atticus estaba otra vez sentado y con el puño apoyado en la mejilla; no podíamos verle la cara. El señor Gilmer parecía bastante desesperado. Una pregunta del juez Taylor hizo que se relajara:

—Señor Ewell, ¿vio usted al acusado teniendo relaciones sexuales con su hija?

—Sí lo vi.

Los espectadores estaban en silencio, pero el acusado dijo algo. Atticus le susurró al oído y Tim Robinson se quedó en silencio.

—¿Dijo usted que estaba en la ventana? —preguntó el señor Gilmer.

—Sí, señor.

—¿A qué distancia está del suelo?

—Como a un metro.

—¿Tenía una visión clara de la habitación?

—Sí, señor.

—¿Cómo se veía la habitación?

—Bueno, estaba todo por el piso, como si hubiera una pelea.

—¿Qué hizo usted cuando vio al acusado?

—Pues rodeé la casa corriendo para entrar, pero él salió corriendo por la puerta justo delante de mí. Vi muy bien quién era. Yo estaba demasiado preocupado por Mayella para salir corriendo tras él. Entré en la casa y ella estaba tumbada sobre el piso llorando...

—Entonces, ¿qué hizo?

—Salí corriendo a buscar a Tate tan rápidamente como pude. Sabía muy bien quién era él, que vivía más allá en ese nido de negros, pasaba por delante de la casa todos los días. Juez, he pedido a este condado durante quince años que limpie ese nido de negros, que es peligroso vivir cerca de ellos y devalúan mi propiedad...

—Gracias, señor Ewell —dijo rápidamente el señor Gilmer.

El testigo se bajó rápidamente del estrado y se topó con Atticus, que se había levantado para interrogarlo. El juez Taylor permitió que la sala se riera.

—Solo un minuto, señor —dijo Atticus afablemente—. ¿Podría hacerle una o dos preguntas?

El señor Ewell volvió a la silla de los testigos, se acomodó y miró a Atticus con una altiva desconfianza, una expresión común en los testigos del condado de Maycomb cuando eran confrontados por un abogado de la parte contraria.

—Señor Ewell —comenzó Atticus—, hubo muchas carreras aquella noche. Veamos, usted dice que corrió hasta la casa, corrió hasta la ventana, corrió hacia el interior, corrió hasta Mayella, corrió a buscar al señor Tate. Durante todas esas carreras, ¿corrió a buscar a un médico?

—No era necesario. Yo vi lo que sucedió.

—Pero hay una cosa que no entiendo —dijo Atticus—. ¿No le preocupaba el estado de Mayella?

—Claro que sí —dijo el señor Ewell—. Yo vi quién lo hizo.

—No, me refiero a su estado físico. ¿No pensó que la naturaleza de sus heridas requería una atención médica inmediata?

—¿Qué?

—¿No pensó que ella debía visitar a un doctor, inmediatamente?

El testigo dijo que nunca pensó en eso, que nunca había llamado a un médico de ningún tipo en su vida, y que eso le habría costado cinco dólares.

—¿Eso es todo? —preguntó.

—Aún no —dijo Atticus de modo natural—. Señor Ewell, ha escuchado la declaración del *sheriff*, ¿verdad?

—¿Y eso?

—Usted estaba en la sala cuando el señor Heck Tate estaba en el estrado, ¿no es así? Usted ha oído todas sus palabras, ¿verdad?

El señor Ewell consideró el asunto con cuidado y pareció decidir que la pregunta era segura.

—Sí —dijo.

—¿Está de acuerdo con su descripción de las heridas de Mayella?

—¿A qué se refiere?

Atticus miró al señor Gilmer y sonrió. El señor Ewell parecía decidido a no darle ni la hora a la defensa.

—El señor Tate ha declarado que ella tenía el ojo derecho morado, que fue golpeada alrededor de...

—Ah, sí —dijo el testigo—, sostengo todo lo que ha dicho Tate.

—¿Seguro? —preguntó Atticus—. Solo quiero asegurarme.

Se acercó al secretario de la sala, dijo algo y el secretario nos entretuvo unos minutos leyendo la declaración del señor Tate como si fueran citas del mercado de valores.

—... qué ojo, el izquierdo, ah sí, entonces sería el ojo derecho de ella. Era su ojo derecho, señor Finch. Ahora lo recuerdo, tenía ese lado de su cara hinchado —pasó la página—, *Sheriff*, por favor, repita lo que ha dicho. He dicho que fue su ojo derecho...

—Gracias, Bert —dijo Atticus—. Lo ha oído de nuevo, señor Ewell. ¿Tiene algo que añadir a eso? ¿Está de acuerdo con el *sheriff*?

—Estoy de acuerdo con Tate. Tenía el ojo morado y había recibido muchos golpes.

El hombrecillo parecía haber olvidado su humillación previa desde el estrado. Se estaba haciendo obvio que pensaba que Atticus era un rival fácil. El color rosado pareció volver a su cara; se le hinchó el pecho y volvió a convertirse en un gallito. Yo pensé que le estallaría la camisa ante la pregunta siguiente de Atticus:

—Señor Ewell, ¿sabe usted leer y escribir?

—Protesto —interrumpió el señor Gilmer—. No veo qué tiene que ver con el caso que el testigo sea analfabeto; irrelevante e insustancial.

El juez Taylor estaba a punto de hablar, pero Atticus dijo:

—Juez, si permite usted la pregunta seguida de otra, pronto lo verá.

—Muy bien, veamos —concedió el juez Taylor—, pero asegúrese de que lo veamos, Atticus. Denegada.

El señor Gilmer parecía sentir tanta curiosidad como el resto de nosotros respecto a qué tenía que ver con el caso el nivel de formación académica del señor Ewell.

—Repetiré la pregunta —dijo Atticus—. ¿Sabe usted leer y escribir?

—Sí que sé.

—¿Querría escribir su hombre y mostrarlo a la sala?

—Claro que sí. ¿Cómo cree que firmo mis cheques de la beneficencia?

El señor Ewell quería congraciarse con sus conciudadanos. Los susurros y las risitas abajo probablemente tenían que ver con lo raro que era.

Yo me estaba poniendo nerviosa. Atticus parecía saber lo que hacía, pero yo pensaba que había ido a pescar ranas sin linterna. Nunca, nunca, nunca en un interrogatorio se debe hacer una pregunta a un testigo de la que ya no se sepa la respuesta; ese era un principio con el que yo me había alimentado desde mi niñez. Hazla, y muy probablemente obtendrás una respuesta que no quieres, una respuesta que podría arruinar tu caso.

Atticus se metió la mano en el bolsillo interior de la chaqueta y sacó un sobre, y después sacó su pluma del bolsillo del chaleco. Se movía con soltura y se había girado para que el jurado le viera bien. Desenroscó la tapa de la pluma y la puso suavemente sobre su mesa. Sacudió un poco la pluma, y después se la entregó junto con el sobre al testigo.

—¿Quiere escribir su nombre? —preguntó—. Con tranquilidad, para que el jurado pueda ver cómo lo hace.

El señor Ewell escribió en la parte de atrás del sobre y levantó la vista con complacencia para ver al juez Taylor mirarle fijamente como si fuera una especie de fragante gardenia en floración sobre el estrado de los testigos, para ver al señor Gilmer mitad sentado y mitad de pie en su mesa. El jurado le estaba observando y un hombre se inclinaba hacia adelante con sus manos sobre el barandal.

—¿Qué es tan interesante? —preguntó él.

—Usted es zurdo, señor Ewell —dijo el juez Taylor.

El señor Ewell se giró enojadamente hacia el juez y dijo que no veía qué tenía que ver con todo eso el que él fuera zurdo, que era un hombre temeroso de Cristo y que Atticus Finch se estaba aprovechando de él. Los abogados astutos como Atticus Finch se aprovechaban de él todo el tiempo con sus maneras engañosas de actuar. Él les había dicho lo que sucedió, lo diría una y otra vez; y así lo había hecho. Nada de lo que Atticus le preguntó después de eso le hizo cambiar su historia: que había mirado por la ventana, después el negro salió corriendo y entonces él fue corriendo a buscar al *sheriff*. Atticus finalmente lo despidió.

El señor Gilmer le hizo una pregunta más.

—Acerca de escribir con su mano izquierda, ¿es usted ambidextro, señor Ewell?

—Claro que no lo soy, sé usar una mano tan bien como la otra. Una mano tan bien como la otra —añadió, mirando con furia a la mesa de la defensa.

Jem parecía estar luchando en silencio. Golpeaba con suavidad el barandal de la galería, y una vez susurró:

—Lo tenemos.

Yo no pensaba eso: Atticus intentaba demostrar, me parecía, que el señor Ewell podría haber golpeado a Mayella. Hasta ahí yo podía entender. Si tenía morado el ojo derecho y fue golpeada principalmente en la parte derecha de la cara, eso demostraría que lo hizo una persona zurda. Sherlock Holmes y Jem Finch estarían de acuerdo. Pero Tom Robinson fácilmente podría ser también zurdo. Al igual que el señor Heck Tate, me imaginé que tenía a una persona delante, realicé una rápida pantomima mental y llegué a la conclusión de que él podría haberla agarrado con su mano derecha y golpeado con su izquierda. Bajé la vista hacia Tom. Estaba de espaldas a nosotros, pero podía ver sus anchos hombros y su cuello como el de un toro. Podría haberlo hecho fácilmente. Pensé que Jem estaba vendiendo la piel del oso antes de tiempo.

18

Pero alguien gritaba de nuevo.

—¡Mayella Violet Ewell...!

Una joven se dirigió hasta el estrado de los testigos. Cuando levantó su mano y juró que iba a declarar la verdad, toda la verdad y nada más que la verdad, con la ayuda de Dios, tenía un aspecto en cierto modo frágil, pero cuando se sentó de cara a nosotros en la silla de los testigos se convirtió en lo que era: una muchacha robusta acostumbrada al trabajo duro.

En el condado de Maycomb era fácil saber cuándo alguien se bañaba regularmente, y viceversa, quiénes se lavaban una vez al año: el señor Ewell tenía un aspecto escaldado, como si al haberse remojado en la víspera hubiera perdido capas protectoras de suciedad, y su piel parecía sensible a los elementos. Mayella tenía el aspecto de alguien que intenta mantenerse limpio, y eso me recordó la fila de geranios rojos que había en el patio de los Ewell.

El señor Gilmer pidió a Mayella que le dijera al jurado con sus propias palabras lo que sucedió la tarde del día veintiuno de noviembre del año anterior, con sus propias palabras, por favor.

Mayella estaba sentada en silencio.

—¿Dónde estaba usted al atardecer aquel día? —comenzó el señor Gilmer pacientemente.

—En el porche.

—¿En qué porche?

—Solo hay uno, el de delante.

—¿Qué hacía usted en el porche?

—Nada.

—Díganos tan solo lo que sucedió —dijo el juez Taylor—. Puede hacerlo, ¿verdad?

Mayella le miró fijamente y comenzó a llorar. Se cubrió la boca con las manos y comenzó a sollozar. El juez Taylor la dejó llorar un rato y entonces dijo:

—Ya está. No debe tener miedo de nadie aquí, con tal que diga la verdad. Todo esto le resulta extraño, ya lo sé, pero no tiene nada de lo que avergonzarse y nada que temer. ¿Qué le da miedo?

Mayella dijo algo detrás de las manos.

—¿Qué ha dicho?

—Él —dijo ella llorando y señalando a Atticus.

—¿El señor Finch?

Ella asintió con la cabeza vigorosamente, diciendo:

—No quiero que me haga lo que le ha hecho a papá, intentando que pareciera zurdo...

El juez Taylor se rascó su espeso cabello canoso. Estaba claro que nunca se había visto ante un problema de este tipo.

—¿Cuántos años tiene usted? —preguntó.

—Diecinueve y medio —respondió Mayella.

El juez Taylor se aclaró la garganta e intentó sin éxito hablar en tono suave.

—El señor Finch no tiene intención alguna de asustarla —dijo—, y si la tuviera, yo estoy aquí para evitarlo. Esa es una de las razones por las que estoy aquí sentado. Ahora bien, usted es una muchacha mayor, así que siéntese derecha y dígame... díganos lo que le sucedió. Puede hacerlo, ¿verdad?

—¿Crees que tiene sentido común? —susurré a Jem.

Jem miraba al estrado de los testigos entrecerrando los ojos.

—Todavía no puedo decirlo —dijo—. Tiene suficiente como para hacer que el jurado sienta lástima de ella, pero podría ser solamente... ah, no lo sé.

Aplacada, Mayella dirigió a Atticus una última mirada aterrada y le dijo al señor Gilmer:

—Bueno, señor, yo estaba en el porche y... él pasó por allí y, mire, en el patio había un armario viejo que papá había traído para cortarlo para leña... papá me dijo que lo hiciera mientras él estaba en el bosque, pero yo no me sentía bastante fuerte, y entonces él pasó por allí...

—¿Quién es «él»?

Mayella señaló a Tom Robinson.

—Tendré que decirle que sea más concreta, por favor —dijo el señor Gilmer—. El secretario no puede anotar muy bien los gestos.

—Ese de allí —dijo ella—. Robinson.

—Entonces, ¿qué sucedió?

—Yo le dije: «Ven aquí, negro, y córtame este armario, tengo una moneda para ti». Él podría haberlo hecho fácilmente, podía. Así que entró en el patio y yo me fui a la casa para ir a buscar la moneda, entonces me giré y antes de darme cuenta le tenía encima. Salió corriendo detrás de mí, eso hizo. Me agarró por el cuello, maldiciéndome y diciéndome palabras sucias... yo luché y grité, pero me tenía agarrada por el cuello. Me golpeó una y otra vez...

El señor Gilmer esperó a que Mayella se recuperase; había retorcido su pañuelo hasta convertirlo en una soga llena de sudor; cuando lo abrió para limpiarse la cara, sus manos calientes lo habían convertido en un amasijo de arrugas. Esperó a que el señor Gilmer le hiciera otra pregunta, pero, al no hacérsela, dijo:

—... me tiró al piso, me asfixiaba, y se aprovechó de mí.

—¿Gritó usted? —preguntó el señor Gilmer—. ¿Gritó y peleó?

—Claro que sí, grité con todas mis fuerzas, le di patadas y grité tan fuerte como pude.

—¿Qué sucedió entonces?

—No lo recuerdo muy bien, pero lo siguiente que supe fue que papá estaba en la habitación de pie a mi lado y gritando y preguntando quién lo había hecho. Entonces casi me desmayé, y lo siguiente de lo que fui consciente fue que el señor Tate me levantaba del piso y me llevaba hasta el cubo del agua.

Parecía que el recital de Mayella le había dado confianza, aunque no era como la descarada confianza de su padre; había algo sigiloso en la de ella, como un gato con la mirada fija y la cola enroscada.

—¿Usted dice que peleó tan duro como pudo? ¿Peleó con uñas y dientes? —preguntó el señor Gilmer.

—Claro que lo hice —repitió Mayella como su padre.

—¿Está segura de que se aprovechó de usted en el peor sentido?

La cara de Mayella se contrajo y yo temí que se pusiera a llorar otra vez. En lugar de eso, dijo:

—Hizo lo que se había propuesto.

El señor Gilmer corroboró el calor de ese día secándose la cabeza con la mano.

—Eso es todo por el momento —dijo amablemente—, pero quédese aquí. Imagino que ese malvado señor Finch tendrá algunas preguntas que hacerle.

—El estado no debe predisponer al testigo contra el abogado de la defensa —murmuró el juez Taylor—, al menos no en este momento.

Atticus se puso de pie sonriendo, pero, en lugar de acercarse al estrado de los testigos, se abrió la chaqueta y se metió los pulgares en el chaleco, luego fue caminando lentamente por la sala hasta las ventanas. Miró hacia fuera, pero no pareció especialmente interesado en lo que veía, y entonces se giró y regresó hasta el estrado de los testigos. Gracias a mis largos años de experiencia, yo podía saber que intentaba llegar a una decisión sobre algún asunto.

—Señorita Mayella —dijo sonriendo—, no intentaré asustarla durante un rato, aún no. Vamos solamente a conocernos. ¿Cuántos años tiene?

—Ya he dicho que diecinueve, se lo he dicho al juez —Mayella torció la cabeza hacia el estrado con resentimiento.

—Así es, lo ha dicho, señorita. Tendrá usted que soportarme, señorita Mayella, pues estoy haciéndome mayor y ya no puedo recordar tan bien como solía. Podría preguntarle cosas que usted ya ha dicho antes, pero aun así me dará una respuesta, ¿no es cierto? Bien.

Yo no podía ver nada en la expresión de Mayella para justificar la suposición de Atticus de que se había asegurado su plena cooperación. Ella le miraba furiosa.

—No le responderé ni una sola palabra mientras usted siga burlándose de mí —dijo.

—¿Señorita? —preguntó Atticus, asombrado.

—Mientras siga usted haciendo burla de mí.

—El señor Finch no está haciendo burla de usted —dijo el juez Taylor—. ¿Qué le pasa?

Mayella miró a Atticus con los párpados bajos, pero le dijo al juez:

—Mientras siga llamándome señorita y diciendo señorita Mayella. No tengo que soportar su descaro, no me han traído para soportarlo.

Atticus siguió caminando hacia las ventanas y permitió que su señoría se ocupara de eso. El juez Taylor no era el tipo de figura que inspirase lástima, pero yo sentí un poco por él mientras intentaba explicarse:

—Ese es el estilo del señor Finch —le dijo a Mayella—. Hemos trabajado en esta sala durante años y años, y el señor Finch es siempre cortés con todo el mundo. No intenta burlarse de usted, está intentando ser educado. Esa es su manera de hacer las cosas. —El juez se reclinó en su sillón—. Atticus, sigamos con el procedimiento, y que el informe recoja que la testigo no ha sido tratada con descaro, aunque ella piense lo contrario.

Yo me preguntaba si alguien le había llamado alguna vez «señorita» o «señorita Mayella» en toda su vida; probablemente no, ya que se ofendió ante una cortesía común. ¿Cómo diablos era su vida? Pronto lo descubrí.

—Dice usted que tiene diecinueve años —prosiguió Atticus—. ¿Cuántas hermanas y hermanos tiene? —y caminó desde las ventanas otra vez hasta el estrado.

—Siete —dijo ella, y yo me pregunté si todos se parecían al ejemplar que yo había visto mi primer día de escuela.

—¿Es usted la mayor? ¿La de más edad?

—Sí.

—¿Cuánto tiempo hace que murió su madre?

—No lo sé... hace mucho tiempo.

—¿Fue usted alguna vez a la escuela?

—Leo y escribo tan bien como papá.

Mayella se parecía al personaje de Mr. Jingle en un libro que yo había estado leyendo.

—¿Cuánto tiempo fue usted a la escuela?

—Dos años... tres años... no sé.

De manera lenta pero segura comencé a ver el patrón que seguía el interrogatorio de Atticus: desde preguntas que el señor Gilmer no consideraba suficientemente irrelevantes para protestar, Atticus iba lentamente construyendo delante del jurado una imagen de la vida familiar de los Ewell. El jurado se enteró de las siguientes cosas: su cheque de la beneficencia estaba lejos de ser suficiente para alimentar a la familia, y había una fuerte sospecha de que papá bebía; a veces se adentraba en el pantano durante días y tomaba tanto que regresaba a casa enfermo; el clima en raras ocasiones era lo bastante frío para requerir zapatos, pero cuando lo era se podían fabricar con pedazos de neumáticos viejos; la familia traía el agua en cubos de un arroyo que discurría por un extremo del vertedero (mantenía la zona circundante limpia de basura), y cada uno se ocupaba de sí mismo en lo referente a la limpieza: si uno quería lavarse, iba a buscar su propia agua; los niños más pequeños tenían resfriados perpetuos y sufrían picores crónicos; había una señora que pasaba por allí de vez en cuando, le preguntaba a Mayella por qué no asistía la escuela y anotaba la respuesta: con dos miembros de la familia que sabían leer y escribir, no había necesidad de que el resto de ellos aprendiera, pues papá los necesitaba en casa.

—Señorita Mayella —dijo Atticus, muy a su pesar—, una muchacha de diecinueve años como usted debe de tener amigos. ¿Quiénes son sus amigos?

La testigo frunció el ceño como perpleja.

—¿Amigos?

—Sí, ¿no conoce a nadie que tenga su misma edad o sea un poco mayor o un poco más joven que usted? ¿Muchachos y muchachas? ¿Amigos comunes y corrientes?

La hostilidad de Mayella, que se había apaciguado hasta convertirse en una neutralidad quejumbrosa, volvió a despertar.

—¿Se está burlando otra vez de mí, señor Finch?

Atticus se dio por respondido con la pregunta de ella.

—¿Ama usted a su padre, señorita Mayella? —inquirió a continuación.

—¿Amarlo? ¿A qué se refiere?

—Quiero decir, ¿es bueno con usted? ¿Es fácil llevarse bien con él?

—Se porta aceptablemente bien, excepto cuando...

—¿Excepto cuando qué?

Mayella miró a su padre, que estaba sentado con la silla apoyada contra el barandal. Se enderezó y esperó su respuesta.

—Excepto cuando nada —dijo Mayella—. He dicho que se porta aceptablemente bien.

El señor Ewell volvió a reclinarse en la silla.

—¿Excepto cuando bebe? —preguntó Atticus tan amablemente que Mayella asintió con la cabeza.

—¿La maltrata alguna vez?

—¿Qué quiere decir?

—Cuando está... furioso, ¿la ha golpeado alguna vez?

Mayella miró alrededor, bajó la vista al secretario de la sala y después la levantó hacia el juez.

—Responda a la pregunta, señorita Mayella —dijo el juez Taylor.

—Mi padre nunca ha tocado un cabello de mi cabeza en mi vida —declaró con firmeza—. Nunca me ha tocado.

Los lentes de Atticus se habían deslizado un poco y se los subió.

—Ya nos hemos conocido un poco, señorita Mayella, y ahora creo que será mejor que nos centremos en el caso. Usted dice que le pidió a Tom Robinson que se acercara para partir un... ¿qué era?

—Un armario, un viejo armario con muchos cajones.

—¿Conocía usted bien a Tom Robinson?

—¿Qué quiere decir?

—Quiero decir que si usted sabía quién era, dónde vivía.

Mayella asintió con la cabeza.

—Sí sabía quién era, pasaba por delante de casa cada día.

—¿Fue esa la primera vez que le pidió que pasara a su lado de la valla?

Mayella dio un ligero respingo ante la pregunta. Atticus estaba haciendo su lento peregrinaje hacia las ventanas, como había hecho antes: hacía una pregunta, después miraba por la ventana en espera de una respuesta. Él no vio su pequeño sobresalto, pero a mí me pareció que sabía que se había movido. Se dio media vuelta y levantó las cejas.

—¿Era...? —comenzó de nuevo.

—Sí, así es.

—¿Nunca antes le había pedido que entrara?

Ella ya estaba preparada.

—No, seguro que no.

—Un «no» es suficiente —dijo Atticus con serenidad—. ¿Nunca antes le pidió que hiciera algún trabajo para usted?

—Podría ser —concedió Mayella—. Había varios negros por allí.

—¿Puede recordar alguna otra ocasión?

—No.

—Muy bien, ahora a lo que sucedió. Nos ha dicho que Tom Robinson estaba detrás de usted en la habitación cuando usted se giró, ¿no es cierto?

—Sí.

—Ha dicho que la agarró por el cuello blasfemando y diciéndole palabras sucias... ¿es correcto?

—Correcto.

La memoria de Atticus se había vuelto precisa de repente.

—Ha dicho que le agarró, la asfixiaba y se aprovechó de usted, ¿es eso cierto?

—Eso es lo que he dicho.

—¿Recuerda que la golpeara en la cara?

La testigo vaciló.

—Usted parece bastante segura de que la estaba asfixiando. Todo ese tiempo usted peleó, ¿recuerda? Usted dio patadas y gritó tan alto como pudo. ¿Recuerda que le golpease en la cara?

Mayella permanecía en silencio. Parecía estar intentando aclarar algo para sí. Por un momento pensé que estaba haciendo lo mismo que el señor Heck y yo al imaginarnos a alguien delante para diferenciar derecha o izquierda. Ella miró al señor Gilmer.

—Es una pregunta fácil, señorita Mayella, de modo que lo intentaré otra vez. ¿Recuerda que él la golpeara en la cara? —la voz de Atticus había perdido su tono agradable; ahora hablaba con su voz árida y profesional.

—¿Recuerda que él la golpeara en la cara?

—No, no recuerdo si me golpeó. Quiero decir... sí, lo hizo, me golpeó.

—¿Es su última frase su respuesta?

—¿Qué? Sí, él me golpeó... es que no recuerdo, no recuerdo... todo sucedió muy rápido.

El juez Taylor miró muy serio a Mayella.

—No llore, joven —comenzó, pero Atticus dijo:

—Deje que llore si quiere, señoría. Tenemos todo el tiempo del mundo.

Mayella aspiró airadamente y miró a Atticus.

—Responderé a cualquier pregunta que usted tenga... póngame aquí y búrlese de mí, ¿quiere? Responderé a cualquier pregunta...

—Perfecto —dijo Atticus—. Hay solo algunas más. Señorita Mayella, para no ser tedioso, usted ha declarado que el acusado la golpeó, la agarró por el cuello, la asfixió y se aprovechó de usted. Quiero estar seguro de que tenemos al hombre correcto. ¿Quiere identificar al hombre que la violó?

—Sí, es ese que está allí.

Atticus miró al acusado.

—Tom, póngase de pie. Deje que la señorita Mayella le miré detenidamente. ¿Es este el hombre, señorita Mayella?

Los anchos hombros de Tom Robinson se notaban debajo de su delgada camisa. Se puso de pie y se quedó con la mano derecha sobre el respaldo de su silla. Mostraba un extraño desequilibrio en su postura, pero no por la manera en que estaba de pie. Su brazo izquierdo era bastante más corto que el derecho, y le colgaba muerto sobre el costado. Terminaba en una pequeña mano encogida, y desde una distancia tan alejada como la galería yo podía ver que la tenía inútil.

—Scout —susurró Jem—. ¡Scout, mira! ¡Reverendo, es manco!

El reverendo Sykes se inclinó y susurró a Jem:

—Se le quedó atrapada en una desmotadora de algodón, en la del señor Dolphus Raymond, cuando era un muchacho... parecía que se iba a desangrar... se desgarró todos los músculos de los huesos...

—¿Es este el hombre que la violó?

—Sin duda alguna que lo es.

La siguiente pregunta de Atticus tenía solamente una palabra.

—¿Cómo?

Mayella estaba furiosa.

—No sé cómo lo hizo, pero lo hizo... ya he dicho que todo sucedió tan rápido que yo...

—Vamos a considerar esto con calma —comenzó Atticus, pero el señor Gilmer interrumpió con una protesta: no era irrelevante ni insustancial, pero Atticus estaba intimidando a la testigo.

El juez Taylor se rio.

—Ah, siéntese. Horace, no está haciendo nada de eso. En todo caso, es la testigo quien está intimidando a Atticus.

El juez Taylor fue la única persona en la sala que se rio. Incluso los bebés estaban callados, y de repente me pregunté si se habrían quedado ahogados contra los pechos de sus madres.

—Ahora bien —dijo Atticus—, señorita Mayella, usted ha declarado que el acusado la asfixió y la golpeó... no dijo que él se ocultó a sus espaldas y la golpeó dejándola inconsciente, sino que usted se giró y allí estaba él... —Atticus volvía a estar detrás de su mesa, e hizo hincapié en sus palabras golpeando sobre ella con sus nudillos—... ¿desearía volver a considerar alguna parte de su declaración?

—¿Quiere que diga lo que no sucedió?

—No, señorita, quiero que diga lo que sí sucedió. Díganos una vez más, por favor, ¿qué sucedió?

—Ya he dicho lo que sucedió.

—Usted declaró que se giró y allí estaba él. ¿Fue entonces cuando la asfixió?

—Sí.

—Entonces, ¿la agarró por la garganta y la golpeó?

—Ya he dicho que sí.

—¿Le dejó morado el ojo izquierdo con su puño derecho?

—Yo me agaché y... rebotó en mi cara, eso fue. Yo me agaché y rebotó —Mayella había visto al fin la luz.

—De repente está siendo usted muy clara en este punto. Hace un rato no podía recordar con claridad, ¿verdad?

—Ya he dicho que me golpeó.

—Bien. Él la asfixió, la golpeó y después la violó, ¿es correcto?

—Desde luego que sí.

—Usted es una muchacha fuerte, ¿qué estuvo haciendo todo el tiempo, se quedó ahí sin más?

—Ya he dicho que grité, di patadas y luché...

Atticus se levantó el brazo y se quitó los lentes, dirigió su ojo derecho, el bueno, hacia la testigo y la acribilló a preguntas. El juez Taylor dijo:

—Una pregunta tras otra, Atticus. Dé a la testigo la oportunidad de responder.

—Muy bien, ¿por qué no salió corriendo?

—Yo intenté...

—¿Lo intentó? ¿Qué se lo impidió?

—Yo... él me derribó. Eso fue lo que hizo, me derribó y se me echó encima.

—¿Y usted estaba gritando todo el tiempo?

—Desde luego que sí.

—Entonces ¿por qué no lo oyeron los otros niños? ¿Dónde estaban? ¿En el vertedero?

No hubo respuesta.

—¿Dónde estaban? ¿Por qué sus gritos no hicieron que regresaran corriendo? El vertedero está más cerca que el bosque, ¿no es así?

No hubo respuesta.

—¿O será que no gritó hasta que vio a su padre en la ventana? Usted no pensó en gritar hasta entonces, ¿verdad?

No hubo respuesta.

—¿Gritó usted primero a su padre en lugar de a Tom Robinson? ¿Fue así?

No hubo respuesta.

—¿Quién la golpeó? ¿Tom Robinson o su padre?

No hubo respuesta.

—¿Qué vio su padre por la ventana, el delito de violación o la mejor defensa contra el mismo? ¿Por qué no dice usted la verdad, muchacha? ¿No le golpeó Bob Ewell?

Cuando Atticus se alejó de Mayella, pareciera que le dolía el estómago, pero la cara de Mayella era una mezcla de terror y de furia. Atticus se sentó con aire cansado y se limpió los lentes con su pañuelo.

De repente, Mayella volvió a hablar.

—Tengo algo que decir.

Atticus levantó la cabeza.

—¿Quiere decirnos lo que sucedió?

Pero ella no escuchó la compasión que había en su invitación.

—Tengo algo que decir, y después no voy a decir nada más. Ese negro se aprovechó de mí, y si ustedes, distinguidos caballeros, no quieren hacer nada al respecto, entonces son ustedes unos apestosos cobardes, apestosos cobardes, todos ustedes. Sus aires de elegancia no son nada... su «señorita» y «señorita Mayella», no significan nada, señor Finch...

Entonces estalló en lágrimas de verdad. Sus hombros convulsionaban con enojados sollozos. Y cumplió su palabra. No respondió ni una pregunta más, ni siquiera cuando el señor Gilmer intentó que cambiara de decisión. Supongo que si no hubiera sido tan pobre e ignorante, el juez Taylor la habría metido en la cárcel por el desprecio que había mostrado a toda la sala. En cierto modo, Atticus le había golpeado duro en un sentido que yo no veía muy claro, pero sé que no había disfrutado lo más mínimo al hacerlo. Estaba sentado con la cabeza agachada, y yo nunca había visto a nadie mirar con tanta furia a alguien como lo hizo Mayella cuando dejó el estrado y pasó al lado de la mesa de Atticus.

Cuando el señor Gilmer le dijo al juez Taylor que el fiscal haría un receso, el juez Taylor dijo:

—Es hora de que todos descansemos. Nos tomaremos diez minutos.

Atticus y el señor Gilmer se encontraron delante del estrado y hablaron en susurros, y después salieron de la sala por una puerta que había detrás del estrado de los testigos, lo que sirvió de señal para que todos pudiéramos estirarnos. Descubrí que llevaba un rato sentada en el borde del largo banco, y tenía las piernas un poco dormidas. Jem se levantó y bostezó, Dill hizo lo mismo, y el reverendo Sykes se secó la cara en su sombrero. La temperatura bien superaba los treinta grados, según dijo.

El señor Braxton Underwood, que había estado sentado muy callado en una silla reservada para la prensa, empapando la esponja de su cerebro con la declaración, recorrió con su cortante mirada la galería de la gente de color y sus ojos se encontraron con los míos. Resopló y apartó la vista.

—Jem —dije yo—, el señor Underwood nos ha visto.

—No importa. No se lo dirá a Atticus, se limitará a ponerlo en la sección de sociedad del *Tribune*.

Jem se giró hacia Dill, explicándole, supongo, los puntos más delicados del juicio, pero yo me preguntaba cuáles eran. No había habido largos debates entre Atticus y el señor Gilmer sobre ningún detalle; el señor Gilmer parecía estar llevando el caso a regañadientes; los testigos habían sido guiados del hocico como lo son los asnos, con pocas objeciones. Pero Atticus nos había dicho una vez que, en la corte del juez Taylor, cualquier abogado que se limitara a construir el caso en función exclusivamente de las declaraciones, solía acabar recibiendo estrictas amonestaciones de su señoría. Me explicó que eso significaba que el juez Taylor podría parecer perezoso y estar dormitando, pero raras veces iba desencaminado, y eso demostraba que hacía bien su trabajo. Atticus decía que era un buen juez.

El juez Taylor regresó y se sentó en su sillón giratorio. Se sacó un cigarro del bolsillo del chaleco y lo examinó detalladamente. Le di un golpe a Dill. Tras haber pasado la inspección del magistrado, el cigarro sufrió un mordisqueo feroz.

—A veces venimos a observarle —le expliqué—. Ahora estará ocupado el resto de la tarde. Ya lo verás.

Inconsciente del escrutinio público desde arriba, el juez Taylor cortó el extremo del cigarro con sus labios y dientes. Lo escupió con tal puntería que pudimos oír el ruido del agua en la escupidera.

—Apuesto a que era imbatible escupiendo bolitas de papel —murmuró Dill.

Como regla, un receso significaba un éxodo general, pero ese día la gente no se movía. Incluso los Ociosos, que no habían conseguido que hombres más jóvenes les cedieran sus asientos, se habían quedado de pie al lado de las paredes. Supongo que el señor Heck Tate había reservado el cuarto de baño para los funcionarios del juzgado.

Atticus y el señor Gilmer regresaron, y el juez Taylor miró su reloj.

—Van a ser las cuatro —dijo, lo cual me intrigó, ya que el reloj de la torre tendría que haber dado la hora al menos dos veces. Yo no lo había oído ni había sentido sus vibraciones.

—¿Intentaremos dejarlo resuelto esta tarde? —preguntó el juez Taylor— ¿Qué piensa, Atticus?

—Creo que podremos —dijo Atticus.

—¿Cuántos testigos tiene?

—Uno.

—Bien, llámelo.

19

Thomas Robinson usó el brazo derecho para levantar el izquierdo. Lo llevó hasta la Biblia y su mano izquierda, que era como de goma, buscó el contacto con la encuadernación negra. Cuando levantó la derecha, la mano inútil se salió de la Biblia y se golpeó con la mesa del secretario. Lo estaba intentando otra vez cuando el juez Taylor gruñó:

—Con eso basta, Tom.

Tom hizo el juramento y se situó en la silla de los testigos. Con mucha rapidez, Atticus lo presentó para decirnos que Tom tenía veinticinco años, que estaba casado y tenía tres hijos, que había tenido problemas con la ley anteriormente: en una ocasión le condenaron a treinta días por conducta desordenada.

—Debió de haber sido desordenada —dijo Atticus—. ¿En qué consistió?

—Me peleé con otro hombre, y él intentó acuchillarme.

—¿Lo consiguió?

—Sí, señor, un poco, no lo bastante para hacerme daño. Mire, yo... —Tom movió su hombro izquierdo.

—Sí —dijo Atticus—. ¿Los condenaron a ambos?

—Sí, señor. Yo tuve que cumplir la condena porque no pude pagar la multa. El otro hombre pagó la suya.

Dill se inclinó por delante de mí y preguntó a Jem qué estaba haciendo Atticus. Jem dijo que Atticus estaba mostrando al jurado que Tom no tenía nada que ocultar.

—¿Conocía usted a Mayella Violet Ewell? —preguntó Atticus.

—Sí, señor, tenía que pasar por su casa cada día para ir y regresar al campo.

—¿Al campo de quién?

—Recojo algodón para el señor Link Deas.

—¿Estaba recogiendo algodón en noviembre?

—No, señor, trabajo en su patio en otoño y en invierno. Trabajo con bastante regularidad para él durante todo el año, pues tiene muchos nogales y otras cosas.

—Dice que tenía que pasar por la casa de los Ewell para ir y regresar al trabajo. ¿No hay otro camino?

—No, señor, ninguno que yo conozca.

—Tom, ¿la señorita le hablaba alguna vez?

—Pues sí, señor, yo inclinaba mi sombrero cuando pasaba, y un día ella me pidió que entrara y le partiera un armario.

—¿Cuándo le pidió ella que partiera el... armario?

—Señor Finch, fue la primavera pasada. Lo recuerdo porque era época de partir leña y yo llevaba mi azada. Le dije que no tenía otra cosa sino esa azada, pero ella me dijo que tenía un hacha. Me dio el hacha y yo partí el armario. Ella me dijo: «Creo que tendré que darle una moneda de cinco centavos, ¿verdad?». Yo le dije: «No, señorita, no tiene que pagarme nada». Entonces me fui a mi casa. Señor Finch, eso fue la pasada primavera, hace más de un año.

—¿Volvió a entrar otra vez a ese lugar?

—Sí, señor.

—¿Cuándo?

—Bueno, muchas veces.

El juez Taylor iba instintivamente a empuñar su mazo, pero se detuvo. El murmullo que había debajo de nosotros se mitigó sin su ayuda.

—¿Bajo qué circunstancias?

—¿Cómo dice, señor?

—¿Por qué entró más allá de la valla muchas veces?

La frente de Tom Robinson se relajó.

—Ella me decía que entrara, señor. Parecía que cada vez que yo pasaba por allí, ella tenía algún pequeño trabajo para mí: partir leña, traerle agua. Ella regaba sus flores rojas cada día...

—¿Recibía algún pago por sus servicios?

—No, señor, no después de que ella me ofreciera la primera vez una moneda. Yo lo hacía con gusto, pues parecía que el señor Ewell no la ayudaba nada, ni tampoco los niños, y yo sabía que a ella no le sobraban las monedas.

—¿Dónde estaban los otros niños?

—Siempre estaban alrededor, por todo el lugar. Los niños me observaban trabajar, algunos de ellos, y otros se ponían en la ventana.

—¿Hablaba con usted la señorita Mayella?

—Sí, señor, ella hablaba conmigo.

Conforme transcurría la declaración de Tom Robinson, se me ocurrió que Mayella Ewell debió de haber sido la persona más solitaria del mundo. Estaba más sola incluso que Boo Radley, quien no había salido de casa en veinticinco años. Cuando Atticus le había preguntado si tenía amigos, pareció no saber a qué se refería y pensó que se estaba burlando de ella. Yo pensé que era tan desgraciada como lo que Jem llamaba un niño mestizo: las personas blancas no querían tener nada que ver con ella porque vivía entre cerdos; los negros no querían tener nada que ver con ella porque era de raza blanca. No podía vivir como el señor Dolphus Raymond, que prefería la compañía de negros, porque ella no poseía ninguna ribera, y no provenía de una distinguida familia antigua. Nadie decía: «Así se comportan ellos» sobre los Ewell. Maycomb les regalaba cestas en Navidad, les daba dinero de la beneficencia y el dorso de su mano. Tom Robinson era probablemente la única persona que se comportó decentemente con ella. Pero le había acusado de aprovecharse de ella, y cuando se puso de pie le había mirado como si él fuera barro bajo sus zapatos.

—¿En algún momento — interrumpió Atticus mis meditaciones— entró usted en la propiedad de los Ewell... puso alguna vez sus pies en la propiedad de los Ewell sin haber recibido una invitación concreta de uno de ellos?

—No, señor Finch, nunca lo hice. Yo no haría eso, señor.

Atticus a veces decía que una manera de saber si un testigo estaba mintiendo o decía la verdad era escuchar en lugar de observar: yo apliqué su método, y Tom negó tres veces seguidas, pero tranquilamente, sin ninguna indicación de queja en su voz, así que me encontré creyendo en él a pesar de su exceso de negaciones. Parecía ser un negro respetable, y un negro respetable nunca entraría en el patio de otra persona por voluntad propia.

—Tom, ¿qué le sucedió la tarde del día veintiuno de noviembre del año pasado?

Debajo de nosotros, los espectadores inspiraron todos a la vez y se inclinaron hacia adelante. A nuestras espaldas, los negros hicieron lo mismo.

Tom tenía el color del terciopelo negro, aunque no brillante, sino del terciopelo negro suave. El blanco de sus ojos resplandecía en su cara, y cuando hablaba veíamos destellos de sus dientes. Si hubiera estado totalmente sano, habría sido un lindo ejemplar de hombre.

—Señor Finch —dijo—, yo regresaba a casa como siempre aquella tarde y, cuando pasé por la casa de los Ewell, la señorita Mayella estaba en el porche, como ella dijo. Parecía estar todo muy tranquilo, y yo no me explicaba el motivo. Estaba pensando en eso mientras pasaba por delante cuando ella me dijo que entrara y la ayudara un momento. Bien, pasé la valla y miré buscando algo de leña que partir, pero vi que no había, y ella me dijo: «No, tengo algo para que haga usted en la casa. La vieja puerta está desencajada y el otoño está a punto de llegar». Yo le dije: «¿Tiene un destornillador, señorita Mayella?». Ella me dijo que tenía uno. Bueno, subí los escalones y ella me indicó que entrara, y yo entré y miré la puerta. Le dije a la señorita Mayella que esa puerta parecía estar bien. La moví hacia delante y hacia atrás, y esos goznes estaban en buen estado. Entonces ella cerró la puerta ante mis narices. Señor Finch, yo me preguntaba por qué estaba todo tan callado, y me di cuenta de que no había ningún niño en el lugar, ni uno solo, y le pregunté a la señorita Mayella: «¿Dónde están los niños?».

La piel color terciopelo negro de Tom había comenzado a brillar y se pasó la mano por la cara.

—Dije: «¿Dónde están los niños?» —continuó— y ella me dijo, y se estaba riendo, parecía, me dijo que todos habían ido a la ciudad a comprar helados. Me dijo: «He tardado un año en ahorrar monedas para ellos, pero lo he conseguido. Todos han ido a la ciudad».

La incomodidad de Tom no se debía al sudor.

—¿Qué dijo usted entonces, Tom? —preguntó Atticus.

—Dije algo como: «Vaya, señorita Mayella, es muy inteligente por su parte invitarlos». Y ella dijo: «¿Lo cree usted?». No creo que ella entendiera lo que yo estaba pensando... me refería a que fue inteligente por su parte ahorrar de ese modo, y muy bueno el que los invitara.

—Le entiendo, Tom. Prosiga —dijo Atticus.

—Bien, le dije que sería mejor que me fuera, pues no podía hacer nada por ella, y ella me dijo que sí podía, y yo le pregunté qué podía hacer, y ella me dijo que me subiera en esa silla de allí y le bajara esa caja que estaba encima del armario.

—¿No era el mismo armario que usted partió? —preguntó Atticus.

—No, señor —sonrió el testigo—, era otro. Casi tan alto como la habitación. Entonces hice lo que ella me dijo, y me estaba estirando para agarrarlo cuando lo siguiente que pasó fue que ella... ella me había agarrado por las piernas, me había abrazado por las piernas, señor Finch. Me asustó tanto que di un salto de la silla y la volqué... eso fue lo único, el único mueble que no estaba en su sitio en esa habitación, señor Finch, cuando me fui. Lo juro ante Dios.

—¿Qué sucedió cuando usted volcó la silla?

Tom Robinson había llegado a un punto muerto. Miró a Atticus, después al jurado y después al señor Underwood, que estaba sentado al otro lado de la sala.

—Tom, usted ha jurado decir toda la verdad. ¿Quiere decirla?

Tom se recorrió nerviosamente la boca con la mano.

—¿Qué sucedió después de aquello?

—Responda a la pregunta —dijo el juez Taylor. Un tercio de su cigarro había desaparecido.

—Señor Finch, me bajé de esa silla y me di media vuelta, y ella se me echó encima.

—¿Se le echó encima? ¿De forma violenta?

—No, señor, ella... ella me abrazó. Me abrazó por la cintura.

Esta vez, el mazo del juez Taylor bajó y dio un golpe y, cuando lo hizo, las luces se encendieron en la sala. Aún no estaba oscuro, pero el sol de la tarde ya había abandonado las ventanas. El juez Taylor restauró enseguida el orden.

—Entonces ¿qué hizo ella?

El testigo tragó saliva.

—Se puso de puntillas y me besó en una mejilla. Me dijo que nunca había dado un beso a un hombre adulto antes, y que bien podría darle un beso a un negro. Me dijo que lo que su papá le hacía no contaba. Me dijo: «Bésame, negro». Yo le dije: «Señorita Mayella, déjeme salir de aquí», e intenté huir, pero ella se puso de espaldas a la puerta, y tuve que empujarla. Yo no quería hacerle ningún daño, señor Finch, y le dije que me dejara pasar, pero justamente cuando lo dije, el señor Ewell comenzó a gritar por la ventana.

—¿Qué decía?

Tom Robinson volvió a tragar saliva y sus ojos se abrieron más.

—Algo que no es adecuado decir... no es adecuado que los hijos de esta gente lo oigan.

—¿Qué decía, Tom? Usted *debe* contarle al jurado lo que estaba diciendo.

Tom cerró sus ojos con fuerza.

—Decía: «Maldita puta, te voy a matar».

—¿Qué ocurrió entonces?

—Señor Finch, yo salí corriendo tan rápido que no sé lo que sucedió.

—Tom, ¿violó usted a Mayella Ewell?

—No lo hice, señor.

—¿Le hizo daño de alguna manera?

—No, señor.

—¿Se resistió a sus peticiones?

—Señor Finch, lo intenté. Lo intenté sin portarme mal con ella. No quería portarme mal, no quería empujarla ni hacerle daño.

Se me ocurrió que, a su propia manera, los modales de Tom Robinson eran tan buenos como los de Atticus. Hasta que mi padre me lo explicó más adelante, yo no entendí cuán delicada era la situación en que se encontraba Tom: no se habría atrevido a golpear a una mujer blanca bajo ninguna circunstancia, si quería vivir mucho tiempo, de modo que aprovechó la primera oportunidad que tuvo de salir corriendo, lo cual suele ser un indicio seguro de culpabilidad.

—Tom, regresemos una vez más al señor Ewell —dijo Atticus—. ¿Le dijo algo a usted?

—No, nada, señor. Puede que me dijera algo, pero yo ya me había ido...

—Está bien —le cortó Atticus—. ¿Qué oyó usted? ¿Con quién estaba hablando él?

—Señor Finch, estaba hablando y mirando a la señorita Mayella.

—Entonces ¿usted salió corriendo?

—Eso hice, señor.

—¿Por qué salió usted corriendo?

—Estaba asustado, señor.

—¿Por qué estaba asustado?

—Señor Finch, si fuera usted negro como yo, también se habría asustado.

Atticus se sentó. El señor Gilmer comenzó a acercarse al estrado de los testigos, pero, antes de llegar allí, el señor Link Deas se levantó entre la audiencia y anunció:

—Solo quiero que sepan todos ustedes una cosa en este momento. Ese muchacho ha trabajado para mí ocho años y no he tenido problemas con él ni una sola vez. Ni siquiera uno.

—*¡Cierre la boca, señor!* —el juez Taylor estaba totalmente despierto y rugiendo. Se le había enrojecido la cara. Sus palabras, milagrosamente, no encontraban obstáculo alguno en su cigarro—. Link Deas —gritó—, si tiene algo que quiera decir, puede decirlo bajo juramento y en el momento adecuado, pero hasta entonces salga de esta sala, ¿me oye? Salga de esta sala, señor, ¿me oye? ¡Que me aspen si tengo que volver a escuchar algo así otra vez!

La mirada del juez Taylor era como puñales hacia Atticus, como si le retara a hablar, pero Atticus había agachado su cabeza y sonreía mirando a su regazo. Yo me acordé de algo que nos comentó acerca de que los comentarios ex cátedra del juez Taylor a veces se excedían, pero que pocos abogados hacían alguna vez nada al respecto. Yo miré a Jem, pero él meneó la cabeza.

—No es como si uno de los jurados se hubiera levantado y comenzado a hablar —dijo—. Creo que eso sería distinto. El señor Link tan solo estaba alterando la paz, o algo así.

El juez Taylor le dijo al secretario que borrara cualquier cosa que hubiera escrito después de: «Señor Finch, si fuera usted negro como yo, también se habría asustado», y le dijo al jurado que no tuviera en cuenta la interrupción. Miró recelosamente al pasillo y esperó, supongo, a que el señor Link Deas saliera. Entonces dijo:

—Prosiga, señor Gilmer.

—¿Le impusieron treinta días por conducta desordenada, Robinson? —preguntó el señor Gilmer.

—Sí, señor.

—¿Cómo quedó el otro negro cuando usted hubo terminado con él?

—Él me golpeó, señor Gilmer.

—Sí, pero usted fue condenado, ¿verdad?

Atticus levantó su cabeza.

—Fue un delito menor y está en el informe, señoría—. Me pareció que su voz sonaba cansada.

—Sin embargo, el testigo responderá —dijo el juez Taylor con el mismo cansancio.

—Sí, señor, me impusieron treinta días.

Yo sabía que el señor Gilmer le diría sinceramente al jurado que cualquier persona que hubiera sido condenada por conducta desordenada fácilmente podría haber tenido la intención de aprovecharse de Mayella Ewell, que ese era el único motivo que le interesaba. Razones como esa ayudaban.

—Robinson, a usted se le da bastante bien partir armarios y leña con una sola mano, ¿verdad?

—Sí, señor, eso creo.

—¿Es lo bastante fuerte para dejar sin respiración a una mujer y arrojarla al suelo?

—Nunca he hecho eso, señor.

—Pero ¿es lo bastante fuerte para hacerlo?

—Creo que sí, señor.

—Tenía los ojos puestos en ella hacía mucho tiempo, ¿no es cierto, muchacho?

—No, señor, nunca la miré así.

—Entonces fue usted muy educado al hacer todos esos trabajos de partir y acarrear para ella, ¿no es así?

—Solo intentaba ayudarla, señor.

—Eso era muy generoso por su parte, pues tenía tareas que hacer en su casa después de su trabajo habitual, ¿verdad?

—Sí, señor.

—¿Por qué no las hacía, en lugar de hacer las de la señorita Ewell?

—Hacía las dos, señor.

—Debía de estar usted muy ocupado. ¿Por qué?

—¿A qué se refiere con por qué?

—¿Por qué estaba tan ansioso por hacer las tareas de esa mujer?

Tom Robinson vaciló, buscando una respuesta.

—Parecía que ella no tenía a nadie que la ayudara, como he dicho...

—¿Con el señor Ewell y siete hijos en ese lugar, muchacho?

—Bueno, he dicho que parecía como si nadie la ayudara...

—¿Usted hacía todo ese trabajo de partir leña y otras cosas por pura bondad, muchacho?

—Intentaba ayudarla, ya lo he dicho.

El señor Gilmer lanzó una sonrisa forzada al jurado.

—Parece que es usted un hombre muy bueno... ¿hacía todo eso sin cobrar ni una sola moneda?

—Sí, señor. Sentía lástima de ella, pues parecía esforzarse más que el resto de ellos...

—¿*Usted* sentía lástima de ella, sentía *lástima* de ella? —el señor Gilmer parecía listo para ascender hasta el techo.

El testigo se dio cuenta de su error y se movió incómodamente en su silla. Pero el daño ya estaba hecho. Abajo, a nadie le gustó la respuesta de Tom Robinson. El señor Gilmer hizo una larga pausa para dejar que aquello calara hondo.

—Entonces usted pasó por delante de la casa como siempre, el día veintiuno de noviembre —dijo—, ¿y ella le pidió que entrara y partiera un armario?

—No, señor.

—¿Niega usted que pasó por delante de la casa?

—No, señor... ella dijo que tenía un trabajo para mí dentro de la casa...

—Ella dice que le pidió que le partiera un armario, ¿no es correcto?

—No, señor, no lo es.

—Entonces, ¿usted dice que ella está mintiendo, muchacho?

Atticus estaba de pie, pero Tom Robinson no le necesitó.

—Yo no digo que ella esté mintiendo, señor Gilmer, digo que está confundida.

A las siguientes diez preguntas, a medida que el señor Gilmer repasaba la versión de los acontecimientos que había dado Mayella, la firme respuesta del testigo fue que ella estaba confundida.

—¿No le hizo salir corriendo de la casa el señor Ewell, muchacho?

—No, señor, no lo creo.

—No lo creo, ¿qué quiere decir?

—Quiero decir que no me quedé el tiempo suficiente para que él me hiciera salir corriendo.

—Es usted muy franco respecto a esto, ¿por qué salió corriendo tan deprisa?

—Ya he dicho que estaba asustado, señor.

—Si tenía la conciencia limpia, ¿por qué estaba asustado?

—Como he dicho antes, no era seguro para ningún negro estar en una... situación como esa.

—Pero usted no estaba en ninguna situación... declaró que se estaba resistiendo a la señorita Ewell. ¿Tenía tanto miedo de que ella le hiciera daño que salió corriendo, un hombre tan robusto como usted?

—No, señor, tenía miedo de poder acabar en el juzgado, como estoy ahora.

—¿Le asustaba que le arrestaran, tener que hacer frente a lo que hizo?

—No, señor, tener que hacer frente a lo que no hice.

—¿Está usted siendo insolente conmigo, muchacho?

—No, señor, no es así.

Eso fue todo lo que escuché en el interrogatorio del señor Gilmer, porque Jem me hizo que llevara fuera a Dill. Por algún motivo, Dill había comenzado a llorar y no podía dejar de hacerlo; al principio silenciosamente, pero después varias personas en la galería oyeron sus sollozos. Jem me mandó que saliera afuera con él o me obligaría, y el reverendo Sykes dijo que era mejor que lo hiciera, así que salí. Dill parecía que había estado bien todo ese día, no le pasaba nada, pero yo supuse que no estaría del todo recuperado de su fuga.

—¿No te encuentras bien? —pregunté cuando llegamos al final de las escaleras.

Dill intentó dominarse mientras bajábamos las escaleras. El señor Link Deas era una figura solitaria en el peldaño superior.

—¿Sucede algo, Scout? —preguntó cuando pasamos por su lado.

—No, señor —respondí por encima del hombro—. Es que Dill está enfermo. Vamos bajo los árboles —le dije—. El calor te ha afectado, supongo.

Escogimos el roble más grande y nos sentamos bajo su sombra.

—Es que ya no podía soportar a ese tipo —dijo Dill.

—¿A quién, a Tom?

—A ese viejo señor Gilmer tratándole de esa manera, hablándole tan odiosamente...

—Dill, ese es su trabajo. Si no tuviéramos fiscales... bueno, no podríamos tener abogados defensores, creo.

Dill exhaló pacientemente.

—Todo eso lo sé, Scout. Es su manera de hablar lo que me ha puesto enfermo, me hace sentir náuseas.

—Tiene que actuar de esa manera, Dill, estaba interro...

—Pero no ha actuado de esa manera cuando...

—Dill, esos eran sus propios testigos.

—Bueno, el señor Finch no ha actuado de esa manera con Mayella y el viejo Ewell al interrogarlos. El modo en que ese hombre le llamaba «muchacho» todo el tiempo y se burlaba de él y miraba al jurado cada vez que él respondía...

—Bueno, Dill, después de todo es solamente un negro.

—No me importa lo más mínimo. No está bien, no está bien tratarlos de esa manera. Nadie tiene que hablar de ese modo... me hace sentir náuseas.

—Ese es el estilo del señor Gilmer, Dill, trata así a todos. Todavía no le has visto ponerse duro con nadie. Y cuando... bueno, hoy el señor Gilmer me pareció que lo estaba intentando a medias. Todos lo hacen de ese modo, me refiero a la mayoría de abogados.

—El señor Finch no se comporta así.

—Él no sirve como ejemplo, Dill, él es... —yo intentaba buscar en mi memoria una frase aguda de las de la señorita Maudie Atkinson. La tenía: —Atticus es igual en la sala del juzgado que en las calles públicas.

—No me refiero a eso —dijo Dill.

—Sé a qué te refieres, muchacho —dijo una voz a nuestras espaldas. Creímos que provenía del tronco del árbol, pero pertenecía al señor Dolphus Raymond. Nos miró desde detrás del tronco. —No es que seas demasiado sensible, tan solo te da náuseas, ¿verdad?

20

❧❦❧

—*Date la vuelta y ven, hijo, tengo algo que te aliviará el estómago.*

Como el señor Dolphus Raymond era un hombre malvado, acepté su invitación a regañadientes, pero seguí a Dill. En cierto modo, no creía que a Atticus le gustara que fuéramos amigos del señor Raymond, y sabía que la tía Alexandra no lo aprobaría.

—Aquí —dijo él, ofreciendo a Dill su bolsa de papel con pajitas dentro—. Da un buen sorbo y te aliviará.

Dill sorbió con las pajitas, sonrió, y sorbió otra vez un buen rato.

—Oye, oye —dijo el señor Raymond, claramente contento de corromper a un niño.

—Dill, ten cuidado —le advertí.

Dill soltó las pajitas y sonrió.

—Scout, no es más que Coca-Cola.

El señor Raymond se apoyó contra el tronco del árbol. Había estado tumbado sobre la hierba.

—Ustedes, pequeños, no me delatarán ahora, ¿verdad? Arruinarían mi reputación si lo hicieran.

—¿Quiere decir que lo único que bebe usted en esa bolsa es Coca-Cola? ¿Simplemente Coca-Cola?

—Sí, señorita —asintió el señor Raymond. Me gustaba su olor: era a cuero, caballos y semillas de algodón. Llevaba las únicas botas de montar inglesas que yo había visto jamás—. Eso es lo que bebo la mayor parte del tiempo.

—Entonces, ¿usted finge que está medio...? Discúlpeme, señor —me di cuenta de lo que había dicho—, no era mi intención ser...

El señor Raymond se rio, sin sentirse en absoluto ofendido, y yo intenté plantear una pregunta discreta:

—¿Por qué se comporta así?

—Ah... sí, ¿quieres decir por qué finjo? Bueno, es muy sencillo —dijo él—. A algunas personas no... les gusta mi modo de vivir. Ahora bien, yo podría mandarlas al infierno, no me importa si no les gusta. Así que digo que no me importa que no les guste, pero no las mando al infierno, ¿comprenden?

—No, señor —dijimos Dill y yo.

—Intento darles un motivo. La gente está mejor si encuentra un motivo para las cosas. Cuando vengo a la ciudad, que es pocas veces, si me tambaleo un poco y bebo de esta bolsa, la gente puede decir que Dolphus Raymond está atrapado en las garras del *whisky*... y que por eso no cambia su manera de comportarse. No puede evitarlo, por eso vive de ese modo.

—Eso no es honesto, señor Raymond, fingir ser más malo de lo que ya es...

—No es honesto, pero a la gente le puede ser de gran ayuda. Le diré un secreto, señorita Finch, yo no soy un gran bebedor, pero ya ve que ellos nunca, nunca podrían entender que vivo como vivo porque es así como quiero vivir.

Yo tenía la sensación de que no debería estar allí escuchando a ese hombre pecador que tenía hijos mestizos y no se preocupaba de que lo supiera la gente, pero era fascinante. Nunca me había encontrado con un ser humano que deliberadamente perpetrara un fraude contra sí mismo. Pero ¿por qué nos había confiado su secreto más profundo? Se lo pregunté.

—Porque ustedes son niños y pueden entenderlo —dijo él—, y porque he oído a este... —movió su cabeza hacia Dill—. Las cosas no han influenciado todavía el instinto de este. Cuando sea un poco mayor no sentirá náuseas ni llorará. Quizá sentirá que las cosas no son... correctas, digamos, pero no llorará, no cuando tenga unos cuantos años más.

—¿Llorar por qué, señor Raymond? —El orgullo masculino de Dill estaba comenzando a aflorar.

—Llorar por el puro infierno que unas personas hacen pasar a otras... sin ni siquiera pensarlo. Llorar por el infierno que los blancos hacen pasar a los de color, sin ni siquiera detenerse a pensar que también son personas.

—Atticus dice que engañar a un hombre de color es diez veces peor que engañar a un hombre blanco —musité—. Dice que es lo peor que se puede hacer.

—No creo que... —dijo el señor Raymond—, señorita Jean Louise, usted ignora que su padre no es un hombre corriente, tendrán que pasar unos años hasta que lo entienda... todavía no ha visto bastante del mundo. Ni siquiera ha conocido esta ciudad, pero lo único que tiene que hacer es regresar al edificio del juzgado.

Eso me recordó que nos estábamos perdiendo casi todo el interrogatorio del señor Gilmer. Miré hacia el sol, que iba cayendo rápidamente por detrás de los tejados de los almacenes del lado oeste de la plaza. Entre dos fuegos, no podía decidir a cuál saltar: el señor Raymond o el Tribunal del Quinto Distrito Judicial.

—Vamos, Dill —le dije—, ¿te sientes mejor?

—Sí. Me alegro de conocerle, señor Raymond, y gracias por la bebida, me ha aliviado mucho.

Regresamos enseguida al juzgado, subimos las escaleras, dos tramos de escalones, y nos abrimos paso a lo largo de la galería. El reverendo Sykes nos había guardado los asientos.

La sala estaba en silencio, y de nuevo me pregunté dónde estarían los bebés. El cigarro del juez Taylor era una mancha marrón en el centro de su boca; el señor Gilmer estaba escribiendo en uno de los cuadernos amarillos que había sobre su mesa, intentando superar al secretario de la sala, que movía la mano a gran velocidad.

—Vaya —musité—, nos lo perdimos.

Atticus estaba en la mitad de su discurso al jurado. Evidentemente, había sacado algunos papeles del maletín que reposaba al lado de su silla, porque estaban sobre su mesa. Tom Robinson estaba toqueteándolos.

—... la ausencia de alguna prueba que lo corrobore, este hombre fue acusado de un delito capital y ahora su vida depende de este juicio.

Di un codazo a Jem.

—¿Cuánto tiempo lleva hablando?

—Ha repasado las pruebas —susurró Jem— y vamos a ganar, Scout. No veo que pueda suceder otra cosa. Lleva hablando unos cinco minutos. Ha hecho que sea tan claro y fácil... bueno, como si yo te lo hubiera explicado a ti. Incluso tú podrías haberlo entendido.

—¿Y el señor Gilmer...?

—Sssh. Nada nuevo, lo de siempre. Calla.

Miramos otra vez abajo. Atticus hablaba con soltura, con el tipo de actitud que utilizaba cuando dictaba una carta. Caminaba lentamente de un lado a otro delante del jurado, y los miembros parecían atentos: tenían las cabezas en alto y seguían la ruta de Atticus con lo que parecía ser aprecio. Supongo que se debía a que él no hablaba a gritos.

Atticus hizo una pausa, y entonces hizo algo que normalmente no hacía. Se desabrochó la cadena de su reloj de bolsillo y lo puso sobre la mesa, diciendo:

—Con la venia del tribunal...

El juez Taylor asintió con la cabeza y entonces Atticus hizo algo que yo nunca le había visto hacer antes ni desde entonces, ni en público ni en privado: se desabrochó el chaleco, se quitó el botón del cuello de la camisa, se aflojó la corbata y se sacó la chaqueta. Él nunca se aflojaba ninguna parte de su ropa hasta que se desvestía para ir a la cama y, para Jem y para mí, aquello era el equivalente a que se plantara delante de nosotros totalmente desnudo. Nos intercambiamos miradas de horror.

Atticus se metió las manos en los bolsillos y, cuando regresaba hacia el jurado, pude ver el botón dorado del cuello de su camisa y las puntas de su pluma y su lapicero brillar bajo la luz.

—Caballeros —dijo. Jem y yo volvimos a mirarnos; con ese tono, Atticus bien podría haber dicho: «Scout». Su voz había perdido su sequedad, su tono aséptico, y hablaba al jurado como si fuera un grupo de personas en la esquina de correos.

—Caballeros —decía—, seré breve, pero me gustaría utilizar el tiempo que me queda con ustedes para recordarles que este caso no es difícil, no requiere un tamizado detalle de hechos complicados, pero sí requiere que estén seguros más allá de toda duda razonable en cuanto a la culpabilidad del acusado. Para comenzar, este caso nunca debería haber llegado a un tribunal. Este caso es tan sencillo como lo negro y blanco.

»La acusación no ha presentado ninguna prueba médica de que el delito de que se acusa a Tom Robinson hubiera tenido lugar. En lugar de ello, ha confiado en la declaración de dos testigos cuyo testimonio no solo ha sido puesto en seria duda en el interrogatorio, sino que ha sido claramente contradicho por el acusado. El acusado no es culpable, pero alguien que está en esta sala sí que lo es.

»No siento otra cosa más que lástima en mi corazón por el testigo principal de la acusación, pero mi lástima no llega hasta el punto de permitir que ponga en juego la vida de un hombre, que es lo que ha hecho en un esfuerzo por librarse de su propia culpa.

»Digo culpa, caballeros, porque fue la culpa lo que la motivó. Ella no ha cometido ningún delito, tan solo ha quebrantado un rígido código de nuestra sociedad honrado por el tiempo, un código tan severo que cualquiera que lo quebranta es considerado entre nosotros como alguien con quien no podemos vivir. Ella es víctima de la cruel pobreza y la ignorancia, pero no puedo compadecerla: es blanca. Ella conocía muy bien la enormidad de su delito, pero como sus deseos eran más fuertes que el código que estaba quebrantando, persistió en quebrantarlo. Ella persistió, ya que su reacción posterior es algo que todos nosotros hemos conocido en un momento u otro. Hizo lo que todos los niños hacen: intentó apartar de sí la evidencia de su delito. Pero en este caso no era ningún niño escondiendo algo robado; quiso hacer daño a su víctima; sentía la necesidad de apartarlo de ella, debía ser apartado de su presencia, apartado de este mundo. Ella debía destruir la prueba de su delito.

»¿Cuál era la prueba de su delito? Tom Robinson, un ser humano. Debía alejar a Tom Robinson. Tom Robinson era su recordatorio diario de lo que ella hizo. ¿Y qué hizo? Tentó a un negro.

»Ella era blanca, y tentó a un negro. Hizo algo que en nuestra sociedad es indescriptible: besó a un hombre negro. No a un tío anciano, sino a un joven negro. Ningún código le importaba antes de quebrantarlo, pero cayó sobre ella con todo su peso después.

»Su padre lo vio, y el acusado ha declarado cuál fue su reacción. ¿Qué hizo su padre? No lo sabemos, pero hay pruebas circunstanciales que indican que Mayella Ewell fue golpeada salvajemente por alguien que utilizó casi exclusivamente su mano izquierda. Sabemos en parte lo que hizo el señor Ewell: hizo lo que cualquier hombre blanco respetable, perseverante y temeroso de Dios habría hecho bajo esas circunstancias: presentó una denuncia, sin duda firmándola con su mano izquierda, y Tom Robinson está sentado ahora delante de ustedes, tras haber hecho el juramento con la única mano buena que posee: su mano derecha.

»Y por lo tanto, un tranquilo negro respetable y humilde que tuvo la gran temeridad de "sentir lástima" de una mujer blanca, ha tenido que poner su palabra contra la de dos personas blancas. No necesito recordarles su aspecto y su conducta en el estrado, pues ustedes mismos lo han visto. Los testigos de la acusación, con la excepción del *sheriff* del condado de Maycomb, se han presentado ante ustedes, caballeros, en este tribunal, con la cínica confianza de que su declaración no sería puesta en duda, con la confianza de que ustedes estarían de acuerdo con ellos en el supuesto, el perverso supuesto, de que *todos* los negros mienten, que *todos* los negros son en esencia seres inmorales, que *todos* los hombres negros deben inspirarnos desconfianza cuando están cerca de nuestras mujeres, un supuesto que uno asocia a mentes de su calaña.

»Lo cual, caballeros, sabemos que es en sí mismo una mentira tan negra como la piel de Tom Robinson, una mentira que yo no necesito subrayar ante ustedes. Ustedes conocen la verdad, y la verdad es esta: algunos negros mienten, algunos negros son inmorales, algunos hombres negros no son dignos de confianza cuando están cerca de mujeres, ya sean negras o blancas. Pero esta es una verdad que se aplica a la raza humana y no a ninguna raza de hombres en particular. No hay ni una sola persona en esta sala que nunca haya dicho una mentira, que nunca haya hecho una cosa inmoral, y no hay ni un hombre vivo que nunca haya mirado a una mujer con deseo.

Atticus hizo una pausa y sacó su pañuelo. Entonces se quitó los lentes y los limpió, y notamos otra cosa «nueva»: nunca le habíamos visto sudar; era uno de esos hombres que nunca suda por la cara, pero ahora le brillaba.

—Una cosa más, caballeros, antes de terminar. Thomas Jefferson dijo en una ocasión que todos los hombres son creados iguales, una frase que a los yanquis y al lado femenino de la rama ejecutiva en Washington les gusta lanzarnos. En este año de gracia de 1935, ciertas personas tienden a utilizar esta frase fuera de contexto, para aplicarla a cualquier asunto. El ejemplo más ridículo que se me ocurre es que las personas que dirigen la educación pública promueven a los estúpidos y los ociosos junto con los laboriosos; puesto que todos los hombres son creados iguales, los educadores nos dirán con toda seriedad que los niños que se quedan atrás sufren terribles sentimientos de inferioridad. Sabemos que todos los hombres no son creados iguales en el sentido en que ciertas personas quisieran hacernos creer; algunas personas son más inteligentes que otras, algunos tienen más oportunidad porque nacieron con ella, algunos hombres ganan más dinero que otros, algunas damas hacen mejores pasteles que otras; algunas personas nacen con talentos que están por encima del ámbito normal de la mayoría.

»Pero hay un aspecto en este país en el cual todos los hombres son creados iguales; hay una institución humana que hace que un pobre sea igual que un Rockefeller, el hombre estúpido igual que un Einstein y el hombre ignorante igual que cualquier presidente universitario. Esa institución, caballeros, es la corte. Puede ser la Corte Suprema de los Estados Unidos o el tribunal más humilde que haya en la tierra, o esta honorable sala en la que ustedes sirven. Nuestras cortes de justicia tienen sus fallos, como los tiene cualquier institución humana, pero en este país nuestros tribunales son los principales niveladores, y en nuestras cortes todos los hombres son creados iguales.

»Yo no soy ningún idealista que crea a pies juntillas en la integridad de nuestros tribunales y en el sistema del jurado; no estoy ante un ideal, es una realidad viva y operativa. Caballeros, una corte es tan buena como cada hombre de entre ustedes que se sienta delante de mí como jurado. Un tribunal solamente es tan sensato como su jurado, y un jurado solamente es tan sensato como los hombres que lo constituyen. Tengo la confianza en que ustedes, caballeros, repasarán sin pasión las pruebas que han oído, llegarán a una decisión y devolverán a este acusado a su familia. En el nombre de Dios, cumplan con su obligación.

La voz de Atticus había descendido, y cuando se dio la vuelta alejándose del jurado dijo algo que no pude escuchar. Lo dijo más para sí mismo que para el tribunal. Yo di un codazo a Jem.

—¿Qué ha dicho?

—«En el nombre de Dios, créanle», creo que es lo que ha dicho.

Dill de repente se estiró por encima de mí y tiró de Jem.

—¡Miren!

Seguimos la dirección de su dedo con corazones abatidos. Calpurnia iba caminando por el pasillo, dirigiéndose directamente hacia Atticus.

21

❦

Se detuvo tímidamente ante el barandal y esperó hasta captar la atención del juez Taylor. Llevaba un delantal nuevo y también un sobre en la mano.

El juez Taylor la vio y dijo:

—Es Calpurnia, ¿verdad?

—Sí, señor —contestó—. ¿Podría pasar esta nota al señor Finch, por favor, señor? No tiene nada que ver con... con el juicio.

El juez Taylor asintió y Atticus tomó el sobre que le había dado Calpurnia. Lo abrió, leyó su contenido y dijo:

—Juez, yo... esta nota es de mi hermana. Dice que mis hijos han desaparecido, no se les ha visto desde el mediodía... yo... ¿podría usted...?

—Yo sé dónde están, Atticus —dijo el señor Underwood—. Están ahí, en la galería de la gente de color... llevan allí precisamente desde la una y dieciocho de la tarde.

Nuestro padre se giró y levantó la vista.

—Jem, baja de ahí —ordenó. Luego dijo algo al juez que nosotros no escuchamos. Pasamos al lado del reverendo Sykes y nos dirigimos hacia la escalera.

Atticus y Calpurnia se reunieron con nosotros abajo. Calpurnia parecía molesta, pero Atticus parecía agotado.

Jem daba saltos de emoción.

—Hemos ganado, ¿verdad?

—No tengo idea —dijo Atticus brevemente—. ¿Han estado aquí toda la tarde? Váyanse a casa con Calpurnia y cenen... y quédense en casa.

—Ah, Atticus, déjanos regresar —rogó Jem—. Por favor, déjanos escuchar el veredicto, *por favor*, señor.

—El jurado podría salir y regresar en un minuto, no lo sabemos... —pero podíamos ver que Atticus estaba cediendo—. Bien, ya lo han escuchado todo, de modo que bien podrían escuchar el resto. Les diré lo que harán: pueden regresar cuando hayan cenado; coman despacio, no se perderán nada importante, y, si el jurado sigue deliberando, podrán aguardar con nosotros. Pero espero que haya terminado antes de que ustedes regresen.

—¿Crees que le absolverán tan rápido? —preguntó Jem.

Atticus abrió la boca para responder, pero la cerró y nos dejó.

Yo oré para que el reverendo Sykes nos guardara los asientos, pero dejé de hacerlo cuando recordé que la gente se levantaba y salía en tropel cuando el jurado estaba deliberando; esta noche, llenarían la droguería, el Café O.K. y el hotel; es decir, a menos que también se hubieran traído la cena.

Calpurnia nos puso en marcha para casa.

—... los despellejaré vivos a cada uno de ustedes, ¡solo pensar que unos niños hayan escuchado todo eso! Señorito Jem, ¿no se le ocurre nada mejor que llevar a su hermana pequeña a ese juicio? ¡La señorita Alexandra sufrirá un ataque cuando se entere! No es adecuado que los niños oigan...

Las luces de la calle estaban encendidas y cuando pasamos al lado de ellas observamos el perfil indignado de Calpurnia.

—Señorito Jem, pensaba que estaba comenzando a tener la cabeza sobre los hombros; ¡qué idea, es su hermana pequeña! ¡Qué *idea*, Señor! Debería estar totalmente avergonzado; ¿es que no tiene sentido común?

Yo estaba entusiasmada. Habían sucedido muchas cosas y con mucha rapidez, y sentía que necesitaría años para clasificarlas, y ahora allí estaba Calpurnia regañando a su precioso Jem; ¿qué nuevas maravillas traería la tarde?

Jem se iba riendo.

—¿No quieres que te lo contemos, Cal?

—¡Cierre la boca, señorito! Cuando debiera estar con la cabeza aga-chada de la vergüenza, va riendo... —Calpurnia sacó a la luz una serie de oxidadas amenazas que causaron cierto remordimiento a Jem, y subió los escalones con su clásica frase: —Si el señor Finch no le da una paliza, yo lo haré... ¡entre en esta casa, señorito!

Jem entró sonriendo y Calpurnia asintió, con un consentimiento tácito, a que Dill se quedara a cenar.

—Ahora mismo vaya a casa de la señorita Rachel y dígale dónde está —le dijo—. Le está buscando... tenga cuidado de que mañana por la maña-na no le envíe de vuelta a Meridian.

La tía Alexandra se reunió con nosotros y casi se desmaya cuando Cal-purnia le contó dónde habíamos estado. Supongo que le dolió cuando le anunciamos que Atticus había dicho que podíamos regresar, porque no pronunció ni una palabra durante la cena. Se limitaba a remover la comida que tenía en el plato, mirándola taciturna mientras Calpurnia servía a Jem, a Dill y a mí con saña. Calpurnia nos sirvió leche, y ensalada de patatas y jamón mientras musitaba con diversos grados de intensidad: «Deberían avergonzarse». Su mandato final fue: «Ahora coman despacio».

El reverendo Sykes nos había reservado sitio. Nos sorprendió des-cubrir que habíamos estado fuera casi una hora, e igualmente nos sor-prendió encontrar la sala exactamente como la habíamos dejado, con pequeños cambios: el estrado del jurado estaba vacío, el acusado no esta-ba; el juez Taylor había salido, pero volvió a aparecer cuando nos estába-mos sentando.

—Nadie se ha movido, apenas —dijo Jem.

—Se movieron un poco cuando el jurado salió —comentó el reverendo Sykes—. Los hombres de ahí abajo trajeron la cena a las mujeres, y ellas han alimentado a sus bebés.

—¿Cuánto tiempo llevan fuera? —preguntó Jem

—Unos treinta minutos. El señor Finch y el señor Gilmer hablaron un poco más, y el juez Taylor se dirigió al jurado.

—¿Cómo fue? —preguntó Jem.

—¿Qué dijo? Ah, lo hizo muy bien. No me quejo en absoluto, fue bas-tante ecuánime. Más o menos dijo: «Si creen esto, entonces tendrán que dar un veredicto, pero si creen esto, tendrán que dar otro». Me pareció que se inclinaba un poco de nuestro lado —dijo el reverendo Sykes.

Jem sonrió.

—Él no tiene que inclinarse hacia ninguna parte, reverendo, pero no tema, hemos ganado —dijo como si lo supiera—. No veo cómo ningún jurado podría dictar una condena con lo que ha escuchado...

—No esté tan confiado, señorito Jem, nunca he visto que un jurado decidiera a favor de un hombre de color por encima de un hombre blanco...

Pero Jem objetó a las palabras del reverendo Sykes, y nos vimos sometidos a un largo repaso de las pruebas con las ideas de Jem acerca de la ley sobre violación: no era violación si ella lo permitía, pero tenía que tener dieciocho años (es decir, en Alabama), y Mayella tenía diecinueve. Parece ser que una tenía que dar patadas y gritar, tenía que ser derribada y golpeada, preferiblemente inconsciente a causa de un golpe. Si tenías menos de dieciocho, no había que pasar por todo eso.

—Señorito Jem —objetó el reverendo Sykes—, no es de buena educación que las señoritas jóvenes escuchen...

—Ah, ella no sabe de lo que estamos hablando —dijo Jem—. Scout, esto es muy de mayores para ti, ¿verdad?

—Por supuesto que no, entiendo cada palabra que dices—. Quizá fui demasiado convincente, porque Jem se calló y no volvió a hablar del tema

—¿Qué hora es, reverendo? —preguntó.

—Casi las ocho.

Yo miré abajo y vi a Atticus caminando por allí con las manos en los bolsillos; hizo un recorrido por las ventanas, después caminó al lado del barandal hasta el estrado del jurado. Lo miró, inspeccionó al juez Taylor en su trono y regresó a donde había comenzado. Yo capté su mirada y le saludé con la mano. Él reconoció mi saludo con un movimiento de cabeza y siguió caminando.

El señor Gilmer estaba de pie junto a las ventanas hablando con el señor Underwood. Bert, el secretario de la sala, iba fumando un cigarrillo detrás de otro: estaba sentado en la silla con sus pies sobre la mesa.

Pero los oficiales del tribunal, los presentes: Atticus, el señor Gilmer, el juez Taylor profundamente dormido, y Bert, eran los únicos cuya conducta parecía normal. Yo nunca había visto una sala tan llena de gente y con tanto silencio. A veces, un bebé lloraba con fuerza y un niño correteaba, pero los adultos estaban sentados como si se encontraran en la iglesia. En la galería, los negros estaban sentados y de pie a nuestro alrededor con una paciencia bíblica.

El viejo reloj del edificio hizo su recorrido preliminar y dio la hora, ocho ensordecedoras campanadas que sacudieron nuestros huesos. Cuando dio once campanadas, yo ya no las sentí: cansada de resistir el sueño, me permití una breve siesta apoyándome sobre la comodidad del brazo y el hombro del reverendo Sykes. Me desperté de una sacudida e hice un gran esfuerzo para permanecer despierta, mirando hacia abajo y concentrándome en las cabezas que veía: había dieciséis calvas, catorce hombres que podían pasar por pelirrojos, cuarenta cabezas que variaban entre el color marrón y el negro, y... recordé algo que Jem me había explicado una vez cuando pasó por una breve fase de investigación psíquica: decía que si un número suficiente de personas, un estadio lleno quizá, se concentrara en una cosa, como por ejemplo hacer arder un árbol en el bosque, el árbol se encendería. Yo jugué con la idea de pedir a todos los que estaban abajo que se concentraran en dejar libre a Tom Robinson, pero pensé que, si estaban tan cansados como yo, no funcionaría.

Dill estaba profundamente dormido, con su cabeza sobre el hombro de Jem, y Jem estaba quieto.

—¿No ha pasado mucho tiempo? —le pregunté.

—Sí, Scout —dijo alegremente.

—Bueno, según tu manera de explicarlo, les tomaría solo cinco minutos.

Jem arqueó las cejas.

—Hay cosas que tú no entiendes —dijo, y yo estaba demasiado cansada para discutir.

Pero debí de estar razonablemente despierta, o no habría recibido la impresión que estaba sintiendo. No era distinta a otra que tuve el último invierno, y sentí un escalofrío pese a la calidez de la noche. Ese sentimiento aumentó hasta que la atmósfera en la sala era exactamente la misma que una fría mañana de febrero, cuando los ruiseñores estaban en silencio y los carpinteros habían dejado de dar martillazos en la nueva casa de la señorita Maudie y todas las puertas de madera en el barrio estaban tan cerradas como las puertas de la Mansión Radley. La calle desierta, vacía y en espera, y la sala del tribunal atestada de personas. Una noche cálida de verano no era diferente a una mañana de invierno. El señor Heck Tate, que había entrado en la sala y estaba hablando con Atticus, podría haber llevado sus botas altas y su chaqueta de cuero. Atticus había detenido su tranquilo trayecto y había puesto el pie sobre el travesaño más bajo de una silla; mientras escuchaba lo que le estaba diciendo el señor Tate, se pasaba la mano lentamente arriba y abajo por el muslo. Yo esperaba que el señor Tate dijera en cualquier momento: «Lléveselo, señor Finch...».

Pero el señor Tate dijo: «Se constituye de nuevo este tribunal» con una voz que denotaba autoridad, y las cabezas que había abajo se levantaron de una sacudida. El señor Tate salió de la sala y regresó con Tom Robinson. Dirigió a Tom hasta su lugar al lado de Atticus, y se quedó allí. El juez Taylor estaba de repente despierto y alerta, y se sentaba derecho, mirando al estrado vacío del jurado.

Lo que sucedió después de aquello fue parecido a un sueño: como en un sueño, vi regresar al jurado, moviéndose como nadadores debajo del agua, y la voz del juez Taylor procedía de muy lejos, y era muy baja. Vi algo que solamente podría esperarse que lo viera un hijo de abogado, y fue como si observara a Atticus salir a la calle, llevarse un rifle al hombro y apretar el gatillo, pero como si observara todo el tiempo sabiendo que el arma no estaba cargada.

Un jurado nunca mira a un acusado al que ha condenado, y cuando entró este jurado, ninguno de ellos miró a Tom Robinson. El presidente entregó un pedazo de papel al señor Tate, quien lo entregó al secretario, el cual lo pasó al juez...

Yo cerré los ojos. El juez Taylor estaba leyendo los votos del jurado: «Culpable... culpable... culpable... culpable...». Yo eché una mirada a Jem; tenía las manos blancas de agarrar con tanta fuerza el barandal de la galería, y sus hombros se sacudían como si cada «culpable» fuera una puñalada en su espalda.

El juez Taylor estaba diciendo algo. Tenía el mazo en la mano, pero no lo utilizaba. Como si estuviera borroso, vi a Atticus recoger papeles de la mesa y meterlos en su maletín. Lo cerró de un golpe, fue hasta el secretario de la sala y dijo algo, saludó con la cabeza al señor Gilmer y luego se acercó a Tom Robinson y le susurró algo. Atticus puso la mano sobre el hombro de

Tom mientras le hablaba al oído. Atticus agarró su chaqueta del respaldo de su silla y se la echó al hombro. Entonces salió de la sala, pero no por su salida habitual. Quizá quería regresar a casa por el camino más corto, porque caminaba deprisa por el pasillo hacia la salida sur. Yo seguí el movimiento de su cabeza mientras se acercaba a la puerta. No levantó la mirada.

Alguien me dio un ligero puñetazo, pero yo era reacia a apartar mis ojos de las personas que había abajo, y de la imagen del solitario paseo de Atticus por el pasillo.

—¿Señorita Jean Louise?

Miré alrededor. Todos estaban de pie. Alrededor de nosotros en la galería de la pared contraria, los negros estaban de pie. La voz del reverendo Sykes era tan distante como la del juez Taylor:

—Señorita Jean Louise, póngase en pie. Pasa su padre.

22

⚜

Ahora le tocaba llorar a Jem. Tenía la cara mojada con lágrimas de rabia mientras nos abríamos paso entre la alegre multitud.

—No es justo —musitó durante todo el camino hasta la esquina de la plaza donde encontramos a Atticus esperando. Atticus estaba de pie bajo la luz de la calle mirando como si nada hubiera sucedido: su chaleco estaba abotonado, el cuello de su camisa y su corbata estaban en su lugar, la cadena de su reloj de bolsillo resplandecía, y volvía a ser la persona impasible de siempre.

—No es justo, Atticus —dijo Jem.

—No, hijo, no es justo.

Fuimos caminando a casa.

La tía Alexandra estaba esperando. Llevaba puesta su bata, y yo podría haber jurado que debajo tenía puesto el corsé.

—Lo siento, hermano —murmuró.

Al no haberla oído antes llamar a Atticus «hermano», dirigí una mirada furtiva a Jem, pero él no estaba escuchando. Levantó los ojos hasta Atticus, después miró al piso, y yo me pregunté si pensaba que Atticus era en cierto modo responsable de la condena de Tom Robinson.

—¿Se encuentra bien? —preguntó la tía, señalando a Jem.

—Lo estará —dijo Atticus—. Fue un poco fuerte para él—. Nuestro padre suspiró—. Me voy a la cama —dijo—. Si no me despierto en la mañana, no me llames.

—No me parece que fuera prudente permitirles...

—Esta es su tierra, hermana —dijo Atticus—. La hemos hecho como la hemos hecho para ellos, y mejor será que aprendan a aceptar las cosas como son.

—Pero no tienen por qué ir a la sala del tribunal y revolcarse en eso...

—Eso es tan parte del condado de Maycomb como los tés misionales.

—Atticus... —los ojos de la tía Alexandra parecían ansiosos—. Tú eres la última persona que pensaba que se amargaría por esta circunstancia.

—No estoy amargado, solamente cansado. Me voy a la cama.

—Atticus —dijo Jem con tono desolado.

Atticus se giró cuando estaba en el umbral de la puerta.

—¿Qué, hijo?

—¿Cómo han podido hacerlo, como han podido?

—No lo sé, pero lo han hecho. Lo hicieron antes, lo han hecho esta noche y volverán a hacerlo; y cuando lo hacen... parece que solamente los niños lloran. Buenas noches.

Pero las cosas siempre se ven mejor en la mañana. Atticus se levantó a su hora habitual y estaba en la sala detrás del *Mobile Register* cuando nosotros entramos. La cara matutina de Jem planteaba la pregunta que sus somnolientos labios se esforzaban por expresar.

—Aún no es momento de preocuparse —le aseguró Atticus, mientras íbamos al comedor—. No hemos terminado todavía. Habrá una apelación, puedes contar con ello. Vaya, Cal, ¿qué es todo esto? —dijo mirando fijamente su plato del desayuno.

—El papá de Tom Robinson le envío este pollo esta mañana. Yo lo he cocinado —dijo Calpurnia.

—Dile que estoy orgulloso de recibirlo... apuesto a que no comen pollo para el desayuno en la Casa Blanca. ¿Qué es esto?

—Bizcochos —dijo Calpurnia—. Estelle, del hotel, los envió.

Atticus la miró, perplejo, y ella dijo:

—Será mejor que venga usted y vea lo que hay en la cocina, señor Finch.

Nosotros le seguimos. La mesa de la cocina estaba llena de comida suficiente para enterrar a la familia: pedazos de tocino salado, tomates, frijoles, incluso racimos de uvas. Atticus sonrió cuando encontró un frasco de patas de cerdo en vinagre.

—¿Creen que la tía me dejará comerme esto en el comedor?

—Todo esto estaba en los escalones traseros cuando llegué aquí esta mañana —dijo Calpurnia—. Ellos... ellos agradecen lo que usted hizo, señor Finch. Ellos... ellos no se están sobrepasando, ¿verdad?

Los ojos de Atticus se llenaron de lágrimas, y no dijo nada durante un momento.

—Diles que estoy muy agradecido —dijo—. Diles... diles que no deben volver a hacer esto. Los tiempos son demasiado duros...

Salió de la cocina, entró en la sala y se excusó con la tía Alexandra, se puso el sombrero y fue a la ciudad.

Escuchamos los pasos de Dill en el vestíbulo, de modo que Calpurnia dejó el desayuno intacto de Atticus en la mesa. Entre sus mordiscos de conejo, Dill nos contó cuál había sido la reacción de la señorita Rachel la noche anterior: «Si un hombre como Atticus Finch quiere golpearse la cabeza contra una pared de piedra, es su cabeza».

—Yo se lo habría explicado —gruñó Dill mientras mordisqueaba una pata de pollo—, pero no parecía que esta mañana quisiera muchas explicaciones. Dijo que había estado levantada la mitad de la noche preguntándose dónde estaba yo, dijo que habría enviado al *sheriff* a buscarme, pero que él estaba en el juicio.

—Dill, tienes que dejar de irte sin decírselo —dijo Jem—. Eso la irrita.

Dill suspiró con paciencia.

—Le dije hasta la saciedad adónde iba... lo que pasa es que ve demasiadas serpientes en el armario. Pero esa mujer se bebe una pinta para el desayuno cada mañana; sé que se toma dos vasos llenos. La he visto.

—No hables así, Dill —dijo la tía Alexandra—. No es adecuado para un niño. Es... cínico.

—No es cínico, señorita Alexandra. Decir la verdad no es cínico, ¿verdad?

—El modo en que la dices lo es.

Jem la miró con enojo, pero le dijo a Dill:

—Vámonos. Puedes llevarte ese patín.

Cuando fuimos al patio delantero, la señorita Stephanie Crawford estaba contándoselo a la señorita Maudie Atkinson y al señor Avery. Nos miraron y siguieron hablando. Jem hizo un gruñido de fiera con la garganta. Yo habría deseado tener un arma.

—Odio cuando los adultos te miran —dijo Dill—. Te hace sentir como si hubieras hecho algo malo.

La señorita Maudie gritó a Jem Finch que se acercara.

Jem se quejó y se levantó de la mecedora.

—Te acompañamos —dijo Dill.

La nariz de la señorita Stephanie se movía de curiosidad. Quería saber quién nos había dado permiso para ir al juicio; ella no nos vio, pero todo el mundo en la ciudad hablaba esa mañana de que estábamos en la galería para la gente de color. ¿Nos puso allí Atticus como una especie de...? ¿No se estaba allí demasiado cerca de todos aquellos...? ¿Entendía Scout todo el...? ¿No dio rabia ver perder a nuestro papá?

—Calla, Stephanie —la cortó la señorita Maudie con una dicción mortífera—. No tengo toda la mañana para pasarla en el porche... Jem Finch, te he llamado para ver si tú y tus compañeros pueden comer pastel. Me levanté a las cinco para hacerlo, así que es mejor que digas que sí. Excúsanos, Stephanie. Buenos días, señor Avery.

Había un pastel grande y dos pequeños en la mesa de la cocina de la señorita Maudie. Debería haber habido tres pequeños. No era propio que la señorita Maudie se olvidara de Dill, y sin duda se lo dejamos ver de alguna manera, pero lo entendimos cuando ella cortó una rebanada del pastel grande y se la dio a Jem.

Mientras comíamos, sentimos que esa era la forma que tenía la señorita Maudie de decir que, con respecto a ella, nada había cambiado. Estaba sentada tranquilamente en una silla de la cocina, observándonos. De repente habló:

—No te preocupes, Jem. Las cosas nunca son tan malas como parecen.

Dentro de la casa, cuando la señorita Maudie quería decir algo extenso, estiraba los dedos sobre las rodillas y se ajustaba la dentadura. Eso hizo, y nosotros esperamos.

—Simplemente quiero decirles que hay algunos hombres en este mundo que nacieron para hacer por nosotros nuestras tareas desagradables. Su padre es uno de ellos.

—Ah —dijo Jem—. Bien.

—No me digas *ah, bien*, señorito —replicó la señorita Maudie, que reconocía los tonos fatalistas de Jem—, porque no eres lo bastante grande para apreciar lo que he dicho.

Jem miraba fijamente su pedazo de pastel a medio comer.

—Es como ser un gusano en un capullo, eso es —dijo—. Como algo dormido que está envuelto en un lugar cálido. Siempre pensé que la gente de Maycomb era la mejor del mundo, al menos eso es lo que parecía.

—Somos las personas más seguras del mundo —dijo la señorita Maudie—. Rara vez se nos llama a portarnos como cristianos, pero cuando sucede tenemos hombres como Atticus que nos representan.

Jem esbozó una sonrisa triste.

—Me gustaría que el resto del condado pensara igual.

—Te sorprendería saber cuántos de nosotros pensamos así.

—¿Quiénes? —la voz de Jem se elevó—. ¿Quién en esta ciudad movió un solo dedo para ayudar a Tom Robinson? ¿Quién?

—Sus amigos de color, por una parte, y personas como nosotros. Personas como el juez Taylor; personas como el señor Heck Tate. Deja de comer y ponte a pensar, Jem. ¿Se te ha ocurrido alguna vez que no fue ningún accidente que el juez Taylor designara a Atticus para defender a ese muchacho? ¿Que el juez Taylor podría haber tenido sus razones para haberlo designado?

Un pensamiento muy interesante. Las defensas designadas por el tribunal normalmente se le daban a Maxwell Green, el abogado más nuevo e inexperto de Maycomb. Maxwell Green debería haber llevado el caso de Tom Robinson.

—Piensa en eso —decía la señorita Maudie—. No fue ninguna casualidad. Anoche estuve ahí sentada en el porche, esperando. Esperé y esperé para verlos a todos ustedes pasar por la acera, y mientras esperaba pensé: «Atticus Finch no ganará, no puede ganar, pero es el único hombre en estos contornos que puede mantener a un jurado deliberando tanto tiempo en un caso como este». Y pensé para mí: «Bueno, estamos dando un paso hacia adelante... es un paso muy pequeño, pero es un paso».

—Está bien hablar así... pero los jueces y abogados cristianos no pueden compensar el daño que hacen los jurados paganos —musitó Jem—. Pronto, cuando yo sea mayor...

—Eso es algo que tendrás que decirle a tu padre —dijo la señorita Maudie.

Bajamos los escalones nuevos de la señorita Maudie y salimos al sol, y encontramos al señor Avery y la señorita Stephanie Crawford aún metidos en el tema. Se habían salido de la acera y estaban de pie delante de la casa de la señorita Stephanie. La señorita Rachel iba caminando hacia ellos.

—Creo que cuando sea mayor seré payaso —dijo Dill.

Jem y yo detuvimos el paso.

—Sí, señor, payaso —ratificó—. No hay nada en este mundo que pueda hacer con la gente salvo reírme, así que voy a unirme al circo y reírme hasta más no poder.

—Lo entiendes al revés, Dill —dijo Jem—. Los payasos son tristes, es la gente la que se ríe de ellos.

—Bueno, yo seré un nuevo tipo de payaso. Voy a ponerme de pie en medio de la pista y reírme de la gente. Miren allí —señaló—. Cada uno de ellos debiera estar montado en un palo de escoba. La tía Rachel ya lo hace.

La señorita Stephanie y la señorita Rachel nos hacían señas agitando el brazo con fuerza, de una manera que no desmentía la observación de Dill.

—Ah, vaya —susurró Jem—. Creo que estaría mal no acercarnos.

Algo no iba bien. El señor Avery tenía la cara enrojecida por los estornudos y casi nos aleja de la acera con un resoplido cuando nos acercamos. La señorita Stephanie temblaba de emoción y la señorita Rachel agarró por el hombro a Dill.

—Vete al patio trasero y quédate allí —dijo ella—. Se acerca peligro.

—¿Qué pasa? —pregunté.

—¿No lo han oído todavía? Se comenta en toda la ciudad...

En ese momento, la tía Alexandra salió a la puerta y nos llamó, pero era demasiado tarde. La señorita Stephanie estuvo encantada de explicarlo: esta mañana, el señor Bob Ewell detuvo a Atticus en la esquina de la oficina de correos, le escupió a la cara y le dijo que le ajustaría las cuentas aunque eso le costara el resto de su vida.

23

—*Hubiera preferido que Bob Ewell no mascara tabaco* —*fue lo único que* Atticus dijo al respecto. Según la señorita Stephanie Crawford, sin embargo, Atticus estaba saliendo de la oficina de correos cuando el señor Ewell se acercó a él, le maldijo, le escupió y amenazó con matarlo. La señorita Stephanie (quien, cuando lo hubo contados dos veces, resultó que estaba allí y lo había visto todo, pues iba pasando por delante de Jitney Jungle) dijo que Atticus ni siquiera parpadeó, tan solo sacó su pañuelo, se limpió la cara y se quedó allí, y permitió que el señor Ewell le dirigiera insultos que a ella nadie podría hacerle repetir. El señor Ewell era veterano de alguna guerra; eso, además de la reacción pacífica de Atticus, fue probablemente lo que le impulsó a preguntar:

—¿Demasiado orgulloso para pelear, bastardo amanegros?

La señorita Stephanie dijo que Atticus respondió:

—No, demasiado viejo —se metió las manos en los bolsillos y siguió caminando. La señorita Stephanie dijo que había que reconocerle a Atticus Finch que podía resultar bastante seco algunas veces.

Jem y yo no le veíamos la gracia.

—Después de todo —dije yo—, él fue el tirador más mortal del condado en su tiempo. Podría...

—Ya sabes que él no llevaría un arma, Scout. Ni siquiera tiene una —dijo Jem—. Sabes que ni siquiera tenía una en la cárcel aquella noche. Una vez me dijo que tener un arma cerca es una invitación a que alguien te dispare.

—Esto es diferente —dije yo—. Podemos pedirle que pida prestada una.

Lo hicimos, y él respondió:

—Tonterías.

Dill opinaba que una apelación a la buena disposición de Atticus podría funcionar: después de todo, nos moriríamos de hambre si el señor Ewell lo mataba. Además, nos criaría la tía Alexandra, ella sola, y todos sabíamos que lo primero que haría antes de que terminara el entierro de Atticus sería despedir a Calpurnia. Jem dijo que podría dar resultado si yo lloraba y hacía una pataleta, ya que era una niña y tenía pocos años. Eso tampoco funcionó.

Pero cuando observó que íbamos arrastrando los pies por el barrio, habíamos perdido el apetito y mostrábamos poco interés por nuestras actividades habituales, Atticus se dio cuenta de cuán profundamente asustados estábamos. Una noche, tentó a Jem con una nueva revista de fútbol; cuando vio que hojeaba las páginas y la dejaba a un lado, dijo:

—¿Qué es lo que te preocupa, hijo?

Jem fue al grano.

—El señor Ewell.

—¿Qué ha sucedido?

—No ha sucedido nada. Estamos asustados por ti y creemos que debieras hacer algo con respecto a él.

Atticus sonrió irónicamente.

—¿Hacer qué? ¿Hacer que firme un compromiso de buena conducta?

—Cuando un hombre dice que va a matar a otro, parece que lo dice de veras.

—Lo dijo con esa intención cuando lo dijo —respondió Atticus—. Jem, a ver si puedes ponerte en el lugar de Bob Ewell un momento. Yo destruí su último atisbo de credibilidad en ese juicio, si es que tenía alguno para empezar. Ese hombre tenía que dar alguna clase de respuesta, ese tipo de personas siempre lo hace. Por lo tanto, si escupirme a la cara y amenazarme le ahorró una paliza extra a Mayella Ewell, eso es algo que aceptaré de buena gana. Tenía que emprenderla con alguien, y prefiero ser yo que esos niños de la casa. ¿Lo entiendes?

Jem asintió con la cabeza.

La tía Alexandra entró en la habitación cuando Atticus estaba diciendo:

—No tenemos nada que temer de Bob Ewell, ya se descargó esa mañana.

—Yo no estaría tan segura de eso, Atticus —intervino ella—. Ese tipo de personas haría cualquier cosa por rencor. Ya sabes cómo es esa gente.

—¿Y qué demonios podría hacerme Ewell, hermana?

—Algo a escondidas —dijo la tía Alexandra—. Puedes contar con eso.

—Nadie tiene mucha oportunidad de hacer nada a escondidas en Maycomb —respondió Atticus.

Después de eso no tuvimos miedo. El verano iba llegando a su fin y lo aprovechamos al máximo. Atticus nos aseguró que no le sucedería nada a Tom Robinson hasta que la Corte Suprema revisara su caso y que tenía bastantes probabilidades de ser absuelto, o al menos de que se celebrara un nuevo juicio. Estaba en la Granja Prisión de Enfield, a más de cien kilómetros de distancia, en el condado de Chester. Le pregunté a Atticus si a la esposa y los hijos de Tom les permitían visitarle y dijo que no.

—Si pierde su apelación —pregunté una tarde—, ¿qué le sucederá?

—Irá a la silla eléctrica —dijo Atticus—, a menos que el gobernador conmute la sentencia. No es momento de preocuparse todavía, Scout. Tenemos buenas probabilidades.

Jem estaba tumbado en el sillón leyendo *Popular Mechanics*. Levantó la vista.

—No es justo. Él no mató a nadie, incluso aunque fuera culpable. No le quitó la vida a nadie.

—Ya sabes que la violación es un delito capital en Alabama —dijo Atticus.

—Sí, señor, pero el jurado no tenía que condenarlo a muerte… si hubieran querido, podrían haberle puesto veinte años.

—Impuesto —dijo Atticus—. Tom Robinson es un hombre de color, Jem. Ningún jurado en esta parte del mundo va a decir: «Creemos que es usted culpable, pero no mucho», con una acusación como esa. Era o una absolución o nada.

Jem meneaba la cabeza.

—Sé que no es justo, pero me hago a la idea de qué es lo que falla... quizá la violación no debería ser un delito capital...

Atticus dejó caer el periódico al lado de su silla. Dijo que no discrepaba de las leyes sobre violación, en absoluto, pero que sí tenía serios reparos cuando el fiscal solicitaba la pena de muerte y el jurado la imponía basándose en pruebas puramente circunstanciales. Dirigió la mirada hacia mí, vio que yo escuchaba y lo explicó con palabras más fáciles.

—Quiero decir que antes de que un hombre sea sentenciado a muerte por asesinato, digamos, debería haber uno o dos testigos presenciales. Alguien debería poder decir: «Sí, yo estaba allí y le vi apretar el gatillo».

—Pero muchas personas han sido colgadas, ahorcadas, basándose en pruebas circunstanciales —dijo Jem.

—Lo sé, y muchas de ellas probablemente se lo merecían... pero ante la falta de testigos presenciales siempre hay una duda, a veces solamente una sombra de duda. La ley dice «duda razonable», pero creo que un acusado tiene derecho a la sombra de duda. Siempre existe la posibilidad, por improbable que parezca, de que el acusado sea inocente.

—Entonces, todo se reduce al jurado. Deberíamos deshacernos de los jurados —Jem era inflexible.

Atticus hizo lo posible por no sonreír, pero no pudo evitarlo.

—Eres bastante duro con nosotros, hijo. Creo que quizá podría haber una mejor manera. Cambiar la ley. Cambiarla de modo que solamente los jueces tengan la capacidad de imponer el castigo en los delitos capitales.

—Entonces ve a Montgomery y cambia la ley.

—Te sorprendería saber cuán difícil sería eso. Yo no viviré para ver cambios en la ley, y si tú vives para verlo, será cuando ya seas viejo.

Eso no convenció demasiado a Jem.

—No, señor, debieran suprimir los jurados. Para empezar, él no era culpable y ellos dijeron que lo era.

—Si tú hubieras formado parte de ese jurado, hijo, y otros once muchachos como tú, Tom sería un hombre libre —dijo Atticus—. Hasta ahora, nada en tu vida ha interferido en tu proceso de razonamiento. Los miembros del jurado de Tom eran doce hombres razonables en la vida cotidiana, pero ya viste cómo hubo algo que se interpuso entre ellos y la razón. Viste lo mismo que aquella noche delante de la cárcel. Cuando aquel grupo se marchó, no se fueron como hombres razonables, se fueron porque nosotros estábamos allí. Hay algo en nuestro mundo que hace que los hombres pierdan la cabeza... y que no puedan ser justos aunque lo intenten. En nuestros tribunales, cuando es la palabra de un blanco contra la de un negro, el blanco siempre gana. Son feas, pero son las verdades de la vida.

—Eso no hace que sea justo —dijo Jem impasible. Se golpeaba suavemente la rodilla con el puño—. No se puede condenar a un hombre basándose en pruebas como esas... no se puede.

—No se puede, pero ellos pudieron y lo hicieron. Cuanto mayor te hagas, más veces lo verás. El único lugar donde un hombre debiera recibir un trato justo es en una corte de justicia, tenga el color que tenga, pero las personas tienen su manera de trasladar sus resentimientos hasta el estrado del jurado. A medida que vayas creciendo, verás a hombres blancos engañar a hombres negros todos los días, pero deja que te diga algo, y no lo olvides: siempre que un hombre blanco le hace eso a un hombre negro, no importa quién sea, cuánto dinero tenga o cuán distinguida sea la familia de la que procede, ese hombre blanco es basura.

Atticus estaba hablando con tanta calma que su última palabra estalló en nuestros oídos. Yo levanté la vista y noté su expresión vehemente.

—No hay nada que me ponga más enfermo que ver a un canalla blanco aprovechándose de la ignorancia de un negro. No se engañen, todo se va sumando y uno de estos días vamos a pagar la factura por todo eso. Espero que no sea durante sus vidas.

Jem se rascaba la cabeza. De repente, sus ojos se abrieron como platos.

—Atticus —dijo—, ¿por qué las personas como nosotros y la señorita Maudie nunca formamos parte de los jurados? Nunca se ve a nadie de Maycomb en un jurado; todos vienen de los bosques.

Atticus se reclinó en su mecedora. Por alguna razón, parecía contento con Jem.

—Me preguntaba cuándo se te ocurriría —dijo—. Hay innumerables razones. Por una parte, la señorita Maudie no puede formar parte de un jurado porque es una mujer...

—¿Quieres decir que las mujeres en Alabama no pueden...? —pregunté indignada.

—Así es. Supongo que es para proteger a nuestras frágiles damas de casos sórdidos como el de Tom. Además —sonrió Atticus—, dudo de que alguna vez se llegara a terminar un juicio... las damas estarían interrumpiendo para hacer preguntas.

Jem y yo nos reímos. La señorita Maudie en un jurado sería impresionante. Pensé en la anciana señora Dubose en su silla de ruedas: «Deje de dar golpes, John Taylor, quiero preguntarle algo a este hombre». Quizá los padres fundadores sabían lo que hacían.

Atticus estaba diciendo:

—Con personas como nosotros... esta es la parte de la cuenta que nos corresponde. En general tenemos los jurados que nos merecemos. Los bien establecidos ciudadanos de Maycomb no están interesados, en primer lugar. En segundo lugar, tienen miedo. Además, son...

—¿Miedo? ¿Por qué? —preguntó Jem.

—Bueno, y si... digamos que el señor Link Deas tuviera que decidir un pago de daños y perjuicios, por ejemplo, para la señorita Maudie por haber sido atropellada por el auto de la señorita Rachel. A Link no le gustaría la idea de perder las compras de ninguna de sus clientas, ¿verdad? Así que le dice al juez Taylor que no puede formar parte del jurado porque no tiene a nadie que se ocupe de la tienda mientras él no está. Por lo tanto, el juez Taylor le dispensa. A veces con rabia.

—¿Por qué iba a pensar que alguna dejaría de ser clienta? —pregunté yo.

—La señorita Rachel lo haría —dijo Jem—, la señorita Maudie, no. Pero el voto de un jurado es secreto, Atticus.

Nuestro padre se rio entre dientes.

—Tienes muchas más millas que recorrer, hijo. El voto del jurado se supone que ha de ser secreto. Formar parte del jurado te obliga a tomar una decisión y pronunciarte sobre algo. A nadie le gusta hacer eso. A veces es desagradable.

—El jurado de Tom se pronunció con mucha rapidez —musitó Jem.

Los dedos de Atticus se dirigieron a su reloj de bolsillo.

—No, no fue así —dijo más para sí que para nosotros—. Eso fue lo que me hizo pensar, bueno, que quizá esta pueda ser la sombra de un comienzo. Ese jurado se tomó algunas horas. Un veredicto inevitable, quizá, pero normalmente solo necesitan unos minutos. Ésta vez... —interrumpió y nos miró—. Quizá les guste saber que hubo una persona a la que les costó mucho convencer... al principio estaba a favor de una rotunda absolución.

—¿Quién? —Jem estaba sorprendido.

Atticus parpadeó.

—No me corresponde a mí decirlo. Era uno de sus viejos amigos de Old Sarum...

—¿Uno de los Cunningham? —gritó Jem—. Uno de... no reconocí a ninguno de ellos... estás bromeando—. Miró a Atticus con el rabillo del ojo.

—Uno de sus conocidos. Por una corazonada no lo recusé. Solo una corazonada. Podría haberlo hecho, pero no lo hice.

—¡Cielo santo! —dijo Jem con reverencia—. En un minuto tratan de matarlo y al siguiente intentan dejarlo libre... nunca entenderé a esa gente.

Atticus dijo que tan solo había que conocerlos. Dijo que los Cunningham no se habían llevado nada de nadie ni habían aceptado nada desde que inmigraron al Nuevo Mundo. Dijo que otra de sus características era que cuando uno se ganaba su respeto, ellos te defendían con uñas y dientes. Atticus dijo que tenía la sensación, nada más que una sospecha, de que aquellos hombres se marcharon de la cárcel aquella noche con un considerable respeto por los Finch. Dijo también que hacía falta un rayo, además de otro Cunningham, para hacer que uno de ellos cambiara de opinión.

—Si hubiéramos tenido dos de ese grupo, habríamos conseguido un jurado sin acuerdo.

Jem preguntó muy despacio.

—¿Quieres decir que realmente pusiste en el jurado a un hombre que había querido matarte la noche antes? ¿Cómo pudiste correr un riesgo tan grande, Atticus, cómo pudiste?

—Si lo analizas, el riesgo era poco. No hay diferencia alguna entre un hombre que decide por la condena y otro que va a hacer lo mismo, ¿no es cierto? Hay una ligera diferencia entre un hombre que decide por la condena y otro que está un poco inquieto en su mente, ¿verdad? Él era el único inseguro en toda la lista.

—¿Qué parentesco tenía ese hombre con el señor Walter Cunningham? —pregunté.

Atticus se levantó, se estiró y bostezó. Ni siquiera era la hora de irnos a la cama, pero sabíamos que quería disponer de su rato para leer el periódico. Lo agarró, lo dobló y me dio un golpecito en la cabeza.

—Veamos —dijo con un sonsonete para sí mismo—. Lo tengo. Primo hermano doble.

—¿Cómo puede ser eso?

—Dos hermanas se casaron con dos hermanos. Eso es todo lo que les diré... averigüen el resto.

Me estrujé los sesos y llegué a la conclusión de que si me casara con Jem, y Dill tuviera una hermana y se casara con ella, nuestros hijos serían primos hermanos dobles.

—Vaya, Jem —dije yo cuando Atticus se había ido—, son personas curiosas. ¿Has oído eso, tía?

La tía Alexandra estaba remendando una alfombra y no nos miraba, pero estaba escuchando. Estaba sentada en su sillón con su cesta de labores al lado y la alfombra extendida en su regazo. El motivo de que en las noches agitadas las damas remendasen alfombras de lana nunca llegué a entenderlo.

—Lo he oído —dijo ella.

Recordé la lejana y desastrosa ocasión en que salté a defender a Walter Cunningham. Ahora me alegraba de haberlo hecho.

—En cuanto empiece la escuela, voy a invitar a comer a Walter —dije, olvidada mi decisión personal de darle una paliza la próxima vez que lo viera—. También podrá quedarse algunas veces después de la escuela. Atticus podría llevarle a su casa a Old Sarum. Quizá podría pasar la noche con nosotros en alguna ocasión. ¿De acuerdo, Jem?

—Ya veremos —dijo la tía Alexandra, una declaración que por su parte era siempre una amenaza y nunca una promesa. Sorprendida, me giré hacia ella.

—¿Por qué no, tía? Son buena gente.

Ella me miró por encima de sus lentes de coser.

—Jean Louise, no tengo ninguna duda de que son buena gente. Pero no son el tipo de gente que somos nosotros.

—Quiere decir que son unos desastrados, Scout —dijo Jem.

—¿Qué es un desastrado?

—Ah, mala gente. Les gusta la juerga y esas cosas.

—Bueno, a mí también...

—No seas necia, Jean Louise —dijo la tía Alexandra—. El caso es que puedes pulir a Walter Cunningham hasta que brille, puedes ponerle zapatos y ropa nueva, pero nunca será como Jem. Además, hay una fuerte tendencia a la bebida en esa familia. A una Finch no le interesa ese tipo de personas.

—Tía —dijo Jem—, todavía no tiene ni nueve años.

—Bien puede aprender eso desde ahora.

La tía Alexandra había hablado. Recordé vívidamente la última vez que había dejado clara su postura. Nunca supe por qué. Fue cuando me moría de ganas por visitar la casa de Calpurnia; sentía curiosidad, interés; quería ser su «invitada», ver cómo vivía ella, quiénes eran sus amigos. Bien podría haber querido también ver la otra cara de la luna. Esta vez las tácticas eran diferentes, pero el objetivo de la tía Alexandra era el mismo. Quizá por eso había venido a vivir con nosotros: para ayudarnos a escoger nuestras amistades. Yo la mantendría alejada mientras pudiera:

—Si son buena gente, ¿por qué no puedo ser agradable con Walter?

—No he dicho que no seas amable con él. Debes ser amigable y educada con él, debes ser amable con todo el mundo, querida. Pero no tienes por qué invitarle a casa.

—¿Y si él fuera pariente nuestro, tía?

—El hecho es que no es pariente nuestro, pero si lo fuera, mi respuesta sería la misma.

—Tía —dijo Jem—, Atticus dice que uno puede escoger sus amistades pero no puede escoger a su familia, y que siguen siendo tus parientes lo reconozcas o no, y que, si no lo quieres reconocer, te hace parecer un necio.

—Esa es otra de las cosas típicas de su padre —dijo la tía Alexandra—, y yo mantengo que Jean Louise no invitará a Walter Cunningham a esta casa. Si fuera su primo hermano doble, en cuanto se fuera seguiría sin ser recibido en esta casa a menos que venga para ver a Atticus por negocios. Y no hay más que hablar.

Ella había dicho su «ciertamente no», pero esta vez tendría que dar sus razones:

—Pero yo quiero jugar con Walter, tía, ¿por qué no puedo?

Ella se quitó los lentes y me miró fijamente.

—Te diré por qué —me dijo—. Porque... él... es... basura, por eso no puedes jugar con él. No permitiré que estés cerca de él para que adquieras sus hábitos y Dios sabe qué otras cosas. Ya eres suficiente problema para tu padre tal como estás.

No sé qué es lo que le habría hecho, pero Jem me detuvo. Me agarró por los hombros, me rodeó con su brazo y me acompañó mientras yo sollozaba de rabia hasta su dormitorio. Atticus nos oyó y asomó la cabeza por la puerta.

—Todo va bien, señor —dijo Jem en tono hosco—, no es nada.

Atticus se alejó.

—Masca un poco, Scout. —Jem se metió la mano en el bolsillo y sacó un Tootsie Roll. Me tomó unos minutos convertir el dulce en una cómoda almohadilla pegada a mi paladar.

Jem estaba organizando otra vez los objetos que había en su cómoda. Tenía el cabello levantado por detrás y caído por delante, y yo me preguntaba si alguna vez lo llevaría como el de un hombre, quizá si se afeitaba la cabeza para que creciera de nuevo, su cabello crecería ordenadamente en su lugar. Sus cejas se estaban haciendo más espesas, y observé una nueva esbeltez en su cuerpo. Tenía más estatura.

Cuando miró hacia mí, debió de haber pensado que yo volvería a llorar, porque dijo:

—Te enseñaré algo si no se lo dices a nadie.

Le pregunté qué era. Se desabrochó la camisa, sonriendo tímidamente.

—Bien, ¿qué?

—Bien, ¿no lo ves?

—Bueno, no.

—Bueno, es pelo.

—¿Dónde?

—Aquí. Justo aquí.

Él me había consolado, así que dije que era muy bonito, pero no pude ver nada.

—Te queda muy bien, Jem.

—También tengo en las axilas —dijo—. El año que viene comenzaré a jugar a fútbol. Scout, no permitas que la tía te irrite.

Parecía que fuese ayer cuando me decía que yo no irritara a la tía.

—Ya sabes que no está acostumbrada a tratar con niñas —dijo Jem—, y mucho menos con niñas como tú. Intenta convertirte en una dama. ¿No podrías hacer costura o algo así?

—Demonios, no. No le caigo bien, eso es todo, y no me importa. Lo que me puso furiosa no fue que dijera que soy un problema para Atticus, fue que llamara basura a Walter Cunningham, Jem. Eso ya lo hablé con Atticus una vez; le pregunté si yo era un problema y él me dijo que no mucho, que como mucho era un problema que él siempre podría calcular, y que no me preocupara ni un segundo acerca de si le molestaba. No, es por Walter... ese muchacho no es basura, Jem. Él no es como los Ewell.

Jem se quitó los zapatos y subió los pies a la cama. Se tumbó sobre una almohada y encendió la luz para leer.

—¿Sabes una cosa, Scout? Ahora lo tengo todo resuelto. He pensado mucho al respecto últimamente y ya lo he resuelto. Hay cuatro tipos de personas en el mundo. Están las personas comunes como nosotros y los vecinos, está el tipo de personas como los Cunningham de los bosques, otro tipo como los Ewell del vertedero, y los negros.

—¿Y qué de los chinos, y los cajunes del condado de Baldwin?

—Me refiero al condado de Maycomb. El caso es que al tipo de personas como nosotros no les gustan los Cunningham, a los Cunningham no les gustan los Ewell y los Ewell odian y desprecian a la gente de color.

Le dije a Jem que, si era así, por qué el jurado de Tom, formado por personas como los Cunningham, no absolvió a Tom para así hacer daño a los Ewell.

Jem descartó mi pregunta por infantil.

—Mira —me dijo—, he visto a Atticus dar golpecitos con el pie en el piso al ritmo de la radio, y le encanta el caldo de olla más que nadie...

—Entonces eso nos hace parecernos a los Cunningham —dije—. No entiendo por qué la tía...

—No, déjame terminar... así es, pero de alguna manera seguimos siendo diferentes. Atticus dijo una vez que el motivo de que la tía esté tan obsesionada por la familia se debe a que lo único que tenemos es nuestro abolengo y ni un centavo a nuestro nombre.

—Bueno, Jem, no sé... Atticus me dijo una vez que la mayor parte de todo eso de la antigüedad familiar es una necedad, porque la familia de todo el mundo es tan antigua como la de los demás. Le pregunté si eso incluía a la gente de color y a los ingleses y me contestó que sí.

—El abolengo no es lo mismo que la antigüedad familiar —dijo Jem—. Creo que es cuánto tiempo hace que la familia de uno sabe leer y escribir. Scout, he estudiado mucho esto y esa es la única razón que se me ocurre. En algún lugar, cuando los Finch estaban en Egipto, uno de ellos debió de haber aprendido uno o dos jeroglíficos y se los enseñó a su hijo —Jem se rio—. Imagínate a la tía presumiendo de que su bisabuelo sabía leer y escribir; las damas escogen cosas extrañas para sentirse orgullosas.

—Bueno, me alegro de que supiera, de lo contrario, ¿quién habría enseñado a Atticus y a los demás? Y si Atticus no supiera leer, tú y yo estaríamos en una mala situación. No creo que eso sea lo que significa abolengo, Jem.

—Bueno, entonces ¿cómo explicas por qué los Cunningham son diferentes? El señor Walter apenas sabe firmar con su nombre, yo lo he visto. Nosotros sabemos leer y escribir desde hace mucho más tiempo que ellos.

—No, todo el mundo tiene que aprender, nadie nace sabiendo. Ese Walter es todo lo inteligente que puede, tan solo va retrasado algunas veces porque tiene que quedarse y ayudar a su papá. No le pasa nada. No, Jem, creo que hay solamente un tipo de personas: las personas.

Jem se giró y dio un puñetazo a su almohada. Cuando se quedó quieto, tenía una expresión nublada. Se encaminaba a una de sus depresiones, y yo me puse recelosa. Juntó las cejas; dibujó una línea estrecha con los labios. Se quedó en silencio durante un rato.

—Eso es lo que yo pensaba también —dijo al fin— cuando tenía tu edad. Si hay solamente un tipo de personas, ¿por qué no pueden llevarse bien entre ellas? Si son todas parecidas, ¿por qué se esfuerzan por despreciarse unas a otras? Scout, creo que estoy empezando a entender algo. Creo que estoy empezando a entender por qué Boo Radley se ha quedado encerrado en su casa todo este tiempo... es porque *quiere* quedarse dentro.

24

Calpurnia se había puesto su delantal más almidonado. Llevaba una bandeja
de charlota de frutas. Se puso de espaldas a la puerta y empujó con suavidad.
Yo admiraba la fluidez y la gracia con que ella manejaba pesadas cargas de
cosas delicadas. Y también la admiraba la tía Alexandra, supongo, porque
había dejado que Calpurnia sirviera ese día.

Agosto estaba a punto de dar paso a septiembre. Dill se marchaba a
Meridian mañana; hoy estaba fuera con Jem en el remanso de Barker. Jem
había descubierto con asombro y rabia que nadie se había molestado nunca
en enseñar a nadar a Dill, una destreza que Jem consideraba tan necesaria
como caminar. Se habían pasado dos tardes en el arroyo, dijeron que iban a
nadar desnudos y que yo no podía ir, de modo que dividí las solitarias horas
entre Calpurnia y la señorita Maudie.

Hoy, la tía Alexandra y su círculo misionero estaban peleando la buena
batalla de la fe por toda la casa. Desde la cocina, yo oía a la señora Grace Merriweather presentar un informe sobre la miserable vida de los mrunas, o algo
así. Llevaban a las mujeres a cabañas cuando llegaba su hora (fuere lo que fuere eso); no tenían sentido alguno de familia (yo sabía que eso molestaría a la
tía), sujetaban a los niños a terribles pruebas cuando cumplían los trece años;

padecían enfermedades tropicales, mascaban y escupían la corteza de un árbol a un recipiente compartido y luego se emborrachaban con eso.

Inmediatamente después, las damas hicieron una pausa para unos refrigerios.

Yo no sabía si entrar en el comedor o quedarme fuera. La tía Alexandra me dijo que merendara con ellas; no era necesario que estuviera presente en la parte de trabajo de la reunión, pues decía que me aburriría. Yo llevaba mi vestido rosa de los domingos, zapatos y unas enaguas, y pensé en que, si derramaba algo, Calpurnia tendría que volver a lavar mi vestido para mañana. Este había sido un día muy ocupado para ella. Decidí quedarme fuera.

—¿Puedo ayudarte, Cal? —le pregunté, deseando servir en algo.

Calpurnia se detuvo en el umbral de la puerta.

—Quédate tan quieta como un ratón en ese rincón —me dijo— y podrás ayudarme a llenar las bandejas cuando vuelva.

El suave murmullo de las voces de las damas se oyó más fuerte cuando la puerta se abrió:

—Vaya, Alexandra, nunca había visto una charlota como esta... sencillamente deliciosa... yo nunca consigo una costra como esta, nunca puedo... quién habría pensado en pequeñas tartaletas de zarzamora... ¿Calpurnia?... quién habría pensado... cualquiera que te diga que la esposa del predicador... nooo, bueno, sí lo está, y el otro todavía no anda...

Se quedaron calladas, entonces supe que todas habían sido servidas. Calpurnia volvió y puso la pesada jarra de plata de mi madre sobre una bandeja:

—Esta jarra de café es una reliquia —murmuró—, ya no las hacen en estos tiempos.

—¿Puedo llevarla?

—Si tienes cuidado y no la dejas caer. Ponla en el extremo de la mesa al lado de la señorita Alexandra. Al lado de las tazas y las otras cosas. Lo servirá ella.

Intenté abrir la puerta con la espalda como había hecho Calpurnia, pero no se movió. Con una sonrisa, ella la abrió.

—Ten cuidado, que pesa. No la mires y no derramarás el café.

Mi viaje tuvo éxito: la tía Alexandra me sonrió luminosa.

—Quédate con nosotras, Jean Louise —dijo. Esta era una parte de su campaña para enseñarme a ser una dama.

Era costumbre que toda anfitriona de un círculo misionero invitara a merendar a sus vecinas, fuesen bautistas o presbiterianas, lo cual justificaba la presencia de la señorita Rachel (tan seria como un juez), la señorita Maudie y la señorita Stephanie Crawford. Bastante nerviosa, me senté al lado de la señorita Maudie y me pregunté por qué las damas se ponían sus sombreros para cruzar la calle. Ante los grupos de damas siempre me invadía una ligera aprensión y un firme deseo de estar en alguna otra parte, pero ese sentimiento era lo que la tía Alexandra llamaba ser «malcriada».

Las damas vestían de colores pastel; la mayoría iban cubiertas con una buena capa de polvos faciales, pero nada de lápiz de labios, el único pintalabios presente en la sala era del color Tangee Natural. En las uñas de sus dedos brillaba Cutex Natural, pero algunas de las damas más jóvenes usaban Rose. Su aroma era celestial. Yo estaba sentada sin moverme, después de someter la inquietud de mis manos agarrándome con fuerza a los brazos del sillón, y esperé a que alguien me hablara.

El puente de oro de la señorita Maudie resplandeció.

—Vas muy bien vestida, señorita Jean Louise —dijo—, ¿dónde están tus pantalones hoy?

—Debajo de mi vestido.

Yo no tenía la intención de ser chistosa, pero las damas se rieron. Se me pusieron las mejillas calientes cuando me percaté de mi error, pero la señorita Maudie me miró seriamente. Ella nunca se reía conmigo a menos que yo quisiera ser graciosa.

En el repentino silencio que siguió, la señorita Stephanie Crawford me dijo desde el otro lado de la habitación:

—¿Qué quieres ser de mayor, Jean Louise? ¿Abogado?

—No, no había pensado en eso... —respondí, agradecida de que la señorita Stephanie fuera lo bastante amable para cambiar de tema. Comencé a toda prisa a escoger mi vocación. ¿Enfermera? ¿Aviadora?—. Bueno...

—Vamos, yo creí que querías ser abogado, ya has comenzado a acudir a la corte.

Las damas volvieron a reírse.

—Esa Stephanie no se calla —dijo alguien.

La señorita Stephanie se vio alentada a seguir con el tema.

—¿No quieres hacerte mayor para ser abogado?

La mano de la señorita Maudie tocó la mía y yo respondí con bastante suavidad:

—No, solamente una dama.

La señorita Stephanie me miró con suspicacia, concluyó que no había tenido intención de ser impertinente y se contentó diciendo:

—Bueno, no llegarás muy lejos hasta que comiences a ponerte vestido más a menudo.

La mano de la señorita Maudie había agarrado la mía con fuerza y yo no dije nada. El calor de su mano fue suficiente.

La señora Grace Merriweather estaba sentada a mi izquierda y sentí que sería educado hablar con ella. Al parecer, el señor Merriweather, un fiel metodista a la fuerza, no aludía a la gracia de su Grace cuando cantaba: «Sublime gracia, cuán dulce el son, que salvó a un pecador como yo...». Sin embargo, la opinión general de Maycomb era que la señora Merriweather había hecho sentar cabeza a su esposo y le había convertido en un ciudadano razonablemente útil. Con toda seguridad, la señora Merriweather era la dama más devota de Maycomb. Yo busqué un tema que le resultara interesante.

—¿Qué han estudiado ustedes esta tarde? —le pregunté.

—Oh, niña, a esos pobres mrunas —dijo ella, y siguió hablando. Ya no hicieron falta muchas más preguntas.

Los grandes ojos marrones de la señora Merriweather siempre se llenaban de lágrimas cuando pensaba en los oprimidos.

—Vivir en esa jungla sin nadie más, salvo J. Grimes Everett —dijo—. Ninguna persona blanca se acercará a ellos excepto ese santo J. Grimes Everett.

La señora Merriweather manejaba su voz como si fuera un órgano; cada palabra que pronunciaba seguía el compás:

—La pobreza... la oscuridad... la inmoralidad... nadie sino J. Grimes Everett lo conoce. Mira, cuando la iglesia me concedió ese viaje a los terrenos del campamento, J. Grimes Everett me dijo...

—¿Estaba él allí, señora? Pensé que...

—Estaba en casa, de descanso. J. Grimes Everett me dijo, él dijo: «Señora Merriweather, no tiene usted idea, ni la menor idea, de lo que estamos batallando allí». Eso es lo que me dijo.

—Sí, señora.

—Yo le dije: «Señor Everett, las damas de la Iglesia Metodista Episcopal de Maycomb, Alabama, le apoyan al cien por ciento». Eso fue lo que le dije. Y mira, precisamente allí mismo hice una promesa en mi corazón. Me dije a mí misma: «Cuando vaya a casa voy a dar un curso sobre los mrunas y a llevar el mensaje de J. Grimes Everett a Maycomb, y eso es precisamente lo que estoy haciendo».

—Sí, señora.

Cuando la señora Merriweather meneaba la cabeza, sus rizos negros se movían.

—Jean Louise —dijo—, eres una muchacha afortunada. Vives en un hogar cristiano con personas cristianas en una ciudad cristiana. Allí en la tierra de J. Grimes Everett no hay otra cosa salvo pecado y miseria.

—Sí, señora.

—Pecado y miseria... ¿Qué decías, Gertrude? —la señora Merriweather se metió en la conversación de la dama que estaba sentada a su lado—. Ah, sí. Bien, yo siempre digo perdona y olvida, perdona y olvida. Y lo que esa iglesia debería hacer es ayudarla a llevar una vida cristiana por todos esos niños desde ahora en adelante. Algunos de los hombres debieran ir allí y decirle a ese predicador que la aliente.

—Perdón, señora Merriweather —interrumpí yo—, ¿están hablando sobre Mayella Ewell?

—¿May...? No, niña. La esposa de ese negro. La esposa de Tom, Tom...

—Robinson, señora.

La señora Merriweather se dirigió a su vecina.

—Hay una cosa de la que estoy convencida, Gertrude —continuó—, pero algunas personas no lo ven igual que yo. Si tan solo les dejamos saber que los perdonamos, que lo hemos perdonado, todo este asunto pasará al olvido.

—Ah... señora Merriweather —interrumpí otra vez—, ¿qué pasará al olvido?

De nuevo, se dirigió a mí. La señora Merriweather era uno de esos adultos sin hijos que pensaba que era necesario hablar con un tono de voz distinto cuando se dirigía a un niño.

—Nada, Jean Louise —dijo con un majestuoso largo—, las cocineras y los jornaleros están descontentos, pero ahora se están calmando... se estuvieron quejando todo el día después de ese juicio—. La señora Merriweather miró a la señora Farrow—. Gertrude, te aseguro que no hay nada que distraiga más que un negro apesadumbrado. La boca les baja hasta aquí. Te arruina el día tener uno así en la cocina. ¿Sabes lo que le dije a mi Sophy, Gertrude? Le dije: «Sophy, sencillamente no estás siendo cristiana. Jesucristo nunca fue por ahí murmurando y quejándose», y mira, le hizo bien. Apartó sus ojos del piso y dijo: «No, señora Merriweather, Jesús nunca iba por ahí quejándose». Te digo, Gertrude, que no hay que dejar pasar ninguna oportunidad de dar testimonio del Señor.

Me recordó el antiguo órgano de la capilla del Desembarcadero Finch. Cuando yo era muy pequeña, y si había sido muy buena durante el día, Atticus me dejaba pisar los pedales mientras él tocaba una melodía con un solo dedo. La última nota se quedaba resonando mientras había aire para sostenerla. La señora Merriweather se había quedado sin aire, me pareció, y se estaba volviendo a llenar mientras la señora Farrow se disponía a hablar.

La señora Farrow era una mujer espléndidamente formada, con ojos pálidos y pies estrechos. Tenía un aire permanente de frescura, y su cabello era una masa de ricitos grises. Ella era la segunda señora más devota de Maycomb. Tenía el curioso hábito de preceder todo lo que decía con un suave sonido sibilante.

—Sss Grace —dijo—, es como yo le decía al hermano Hutson el otro día: «Sss hermano Hutson», le dije, «parece que estamos luchando una batalla perdida, una batalla perdida». Le dije: «Sss no les importa nada. Podemos educarlos hasta hartarnos, podemos hacerlo hasta que logremos sacar cristianos de ellos, pero no hay ninguna dama que esté a salvo en su cama estas noches». Él me dijo: «Señora Farrow, no sé a dónde vamos a llegar». Sss yo le dije que tenía toda la razón.

La señora Merriweather asintió con la cabeza. Su voz sonó por encima del ruido de las tazas de café y los suaves sonidos bovinos de las damas masticando sus pastelitos.

—Gertrude —dijo—, te aseguro que en esta ciudad hay algunas personas buenas, pero equivocadas. Buenas, pero equivocadas. Personas de esta ciudad que creen que están haciendo lo correcto, quiero decir. Ahora bien, lejos esté de mí decir quién, pero algunos de esta ciudad creyeron que estaban haciendo lo correcto hace un tiempo, pero lo único que lograron fue agitarlos. Eso fue lo único que hicieron. Tal vez les pareció que eso era lo correcto en aquel momento, te aseguro que no lo sé, no estoy versada en ese campo, pero malhumorados... descontentos... Te digo que si mi Sophy hubiera seguido así un día más, la habría despedido. A ella nunca se le ha ocurrido que la única razón por la que sigo manteniéndola es que esta depresión continúa y ella necesita cada billete y cada moneda cada semana que puede ganarlos.

—Su comida no sigue menguando, ¿verdad?

Esto lo dijo la señorita Maudie. Aparecieron dos finas líneas en las comisuras de su boca. Había permanecido sentada en silencio a mi lado, con su taza de café en equilibrio sobre una de sus rodillas. Hacía un buen rato que yo había perdido el hilo de la conversación, cuando dejaron de hablar de la esposa de Tom Robinson, y me había contentado con pensar en el Desembarcadero Finch y el río. La tía Alexandra lo había hecho al revés: la parte de trabajo de la reunión había sido escalofriante, y la parte social estaba siendo aburrida.

—Maudie, estoy segura de no saber a qué te refieres —dijo la señora Merriweather.

—Estoy segura de que sí lo sabes —contestó secamente la señorita Maudie.

No dijo nada más. Cuando la señorita Maudie estaba enojada, su parquedad de palabras resultaba glacial. Algo la había enojado profundamente, y sus ojos grises eran tan fríos como su voz. La señora Merriweather se puso colorada, me miró y apartó la mirada. Yo no podía ver a la señora Farrow.

La tía Alexandra se levantó de la mesa y rápidamente pasó más refrigerios, haciendo que la señora Merriweather y la señora Gates entablaran una viva conversación. Cuando las tenía bien encarriladas con la señorita Perkins, la tía Alexandra regresó a su asiento. Le dirigió a la señorita Maudie una mirada de pura gratitud, y yo me asombré del mundo de las mujeres. La señorita Maudie y la tía Alexandra nunca habían tenido una relación especialmente cercana, y ahí estaba la tía dándole las gracias en silencio por algo. Por qué motivo, yo no lo sabía. Me contenté con saber que la tía Alexandra podría conmoverse lo suficiente para sentir gratitud por la ayuda recibida. No había ninguna duda al respecto: yo debía entrar pronto en este mundo, en cuya superficie damas perfumadas se mecían despacio, se abanicaban suavemente y bebían agua fresca.

Pero me sentía más a gusto en el mundo de mi padre. Personas como el señor Heck Tate no te ponían trampas con preguntas inocentes para burlarse de ti; ni siquiera Jem era muy crítico, a menos que dijeras algo estúpido. Las damas parecían vivir con un ligero horror a los hombres, y parecían poco dispuestas a darles su sincera aprobación. Pero a mí me gustaban. Había algo en ellos, a pesar de lo mucho que maldijeran, bebieran, jugaran y engañaran; no importaba lo poco encantadores que fueran, había algo en ellos que instintivamente me gustaba... ellos no eran...

—Hipócritas, señora Perkins, hipócritas de nacimiento —estaba diciendo la señora Merriweather—. Al menos nosotros no tenemos ese pecado sobre nuestros hombros aquí en el Sur. La gente allí arriba los deja libres, pero no se les ve sentados a la mesa con ellos. Al menos nosotros no les engañamos diciéndoles que son tan buenos como nosotros pero que se mantengan alejados de nosotros. Aquí sencillamente les decimos que vivan a su manera y nosotros viviremos a la nuestra. Creo que esa mujer, esa señora Roosevelt, perdió la cabeza... sencillamente perdió la cabeza al bajar hasta Birmingham e intentar sentarse con ellos. Si yo fuera el alcalde de Birmingham, habría...

Bien, ninguna de nosotras era el alcalde de Birmingham, pero a mí me gustaría haber sido el gobernador de Alabama por un día: habría dejado ir a Tom Robinson tan rápidamente que la Sociedad Misionera no habría tenido tiempo ni para suspirar. Calpurnia le estaba contando a la cocinera de la señorita Rachel el otro día lo mal que Tom se estaba tomando las cosas, y no dejó de hablar cuando yo entré a la cocina. Dijo que no había nada que Atticus pudiera hacer para que se le hiciera más llevadera la cárcel, que lo último que le dijo a Atticus antes de que se lo llevaran a prisión fue: «Adiós, señor Finch, no hay nada que pueda usted hacer ya, así que no vale la pena intentarlo». Calpurnia contó que Atticus le dijo que el día en que se lo llevaron a la cárcel Tom perdió toda esperanza. Dijo que Atticus intentó explicarle las cosas a Tom y que debía hacer todo lo posible por no perder la esperanza porque Atticus estaba haciendo todo lo posible por conseguir que le dejaran libre. La cocinera de la señorita Rachel preguntó a Calpurnia por qué Atticus no decía simplemente *sí, quedarás libre*, y lo dejaba así... parecía que ese sería un gran consuelo para Tom. Calpurnia dijo: «Porque no estás familiarizada con la ley. Lo primero que aprendes cuando estás en una familia de leyes es que no hay ninguna respuesta definida para nada. El señor Finch no es capaz de decir algo si no sabe con seguridad que va a ser así».

La puerta delantera dio un golpe y oí los pasos de Atticus en el vestíbulo. Automáticamente me pregunté qué hora era. Ni de lejos era la hora de su regreso a casa, y los días en que estaba la Sociedad Misionera solía quedarse en la ciudad hasta que era de noche.

Se detuvo en el umbral de la puerta. Tenía el sombrero en la mano y la cara pálida.

—Excúsenme, señoras —dijo—. Sigan con su reunión, no quiero molestarlas. Alexandra, ¿podrías venir a la cocina un minuto? Quiero que me prestes un rato a Calpurnia.

No pasó por el comedor, sino que fue por el pasillo posterior y entró en la cocina por la puerta de atrás. La tía Alexandra y yo nos reunimos con él. La puerta del comedor se abrió otra vez y la señorita Maudie se sumó a nosotros. Calpurnia estaba a medio levantarse de su silla.

—Cal —dijo Atticus—, quiero que vengas conmigo a la casa de Helen Robinson...

—¿Qué pasa? —preguntó la tía Alexandra, alarmada por la expresión del rostro de mi padre.

—Tom ha muerto.

La tía Alexandra se llevó las manos a la boca.

—Le dispararon —dijo Atticus—. Intentó huir. Fue durante la hora de ejercicio. Dicen que echó a correr ciegamente contra la valla y comenzó a trepar por ella. Delante de todos...

—¿No intentaron detenerle? ¿No le hicieron ninguna advertencia? —la voz de la tía Alexandra temblaba.

—Oh, sí, los guardias le gritaron que se detuviese. Hicieron unos disparos al aire, y después a matar. Le acertaron precisamente cuando iba a saltar la valla. Dijeron que si hubiera tenido los dos brazos buenos, lo habría logrado, pues se movía con mucha rapidez. Diecisiete impactos de bala en el cuerpo. No era necesario que le disparan tantas veces. Cal, quiero que vengas conmigo y me ayudes a explicárselo a Helen.

—Sí, señor —murmuró, palpándose torpemente el delantal. La señorita Maudie se acercó a Calpurnia y se lo desató.

—Esta es la gota que colmó el vaso, Atticus —dijo la tía Alexandra.

—Depende de cómo lo mires —respondió él—. ¿Qué suponía un negro más o menos entre otros doscientos? Para ellos, él no era Tom, era un prisionero que se daba a la fuga.

Atticus se apoyó contra la nevera, se subió los lentes y se frotó los ojos.

—Teníamos buenas posibilidades —dijo—. Le dije lo que yo pensaba, pero no podía asegurarle que tuviéramos algo más que una buena posibilidad. Supongo que Tom estaba cansado de las posibilidades de los hombres blancos y prefirió intentar la suya. ¿Estás lista, Cal?

—Sí, señor Finch.

—Entonces vamos.

La tía Alexandra se sentó en la silla de Calpurnia y se llevó las manos a la cara. Estaba sentada muy quieta; tan quieta que yo me pregunté si se desmayaría. Oía a la señorita Maudie respirar como si acabara de subir las escaleras, y en el comedor las damas charlaban tan alegremente.

Yo creí que la tía Alexandra estaba llorando, pero cuando se apartó las manos de la cara, resultó que no. Se veía cansada. Habló, y su voz sonaba abatida.

—No puedo decir que apruebo todo lo que hace, Maudie, pero es mi hermano, y solo quiero saber cuándo terminará todo esto —su voz se elevó—. Le está destrozando. No lo deja ver, pero todo esto le está haciendo pedazos. Le he visto cuando... ¿qué más quieren de él, Maudie, qué más?

—¿Qué más quieren de él quiénes, Alexandra? —preguntó la señorita Maudie.

—Me refiero a esta ciudad. Están perfectamente dispuestos a dejar que haga lo que ellos tienen demasiado miedo a hacer... Se arriesgarían a perder unos centavos. Están perfectamente dispuestos a dejar que él arruine su salud haciendo lo que ellos tienen demasiado miedo a hacer, están...

—Calla, te van a oír —dijo la señorita Maudie—. ¿Lo has considerado de este modo, Alexandra? Lo sepa Maycomb o no, estamos haciendo el mayor tributo que podemos hacer a un hombre. Confiamos en que él hará lo correcto, es así de sencillo.

—¿Quiénes? —la tía Alexandra nunca sabría que estaba hablando como su sobrino de doce años.

—El puñado de personas de esta ciudad que dicen que el juego limpio no lleva la etiqueta de «solo para blancos»; el puñado de personas que dicen que un juicio justo es para todo el mundo, y no solo para nosotros; el puñado de personas con la suficiente humildad para pensar, cuando miran a un negro: «Si no hubiera sido por la bondad del Señor, ese sería yo» —la vieja sequedad de la señorita Maudie estaba regresando—. El puñado de personas de esta ciudad que tienen abolengo, esos son.

Si yo hubiera estado atenta, habría tenido otro punto que añadir a la definición de abolengo de Jem, pero me encontré sollozando entre temblores, incapaz de detenerme. Yo había visto la Granja Prisión de Enfield y Atticus me había señalado el patio donde hacían los ejercicios. Tenía el tamaño de un campo de fútbol.

—Basta de llantos —me mandó la señorita Maudie, y yo me detuve—. Levántate, Alexandra, ya las hemos dejado solas demasiado tiempo.

La tía Alexandra se levantó y estiró las arrugas que se le habían formado en la cintura. Se sacó el pañuelo del cinturón y se sonó la nariz. Se dio unos toques en el cabello y dijo:

—¿Se me nota?

—Ni señal —dijo la señorita Maudie—. ¿Estás bien ya, Jean Louise?

—Sí, señorita.

—Entonces vayamos a reunirnos con las damas —dijo en tono serio.

Sus voces se escucharon más fuertes cuando la señorita Maudie abrió la puerta del comedor. La tía Alexandra iba delante de mí y vi que levantaba la cabeza al traspasar la puerta.

—Ah, señora Perkins —dijo—, necesita más café. Permita que se lo traiga.

—Calpurnia ha salido a hacer un recado unos minutos, Grace —dijo la señorita Maudie—. Deje que le pase las tartaletas de zarzamora. ¿Ha oído lo que hizo el otro día mi primo, el que es aficionado a la pesca...?

Y así continuaron, recorriendo la fila de mujeres que reían, por el comedor, llenando tazas de café, distribuyendo la comida como si su único pesar fuera el desastre doméstico temporal de perder a Calpurnia.

El suave murmullo comenzó de nuevo:

—Sí, señora Perkins, ese J. Grimes Everett es un santo mártir... él... era necesario que se casaran, y corrieron... en el salón de belleza cada sábado en la tarde... en cuanto se pone el sol. Él se acuesta con las... gallinas, una jaula llena de gallinas enfermas, Fred dice que fue allí donde todo comenzó. Fred dice...

La tía Alexandra me miró desde el otro lado de la habitación y sonrió. Miró a una bandeja de galletas que había sobre la mesa y asintió con la cabeza. Yo agarré con cuidado la bandeja y me vi a mí misma acercarme hasta la señora Merriweather. Con mis mejores modales, le pregunté si quería una. Después de todo, si la tía podía ser una dama en un momento como ese, también podía serlo yo.

25

—*No hagas eso, Scout. Déjala en las escaleras de atrás.*

—Jem, ¿estás loco?

—He dicho que la dejes en las escaleras de atrás.

Con un suspiro, recogí el pequeño animalito, lo puse en el último escalón y regresé a mi catre. Había llegado el mes de septiembre, pero ni rastro de tiempo fresco con él, y seguíamos durmiendo en el porche trasero, que estaba cerrado. Las luciérnagas seguían estando por allí, las criaturas nocturnas y los insectos voladores que se chocaban contra la tela metálica durante todo el verano no se habían ido a donde sea que se van cuando llega el otoño.

Una cochinilla había logrado entrar en la casa; deduje que el diminuto insecto había subido por las escaleras y se había colado por debajo de la puerta. Estaba dejando mi libro en el piso al lado de mi catre cuando la vi. Esos animalitos no tienen más de una pulgada de longitud y, cuando se les toca, se enrollan y se convierten en una bolita gris.

Me tumbé boca abajo, estiré el brazo y la empujé. La cochinilla se hizo una bola. Entonces, sintiéndose segura, supongo, se fue desenrollando lentamente. Viajó unas pulgadas sobre sus cien patas y yo volví a tocarla. Volvió a hacerse una bola. Como tenía sueño, decidí terminar todo eso. Mi mano descendía hacia la cochinilla cuando Jem intervino.

Tenía el ceño fruncido. Probablemente era una parte de la fase que estaba atravesando, y yo deseaba que se apresurara y la dejara atrás. Desde luego, él nunca fue cruel con los animales, pero yo no imaginaba que su caridad incluyera al mundo de los insectos.

—¿Por qué no puedo aplastarla? —pregunté.

—Porque no te está molestando —respondió Jem en la oscuridad. Había apagado su lámpara de lectura.

—Creo que estás ahora en la etapa en la que no matas moscas ni mosquitos —dije—. Avísame cuando cambies de idea. Pero te diré una cosa, no voy a quedarme sentada y sin tocar ningún insecto.

—Ah, calla —respondió con tono somnoliento.

Jem era quien se estaba comportando cada vez más como una niña, y no yo. Con toda comodidad, me tumbé de espaldas y esperé a quedarme dormida, y mientras esperaba pensaba en Dill. Se había marchado el primer día del mes con la firme seguridad de que regresaría en cuanto terminara la escuela; suponía que sus padres habían captado la idea de que le gustaba pasar sus veranos en Maycomb. La señorita Rachel nos llevó con ellos en el taxi hasta el Empalme de Maycomb, y Dill se despidió desde la ventana del tren diciendo adiós con la mano hasta que le perdimos de vista. Pero no se perdió del recuerdo: le extrañaba. Los dos últimos días que estuvo con nosotros, Jem le había enseñado a nadar...

Enseñado a nadar. Yo estaba totalmente despierta, recordando lo que Dill me había contado.

El remanso de Eddy está al final de un sendero que sale de la carretera de Meridian, a menos de un kilómetro de la ciudad. Es fácil que te dejen subirte a una carreta de algodón que vaya por ese camino o a una moto que pase, y el corto paseo que hay hasta el arroyo es liviano, pero la idea de tener que regresar caminando al atardecer, cuando hay poco tráfico, es poco atractiva, y los nadadores se cuidan de no quedarse allá hasta demasiado tarde.

Según Dill, él y Jem acababan de llegar a la carretera cuando vieron a Atticus conduciendo hacia ellos. Parecía que no los había visto, así que le hicieron señas con la mano. Atticus finalmente redujo la velocidad; cuando se pusieron a su altura, les dijo:

—Será mejor que alguien les lleve. Yo no voy a ir a casa hasta dentro de un rato —Calpurnia iba en el asiento trasero.

Jem protestó, después le rogó, y Atticus dijo:

—Bien, pueden venir con nosotros si se quedan en el auto.

De camino a la casa de Tom Robinson, Atticus les contó lo que había sucedido.

Salieron de la carretera, fueron manejando despacio al lado del vertedero y pasaron por la residencia de los Ewell, después siguieron por la estrecha pista hasta las cabañas de los negros. Dill dijo que había un buen grupo de niños negros jugando a las canicas en el patio frontal de Tom. Atticus estacionó el auto y se bajó. Calpurnia le siguió y cruzaron la puerta delantera.

Dill le oyó preguntar a uno de los niños: «¿Dónde está tu madre, Sam?», y oyó decir a Sam: «En casa de la hermana Stevens, señor Finch. ¿Quiere que vaya a buscarla?».

Dill dijo que Atticus pareció inseguro, después dijo que sí y Sam se fue enseguida.

—Sigan con sus juegos, muchachos —dijo Atticus a los niños.

Una niña pequeña salió a la puerta de la cabaña y se quedó mirando a Atticus. Dill dijo que su cabello era un fajo de diminutas trenzas, y cada una de ellas terminaba en un brillante lazo. Sonreía de oreja a oreja y se acercó a nuestro padre, pero era demasiado pequeña para bajar los escalones. Dill dijo que Atticus fue hasta ella, se quitó el sombrero y le ofreció su dedo. Ella lo agarró y él la ayudó a bajar las escaleras. Entonces la entregó a Calpurnia.

Sam iba trotando detrás de su madre cuando llegaron. Dill contó que Helen dijo:

—Buenas noches, señor Finch, ¿no quiere sentarse? —pero no dijo nada más. Tampoco Atticus habló.

—Scout —dijo Dill—, ella se desplomó en el suelo. Simplemente se derrumbó en el suelo, como si un gigante de pies enormes hubiera llegado y la hubiera pisado. Así... —El gordito pie de Dill golpeó el suelo—. Como se pisa a una hormiga.

Dill dijo que Calpurnia y Atticus levantaron a Helen y medio la llevaron medio la acompañaron hasta su cabaña. Se quedaron dentro mucho tiempo, y Atticus salió solo. Cuando pasaron conduciendo de regreso por el vertedero, algunos de los Ewell les gritaron, pero Dill no entendió lo que decían.

Maycomb estuvo interesado en la noticia de la muerte de Tom quizá durante dos días; dos días fueron suficientes para que la información se difundiera por todo el condado. «¿No te has enterado?... ¿No? Verás, dicen que iba corriendo como un rayo...». Para Maycomb, la muerte de Tom era algo típico. Típico de un negro salir corriendo. Típico de la mentalidad de un negro no tener ningún plan, ningún pensamiento para el futuro, tan solo salir corriendo a ciegas en la primera oportunidad. «Lo cómico es que Atticus Finch podría haber conseguido que le dejaran libre, pero ¿esperar? Demonios, no. Ya se sabe cómo son. Vienen fácilmente, se van fácilmente. Esto demuestra que el muchacho Robinson estaba casado legalmente, dicen que se mantenía limpio, iba a la iglesia y todo eso, pero cuando se presenta el momento, esa capa exterior es muy delgada. El negro que llevan dentro siempre acaba saliendo a la superficie».

Unos pocos detalles más, permitiendo que quien escuchaba repitiera su propia versión, y después nada más de qué hablar hasta la edición del *Maycomb Tribune* del siguiente jueves. Había un breve obituario en la sección de noticias de gente de color, pero también había un editorial.

El señor B. B. Underwood fue de lo más mordaz, y no podría haberle importado menos quién cancelara la publicidad y las suscripciones. (Pero Maycomb no reaccionaba de esa manera: el señor Underwood podía gritar hasta sudar la gota gorda y escribir cualquier cosa que quisiera, y aun así seguiría teniendo su publicidad y sus suscripciones. Si quería ponerse en evidencia en su periódico, era cosa suya.) El señor Underwood no hablaba de errores de justicia, y escribía de modo que hasta los niños pudieran entender. El señor Underwood simplemente pensaba que era un pecado matar a alguien que estaba tullido, ya fuese que estuviera de pie, sentado o huyendo. Equiparaba la muerte de Tom a la masacre de aves cantoras por parte de cazadores y niños. Maycomb juzgó que pretendía escribir un editorial lo suficientemente poético para ser reproducido en el *Montgomery Advertiser*.

Me preguntaba cómo podía ser eso mientras leía el editorial del señor Underwood. Matar sin sentido... Tom había sido sometido al proceso legal hasta el día de su muerte; había sido juzgado en público y doce hombres buenos le habían condenado; mi padre había luchado por él todo el tiempo. Entonces vi claro qué era lo que quería decir el señor Underwood: Atticus había utilizado todas las herramientas con que cuentan los hombres libres para salvar a Tom Robinson, pero en los tribunales secretos de los corazones de los hombres, Atticus no tenía caso. Tom era hombre muerto desde el momento en que Mayella Ewell abrió su boca y gritó.

El nombre de Ewell me producía náuseas. Maycomb no había tardado ni un minuto en obtener la opinión del señor Ewell sobre el fallecimiento de Tom y hacerla pasar ese Canal de la Mancha del chismorreo: la señorita Stephanie Crawford. La señorita Stephanie le dijo a la tía Alexandra en presencia de Jem («Oh, vaya, él es bastante mayor para escuchar») que el señor Ewell había dicho que eso significaba que uno ya estaba liquidado y que le seguirían dos más. Jem me dijo que no tuviera miedo, que el señor Ewell era más palabras vacías que otra cosa. Jem también me dijo que si le contaba una sola palabra a Atticus, si de alguna manera yo hacía saber a Atticus que lo sabía, él, Jem, no volvería a hablarme en la vida.

26

Comenzaron las clases en la escuela y también nuestros trayectos diarios que pasaban ante la Mansión Radley. Jem estaba en séptimo grado e iba al instituto, que estaba detrás del edificio de primaria; yo estaba ahora en tercer grado y nuestras rutinas eran tan distintas que yo iba caminando a la escuela con Jem solamente en las mañanas y le veía a la hora de comer. Entró en el equipo de fútbol, pero era demasiado delgado y demasiado joven aún para hacer otra cosa que no fuera llevar los cubos de agua. Eso lo hacía con entusiasmo; la mayoría de las tardes, era raro que llegara a casa antes de oscurecer.

La Mansión Radley había dejado de aterrorizarme, pero no era menos lúgubre, menos sombría bajo sus grandes robles, ni más acogedora. Aún se podía ver al señor Nathan Radley en un día claro ir y regresar de la ciudad; sabíamos que Boo estaba allí, por la misma razón de siempre: todavía nadie había visto que le sacaran. A veces yo sentía una punzada de remordimiento, al pasar al lado del viejo lugar, por haber participado en lo que debió de haber sido puro tormento para Arthur Radley; ¿qué recluso quiere que haya niños espiando por las persianas, dejando pedazos de papel con una caña de pescar, rondando por su huerto de coles en la noche?

Y sin embargo lo recordaba. Dos monedas con cabezas de indios, goma de mascar, muñecos de jabón, una medalla oxidada, un reloj roto con su cadena. Jem debió de haberlos guardado en algún lugar. Yo me detuve y miré al árbol una tarde: el tronco estaba abultado alrededor de su parche de cemento. El parche en sí se estaba poniendo amarillento.

Casi le habíamos visto un par de veces, una estadística bastante buena para cualquiera.

Pero yo seguía mirando por si le veía cada vez que pasaba por allí. Quizá algún día lograra verle. Me imaginaba cómo sería: cuando sucediera, él estaría sentado en la mecedora mientras yo pasaba por delante. Yo le saludaría: «Hola, señor Arthur», como si lo hubiera dicho todas las tardes de mi vida. Él respondería: «Buenas tardes, Jean Louise», como si lo hubiera dicho cada tarde de mi vida, «está haciendo un tiempo muy bueno, ¿verdad?». «Sí, señor, muy bueno», diría yo, y seguiría andando.

Era solamente una fantasía. Nunca le veríamos. Probablemente salía cuando la luna ya estaba oculta y espiaba a la señorita Stephanie Crawford. Yo habría escogido a otra persona a la que mirar, pero eso era cosa de él. Nunca nos espiaría a nosotros.

—No van a comenzar de nuevo con eso, ¿verdad? —dijo Atticus una noche, cuando yo expresé el deseo de poder ver a Boo Radley aunque solo fuera una vez antes de morir—. Si están con eso, les advierto de antemano: basta ya. Soy demasiado viejo para ir a buscarlos a la propiedad de los Radley. Además, es peligroso. Podrían recibir un disparo. Saben que el señor Nathan dispara a cada sombra que ve, incluso a sombras que dejan huellas de pies descalzos de la talla cuatro. Tuvieron suerte de que no les matara.

Yo me quedé callada en ese instante. Al mismo tiempo me maravillaba de Atticus. Esa era la primera vez que nos hacía saber que tenía mucho más conocimiento de lo que pensábamos acerca de un determinado suceso. Y había ocurrido años atrás. No, el verano pasado... no, el verano anterior a ese, cuando... el tiempo me estaba haciendo una jugarreta. Debía acordarme de preguntarle a Jem.

Nos habían sucedido tantas cosas que Boo Radley era el menor de nuestros temores. Atticus dijo que no veía qué más podría suceder, que las situaciones tenían su manera de apaciguarse y que, cuando hubiera pasado el tiempo suficiente, la gente se olvidaría de que alguna vez había prestado atención a la existencia de Tom Robinson.

Quizá Atticus tenía razón, pero los eventos del verano se cernían sobre nosotros como humo en una habitación cerrada. Los adultos de Maycomb nunca hablaban del caso con Jem ni conmigo; parece que hablaban de ello con sus hijos, y su actitud debió de haber sido que ninguno de nosotros tenía la culpa de tener a Atticus por padre, de modo que sus hijos debían ser amables con nosotros a pesar de él. Los niños nunca habrían pensado eso ellos solos; si nuestros compañeros de clase hubieran seguido sus propios impulsos, Jem y yo habríamos tenido varias peleas rápidas y satisfactorias cada uno, y habríamos puesto fin al asunto. Tal como estaba la cosa, nos veíamos obligados a mantener la cabeza alta y ser, respectivamente, un caballero y una dama. En cierto sentido, era como en la época de la señora Henry Lafayette Dubose, pero sin todos sus gritos. Había, sin embargo, una aspecto extraño que nunca entendí: a pesar de los defectos de Atticus como padre, la gente estuvo tan contenta de volver a elegirlo para la asamblea legislativa estatal ese año, como siempre, sin ninguna oposición. Llegué a la conclusión de que la gente es sencillamente rara, me aparté y no pensaba en ellos hasta que me veía obligada a hacerlo.

Y es lo que me sucedió un día en la escuela. Una vez por semana dedicábamos un tiempo en clase a Acontecimientos de Actualidad. Cada niño debía escoger un artículo de un periódico, asimilar su contenido y presentarlo a la clase. Supuestamente, esta práctica combatía diversos males: estar de pie delante de los compañeros fomentaba una buena postura y daba buen aplomo al niño; dar una pequeña charla le hacía pensar en sus palabras; aprenderse la noticia fortalecía su memoria; ser escogido entre la clase le hacía estar más ansioso que nunca por regresar al grupo.

El concepto tenía su profundidad, pero, como siempre, en Maycomb no funcionaba muy bien. En primer lugar, pocos niños del campo tenían acceso a los periódicos, de modo que la carga de la clase de Acontecimientos de Actualidad la soportaban los de la ciudad, convenciendo aún más a los chiquillos del autobús de que los niños de la ciudad se llevaban siempre toda la atención. Los niños campesinos que podían llevaban normalmente pedazos de lo que ellos llamaban The Grit Paper, una publicación espuria para la señorita Gates, nuestra maestra. Yo nunca supe por qué fruncía el ceño cuando un niño recitaba algo de The Grit Paper, pero tenía algo que ver con el gusto por el jaleo, por comer bizcochos de sirope para almorzar, por ser un fanático religioso, por cantar *Dulcemente canta el burro* pronunciando mal la palabra burro, y con que el estado pagaba a los maestros para desalentar todas esas cosas.

Aun así, no muchos de los niños sabían lo que era un acontecimiento de actualidad. Little Chuck Little, que tenía cien años de edad en su conocimiento de las vacas y sus hábitos, estaba en la mitad de la lectura de una historia de Tío Natchell cuando la señorita Gates le interrumpió:

—Charles, eso no es un acontecimiento de actualidad. Eso es un anuncio.

Pero Cecil Jacobs sí sabía lo que era. Cuando llegó su turno, pasó al frente de la clase y comenzó:

—El viejo Hitler...

—Adolf Hitler, Cecil —corrigió la señorita Gates—. Nunca se empieza diciendo «el viejo tal...».

—Sí, señorita —dijo él—. El viejo Adolf Hitler ha estado prosiguiendo a los...

—Persiguiendo, Cecil...

—No, señorita Gates, dice aquí... bueno, de todos modos, el viejo Adolf Hitler ha perseguido a los judíos y los ha metido en la cárcel, y les está quitando sus propiedades, y no deja a ninguno salir del país, y limpia a todos los deficientes mentales y...

—¿Limpia a los deficientes mentales?

—Sí, señorita Gates, creo que no tienen juicio suficiente para limpiarse ellos mismos, no creo que un idiota pudiera mantenerse limpio. De todos modos, Hitler ha comenzado un programa para juntar a todos los medio judíos también, y quiere registrarlos por si le causan algún problema, y creo que esto es malo, y este es mi acontecimiento de actualidad.

—Muy bien, Cecil —dijo la señorita Gates. Resoplando, Cecil regresó a su asiento.

Se levantó una mano en la parte de atrás de la clase.

—¿Cómo puede hacer eso?

—¿Hacer qué quién? —preguntó pacientemente la señorita Gates.

—Me refiero a cómo puede Hitler encerrar a tantas personas, yo creo que el gobierno debiera detener eso —dijo el dueño de la mano.

—Hitler es el gobierno —dijo la señorita Gates, y aprovechando una oportunidad para hacer dinámica la educación, fue a la pizarra. Escribió la palabra DEMOCRACIA en grandes letras—. Democracia —dijo—. ¿Quién sabe su definición?

—Nosotros —dijo alguien.

Yo levanté la mano, recordando un viejo eslogan de campaña del que Atticus me había hablado una vez.

—¿Qué crees que significa, Jean Louise?

—Derechos iguales para todos, privilegios especiales para nadie —cité.

—Muy bien, Jean Louise, muy bien —la señorita Gates sonrió. Delante de DEMOCRACIA escribió NOSOTROS SOMOS UNA—. Ahora, clase, vamos a decirlo todos juntos: «Nosotros somos una democracia».

Lo repetimos y la señorita Gates dijo:

—Esa es la diferencia entre América y Alemania. Nosotros somos una democracia y Alemania es una dictadura. Dicta-dura —dijo—. Aquí no creemos en perseguir a nadie. La persecución viene de personas que tienen prejuicios. Pre-juicios —enunció cuidadosamente—. No hay personas mejores en el mundo que los judíos, y la razón de que Hitler no piense así es un misterio para mí.

Un alma curiosa en medio de la clase dijo:

—¿Por qué cree usted que no le gustan los judíos, señorita Gates?

—No lo sé, Henry. Los judíos aportan mucho a cada sociedad en la que viven, y la mayoría de ellos son personas profundamente religiosas. Hitler intenta deshacerse de la religión, y quizá no le gustan por ese motivo.

Cecil habló:

—Bueno, no lo sé con seguridad —dijo—, creo que cambian dinero o algo así, pero eso no es motivo para perseguirlos. Ellos son blancos, ¿verdad?

—Cuando llegues a la secundaria, Cecil —dijo la señorita Gates—, aprenderás que los judíos han sido perseguidos desde el principio de la historia, incluso expulsados de su propio país. Es uno de los relatos más terribles en la historia. Pero ya es la hora de la aritmética, niños.

Como a mí nunca me había gustado la aritmética, pasé un rato mirando por la ventana. Las únicas veces en que veía a Atticus fruncir el ceño era cuando Elmer Davis nos daba las últimas noticias sobre Hitler. Atticus apagaba después la radio y decía: «Hummm».

Una vez le pregunté por qué le alteraba Hitler, y Atticus dijo:

—Porque es un maníaco.

No puede ser solo eso, cavilaba yo mientras la clase seguía con las sumas. Un maníaco y millones de alemanes. A mí me parecía que deberían meter a Hitler en un calabozo en lugar de permitirle que les encerrara a ellos. Había otra cosa que estaba mal; tendría que preguntarle a mi padre al respecto.

Lo hice, y él me dijo que no podía responder a mi pregunta porque no conocía la respuesta.

—Pero ¿está bien odiar a Hitler?

—No —respondió—, no está bien odiar a nadie.

—Atticus —dije—, hay algo que no entiendo. La señorita Gates dijo que es horroroso que Hitler haga lo que hace, y se le puso la cara colorada cuando explicaba...

—No me extraña.

—Pero...

—¿Sí?

—Nada, señor —y me fui, sin estar segura de poder explicar a Atticus lo que tenía en la mente, sin estar segura de poder aclarar lo que era solamente un sentimiento. Quizá Jem podría darme la respuesta. Jem entendía las cosas de la escuela mejor que Atticus.

Jem estaba agotado de haber pasado el día acarreando agua. Había al menos doce cáscaras de bananas en el piso al lado de su cama, en torno a una botella de leche vacía.

—¿Para qué haces eso? —le pregunté.

—El entrenador dice que, si logro engordar quince kilos para el año que viene, podré entrar en el equipo —me contestó—. Esta es la manera más rápida de conseguirlo.

—Si no lo vomitas todo. Jem —dije—, quiero preguntarte algo.

—Dispara —dejó a un lado su libro y estiró las piernas.

—La señorita Gates es una buena dama, ¿verdad?

—Sí, claro —dijo Jem—. Me gustaba cuando estaba en su clase.

—Ella odia mucho a Hitler...

—¿Y qué hay de malo en eso?

—Bueno, hoy habló de lo malo que es que él trate a los judíos de ese modo. Jem, no está bien perseguir a nadie, ¿verdad? Es decir, ni siquiera tener pensamientos mezquinos respecto a alguien, ¿verdad?

—Claro que no, Scout. ¿Qué te ronda en la cabeza?

—Bueno, al salir del juzgado aquella noche, la señorita Gates estaba... iba bajando las escaleras delante de nosotros, puede que no la vieras... iba hablando con la señorita Stephanie Crawford. La oí decir que ya era hora de que alguien les enseñara una lección, que estaban consiguiendo hacer lo que les daba la gana y que lo siguiente que pensarían sería en casarse con nosotros. Jem, ¿cómo se puede odiar tanto a Hitler y después tratar tan mal a personas dentro del propio país...?

Jem se puso furioso de repente. Dio un salto de la cama, me agarró por el cuello de la camisa y me sacudió.

—No quiero oír nunca más nada sobre aquel juicio, nunca, nunca. ¿Me oyes? ¿Me oyes? No vuelvas a decirme nunca ni una sola palabra sobre eso. ¿Me oyes? ¡Ahora vete!

Yo me quedé demasiado sorprendida para llorar. Salí del cuarto de Jem y cerré la puerta con suavidad, para que ningún ruido indebido le hiciera enfurecer otra vez. Súbitamente cansada, quería estar con Atticus. Él estaba en el comedor y me acerqué e intenté sentarme en su regazo.

Atticus sonrió.

—Estás creciendo tanto que solo voy a poder sostener una parte de ti —me acercó a su pecho—. Scout —dijo con suavidad—, no dejes que Jem te ponga triste. Estos días está pasando un momento difícil. He oído lo que decían.

Atticus me explicó que Jem estaba tratando con todas sus fuerzas de olvidar algo, pero que lo que realmente hacía era apartarlo durante una temporada, hasta que pasara el tiempo suficiente. Entonces podría volver a pensar en ello y solucionar las cosas. Cuando fuera capaz de pensar en ello, Jem volvería a ser el mismo de siempre.

27

Las cosas se calmaron, en cierto modo, como Atticus había predicho. A mediados de octubre, solo dos pequeños acontecimientos fuera de lo común afectaron a dos ciudadanos de Maycomb. No, hubo tres acontecimientos, y no nos concernían directamente a nosotros, los Finch, pero en cierto sentido sí nos afectaron.

Lo primero fue que el señor Bob Ewell consiguió y perdió un empleo en cuestión de días, y probablemente eso le hizo ser único en los anales de la década de 1930: él fue el único hombre del que yo había oído que fuera despedido del WPA por gandul. Supongo que su breve periodo de fama le produjo un periodo aún más breve de laboriosidad, pero su empleo duró tan poco como su notoriedad; el señor Ewell quedó tan sumido en el olvido como Tom Robinson. De ahí en adelante, siguió presentándose cada sema-na en la oficina de beneficencia por su cheque, y lo recibía sin dar las gracias y murmurando confusamente que los bastardos que pensaban que dirigían esa ciudad no permitían a un hombre honesto ganarse la vida. Ruth Jones, la encargada de la beneficencia, dijo que el señor Ewell acusó abiertamente a Atticus de quitarle su empleo. A ella le sentó tan mal que fue hasta la oficina de Atticus y se lo contó. Atticus le dijo a la señorita Ruth que no se molestara, que si Bob Ewell quería hablar de que él le había «quitado» su empleo, ya conocía el camino a la oficina.

El segundo acontecimiento le sucedió al juez Taylor. El juez Taylor no era asiduo a la iglesia las tardes de los domingos; la señora Taylor sí lo era. El juez Taylor saboreaba la tarde del domingo quedándose solo en su gran casa, y en la hora de la iglesia se le podía encontrar en su estudio leyendo los escritos de Bob Taylor (no eran familia, pero el juez habría estado orgulloso de afirmarlo). Un domingo en la noche, perdido entre jugosas metáforas y una dicción florida, la atención del juez Taylor se apartó de la página debido a un irritante ruido de arañazos. «Calla», le dijo a Ann Taylor, su gorda y anodina perra. Entonces se dio cuenta de que estaba hablando a una habitación vacía; el ruido de arañazos provenía de la parte de atrás de la casa. El juez Taylor se dirigió al porche trasero para dejar salir a Ann y se encontró abierta la puerta de tela metálica. Una sombra en la esquina de la casa captó su atención, y eso fue lo único que vio de su visitante. La señora Taylor regresó a casa de la iglesia para encontrarse a su esposo en su silla, inmerso en los escritos de Bob Taylor, con una escopeta sobre su regazo.

El tercer acontecimiento lo vivió Helen Robinson, la viuda de Tom. Si el señor Ewell estaba tan olvidado como Tom Robinson, Tom Robinson estaba tan olvidado como Boo Radley. Pero Tom no había sido olvidado por su patrón, el señor Link Deas. El señor Link Deas le dio un empleo a Helen. En realidad no la necesitaba, pero dijo que se sentía muy mal respecto a cómo habían ido las cosas. Yo nunca supe quién se ocupaba de sus hijos mientras Helen estaba fuera. Calpurnia dijo que era difícil para Helen, porque tenía que desviarse más de un kilómetro de su camino para evitar a los Ewell, quienes, según Helen, «la emprendieron contra ella» la primera vez que intentó utilizar el camino público. El señor Link Deas acabó dándose cuenta de que Helen llegaba a trabajar cada mañana desde la dirección incorrecta y pudo sonsacarle el motivo.

—Déjelo estar, señor Link, por favor, señor —le rogó Helen.

—Demonios que lo haré —dijo el señor Link. Le dijo que pasara por su tienda esa tarde antes de irse. Ella lo hizo, y el señor Link cerró su tienda, se caló firmemente el sombrero y acompañó a Helen hasta su casa. La llevó por el camino más corto, pasando al lado de la de los Ewell. De regreso, el señor Link se detuvo ante la puerta.

—¿Ewell? —gritó— ¡He dicho Ewell!

Las ventanas, normalmente repletas de niños, estaban desiertas.

—¡Sé que cada uno de ustedes está ahí tumbado en el piso! Ahora escúchame, Bob Ewell: si escucho algo de que mi muchacha Helen no puede pasar por este camino, ¡haré que te metan en la cárcel antes de que se ponga el sol!

El señor Link escupió en la tierra y se fue a su casa. Helen fue a trabajar a la mañana siguiente y utilizó el camino público. Nadie la emprendió contra ella, pero cuando estuvo a cierta distancia tras pasar por la casa de los Ewell, miró atrás y vio al señor Ewell siguiéndola. Ella se giró y siguió adelante, y el señor Ewell se mantuvo a la misma distancia detrás de ella hasta que llegó a la casa del señor Link Deas. Helen contó que durante todo el camino hasta la casa oía una voz baja a sus espaldas, diciendo palabras repugnantes. Muy asustada, telefoneó al señor Link, que estaba en su tienda, no muy lejos de su casa. Cuando el señor Link salió de su negocio, vio al señor Ewell apoyado en la valla. El señor Ewell dijo:

—No me mires, Link Deas, como si yo fuera basura. No he molestado a tu...

—Lo primero que puedes hacer, Ewell, es sacar tu apestoso cuerpo de mi propiedad. Te estás apoyando en la valla y no puedo permitirme comprar pintura nueva para pintarla. Lo segundo que puedes hacer es mantenerte alejado de mi cocinera, o te detendré por asalto...

—No la he tocado, Link Deas, ¡y no pienso acercarme a ninguna negra!

—No tienes que tocarla, me basta con que intentes atemorizarla, y si el asalto no es suficiente para mantenerte encerrado una buena temporada, recurriré a la Ley de las Damas, ¡así que fuera de mi vista! Si crees que no hablo en serio, ¡vuelve a molestar a esa muchacha!

Sin duda, el señor Ewell creyó que hablaba en serio, porque Helen no volvió a informar de ningún otro problema.

—No me gusta, Atticus, no me gusta nada —fue la evaluación que la tía Alexandra hizo de esos acontecimientos—. Ese hombre parece tener un rencor implacable contra todos los relacionados con ese caso. Sé cómo salda esa gente los rencores, pero no entiendo por qué tiene que albergar ninguno... se salió con la suya en el juicio, ¿no?

—Creo que lo entiendo —dijo Atticus—. Podría ser porque en el fondo de su corazón sabe que muy pocas personas se creyeron lo que contaron él y Mayella. Se creía que iba a ser un héroe, pero lo único que consiguió fue... fue un «De acuerdo, condenaremos a ese negro pero tú regresa a tu basurero». Ahora ya se ha desahogado con todos, así que debería estar satisfecho. Se calmará cuando cambie el tiempo.

—Pero ¿por qué iba a querer asaltar la casa de John Taylor? Obviamente no sabía que John estaba en casa, o no lo habría intentado. Las únicas luces que John enciende los domingos en la noche están en el porche frontal y en su oficina detrás...

—No se sabe si Bob Ewell cortó esa tela metálica, no se sabe quién lo hizo —dijo Atticus—. Pero lo puedo suponer. Yo demostré que era un mentiroso, pero John le puso en evidencia como un necio. Todo el tiempo que Ewell estuvo en el estrado, no podía atreverme a mirar a John y aguantar la risa. John le miraba como si fuera una gallina de tres patas o un huevo cuadrado. Que no me digan que los jueces no intentan predisponer a los jurados —se rio Atticus.

A finales de octubre, nuestras vidas habían regresado a la familiar rutina de escuela, juegos y estudio. Jem parecía haberse sacado de la cabeza aquello que quería olvidar y nuestros compañeros de clase tuvieron la misericordia de permitirnos olvidar las excentricidades de nuestro padre. Cecil Jacobs me preguntó una vez si Atticus era un radical. Cuando se lo pregunté a Atticus, le pareció tan divertido que me sentí molesta, pero me aclaró que no se estaba riendo de mí. Dijo:

—Dile a Cecil que soy casi tan radical como Cotton Tom Heflin.

La tía Alexandra estaba prosperando. La señorita Maudie debió de haber dejado en silencio a toda la Sociedad Misionera de una sola vez, porque la tía dirigía de nuevo ese gallinero. Sus meriendas eran cada vez más deliciosas. Aprendí más sobre la vida social de los pobres mrunas escuchando a la señorita Merriweather: tenían tan poco sentido de familia que la tribu entera era una gran familia. Un niño tenía tantos padres como hombres había en la comunidad, tantas madres como mujeres había. J. Grimes Everett hacía todo lo posible para cambiar el estado de esas cosas, y necesitaba desesperadamente nuestras oraciones.

Maycomb era el mismo de siempre. Precisamente igual que el año pasado y el año anterior a ese, solamente con dos cambios menores. En primer lugar, la gente había quitado de los escaparates de sus tiendas y de sus automóviles las pegatinas que decían: NRA: NOSOTROS HACEMOS NUESTRA PARTE. Le pregunté a Atticus el motivo y me dijo que la National Recovery Act estaba muerta. Le pregunté quién la había matado y respondió que habían sido nueve ancianos.

El segundo cambio en Maycomb desde el año anterior no era de ámbito nacional. Hasta entonces, Halloween era en Maycomb un asunto completamente desorganizado. Cada niño hacía lo que quería hacer, con ayuda de otros niños si había que mover algo, como subir una pequeña calesa a lo alto del establo de los caballos. Pero los padres creían que las cosas habían ido demasiado lejos el año anterior, cuando la paz de la señorita Tutti y la señorita Frutti se vio alterada.

Las señoritas Tutti y Frutti Barber eran damas solteras, eran hermanas, y vivían juntas en la única residencia en Maycomb que presumía de tener una bodega. Se rumoreaba que las señoritas Barber eran republicanas, al haber inmigrado desde Clanton, Alabama, en 1911. Sus costumbres eran extrañas para nosotros, y nadie sabía por qué querían una bodega, pero querían tener una, y cavaron una, y se pasaron el resto de sus vidas echando de allí a generaciones de niños.

Las señoritas Tutti y Frutti (sus nombres eran Sarah y Frances) añadían a sus costumbres yanquis la característica de ser sordas las dos. La señorita Tutti lo negaba y vivía en un mundo de silencio, pero la señorita Frutti, al no querer perderse nada, empleaba una trompa para el oído tan enorme que Jem decía que era un altavoz de esas gramolas del perrito.

Con todos esos hechos en mente y Halloween encima, algunos bribonzuelos habían esperado hasta que las señoritas Barber estuvieran profundamente dormidas, habían entrado en su sala (nadie excepto los Radley cerraba en la noche), habían sacado sigilosamente todos los muebles y los habían escondido en la bodega. Yo niego haber participado en tal fechoría.

—¡Yo los oí! —fue el grito que despertó a los vecinos de las señoritas Barber al amanecer de la mañana siguiente—. ¡Los oí acercar una camioneta hasta la puerta! Daban pisotones como caballos. ¡Ahora ya estarán en Nueva Orleáns!

La señorita Tutti estaba segura de que los vendedores de pieles que habían pasado por la ciudad dos días antes les habían robado los muebles.

—Eran morenos —decía—. Sirios.

Llamaron al señor Heck Tate. Inspeccionó la zona y dijo que pensaba que era obra de alguien de la localidad. La señorita Frutti respondió que ella podía distinguir una voz de Maycomb en cualquier lugar, y que no había ninguna voz de Maycomb en esa sala la noche anterior... La señorita Tutti insistió en que había que usar nada menos que perros sabuesos para localizar sus muebles. De modo que el señor Tate se vio obligado a recorrer hasta quince kilómetros para reunir a los sabuesos del condado y ponerlos sobre la pista.

El señor Tate los situó en las escaleras frontales de las señoritas Barber, pero lo único que los perros hicieron fue ir hasta la parte de atrás de la casa y ladrar ante la puerta de la bodega. Después de soltarlos a rastrear tres veces, el señor Tate acabó imaginándose lo que había sucedido. Cuando llegó el mediodía, no se veía a ningún niño descalzo en Maycomb, y nadie se quitó los zapatos hasta que devolvieron a los perros.

Así las cosas, las damas de Maycomb dijeron que todo iba a ser diferente este año. Se abriría el auditorio de la escuela, se representaría una obra de teatro para los adultos; y para los niños, pesca de manzanas con la boca, estirar masa de caramelos, poner la cola al burro. También habría un premio de veinticinco centavos para el mejor disfraz de Halloween, de elaboración propia.

Jem y yo nos quejamos. No es que nunca hubiéramos hecho nada, era cuestión de principios. De todos modos, Jem se consideraba demasiado mayor para Halloween; decía que no le verían en ningún lugar cerca de la escuela ni nada parecido. Yo pensé: «Ah, Atticus me llevará».

Pronto supe, sin embargo, que serían requeridos mis servicios en el escenario aquella tarde. La señorita Grace Merriweather había compuesto una función original titulada *Condado de Maycomb: Ad Astra Per Aspera*, y yo haría de jamón. Ella pensaba que sería adorable si algunos de los niños llevaban disfraces para representar los productos agrícolas del condado: Cecil Jacobs iría disfrazado de vaca; Agnes Boone sería una adorable habichuela, otro niño sería un cacahuete, y así sucesivamente hasta que la imaginación de la señora Merriweather y la cantidad de niños se agotaron.

Nuestras únicas obligaciones, por lo que pude saber después de nuestros dos ensayos, eran entrar desde el escenario por la izquierda a medida que la señora Merriweather (que era no solo la autora, sino también la narradora) nos identificara. Cuando ella gritara «Cerdo», eso indicaba que yo debía salir. Entonces el grupo reunido cantaría: «Condado de Maycomb, Condado de Maycomb, todos te seremos fieles» como apoteosis final, y la señora Merriweather subiría al escenario con la bandera del estado.

Mi disfraz no supuso mucho problema. La señora Crenshaw, la costurera de la localidad, tenía tanta imaginación como la señora Merriweather. La señora Crenshaw agarró alambre de gallinero y le dio la forma de un jamón curado. Lo cubrió de tela marrón y lo pintó para que se pareciera al original. Yo podía meterme por debajo y alguien tiraba del artefacto para ponerlo sobre mi cabeza. Me llegaba casi a las rodillas. La señora Crenshaw tuvo el acierto de dejar dos agujeros para que pudiera ver. Hizo un buen trabajo; Jem decía que era clavadita a un jamón con piernas. Había varias incomodidades, sin embargo: hacía calor y me sentía muy encerrada; si me picaba la nariz, no podía rascarme, y una vez dentro no podía salir yo sola sin ayuda.

Cuando llegó Halloween, supuse que la familia al completo estaría presente para ver mi actuación, pero quedé decepcionada. Atticus dijo con todo el tacto que pudo que no pensaba que pudiera soportar una representación esa noche, pues estaba muy cansado. Había estado en Montgomery durante una semana y había regresado tarde aquel día. Pensaba que Jem podría acompañarme si yo se lo pedía.

La tía Alexandra dijo que tenía que irse a la cama temprano, que había estado decorando el escenario toda la tarde y estaba agotada... se detuvo en medio de su frase. Cerró la boca y después la abrió para decir algo, pero no pronunció ninguna palabra.

—¿Qué pasa, tía? —le pregunté.

—Ah, nada, nada —dijo—, me ha dado un escalofrío.

Dejó de lado lo que fuera que le produjo esa aprensión y yo sugerí que podría hacer una representación previa para la familia en el comedor. Por lo tanto, Jem me ayudó a meterme en mi disfraz, se puso firme en la puerta del comedor, gritó «Ceeer-do» exactamente como lo haría la señora Merriweather, y yo entré. A Atticus y la tía Alexandra les gustó mucho.

Repetí mi representación para Calpurnia en la cocina, y ella dijo que era maravillosa. Quise cruzar la calle para enseñárselo a la señorita Maudie, pero Jem dijo que probablemente ella asistiría a la representación de todos modos.

Después de aquello, no me importaba si iban o no. Jem dijo que me llevaría. Y así comenzó el viaje más largo que hicimos juntos.

28

Para ser el último día de octubre, hacía un calor fuera de lo normal. Ni siquiera necesitábamos chaquetas. El viento era cada vez más fuerte y Jem dijo que podría llover antes de que llegáramos a casa. No se veía la luna.

La farola de la esquina proyectaba sombras definidas sobre la casa de los Radley. Oí a Jem reírse bajito:

—Apuesto a que nadie los molesta esta noche —dijo.

Jem llevaba mi disfraz de jamón, con bastante torpeza, pues era difícil de agarrar. Lo consideré muy galante por su parte.

—De todos modos, la casa da miedo, ¿verdad? —dije—. Boo no quiere hacer ningún daño a nadie, pero me alegro de que vengas conmigo.

—Ya sabes que Atticus no te dejaría ir al edificio de la escuela tú sola —dijo Jem.

—No veo por qué, está a la vuelta de la esquina y cruzando el patio.

—Ese patio es muy largo para que una niña lo cruce de noche —se burló Jem—. ¿No te dan miedo los fantasmas?

Nos reímos. Fantasmas, fuegos fatuos, encantamientos, señales secretas, se habían desvanecido junto con nuestros años como la neblina cuando sale el sol.

—¿Qué era aquello que decíamos? —preguntó Jem—. «Ángel con brillo, vida en un muerto; sal del camino, no sorbas mi aliento».

—Déjalo ya —le interrumpí. Estábamos delante de la Mansión Radley.

—Boo no debe de estar en casa. Escucha —dijo Jem.

Muy por encima de nosotros en la oscuridad, un solitario ruiseñor exhibía su repertorio con la inconsciente dicha de ignorar de quién era el árbol donde se había posado, pasando desde el canto estridente, el canto de un pájaro del girasol, el irascible graznido de un grajo, hasta el triste lamento del tapacaminos cuerporruín, cuerporruín, cuerporruín.

Doblamos la esquina y yo me tropecé con una raíz que sobresalía en el suelo. Jem intentó ayudarme, pero lo único que hizo fue dejar caer mi disfraz al suelo. Yo no me caí, sin embargo, y reemprendimos enseguida la marcha.

Salimos del camino y entramos en el patio de la escuela. Estaba muy oscuro.

—¿Cómo sabes dónde estamos, Jem? —le pregunté cuando habíamos recorrido unos cuantos pasos.

—Sé que estamos bajo el gran roble porque estamos pasando por un lugar fresco. Ten cuidado ahora y no vuelvas a caerte.

Habíamos ralentizado el paso e íbamos palpando para no tropezarnos con el árbol. Era un roble muy viejo; dos niños no podían rodear su tronco y tocarse las manos. Estaba muy lejos de los maestros, de sus espías y de los vecinos curiosos: estaba cerca de la finca de los Radley, pero los Radley no eran curiosos. Había un pequeño pedazo de tierra bajo sus ramas que se había endurecido debido a las numerosas peleas y furtivas partidas de dados que había albergado.

Las luces del auditorio de la escuela brillaban en la distancia, pero no servían más que para cegarnos.

—No mires adelante, Scout —dijo Jem—. Mira al suelo y no te caerás.

—Deberías haber traído la linterna, Jem.

—No sabía que estaría tan oscuro. Hace unas horas no parecía que fuera a estar tan oscuro. Es porque hay muchas nubes, pero en un rato se despejará.

Alguien saltó hacia nosotros.

—¡Dios Todopoderoso! —gritó Jem.

Un círculo de luz estalló ante nuestras caras y Cecil Jacobs saltaba detrás del mismo.

—¡Ja, ja, los he asustado! —gritó—. ¡Sabía que llegarían por este camino!

—¿Qué estás haciendo aquí tú solo, muchacho? ¿No tienes miedo de Boo Radley?

Cecil había llegado en auto hasta el auditorio con sus padres y no nos había encontrado, así que se aventuró a llegar hasta allí porque sabía que iríamos por ese camino. Pero reía que el señor Finch nos acompañaría.

—No, si está un poco más lejos que la esquina —dijo Jem—. ¿A quién le da miedo ir al otro lado de la esquina?

Sin embargo, teníamos que admitir que Cecil lo había hecho bastante bien. Nos *había* dado un susto, y podría ir y decirlo por toda la escuela, esa era su recompensa.

—Oye —pregunté—, ¿no te toca hacer de vaca esta noche? ¿Dónde está tu disfraz?

—Está detrás del escenario —contestó—. La señorita Merriweather dice que la función no empezará hasta dentro de un rato. Puedes poner el tuyo al lado del mío, Scout, y podemos ir con los demás.

Jem pensó que esa era una idea excelente. También pensaba que era bueno que Cecil y yo fuéramos juntos, pues de ese modo Jem podría estar con los chicos de su edad.

Cuando llegamos al auditorio, la ciudad entera estaba presente, excepto Atticus y las damas, que estaban agotadas por haber estado decorando, y también los marginados y enclaustrados de siempre. Parecía que la mayor parte del condado había acudido: el vestíbulo estaba a rebosar de campesinos bien arreglados. El edificio de la escuela tenía un amplio vestíbulo en el piso de abajo y las personas se arremolinaban en torno a unos puestos que habían instalado a lo largo de cada lado.

—Oh, Jem, olvidé mi dinero —suspiré cuando vi los puestos.

—Atticus no —dijo Jem—. Aquí hay treinta centavos, puedes comprar seis cosas. Te veré luego.

—Muy bien —dije, bastante contenta con treinta centavos y Cecil. Fui con Cecil hasta el frente del auditorio, pasamos por una puerta lateral y llegamos detrás del escenario. Dejé allí mi disfraz de jamón y me fui enseguida, pues la señorita Merriweather estaba de pie ante un atril, delante de la primera fila de asientos haciendo cambios de última hora en el guion.

—¿Cuánto dinero tienes? —le pregunté a Cecil. Cecil tenía treinta centavos también, lo mismo que yo. Gastamos nuestras primeras monedas en la Casa de los Horrores, que no nos dio ningún miedo; entramos en el cuarto oscuro de séptimo grado y nos guio el espíritu maligno residente y nos hizo tocar varios objetos que supuestamente eran partes de un ser humano. «Aquí están sus ojos», nos decía cuando tocábamos dos uvas peladas sobre un plato. «Aquí está su corazón», que al tacto era un hígado crudo. «Aquí están sus entrañas», y nos metían las manos en un plato de espaguetis fríos.

Cecil y yo visitamos varios puestos. Cada uno compró una bolsa de los dulces caseros de la señora del juez Taylor. Yo quería pescar manzanas con la boca, pero Cecil dijo que no era higiénico. Su madre decía que él podría contagiarse de algo al haber metido tanta gente la cabeza en el mismo lugar.

—Ahora no hay nada en la ciudad de lo que contagiarse —protesté yo. Pero Cecil replicó que su madre decía que no era higiénico comer donde los demás. Más adelante le pregunté sobre esto a la tía Alexandra y ella dijo que las personas con tales ideas solían ser las que tenían pretensiones de ascender en la escala social.

Estábamos a punto de comprar bombones cuando aparecieron los enviados de la señora Merriweather y nos dijeron que fuéramos a la parte de atrás del escenario, que había llegado la hora de prepararnos. El auditorio estaba repleto; la banda del instituto del Condado de Maycomb se había reunido delante, bajo el escenario; las luces del escenario estaban encendidas y el telón de terciopelo rojo se movía con nuestras idas y venidas detrás.

Entre bambalinas, Cecil y yo vimos que el estrecho vestíbulo estaba a rebosar: adultos con sombreros de tres picos de fabricación propia, capitanes confederados, gorras de la Guerra de Cuba y cascos de la Guerra Mundial. Niños disfrazados de varias profesiones agrícolas se arremolinaban en torno a una pequeña ventana.

—Alguien ha aplastado mi disfraz —me quejé. La señora Merriweather se acercó enseguida, retocó el alambre de gallinero y me metió dentro.

—¿Estás bien ahí, Scout? —preguntó Cecil—. Tu voz suena muy lejana, como si estuvieras al otro lado de una colina.

—Pues tú no suenas más cerca —contesté.

La banda tocó el himno nacional y oímos ponerse de pie al público. Entonces sonó un tambor. La señora Merriweather, situada detrás de su atril al lado de la banda, dijo:

—Condado de Maycomb: Ad Astra Per Aspera —sonó de nuevo el tambor—. Lo cual significa —dijo la señora Merriweather, traduciendo para los elementos rústicos— del barro a las estrellas. —Y añadió, aunque a mí me pareció innecesario: —Obra de teatro.

—Creo que no sabrían el significado si no lo hubiera dicho —susurró Cecil, a quien inmediatamente mandaron callar.

—La ciudad entera lo sabe —repliqué en un susurro.

—Pero han venido los campesinos —dijo Cecil.

—Cállense ahí atrás —ordenó la voz de un hombre, y nos quedamos en silencio.

El redoble de tambor resonaba con cada frase que la señora Merriweather pronunciaba. Canturreaba tristemente respecto a que el condado de Maycomb era más antiguo que el estado, que era parte de los territorios de Mississippi y Alabama, que el primer hombre blanco en poner el pie en los bosques vírgenes fue el bisabuelo del juez de sucesiones cinco veces trasladado, de quien no volvió a saberse más. Entonces llegó el intrépido coronel Maycomb, de quien tomaba nombre el condado.

Andrew Jackson le puso en un cargo de autoridad, pero la inapropiada autoconfianza del coronel Maycomb y su escaso sentido de la orientación acabaron en desastre para todos los que le acompañaron en las guerras contra los indios creek. El coronel Maycomb perseveró en sus esfuerzos por hacer que la región fuera segura para la democracia, pero su primera campaña fue también la última. Sus órdenes, recibidas de manos de un guía indio amigo, eran avanzar hacia el sur. Después de mirar un árbol para calcular por su liquen en qué dirección estaba el sur, y sin hacer caso a los subordinados que se atrevieron a corregirlo, el coronel Maycomb emprendió viaje para derrotar al enemigo e internó a sus tropas en el bosque profundo tan al noreste que acabaron siendo rescatados por colonos que avanzaban tierra adentro.

La señora Merriweather hizo un recorrido de treinta minutos por las hazañas del coronel Maycomb. Yo descubrí que, si doblaba las rodillas, podía meterlas debajo del disfraz y más o menos sentarme. Me senté, escuché el soniquete de la señora Merriweather y los redobles de tambor, y poco después me quedé dormida.

Más tarde me contaron que la señora Merriweather puso tanto de sí en su apoteosis final que había exclamado «Ceer-do» con la confianza que brotaba de la buena entrada que habían realizado los pinos y las habichuelas. Esperó unos segundos y proclamó de nuevo: «¿Ceer-do?». Cuando no apareció nada, gritó: «¡Cerdo!».

Yo debí de haberla oído en sueños, o tal vez fue la banda de *Dixie* la que me despertó, pero decidí efectuar mi entrada cuando la señora Merriweather subía triunfante al escenario con la bandera del estado. *Decidí* es incorrecto: pensé que sería mejor ponerme al lado del resto.

Después me dijeron que el juez Taylor salió detrás del auditorio y estuvo allí dándose palmadas en las rodillas con tanta fuerza que la señora Taylor le llevó un vaso de agua y una de sus pastillas.

La señora Merriweather parecía haber triunfado, todo el mundo aplaudía, pero ella me agarró detrás del escenario y me dijo que le había arruinado su función. Me hizo sentir muy mal, pero cuando llegó Jem a buscarme se apiadó de mí. Dijo que desde donde estaba sentado no se podía ver bien mi disfraz. Cómo pudo darse cuenta de que me sentía mal, estando yo debajo de mi disfraz, no lo sé, pero dijo que lo había hecho bien, que solamente entré un poco tarde y eso fue todo. Jem estaba llegando a ser casi tan bueno como Atticus en eso de hacerte sentir bien cuando las cosas salían mal. Casi... ni siquiera Jem pudo hacerme pasar por en medio de aquella multitud, y accedió a esperar detrás del escenario conmigo hasta que el público se hubo marchado.

—¿Te lo quieres quitar, Scout? —me preguntó.

—No, me lo dejaré puesto —contesté. Podía esconder mi mortificación bajo aquel disfraz.

—¿Quieren que los lleve a su casa? —dijo alguien.

—No, señor, gracias —oí decir a Jem—. Es solo un paseo.

—Tengan cuidado con los fantasmas —dijo la voz—. Mejor aún, díganle a los fantasmas que tengan cuidado con Scout.

—Ya no queda mucha gente —me animó Jem—. Vamos.

Atravesamos el auditorio hasta el vestíbulo y bajamos las escaleras. Seguía estando muy oscuro. Los autos que quedaban estaban estacionados al otro lado del edificio y sus focos no ayudaban mucho.

—Si algunos fueran en nuestra dirección, podríamos ver mejor—dijo Jem—. Scout, deja que te agarre por el... jarrete. Podrías perder el equilibrio.

—Veo bien.

—Sí, pero podrías perder el equilibrio —sentí una ligera presión en mi cabeza, y supuse que Jem había agarrado ese extremo del jamón.

—¿Me tienes?

—Hum, hum.

Comenzamos a cruzar el patio de la escuela, que estaba muy oscuro, nos costaba vernos incluso nuestros propios pies.

—Jem —dije—, me he olvidado los zapatos, están detrás del escenario.

—Bien, vamos a buscarlos. —Pero, cuando nos giramos, las luces del auditorio se apagaron—. Puedes recuperarlos mañana —dijo.

—Pero mañana es domingo —protesté, mientras Jem me giraba en dirección a nuestra casa.

—Puedes decirle al conserje que te deje entrar... ¿Scout?

—¿Hum?

—Nada.

Hacía tiempo que no había visto a Jem así de asustado y me pregunté qué le pasaba por la cabeza. Él me lo diría cuando quisiera, probablemente cuando llegáramos a casa. Sentí que agarraba con mucha fuerza mi disfraz, con demasiada fuerza, parecía. Meneé la cabeza.

—Jem, no tienes que...

—Calla un minuto, Scout —dijo, apretando los dedos sobre el disfraz.

Caminamos un trecho en silencio.

—Terminó el minuto —dije—. ¿En qué estás pensando?

Me giré para mirarlo, pero su silueta apenas era visible.

—Creí haber oído algo —respondió—. Detente un momento.

Nos detuvimos.

—¿Tú has oído algo? —preguntó.

—No.

No habíamos caminado ni cinco pasos más cuando hizo que me detuviera otra vez.

—Jem, ¿intentas asustarme? Ya sabes que soy demasiado mayor...

—No hables —me cortó, y supe que no estaba bromeando.

La noche estaba en silencio. Yo podía fácilmente oír su respiración a mi lado. De tanto en tanto corría una brisa repentina que sentía en mis piernas desnudas, pero era lo único que quedaba de una noche que se prometía ventosa. Era la calma antes de una tormenta. Escuchamos.

—Habrás oído a un perro —le dije.

—No es eso —respondió Jem—. Lo oigo cuando vamos caminando, pero cuando nos detenemos no se oye.

—Oyes mi disfraz crujir. Vaya, Halloween se ha apoderado de ti...

Lo dije más para convencerme a mí misma que a Jem, porque, efectivamente, cuando reemprendimos el paso oí lo que me había dicho. No era mi disfraz.

—Es otra vez Cecil —dijo Jem de inmediato—, no nos volverá a asustar. Que no se crea que nos hace correr.

Aminoramos mucho la marcha. Le pregunté a Jem cómo podía seguirnos Cecil con esa oscuridad, pues me parecía que se tropezaría con nosotros desde atrás.

—Yo te veo, Scout —dijo Jem.

—¿Cómo? Yo no puedo verte a ti.

—Se ven tus vetas de tocino. La señora Crenshaw las pintó con esa cosa reluciente para que se vieran bajo las luces. Puedo verte bastante bien, y espero que Cecil te vea lo bastante bien para mantenerse a distancia.

Yo le iba a demostrar a Cecil que sabíamos que venía detrás de nosotros y que estábamos preparados para lo que hiciera.

—¡Cecil Jacobs es una gran gallina moja-da! —grité de repente, girándome.

Nos detuvimos. No hubo ninguna respuesta salvo el «a-da» que hacía eco en la distante pared del edificio de la escuela.

—Yo le agarraré —dijo Jem—. ¡Eh!

«Eh, eh, eh», respondió la pared del edificio de la escuela.

No era propio de Cecil esperar tanto tiempo; cuando hacía una broma, la repetía una y otra vez. Ya debería haber saltado hacia nosotros. Jem me hizo una señal para que me detuviera de nuevo. Dijo en voz baja:

—Scout, ¿puedes quitarte ese disfraz?

—Creo que sí, pero no llevo mucha ropa puesta.

—Aquí tengo tu vestido.

—No me lo puedo poner en la oscuridad.

—Bien —dijo—, no importa.

—Jem, ¿tienes miedo?

—No. Creo que casi hemos llegado al árbol. Unos pasos más desde allí y estaremos en el camino. Entonces podremos ver la farola de la calle.

Jem hablaba con una voz tranquila y plana, sin tono. Me preguntaba cuánto tiempo intentaría seguir con el cuento de Cecil.

—¿Crees que deberíamos cantar, Jem?

—No. Quédate muy callada otra vez, Scout.

No habíamos acelerado el paso. Jem sabía tan bien como yo que era difícil caminar deprisa sin darse un golpe en un dedo del pie, tropezar con piedras y otros inconvenientes, ya que yo iba descalza. Quizá fuera el viento que hacía susurrar los árboles. Pero no corría nada de viento y no había más árbol que el gran roble.

Quien nos seguía arrastraba los pies, como si calzara unos zapatos pesados. Fuese quien fuese, llevaba gruesos pantalones de algodón; lo que yo pensé que era el ruido de los árboles era el roce de algodón contra algodón con cada paso.

Sentí que la arena que pisaba estaba más fría, así que nos encontrábamos cerca del gran roble. Jem apretó la mano sobre mi cabeza. Nos detuvimos y escuchamos.

El ruido de pies arrastrándose no se detuvo con nosotros esta vez. Seguía oyéndose el roce de pantalones de modo suave y continuo. Entonces cesó. Y ahora venía corriendo, corriendo hacia nosotros con pasos que no eran de niño.

—¡Corre, Scout! ¡Corre! ¡Corre! —gritó Jem.

Yo di un paso gigante y me vi dando vueltas: sin poder utilizar los brazos, en la oscuridad, no podía mantener el equilibrio.

—¡Jem, Jem, ayúdame, Jem!

Algo aplastó el alambre de gallinero que me envolvía. El metal desgarraba la tela, me caí al suelo y fui rodando tan lejos como pude, moviéndome con dificultad para escapar de mi cárcel de alambre. Desde algún lugar cercano llegaban sonidos de pisadas, ruido de patadas y de cuerpos arrastrándose entre tierra y raíces. Alguien rodó y chocó contra mí, noté que era Jem. Se levantó como un rayo y tiró de mí pero, aunque ya tenía la cabeza y los hombros libres, estaba tan enredada que no llegamos muy lejos.

Casi habíamos llegado al camino cuando noté que la mano de Jem me soltaba y sentí que se caía de espaldas al suelo. Más ruido de pasos; se oyó un apagado crujido y Jem gritó.

Corrí en dirección al grito de Jem y me choqué con el flácido estómago de un hombre. Su dueño dijo: «¡Uff!» e intentó agarrarme de los brazos, pero estaban estrechamente apretados. Su estómago era blando, pero sus brazos eran como el acero. Lentamente me fue dejando sin aire. No podía moverme. De repente, lo derribaron para atrás de un tirón y se cayó al suelo, casi llevándome a mí con él. Yo pensé que Jem se había levantado.

La mente trabaja muy despacio a veces. Anonadada, me quedé allí sin poder moverme. Los sonidos de pisadas se iban desvaneciendo; alguien resolló y la noche volvió a quedar en silencio.

En silencio, salvo por un hombre que respiraba pesadamente, respiraba pesada y entrecortadamente. Me pareció que iba hacia el árbol y se apoyaba contra él. Tosía violentamente, una tos sollozante, estremecedora.

—¿Jem?

No hubo más respuesta que aquella fatigada respiración.

—¿Jem?

Jem no respondía. El hombre comenzó a moverse por allí, como si buscara algo. Le oí gruñir y tirar de algo pesado por el suelo. Poco a poco comencé a darme cuenta de que ahora había cuatro personas bajo el árbol.

—¿Atticus?

El hombre iba caminando con pies pesados y vacilantes hacia el camino. Fui adonde pensaba que él había estado y palpé frenéticamente por el suelo con los pies. Enseguida toqué a alguien.

—¿Jem?

Los dedos de mis pies tocaron pantalones, la hebilla de un cinturón, botones, algo que no pude identificar, el cuello de una camisa y un rostro. Al pisar la cara entendí que no era la de Jem. Olía a *whisky* rancio.

Fui avanzando por lo que pensaba que era la dirección del camino. No estaba segura, porque me habían dado muchas vueltas; pero lo encontré y miré más adelante a la farola de la calle. Un hombre pasaba por debajo. Vi que caminaba con el paso torpe de quien lleva una carga demasiado pesada para él. Iba doblando la esquina y cargaba a mi hermano. El brazo de Jem colgaba y se movía de manera grotesca delante de él.

Cuando llegué a la esquina, el hombre estaba cruzando nuestro patio delantero. La luz de nuestra puerta dibujó la silueta de Atticus por un instante; mi padre bajó corriendo las escaleras y, juntos, él y el hombre metieron dentro a Jem.

Yo estaba en la puerta delantera cuando ellos iban por el pasillo. La tía Alexandra corrió a mi encuentro.

—¡Llamen al doctor Reynolds! —se oyó la voz seca de Atticus desde el cuarto de Jem—. ¿Dónde está Scout?

—Está aquí —gritó la tía Alexandra, empujándome a su lado hasta el teléfono. Me palpaba ansiosamente.

—Estoy bien, tía —dije—, es mejor que llames.

Descolgó el auricular y dijo:

—Eula May, ¡póngame con el doctor Reynolds, rápido!

—Agnes, ¿está tu padre en casa? Oh Dios, ¿dónde está? Por favor, dile que venga a mi casa en cuanto llegue. ¡Por favor, es urgente!

No había necesidad de que la tía Alexandra se identificara; los habitantes de Maycomb conocían los unos las voces de los otros.

Atticus salió del cuarto de Jem. En el momento en que la tía Alexandra cortó la conexión, Atticus le quitó el auricular. Presionó el soporte y dijo:

—Eula May, póngame con el *sheriff*, por favor.

—¿Heck? Atticus Finch. Alguien ha seguido a mis hijos. Jem está herido. Entre nuestra casa y el edificio de la escuela. No puedo dejar solo a mi hijo. Corra hasta allí, por favor, y mire si aún está por ahí. Dudo que lo encuentre ya, pero me gustaría verlo si lo encuentra. Ahora tengo que dejarle. Gracias, Heck.

—Atticus, ¿está muerto Jem?

—No, Scout. Cuida de ella, hermana —gritó mientras atravesaba el vestíbulo.

Los dedos de la tía Alexandra temblaban mientras me quitaba la tela y el alambre que me envolvían.

—¿Estás bien, querida? —preguntaba una y otra vez mientras me iba liberando.

Fue un alivio salir del disfraz. Comenzaba a sentir un hormigueo en los brazos, y los tenía enrojecidos con pequeñas marcas hexagonales. Los froté y ya estaban mejor.

—Tía, ¿ha muerto Jem?

—No... no, querida, está inconsciente. No sabremos cuál es la gravedad de sus heridas hasta que llegue el doctor Reynolds. Jean Louise, ¿qué ha ocurrido?

—No lo sé.

No insistió. Me trajo algo que ponerme (y, de haber estado atenta entonces, me habría encargado de recordárselo para siempre): distraída en su preocupación, la tía me trajo mi overol.

—Ponte esto, querida —dijo, entregándome la ropa que ella más despreciaba.

Se fue apresuradamente al cuarto de Jem y después regresó conmigo al vestíbulo. Me dio unas palmaditas y regresó al cuarto de Jem.

Un auto se detuvo delante de la casa. Yo conocía los pasos del doctor Reynolds casi tan bien como los de mi padre. Él nos había traído al mundo a Jem y a mí, nos había atendido en todas las enfermedades infantiles conocidas, incluida la vez en que Jem se cayó de la casa del árbol, y nunca había perdido nuestra amistad. El doctor Reynolds dijo que si hubiéramos sido propensos a tener forúnculos, las cosas habrían sido diferentes, pero no nos lo creíamos.

Entró por la puerta y dijo: «Dios mío». Se acercó hasta mí, dijo: «Aún estás de pie», y cambió de rumbo. Conocía todas las habitaciones de la casa. También sabía que, si yo estaba en mal estado, también lo estaba Jem.

Después de una eternidad, el doctor Reynolds regresó.

—¿Ha muerto Jem? —pregunté.

—Ni mucho menos —dijo, agachándose hasta mi altura—. Tiene un chichón en la cabeza como el tuyo, y un brazo roto. Scout, mira hacia allí... no, no gires tu cabeza, solamente mueve los ojos. Ahora mira más allá. Jem tiene una fractura complicada, y por lo que puedo ver está en el codo. Como si alguien hubiera intentado sacarle el brazo retorciéndolo... ahora mírame.

—Entonces ¿no está muerto?

—¡No-o! —El doctor Reynolds se puso de pie—. No podemos hacer mucho esta noche —dijo—, salvo intentar que esté lo más cómodo posible. Le haremos una radiografía del brazo... parece que tendrá que llevarlo en alto hacia el costado por una temporada. Pero no te preocupes, quedará como nuevo. Los muchachos de su edad se recuperan como si nada.

Mientras hablaba, el doctor Reynolds me había estado mirando detalladamente, tocando ligeramente el chichón que yo tenía en la frente.

—No te sientes rota por ninguna parte, ¿verdad?

La pequeña broma del doctor Reynolds me hizo sonreír.

—Entonces no cree que esté muerto, ¿no?

El doctor se puso su sombrero.

—Puede que me equivoque, desde luego, pero creo que está muy vivo. Muestra todos los síntomas de estarlo. Puedes ir a verlo, y cuando yo regrese, nos reuniremos y decidiremos.

El doctor Reynolds andaba con paso juvenil y vivo; el señor Heck Tate, no. Llegó castigando el porche con sus pesadas botas y abrió la puerta con cuidado, pero dijo lo mismo que el doctor Reynolds cuando entró.

—¿Estás bien, Scout?

—Sí, señor, voy a ver a Jem. Atticus y los demás están ahí dentro.

—Iré contigo —dijo el señor Tate.

La tía Alexandra había cubierto la lámpara de lectura de Jem con una toalla y su cuarto estaba tenuemente iluminado. Jem yacía tumbado de espaldas. Había una fea marca a lo largo de una de sus mejillas. Tenía el brazo izquierdo un poco separado del cuerpo; el codo estaba ligeramente doblado, pero en la dirección incorrecta. Tenía el ceño fruncido.

—¿Jem?

—No puede oírte, Scout —dijo Atticus—, está apagado como una lámpara. Estaba volviendo en sí, pero el doctor Reynolds hizo que volviera a dormirse.

—Sí, señor.

Me retiré. El cuarto de Jem era largo y cuadrado. La tía Alexandra estaba sentada en una mecedora al lado de la chimenea. El hombre que llevó allí a Jem estaba de pie en un rincón, apoyado contra la pared. Era un campesino al que yo no conocía. Probablemente había asistido a la función y estaría en las cercanías cuando todo aquello sucedió. Debió de haber oído nuestros gritos y acudió corriendo.

Atticus estaba de pie junto a la cama de Jem.

El señor Heck Tate estaba en el umbral de la puerta. Sostenía el sombrero en la mano y se notaba que en el bolsillo de sus pantalones tenía una linterna. Llevaba puesta su ropa de trabajo.

—Entre, Heck —dijo Atticus—. ¿Encontró algo? No puedo concebir que nadie caiga tan bajo como para hacer algo así, espero que le haya descubierto.

El señor Tate aspiró. Miró rápidamente al hombre que estaba en el rincón, asintió con la cabeza y después miró por todo el cuarto: a Jem, a la tía Alexandra y después a Atticus.

—Siéntese, señor Finch —dijo con voz agradable.

—Vamos a sentarnos todos —dijo Atticus—. Tome esa silla, Heck. Yo traeré otra de la sala.

El señor Tate se sentó en la silla de la mesa de Jem y esperó a que Atticus volviera y tomara asiento. Yo me preguntaba por qué Atticus no había traído otra silla para el hombre que estaba en el rincón, pero Atticus conocía las costumbres de la gente del campo mejor que yo. Algunos de sus clientes campesinos solían dejar a sus caballos de largas orejas bajo los cinamomos que había en el patio trasero, y Atticus con frecuencia desarrollaba su trabajo en las escaleras de atrás. Este hombre probablemente se sentía más cómodo donde estaba.

—Señor Finch —dijo el señor Tate—, le diré lo que he encontrado. He hallado el vestido de una niña, está en mi auto. ¿Es el tuyo, Scout?

—Sí, señor, si es uno rosa con pliegues —contesté. El señor Tate se comportaba como si estuviera en el estrado de los testigos. Le gustaba decir las cosas a su manera, sin restricciones por parte del fiscal ni de la defensa, y a veces le costaba un rato.

—Encontré unos extraños trozos de tela color barro...

—Eso es mi disfraz, señor Tate.

El señor Tate se pasó las manos por los muslos. Se frotó el brazo izquierdo e inspeccionó la repisa de la chimenea de Jem, y parecía estar interesado en la lumbre. Levantó los dedos buscándose su larga nariz.

—¿Qué sucede, Heck? —dijo Atticus.

El señor Tate se frotó la nuca.

—Bob Ewell está tumbado en el suelo bajo aquel árbol de allá con un cuchillo de cocina clavado en las costillas. Está muerto, señor Finch.

29

La tía Alexandra se levantó y se acercó a la repisa de la chimenea. El señor Tate se levantó, pero ella rehusó su ayuda. Por una vez en su vida, la instintiva cortesía de Atticus le falló, y se quedó sentado donde estaba.

De alguna manera, yo no podía pensar en otra cosa que en el señor Bob Ewell diciendo que se vengaría de Atticus aunque le costara el resto de su vida. El señor Ewell casi lo logra, y eso fue lo último que había hecho.

—¿Está seguro? —dijo Atticus con un tono apagado.

—Está bien muerto —contestó el señor Tate—. Bien muerto. No volverá a hacer daño a estos niños nunca más.

—No me refería a eso. —Atticus parecía hablar sonámbulo.

Se le empezaba a notar la edad, se veía que estaba sufriendo una tormenta interior: la fuerte línea de su mandíbula se desdibujaba un poco y uno notaba que debajo de las orejas se le estaban formando arrugas delatoras y que en las sienes ya no tenía el cabello negro, sino canoso.

—¿No sería mejor que nos fuéramos al comedor? —dijo por fin la tía Alexandra.

—Si no le importa —contestó el señor Tate—, preferiría que nos quedáramos aquí, si eso no perjudica en nada a Jem. Quiero echar un vistazo a sus heridas mientras Scout... nos explica qué pasó.

—¿Le importa si yo salgo? —preguntó ella—. Creo que aquí estoy de más. Estaré en mi cuarto si me necesitas, Atticus—. La tía Alexandra fue hacia la puerta, pero se detuvo y se giró. —Atticus, tenía el presentimiento de que algo así pasaría esta noche... yo... es culpa mía —comenzó a decir—, yo debería haber...

El señor Tate levantó la mano.

—No se preocupe, señorita Alexandra, sé que esto le ha impactado; y no se angustie por nada; si siguiéramos nuestros presentimientos todo el tiempo seríamos como gatos persiguiéndose la cola. Scout, veamos si puedes decirnos lo que sucedió mientras aún está fresco en tu mente. ¿Crees que podrás hacerlo? ¿Viste al hombre que los seguía a ustedes?

Me fui hasta Atticus y sentí que sus brazos me rodeaban. Hundí mi cabeza en su regazo.

—Regresábamos a casa. Le dije a Jem que se me habían olvidado los zapatos. En cuanto íbamos a regresar para ir a buscarlos se apagaron las luces. Jem me dijo que podía ir a buscarlos mañana...

—Scout, levántate para que el señor Tate pueda oírte —dijo Atticus. Yo me enderecé en su regazo.

—Entonces Jem me dijo que me callara un momento. Yo creía que él estaba pensando... él siempre quiere que te calles para poder pensar... y entonces dijo que había oído algo. Creímos que era Cecil.

—¿Cecil?

—Cecil Jacobs. Nos dio un susto esta noche, y nosotros creímos que era él que había vuelto. Llevaba una sábana por encima. Daban un cuarto de dólar al mejor disfraz, no sé quién lo ganó...

—¿Dónde estaban ustedes cuando creyeron que era Cecil?

—A poca distancia del edificio de la escuela. Yo le grité algo...

—¿Qué le gritaste?

—Cecil Jacobs es una gallina grande y gorda, creo. No oímos nada... entonces Jem gritó hola, o algo así, con la fuerza suficiente para despertar a los muertos...

—Un momento, Scout —dijo el señor Tate—. Señor Finch, ¿les oyó usted?

Atticus dijo que no, pues tenía encendida la radio. La tía Alexandra también tenía encendida la suya en su dormitorio. Se acordaba porque ella le dijo que bajara un poco el volumen para poder oír la suya. Atticus sonrió.

—Siempre pongo la radio demasiado fuerte.

—Me pregunto si los vecinos habrán oído algo... —dijo el señor Tate.

—Lo dudo, Heck. La mayoría de ellos escuchan la radio o se van a la cama a la hora de las gallinas. Puede que Maudie Atkinson estuviera levantada, pero lo dudo.

—Sigue, Scout —dijo el señor Tate.

—Bien, después de que Jem gritara, seguimos caminando. Señor Tate, yo estaba encerrada en mi disfraz, pero entonces pude oírlo. Me refiero a pisadas. Caminaban cuando nosotros caminábamos y se detenían cuando nosotros nos deteníamos. Jem dijo que podía verme porque la señora Crenshaw puso algún tipo de pintura brillante en mi disfraz. Yo era un jamón.

—¿Cómo es eso? —preguntó asombrado el señor Tate.

Atticus describió el papel que yo representaba al señor Tate, además de la confección de mi traje.

—Debería haberla visto cuando entró —dijo él—, estaba destrozado.

El señor Tate se frotó la barbilla.

—Me preguntaba por qué tenía él esas marcas. Sus mangas estaban perforadas con pequeños agujeros. Tenía una o dos pequeñas marcas de pinchazos en los brazos que encajan con los agujeros. Permítame ver ese objeto, señor.

Atticus trajo los restos de mi disfraz. El señor Tate le dio la vuelta y lo dobló para hacerse una idea de cuál era su forma anterior.

—Esta cosa probablemente le salvó la vida —dijo—. Mire.

Señaló con su largo dedo. Una brillante línea limpia destacaba sobre el alambre.

—Bob Ewell iba en serio —musitó el señor Tate.

—Estaba fuera de sí —dijo Atticus.

—No me gusta contradecirle, señor Finch... no estaba loco... era ruin como el infierno. Un canalla de baja estopa con el suficiente licor en el cuerpo para darle el valor de matar a unos niños. Nunca se habría enfrentado a usted cara a cara.

Atticus meneó la cabeza.

—No puedo concebir que nadie pudiera...

—Señor Finch, existe un tipo de hombres a los que hay que disparar antes de poder saludarlos, e incluso entonces no se merecen la bala necesaria para dispararles. Ewell era uno de ellos.

—Creía que se había desahogado por completo el día que me amenazó —dijo Atticus—. Y aunque no se hubiera desahogado entonces, pensé que vendría a buscarme a mí.

—Solo tuvo las agallas suficientes para molestar a una pobre mujer de color, solo tuvo las agallas suficientes para molestar al juez Taylor cuando creyó que la casa estaba vacía, de modo que ¿cree que se hubiera enfrentado a usted a la luz del día? —El señor Tate dio un suspiro—. Será mejor que sigamos. Scout, le oíste detrás de ustedes...

—Sí, señor. Cuando llegamos debajo del árbol...

—¿Cómo sabían que estaban debajo del árbol? No se veía nada.

—Yo iba descalza, y Jem dice que el suelo siempre está más fresco debajo de un árbol.

—Tendremos que nombrarlo ayudante; sigue.

—Entonces, de repente algo me agarró y aplastó mi disfraz... creo que me caí al suelo... Oí un forcejeo debajo del árbol como... se empujaban contra el tronco, eso parecía. Jem me encontró y comenzó a tirar de mí hacia el camino. Alguien... creo que el señor Ewell tiró de él. Pelearon un poco más, y entonces se escuchó ese extraño ruido... Jem gritó fuerte... Me detuve. Era el brazo de Jem. Bueno, Jem dio un grito y yo no vi nada más, y lo siguiente... el señor Ewell intentaba asfixiarme, creo... entonces alguien tiró del señor Ewell y lo tumbó. Jem debió de levantarse, supongo. Eso es todo lo que sé...

—¿Y entonces? —El señor Tate me miraba fijamente.

—Alguien se tambaleaba por allí, y resollaba y... tosía como si fuera a morirse. Al principio pensé que era Jem, pero el sonido no era de él, así que fui palpando el suelo para buscar a Jem. Pensé que Atticus había llegado para ayudarnos y que estaba muy fatigado...

—¿Quién era?

—Bueno, ahí está, señor Tate, él puede decirle su nombre.

Mientras lo decía, señalé levemente hacia el hombre que estaba en el rincón, pero bajé el brazo enseguida para que Atticus no me regañara por señalar. Era de mala educación señalar.

Estaba apoyado contra la pared. Ya lo estaba cuando entré en el cuarto, con sus brazos cruzados sobre el pecho. Mientras yo señalaba, él bajó los brazos y presionó las palmas de sus manos contra la pared. Eran manos blancas, de un color blanco enfermizo que no había visto nunca el sol, tan blancas que destacaban sobre el color crema de la pared bajo la tenue luz del cuarto de Jem.

Miré sus manos y después sus pantalones color caqui manchados de arena; mis ojos recorrieron su delgada silueta hasta su camisa de mezclilla rota. Tenía la cara tan blanca como las manos, a excepción de una sombra que había en su prominente barbilla. Sus mejillas eran muy delgadas, tenía la boca grande y había en sus sienes unas hendiduras poco profundas, casi delicadas, y sus ojos eran de un gris tan claro que pensé que era ciego. Su cabello era fino y muerto, casi plumoso en lo alto de la cabeza.

Cuando lo señalé, las palmas de sus manos se deslizaron ligeramente, dejando grasientas marcas de sudor en la pared, y se agarró el cinturón con los pulgares. Un pequeño espasmo extraño le sacudió, como si hubiera oído el sonido de uñas que arañan una pizarra, pero, mientras le miraba asombrada, la tensión se fue alejando lentamente de su cara. Sus labios dibujaron una tímida sonrisa y la imagen de nuestro vecino quedó nublada por mis repentinas lágrimas.

—Hola, Boo —le dije.

30

—Señor Arthur, cariño —dijo Atticus corrigiéndome amablemente—. Jean Louise, es el señor Arthur Radley. Creo que él ya les conoce.

Si Atticus podía presentarme con todo protocolo a Boo Radley en un momento como este, bueno... así era Atticus.

Boo me vio correr instintivamente hacia la cama donde Jem estaba durmiendo, pues la misma sonrisa tímida se dibujó en su cara. Sonrojada de vergüenza, intenté cubrirme tapando también a Jem.

—Eh, eh, no le toques —dijo Atticus.

El señor Tate seguía sentado mirando fijamente a Boo a través de sus lentes. Estaba a punto de hablar cuando el doctor Reynolds llegó al vestíbulo.

—Salgan todos —dijo cuando entró por la puerta—. Buenas noches, Arthur, no me di cuenta de que estaba aquí la primera vez que vine.

La voz del doctor Reynolds era tan relajada y despreocupada como su paso, como si lo hubiera dicho cada noche de su vida, un anuncio que me asombró incluso más que estar en la misma habitación que Boo Radley. Desde luego... Boo Radley se pondría enfermo alguna vez, pensé. Pero por otro lado no estaba segura.

El doctor Reynolds llevaba un paquete grande envuelto en periódicos. Lo puso sobre la mesa de Jem y se quitó el abrigo.

—¿Estás ya bastante convencida de que está vivo? Te diré cómo lo supe. Cuando intenté examinarle, me dio una patada. Tuve que hacerle dormir para poder tocarle. Así que hay que salir —me dijo.

—Bien... —dijo Atticus, mirando a Boo—. Heck, salgamos al porche. Hay bastantes sillas allí, y sigue haciendo calor.

Yo me preguntaba por qué Atticus nos estaba invitando al porche en lugar de ir al comedor, y entonces lo entendí. Las luces del comedor eran muy fuertes.

Salimos en fila, el señor Tate primero... Atticus esperaba en la puerta para pasar delante. Entonces cambió de idea y siguió al señor Tate.

La gente tiene el hábito de hacer las cosas cotidianas incluso bajo las condiciones más extrañas. Yo no era la excepción.

—Venga, señor Arthur —me oí a mí misma decir—, usted no conoce bien la casa. Le llevaré hasta el porche, señor.

Él me miró bajando la vista y asintió con la cabeza. Yo le dirigí por el vestíbulo y pasamos al lado del comedor.

—¿No quiere sentarse, señor Arthur? Esta mecedora es bonita y cómoda.

Mi pequeña fantasía con respecto a él cobraba vida otra vez: Boo estaría sentado en el porche... *un clima muy agradable el que estamos teniendo, ¿no le parece, señor Arthur?*

Sí, un clima muy agradable. Sintiéndome ligeramente fuera de la realidad, le conduje hasta la silla que estaba más alejada de Atticus y el señor Tate. Estaba en una profunda sombra. Boo se sentiría más cómodo en la oscuridad.

Atticus estaba sentado en la mecedora y el señor Tate estaba en una silla al lado de él. La luz que salía de las ventanas del comedor los alumbraba con intensidad. Me senté al lado de Boo.

—Bien, Heck —estaba diciendo Atticus—, supongo que lo que hay que hacer... oh, Señor, estoy perdiendo la memoria... —Atticus se subió los lentes y se restregó los ojos—. Jem no tiene aún los trece años... no, ya tiene trece... no me acuerdo. De todos modos, se verá ante la corte del condado...

—¿Qué se verá, señor Finch? —el señor Tate descruzó las piernas y se inclinó hacia adelante.

—Desde luego, fue claramente en defensa propia, pero tendré que ir a la oficina y buscar...

—Señor Finch, ¿cree que Jem mató a Bob Ewell? ¿Eso cree?

—Usted ha oído lo que ha dicho Scout, no hay duda al respecto. Ha dicho que Jem se levantó y tiro de él apartándole de ella... probablemente agarró el cuchillo de Ewell de alguna manera en la oscuridad... lo sabremos mañana.

—Señor Finch, un momento —dijo el señor Tate—. Jem no apuñaló a Bob Ewell.

Atticus se quedó en silencio por un momento. Miró al señor Tate como si agradeciera lo que decía, pero negó con la cabeza.

—Heck, es muy amable de su parte, y sé que lo hace por su buen corazón, pero no me diga eso.

El señor Tate se levantó y fue hasta el extremo del porche. Escupió a los arbustos, después se metió las manos en los bolsillos y se puso de cara a Atticus.

—¿No me diga qué?

—Disculpe si me he expresado bruscamente, Heck —dijo Atticus—, pero nadie va a acallar esto. Yo no soy así.

—Nadie va a acallar nada, señor Finch.

La voz del señor Tate era tranquila, pero sus botas estaban plantadas con tanta firmeza en las tablas de madera del porche que parecía que habían crecido allí. Una curiosa contienda, cuya naturaleza se me escapaba, se estaba desarrollando entre mi padre y el *sheriff*.

Era el turno de Atticus de levantarse y dirigirse al extremo del porche. Dijo: «Humm» y escupió fríamente al patio. Se metió las manos en los bolsillos y se enfrentó al señor Tate.

—Heck, usted no lo ha dicho, pero sé lo que está pensando. Se lo agradezco. Jean Louise... —se giró hacia mí—, ¿dijiste que Jem apartó de ti de un tirón al señor Ewell?

—Sí, señor, eso me pareció... yo...

—¿Lo ve, Heck? Le doy las gracias desde el fondo de mi corazón, pero no quiero que mi muchacho comience su vida con algo como esto pendiendo sobre él. La mejor manera de aclararlo todo es que se examine abiertamente. Que el condado intervenga y traiga sándwiches. No quiero que crezca rodeado de murmuraciones, no quiero que nadie diga: «Jem Finch... su papá pagó dinero para sacarle de eso». Cuanto antes solucionemos esto, mejor.

—Señor Finch —dijo el señor Tate impasible—, Bob Ewell cayó sobre su cuchillo. Él mismo se mató.

Atticus caminó hasta la esquina del porche y miró a la parra. Yo pensé que, a su manera, cada uno de ellos era tan terco como el otro. Me preguntaba quién cedería primero. La terquedad de Atticus era tranquila y raras veces evidente, pero en ciertos aspectos era tan terco como los Cunningham. La del señor Tate era sin instrucción y más clara, pero igual que la de mi padre.

—Heck —Atticus estaba de espaldas—, si todo esto se acalla, será ante Jem una negación del modo en que he intentado educarle. A veces creo que soy un fracaso total como padre, pero soy el único que tienen. Antes que mirar a cualquier otra persona, Jem me mira a mí, y he intentado vivir de tal manera que pueda mirarle con sinceridad... si me confabulara en algo como esto, francamente no podría soportar su mirada, y el día en que no pueda hacer eso sabré que le he perdido. No quiero perderle a él ni a Scout, porque ellos son lo único que tengo.

—Señor Finch —el señor Tate seguía plantado sobre las tablas del suelo—, Bob Ewell cayó sobre su cuchillo. Puedo demostrarlo.

Atticus se dio la vuelta. Seguía con las manos en los bolsillos.

—Heck, ¿no puede intentar al menos verlo a mi manera? Usted también tiene hijos, pero yo soy más viejo que usted. Cuando los míos sean adultos, yo seré un hombre anciano, si sigo por aquí, pero en este momento... si ellos no confían en mí no confiarán en nadie. Jem y Scout saben lo que sucedió. Si escuchan que estoy diciendo en la ciudad que sucedió una cosa distinta... Heck, los perderé. No puedo vivir de una manera en la ciudad y de otra manera distinta en mi casa.

El señor Tate se meció sobre sus talones y dijo pacientemente:

—Se abalanzó sobre Jem y lo tiró al suelo, tropezó con una raíz bajo ese árbol y... mire, puedo mostrárselo.

El señor Tate se metió la mano en el bolsillo y sacó una larga navaja de muelle. Mientras lo hacía, el doctor Reynolds llegó a la puerta.

—El hijo de... está muerto bajo ese árbol, doctor, dentro del patio de la escuela. ¿Tiene una linterna? Mejor tome esta.

—Puedo ir hasta allá y enfocar con los faros de mi auto —dijo el doctor Reynolds, pero agarró la linterna del señor Tate—. Jem está bien. No se despertará esta noche, espero, así que no se preocupen. ¿Ese es el cuchillo que lo mató, Heck?

—No, señor, aún lo tiene clavado. Parecía un cuchillo de cocina, a juzgar por el mango. Ken debe de estar llegando con la carreta fúnebre, doctor. Buenas noches.

El señor Tate abrió la navaja.

—Fue algo así —dijo. Sostuvo el cuchillo y fingió tropezar; cuando se inclinó hacia delante, su brazo izquierdo bajó por delante de él—. ¿Lo ve? Él mismo se acuchilló en esta zona blanda entre las costillas. Todo su peso cayó encima.

El señor Tate cerró la navaja y volvió a metérsela en el bolsillo.

—Scout tiene ocho años —dijo—. Estaba demasiado asustada para saber exactamente lo que sucedió.

—Se sorprendería usted —replicó Atticus en tono grave.

—No estoy diciendo que ella se lo inventara, estoy diciendo que estaba demasiado asustada para saber exactamente lo que sucedió. No se veía nada ahí fuera, estaba tan negro como la tinta. Haría falta una persona muy acostumbrada a la oscuridad para poder ser un testigo válido...

—No lo admitiré —dijo Atticus en voz baja.

—¡Maldita sea, no estoy pensando en Jem!

La bota del señor Tate dio un golpe en las tablas del piso con tanta fuerza que se encendieron las luces en el dormitorio de la señorita Maudie. Las luces de la señorita Stephanie Crawford también. Atticus y el señor Tate miraron al otro lado de la calle y después se miraron el uno al otro. Esperaron.

Cuando el señor Tate volvió a hablar, su voz era apenas audible.

—Señor Finch, detesto pelearme con usted cuando se comporta así. Ha estado esta noche bajo una presión que ningún hombre debería jamás experimentar. No sé cómo no está postrado en cama con todo esto, pero lo que sí sé es que por una vez no ha sido usted capaz de sumar dos y dos, y tenemos que solucionar este asunto esta noche porque mañana será demasiado tarde. Bob Ewell tiene un cuchillo de cocina en el gaznate.

El señor Tate añadió que Atticus no iba a plantarse y sostener que un muchacho del tamaño de Jem con un brazo roto podía luchar con la fuerza suficiente para abalanzarse sobre un hombre adulto y matarlo en la más negra oscuridad.

—Heck —dijo Atticus abruptamente—, tiene usted una navaja de muelles. ¿De dónde la ha sacado?

—Se la quité a un hombre borracho —respondió el señor Tate con serenidad.

Yo intentaba recordar. El señor Ewell se abalanzó sobre mí... entonces cayó... Jem debió de haberse levantado. Al menos yo creía...

—¿Heck?

—Ya le he dicho que se la quité a un borracho en la ciudad esta noche. Ewell probablemente encontró ese cuchillo de cocina en el vertedero. Lo afiló y esperó una oportunidad favorable... solo esperaba su momento.

Atticus se dirigió a la mecedora y se sentó. Las manos le colgaban lacias entre las rodillas y miraba al piso. Era la misma lentitud con la que se había movido aquella noche delante de la cárcel, cuando yo pensé que tardó una eternidad en doblar el periódico y dejarlo en su silla.

El señor Tate daba pasos lentos por el porche.

—No es su decisión, señor Finch, es toda mía. Es mi decisión y mi responsabilidad. Por una vez, si no lo ve usted como yo lo veo, no hay mucho que pueda hacer al respecto. Si quiere intentarlo, le llamaré mentiroso a la cara. Su muchacho no apuñaló a Bob Ewell —dijo despacio—, ni siquiera estuvo cerca de hacerlo, y ahora usted lo sabe. Lo único que quería era llegar a salvo con su hermana a casa.

El señor Tate dejó de pasear. Se detuvo delante de Atticus y nos daba la espalda.

—No soy un hombre muy bueno, señor, pero soy *sheriff* del condado de Maycomb. He vivido en esta ciudad toda mi vida, y tengo ya cuarenta y tres años. Sé todo lo que ha sucedido aquí desde antes de que yo naciera. Hay un hombre negro muerto sin motivo alguno, y el responsable está muerto. Deje que los muertos entierren a los muertos esta vez, señor Finch. Deje que los muertos entierren a los muertos.

El señor Tate fue hasta la mecedora y agarró su sombrero, que estaba junto a Atticus. Se echó hacia atrás el cabello y se puso el sombrero.

—Nunca he oído decir que va contra la ley que un ciudadano haga todo lo que pueda para evitar que se cometa un crimen, lo cual es exactamente lo que él hizo, pero usted quizá dirá que es mi obligación explicarle todo a la ciudad y no acallarlo. ¿Sabe qué sucedería entonces? Todas las damas de Maycomb, incluida mi esposa, estarían llamando a la puerta de ese hombre para regalarle pasteles. A mi modo de ver, señor Finch, tomar al hombre que ha hecho a usted y a esta ciudad un gran servicio y arrastrarlo con su timidez al centro de los focos... para mí, eso es un pecado. Es un pecado, y no voy a permitir que pese sobre mi conciencia. Si fuera cualquier otro, sería distinto. Pero no con este hombre, señor Finch.

El señor Tate intentaba cavar un agujero en el piso con la punta de su bota. Levantó la nariz y después se frotó el brazo izquierdo.

—Puede que yo no sea mucho, señor Finch, pero sigo siendo el *sheriff* del condado de Maycomb y Bob Ewell cayó sobre su cuchillo. Buenas noches, señor.

El señor Tate salió con paso fuerte del porche y cruzó el patio delantero. La puerta de su auto se cerró con un portazo y se alejó.

Atticus se quedó sentado mirando al piso durante un largo instante. Finalmente levantó la cabeza.

—Scout —dijo—, el señor Ewell cayó sobre su cuchillo. ¿Puedes entenderlo?

Atticus parecía como si necesitara que le animasen. Yo corrí hasta él y le abracé y le besé con todas mis fuerzas.

—Sí, señor, lo entiendo —le aseguré—. El señor Tate tiene razón.

Atticus se soltó y me miró.

—¿Qué quieres decir?

—Bueno, sería algo así como matar a un ruiseñor, ¿no es cierto?

Atticus acercó su cara a mi cabello y lo acarició. Cuando se levantó y cruzó el porche hacia las sombras, volvía a tener su paso juvenil. Antes de entrar en la casa, se detuvo delante de Boo Radley.

—Gracias por mis hijos, Arthur —dijo.

31

Cuando Boo Radley se puso de pie, la luz que salía de las ventanas del comedor resplandecía sobre su frente. Cada movimiento que hacía era titubeante, como si no estuviera seguro de que sus manos y sus pies pudieran establecer un contacto adecuado con las cosas que tocaba. Le volvió aquella terrible tos, con tales convulsiones que tuvo que volver a sentarse. Se metió una mano en el bolsillo y sacó un pañuelo. Se lo puso en la boca para toser y después se limpió la frente.

Al haber estado tan acostumbrada a su ausencia, me resultaba increíble tenerlo sentado a mi lado todo ese rato. No profirió ni el menor sonido.

Volvió a ponerse de pie. Se giró hacia mí y señaló con la cabeza hacia la puerta de la casa.

—Le gustaría darle las buenas noches a Jem, ¿verdad, señor Arthur? Venga.

Le acompañé por el vestíbulo. La tía Alexandra estaba sentada junto a la cama de Jem.

—Entre, Arthur —dijo ella—. Sigue dormido. El doctor Reynolds le dio un sedante fuerte. Jean Louise, ¿está tu padre en el comedor?

—Sí, tía, eso creo.

—Iré a hablar con él un minuto. El doctor Reynolds dejó... —su voz se fue apagando con la distancia.

Boo se había dirigido a un rincón del cuarto, donde estaba de pie con la barbilla levantada mirando a Jem desde cierta distancia. Yo le agarré de la mano, una mano sorprendentemente cálida para estar tan blanca. Tiré de él un poco y me dejó llevarlo hasta la cama de Jem.

El doctor Reynolds había situado sobre el brazo de Jem una tela como formando una tienda, para mantener apartada la manta, supongo, y Boo se inclinó y miró por encima de ella. En su cara había una expresión de tímida curiosidad, como si nunca antes hubiera visto a un muchacho. Tenía la boca un poco abierta, y miró a Jem desde la cabeza hasta los pies. La mano de Boo se elevó, pero la dejó caer sobre su costado.

—Puede acariciarlo, señor Arthur, está dormido. No podría hacerlo si estuviera despierto, pues él no se lo permitiría... —me encontré explicando—. Adelante.

La mano de Boo descendió sobre la cabeza de Jem.

—Adelante, señor, está dormido.

Su mano se posó suavemente sobre el cabello de Jem.

Yo estaba comenzando a aprender el idioma de su cuerpo. Su mano apretó la mía y me indicó que quería irse. Le conduje hasta el porche delantero, donde sus inseguros pasos se detuvieron. Aún me iba agarrando de la mano y no hacía señal alguna de soltarla.

—¿Quieres acompañarme a casa?

Casi lo susurró, con la voz de un niño que tiene miedo a la oscuridad. Yo puse mi pie sobre el escalón de arriba y me detuve. Le llevaría así por nuestra casa, pero nunca le acompañaría así hasta su casa.

—Señor Arthur, doble su brazo aquí, así. Eso es, señor.

Yo deslicé mi mano hasta su codo. Él tuvo que inclinarse un poco para acomodarme, pero si la señorita Stephanie Crawford estaba mirando desde su ventana en el piso superior, vería a Arthur Radley llevándome del brazo por el sendero de entrada, como lo haría un caballero.

Llegamos a la farola de la esquina y yo pensé en cuántas veces Dill había estado allí de pie abrazado al poste, observando, esperando, deseando. Me pregunté cuántas veces Jem y yo habíamos recorrido ese camino, pero yo entré por la puerta delantera de los Radley por segunda vez en mi vida. Boo y yo subimos los escalones hasta el porche. Sus dedos encontraron el pomo de la puerta. Suavemente soltó mi mano, abrió la puerta, entró y la cerró tras él. Nunca más volví a verle.

Los vecinos llevan comida cuando hay muerte, y flores cuando hay enfermedad, y otros detalles entre ambas ocasiones. Boo era nuestro vecino. Nos regaló dos muñecos de jabón, un reloj de bolsillo roto y una cadena, un par de monedas de la buena suerte y nuestras vidas. Pero los vecinos también deben dar algo a cambio. Nosotros nunca devolvimos al árbol lo que habíamos tomado de él; no le habíamos dado nada a Boo, y eso me puso triste.

Di media vuelta para regresar a casa. Las luces de las farolas parpadeaban por toda la calle hasta la ciudad. Nunca había visto nuestro barrio desde ese ángulo. Estaba la casa de la señorita Maudie, la de la señorita Stephanie... allí estaba nuestra casa, podía ver la mecedora del porche... la casa de la señorita Rachel estaba más allá de la nuestra, totalmente a la vista. Incluso podía ver la de la señora Dubose.

Miré atrás. A la izquierda de la puerta marrón había una larga ventana cerrada. Me acerqué a ella, me quedé de pie delante de ella, y me di la vuelta. A la luz del día, pensé, se podía ver hasta la esquina de la oficina de correos.

La luz del día... en mi mente, la noche ya se había desvanecido. Era de día y había ajetreo en el barrio. La señorita Stephanie Crawford cruzaba la calle para contarle las últimas noticias a la señorita Rachel. La señorita Maudie se inclinaba sobre sus azaleas. Era verano y dos niños correteaban por el sendero hacia un hombre que se acercaba en la distancia. El hombre saludó con la mano y los niños echaron una carrera hasta llegar a él.

Seguía siendo verano y los niños se acercaban más. Un muchacho caminaba cansado arrastrando una caña de pescar. Un hombre estaba de pie esperando con las manos en la cintura. Verano, y sus niños jugaban en el porche delantero con su amigo, representando un extraño drama que ellos mismos habían inventado.

Era otoño y sus niños se peleaban en el sendero delante de la casa de la señora Dubose. El muchacho ayudó a su hermana a levantarse y emprendieron el camino a casa. Otoño, y sus niños trotaban de un lado a la vuelta de la esquina, reflejando en sus rostros los pesares y los triunfos del día. Se detuvieron delante de un roble, alegres, perplejos, inquietos.

Invierno, y sus niños temblaban delante de la puerta de la fachada, se veían sus siluetas frente a una casa en llamas. Invierno, y un hombre caminó hasta la calle, se quitó los lentes y disparó a un perro.

Verano, y vio que a sus niños se les rompía el corazón. Otoño otra vez, y los niños de Boo le necesitaban.

Atticus tenía razón. Una vez dijo que uno nunca llega realmente a conocer a un hombre hasta que se ha puesto sus zapatos y ha caminado con ellos. Solo estar de pie en el porche de los Radley ya fue suficiente.

Las luces de la calle estaban borrosas por la fina lluvia que caía. Mientras regresaba a casa, me sentía muy mayor, pero cuando miré a la punta de mi nariz puede ver gotitas borrosas, aunque mirar con los ojos bizcos me hacía marearme, así que lo dejé. Mientras regresaba a casa, pensé en qué decirle a Jem al día siguiente. Estaría tan furioso por habérselo perdido que no me dirigiría la palabra durante días. Mientras regresaba a casa, pensé que Jem y yo llegaríamos a ser adultos pero no nos quedaría mucho más que aprender, excepto quizás álgebra.

Subí corriendo las escaleras y entré en la casa. La tía Alexandra se había ido a la cama, y el cuarto de Atticus estaba oscuro. Vería si Jem podría estar despertando. Atticus estaba en el cuarto de Jem, sentado junto a su cama. Estaba leyendo un libro.

—¿Se ha despertado ya Jem?

—Duerme tranquilamente. No se despertará hasta la mañana.

—Ah. ¿Te vas a quedar sentado a su lado?

—Solamente una hora o poco más. Vete a la cama, Scout. Has tenido un día muy largo.

—Bueno, creo que me quedaré contigo un rato.

—Como quieras —dijo Atticus. Debía de ser más de la medianoche, y yo estaba perpleja ante su amable consentimiento. Pero él era más astuto que yo: en el momento en que me senté comencé a sentir sueño.

—¿Qué estás leyendo? —pregunté.

Atticus dio la vuelta al libro.

—Uno de Jem. Se titula *El fantasma gris*.

De repente estaba muy despierta.

—¿De dónde lo has sacado?

—Cariño, no lo sé. Solamente lo he abierto. Una de las pocas cosas que no he leído —dijo enfáticamente.

—Léelo en voz alta, por favor, Atticus. Da mucho miedo.

—No —dijo él—. Ya has pasado suficiente miedo para una temporada. Esto es demasiado...

—Atticus, no he pasado miedo.

Levantó las cejas, yo protesté:

—Por lo menos no hasta que comencé a explicárselo al señor Tate. Jem no tenía miedo. Le pregunté y me dijo que no lo tenía. Además, nada da realmente miedo, salvo en los libros.

Atticus abrió la boca para decir algo, pero la cerró de nuevo. Quitó el dedo del medio del libro y regresó a la primera página. Yo me acerqué y apoyé mi cabeza en su rodilla.

—Humm —dijo él—. *El fantasma gris*, de Seckatary Hawkins. Capítulo uno...

Me propuse mantenerme despierta, pero la lluvia era tan suave, y el cuarto estaba tan calentito, y su voz era tan profunda, y su rodilla era tan cómoda, que me quedé dormida.

Segundos después, según me pareció, su zapato daba suaves golpecitos en mis costillas. Me puso de pie y me acompañó a mi cuarto.

—He oído cada palabra que has leído —musité—... no estaba dormida, hablaba de un barco y Fred «Tres Dedos» y Boy «Pedradas»...

Me desabrochó el overol, me apoyó contra él y me lo quitó. Me sujetó con una mano y alcanzó mi pijama con la otra.

—Sí, y todos pensaban que Boy «Pedradas» ponía patas arriba su club de amigos y derramaba tinta por todas partes...

Me llevó hasta la cama y me sentó. Levantó mis piernas y me metió bajo las sábanas.

—Y ellos le perseguían, pero nunca podían atraparlo porque no sabían qué aspecto tenía, y, Atticus, cuando finalmente le vieron, resulta que él no había hecho ninguna de esas cosas... Atticus, él era bueno en realidad...

Sus manos estaban debajo de mi barbilla, subiendo la manta y arropándome.

—La mayoría de las personas lo son, Scout, cuando finalmente las ves.

Apagó la luz y fue al cuarto de Jem. Se quedaría allí toda la noche, y allí seguiría cuando Jem se despertara en la mañana.